約翰·齊佛短篇小說自選集 2

告訴我他是誰

JUST TELL ME WHO IT WAS

約翰·齊佛
JOHN CHEEVER

余國芳——譯

【編者的話】

一部經典，一記不散的響雷！

約翰．齊佛是自海明威以降，廣受讚譽的二十世紀最偉大、最具影響力的小說家。他是瑞蒙．卡佛極力推崇、亦師亦友的文學前輩，也是村上春樹喜愛的西方短篇小說家。然而在臺灣，這個作家卻未獲得深耕，尤其他的作品是如此呼應我們現代人存在的迷惘與空缺。

讀約翰．齊佛的作品，你會發現文學療癒人心的力量，如同這位作家所說的：「激勵人，為心懷愛意的人指引──若有機會，還能改變你的世界。」

齊佛的小說語言及敘事觀點有一股魔力，不是炫技，也不懷刻意，是一種渾然發自真實人生的深度與力度。那些故事總是帶你自由進入別人家的門內，那可能是一座豪華的宅邸，也可能是一間破舊小屋，但等到你再離開那戶人家大門時，你會領悟到，原來沒有誰的生活不是千瘡百孔；這時，你將會願意再重新審視自己心中的傷與愁。在齊佛的筆下，人生從來不是什麼冒險，但總是一股讓人受困、無可抵禦的巨流。

木馬文學這次所出版的，即是譯自第一次繁體中文正式授權的《約翰．齊佛短篇小說自選集》（*The Stories of John Cheever*）。此書收錄六十一則短篇，皆為約翰．齊佛一生的短篇傑作，不僅榮獲「普立茲小說獎」以及「美國國家書評獎」，更受到名家如菲利普・羅斯及約翰・厄普代克等人推崇。

這六十一篇，木馬文學將分成三部出版，它們所呼應的是這個時代的人心與無常的關係：第一部定名為《離婚季節》，第二部為《告訴我他是誰》，第三部是《重逢》。從書名看來，似乎是一段從分離而至復合的歷程，然而，名為「離婚」卻並非真正的分離，說是「重逢」卻是一次徹底的分離——而這個，也是讀完約翰・齊佛的小說，留存在人心中久久無法散去的響雷。

各界名人一致推崇！

藝文界、文學教授

王聰威（小說家）——

約翰．齊佛讓日常的傷感，巨大到微不足道。我自己也不知道要多麼無情，才足以面對這樣的世界，不致於垮掉。

伍軒宏（小說家，《撕書人》作者）——

齊佛的短篇故事中，不少已是經典。

它們呈現美國中產階級生活的多重面貌，清晰準確的文字描述之下，一針見血的觀察漸漸浮現。無論是郊區住宅的泳池巡禮、充滿張力的家族聚會、再規律不過的公寓日常生活，無論在街頭或市郊、上班族通勤列車或地鐵上，甚至在飛機失事之後的劫後經驗，齊佛都會沿著現代生活看似安穩的平面，讓我們摸到拼貼組合的接點，觸及撕裂的痕跡。

不過，由於是精巧的短篇故事，齊佛充分布局之後，點到為止，就撕開一點點而已，然後請讀者繼續撕下去。

高翊峰（小說家）——

「在讀完瑞蒙．卡佛已出版的短篇小說後，我有一段十分沮喪失落的空洞期，一直到這次遇上約翰．齊佛。」

郝譽翔（國北教大語創系教授）——

這是一部瑞蒙．卡佛迷們不可錯過的經典！齊佛用一貫冷峻精簡的筆法，短短幾語就能素描出一個令人難忘的人物，甚至直搗內心深處，所以其中上場人物眾生相雖多，卻彷彿歷歷環繞在我們的身邊，讓人深深心碎震懾於他們的夢想、空虛、孤寂、憤怒，以及那份可望不可及的愛。

陳栢青（作家）——

卡佛之前有佛，名曰齊佛，西方雙聖，郊區佛陀，一次到位。齊佛小說總是不動聲色，以為斜斜的走開，最後發現是直直的靠近。不寫滿，似乎留餘地，沒點破，回頭一想，其實早就什麼都沒有了。生活裡的刺被他寫成牆壁上外露的排水管，也可以選擇不看，但終究一直都在。偏偏是齊佛筆下隔了一層，卻能讓讀者覺得自己渾身赤裸。想要齊佛離遠一點，又明白沿著他小說才能更靠近自己一點。

盛浩偉（作家）——

「犀利而精準的筆致，勾繪出最深沉的人性。在日常的片段裡，讓讀者看見一場場內心情感的風暴。」

黃崇凱（小說家）——

約翰．齊佛就是他筆下的大收音機。總是靈敏接收各種人間頻率，高傳真片段逼人一探表象底下的故事。我們聽著聽著不小心入迷，忘了我們其實身在其中。聲音跨越時空流瀉，讓我們聽清楚現實生活的起伏線條。甚至清楚得有些難堪。

陳榮彬（臺大翻譯碩士學程助理教授）——

延續上一本小說集《離婚季節》的精神，「席地嶺」看來仍是如此光鮮亮麗，但實際上暗影幢幢，而且這一冊的故事給人更多的危機感、緊張感，但隨著作者齊佛親臨歐陸，我們也可以看出新舊世界兩個世界不同價值撞擊之下的另一種人生風景。

劉梓潔（作家）——

約翰．齊佛小說的魅力在於，你認為它沒什麼時，你已經忘不了它。

鍾文音（作家）——

如鷹眼透視隱藏在日常生活下的絲線，不斷挑起崩斷的絲絲縷縷，最終抖落生命累積的塵埃，讓我們看見又美麗又破敗的中產家庭，以一種看不見的變形之筆，交織起各種人物的際遇。平淡的筆下有著凌厲之心。齊佛是短篇小說的技藝典範，也是朝聖西方經典的引路人，最重要的是他還喚起我的紐約生活。

書店店長、雜誌媒體人

一本書店——

「這是清楚又明顯的靈魂廝殺；在他的鼻尖底下，貪婪的符碼把人類玩弄到了極致。」——約翰．齊佛。

閱讀文章時感受到齊佛聰明的腦袋，指使著筆尖在行走，他在每個篇章之間玩弄與安排，邪惡又精密的美國世界。

李取中（《The Affairs 週刊編集》總編輯）——

有一種文章，你讀過後感覺輕輕的也沉沉的。是微嫋細瑣的人生百態，也是大刀闊斧的時代切片。是會黯黯地滲入你的意識裡，潛伏著，然後在平淡的日常中出其不意地被喚醒。有時像是明亮午後一道不明所以的閃光，有時又像是一輪高懸的白晝之月。「收音機裡的聲音溫和而平靜。『東京清晨發生鐵路慘案，』擴音器說著，『死了二十九個人。水牛城附近一所收容盲童的天主教醫院大火，今天清晨已經由醫院的修女護士撲滅了。現在的氣溫是華氏四十七度。溼度八十九。』」這是約翰．齊佛的文章。一整個世代的聲音。

陳正菁（浮光書店店長）——

關於生活裡如何也去不了的地方，怎麼也下不定的決心，費盡力氣也抵達不了的內在彼岸；不是我們不想，是做不到。齊佛娓娓道出現代家庭裡至關重要卻令人動彈不得的微小悲劇。

電影導演、演員、影評人

李淳（演員）——

這些人你都認識，你都見過。他們或許曾和你同一個門出入，或許住在你家樓上，或許二十年來都跟你睡同張床。他們是你的丈夫、你的小孩，是陌生人，或是你的戀人；他們或許曾傷害過你，或許引誘過你……約翰．齊佛告訴你這些人的故事，告訴你這些人日常的煩惱、難以捉摸的思維，以及對生活的種種感受。在他妙筆寫下的短篇故事中，這些你知道的、認識的或愛過的人，一個個具象現形。

徐明瀚（電影與藝術評論人／輔仁大學大眾傳播學程講師）——

約翰．齊佛作為短篇小說之強者，除了在文學上美國的瑞蒙．卡佛和日本的村上春樹對其表示私淑或欣賞之意，影壇中也有不少名導演跟他合作過或是新導演紛紛向他致敬。

本書的同名短篇〈離婚季節〉正是齊佛第一個被選上改編為影視的作品，在一九五二年由克拉克．瓊斯改名為《謝幕》在電視螢幕上播出，驚悚大師希區考克一九六〇年出品的電視劇《懸念故事集》中邀了他的兩個故事〈5：48〉、〈噢，青春啊美貌啊！〉，後來美國名電影編導詹姆斯．艾佛利、傑克．霍夫斯和傑夫．布萊克納在一九七九年翻拍了希區考克的那兩個故事，再外加〈琴酒的哀愁〉，定名為《齊佛3作》影集推出。

齊佛的小說改拍為電影長片，首先是由美國大導演薛尼．波拉克一九六八年將他的〈游泳者〉推上大銀幕，而法國導演阿若．戴帕里耶也在二〇〇八年拍了他的文學名作《子彈公園》，但這不是齊佛小說第一次出走美國，他的文學改編電影之列當中最值得一提的，也是臺灣觀眾最熟悉的是：南韓名導洪常秀一九九六年拍出的生涯第一部電影《豬墮井的那天》，這部片名完完全全就是向《離婚季節》本書最末尾的那個短篇小說致敬，電影與該小說的情節雖然看似八竿子打不著，但就跟齊佛出手一樣，作品看似波瀾不掀，實則靜水流深。只要故事一說起來，場景逐一切換，人物們一個個眾聲交響起來，作品的迴旋力道便道勁深長，這使得小說家與改編他作品的電影所形成的影響力，不僅在本土，也擴及世界各地。

【推薦序】

當我們談到齊佛時，我們在談什麼？

文／楊澤（名作家、詩人、資深媒體人）

齊佛（John Cheever），生於一九一二年，癌逝於八二年，是美國短篇小說史上的一個里程碑。美國短篇小說的寫作向來表現亮眼。也許是新大陸特殊風土人情所致，這種兼顧輕重，虛實，雅俗，同時可以天真，又可以三兩句就滄桑世故得不得了的文類，竟與美國人脾胃十分相宜。從十九世紀中的愛倫坡，霍桑，馬克．吐溫以來，新人輩出，呈現一枝獨秀的狀態，論格局論成就，絕不比長篇小說遜色。

上述十九世紀三大黑馬／獨行俠（American maverick）外，二十世紀證實是美國短篇小說的世紀。前有詹姆斯，歐亨利（人稱「短篇小說之王」），安德森，中有費滋傑羅，海明威，福克納，韋爾蒂（Eudora Welty），後有歐康納，卡佛，比蒂。但清點起來，歷來為臺灣讀者熟悉的美國作家清單上，你不免納悶，獨不見齊佛這咖，這可算得上是個不大不小的遺憾吧。

大器晚成的齊佛

卡在二戰，齊佛入行稍晚，第一篇小說刊出，人已過三十，卻仍趕得上和《紐約客》第一代傳奇主編羅斯論交（Harold Ross，主持編務長達二十五年以上），和納博可夫一起在上頭發表作品。齊佛回憶說：

那時的紐約市區閃動著粼粼波光，街角文具店的收音機裡聽得到班尼．古德曼（Benny Goodman）的四重奏，每個人頭上幾乎都戴著一頂帽子；這裡也看得到最後一代的老菸槍，他們習慣一早用咳嗽聲把世界吵醒，習慣在雞尾酒派對喝到掛，習慣跳「克里夫蘭的小雞」之類的老式舞步，習慣乘船去歐洲……（見《離婚季節》〈作者序〉）

戰後四、五十年代美國，傳聞中是夜不閉戶的太平盛世，過來人齊佛因知之甚詳，下筆十分輕快，懷舊而不戀舊，夫子自道下，反倒有絲微妙的調侃在。事實上，早在四七年，齊佛於《紐約客》發表名篇〈大收音機〉（The Enormous Radio），一炮而紅，就明白預告了世道人心的大轉折。

〈大收音機〉的故事中人吉姆和艾琳，一對住在紐約蘇頓街區（Sutton Place）公寓大廈十二樓的小夫妻，素以品位不俗自居，日常除了出門聽音樂會，也愛在家中收聽古典樂。有一天，他倆發現家中收音機老舊不靈了，汰舊換新，新送到的收音機卻雜訊不斷，找不到昔日的古典樂電臺，且一步步將他們引入一個不可思議的世界。

這造型乍見便帶幾分詭異的新款收音機，原來是一具頻率敏感，敏銳得不得了的「怪物」，雜訊不斷，是因為它透過電梯來往，可以直接和大樓所有樓層房間有所感應連結，小夫妻處在它的影響底下，遂被迫繪聲繪影地聽見，其他住戶的種種八卦，甚至是駭人聽聞的私事……「啊，不要，我不要，」艾琳喊著：「人生太可怕了，太齷齪了，太糟糕了。好在我們從來不是這樣的，對吧，親愛的？不對嗎？我的意思是，我們都一直那麼好，那麼正常，那麼深愛著彼此……我們有兩個孩子，兩個好漂亮的孩子。我們的人生一點都不齷齪，對吧，親愛的……我們好幸福，對不對……」。但小人物「偶開天眼覷紅塵」的結果，在齊佛筆下，只能以「可憐身是眼中人」作結。

比起當年，今天讀者置身電視機，電腦，iPad，手機的世界，相信更能理解此一收音機怪獸到底代表什麼（如果見怪不怪，代表早被吞入此巨怪肚中而不自知）。二戰後，都市紅塵高樓林立，大眾文明來勢洶洶，帶來新奇，也帶來混亂，中產普通人的日常生活看似不起波瀾，其實危機四伏，世道人心隱隱然，惶惶然的那股騷動，正好活生生被齊佛的一支妙筆捕捉下來。

美國郊區的契訶夫

齊佛其人其文，可談面向甚多，這篇短文大抵只好談一事，也就是，齊佛當年之所以被譽為「美國郊區的契訶夫」的歷史背景，順此帶出另一有趣話題，即齊佛與卡佛——另一有「美國契訶夫」美名的短篇聖手——哥倆好中間那層承接關係。中國文壇早在七〇年代即介紹齊佛，但譯名不一，有寫成「契弗」，也有「契佛」，臺灣譯者余國芳改作「齊佛」，更響亮，也更有趣味。明眼人一看便知，本文標題有意與卡佛代表作——也是臺灣文青的口頭禪，「當我們談到愛情時，我們在談什麼」——略作唱和，搏君一粲。

戰後紐約，從工業城市逐漸轉向服務業城市，使得城鄉起了莫大變化，進而宣告所謂都會郊區（metropolitan area）的誕生。大規模土地開發，新市鎮與衛星城的建設，很快讓紐約市的界線裡裡外外變模糊起來，〈大收音機〉中的吉姆和艾琳最想做的，就是逃離塵囂，搬到「上上城」西徹斯特郡（Westchester County）去。城郊自然環境佳，新建市街也許缺乏美國本土的建築特色，卻可滿足大眾對獨立住宅的大量需求，不出一、二十年，先是長島，接著是西徹斯特郡，人口增長都以百萬計。

大家記得，費滋傑羅二〇年代出版《大亨小傳》，寫的是長島高級住宅區，其中西蛋，東蛋，固然都是虛擬地名，但前者確實多新富如蓋茨比，後者則以舊地主階級為主。如今地氣西移，帶有濃濃中上階級品位氣質的西徹斯特郡身價看漲，後來居上，成了不少紐約人當年最愛。

容我稍事離題，六〇年代初，白先勇寫出短篇〈安樂鄉的一日〉，安樂鄉（Pleasantville）即座落此郡。七〇後，不少重量級臺灣小說家，批評家，如劉大任，郭松棻，李渝，莊信正等，紛紛卜居於此，作家木心亦曾自市區北上，在郭家作客。八〇年代中，我住揚客市（Yonkers），正是此郡最南端，與曼哈頓交界之處，日常每見密集往返的直達大巴，上書 Express Yourself to New York 幾個大字，不免莞爾（express 一語雙關，兼用紐約人熟知的 Expose Yourself to Art 典故）。諸友星散，紐約繁華夢易碎，此是一例。

酒鬼懺情錄

齊佛另一名篇〈游泳者〉（The Swimmer，六四年《紐約客》發表），便是以此「上上城」為背景寫成。男主角奈迪，人過中年，酒鬼一枚，正晾在好友家游泳池畔小歇，試圖從昨晚與死黨的狂歡宿醉恢復過來，突然心血來潮，決定一路游回自己家。方法：從這一家的泳池游到下一家，就像下城酒鬼最愛的「串酒吧」慣技（bar-hopping）那般。

事後證明，在每個熟人家的停留點，奈迪還有他的朋友，都忘不了酒，從沒忘記時時給自己來上那麼一杯。我們一開始看著，愛朋友，愛面子的奈迪四處串門子，意氣風發，風頭甚健，所到之處盡是笑臉迎人，全是他在過去人生全盛時期建立的老巢舊穴，大有「馬照跑，舞照跳」，人生的趴梯盛宴一刻不能停的fu。但漸漸的，我們發覺事有蹊蹺，奈迪的人生，不管朋友，事業，家庭，也許不盡然是表面那麼回事。最終證明，奈迪早已瀕臨家破人亡的絕境。

美國人之嗜酒成性，成癮（烈酒，liquor，alcohol，而不是wine），可說歷史久遠。酒吧到處林立，匿名戒酒會（alcoholic anonymous），戒酒中心（rehab center）亦然，這不是一天兩天的事。移民性格，清教舊道德，加上美國夢從來難圓，上述三大因素是關鍵，但五、六〇年代以降，美國全境，從東到西，從北到南，都會郊區普遍崛起，不啻火上加油，對此投下一顆震撼彈。我指的是，美國郊區生活環境固然舒適穩定，對尋求安家立業的普通人有其吸引力，骨子裡卻無聊得很。

美國人調侃他們的郊區為「無何有之鄉」（suburban nowhere land），郊區顯非哲學家海德格所嚮往的「詩意的棲居之地」。美國郊區素以單調著稱，往往給人有「文明荒原」的聯想，鋪天蓋地而來，其驚人雷同的人工性與同質性，堪稱人類史上一大奇觀。一代代的美國人生長，俯仰其中，每有窒息之感，烈酒因此成了他們生活的一個合理出口。隨著時間過去，酒味也就益發成了美國文學及文化中，我味，世味，人生味的核心。

以郊區為背景的小說與電影後來蔚為大國，嗜酒，愛寫酒的齊佛是關鍵，而此篇則是關鍵中的關鍵。事後證明，我們被酒鬼奈迪裹挾走完的這趟超現實之旅，充滿了象徵意味。以四季喻人生，齊佛安排讓奈廸浪子回家，一路走來，偏偏是從仲夏到嚴冬，從富足到潦倒，從中上階級下滑到中下，進一步掉落社會最底端，遍嚐世情冷暖，人生起落的滄桑之旅。如果對照齊佛的私生活，說此篇是他的酒鬼懺情錄亦無不可。

卡佛的偶像，不動聲色的詩人

另一酒鬼小說家卡佛，小齊佛整整兩輪，曾提起七三年和齊佛同在愛荷華寫作班教書時的一段妙事。有天，他在房裡坐，一小老頭冒冒失失闖進來，要求借一杯威士忌喝。卡佛說，等他一看是偶像齊佛，他嚇壞了，只好囁嚅回答，威士忌沒了，只剩伏特加，您要不要？齊佛此刻酒癮上身，當然照單全收，他倆也因此論交，結成莫逆。

嗜酒的美國文人其實不勝枚舉。人生及創作與酒宛如結了不解緣，因之變爛酒鬼而提前結束者，除了較早的歐亨利和費滋傑羅，就這裡說的兩位「酒肉穿腸過」的大羅漢，寒山拾得般的一對寶。酒鬼卡佛只活了五十，和他「大哥」相較，足足少了二十載，這當然是因為，同樣愛喝酒，愛寫美式郊區的無何有之鄉，同樣垂憐眾生，凝視普通人的日常，但齊佛有幸活在稍早文學雜誌與閱讀公眾仍是大寫的年代，每篇稿費輒以百金計，卡佛就沒那幸運了。

猶如契訶夫，齊佛與卡佛都是，不動聲色的詩人，抒情家，也是眼冷心暖的社會觀察家；猶如契訶夫，他倆寫的從不是，那些冒險奮戰，勇於與人生周旋的英雄人物，而是隨波逐流，陷入生活難題，絕境中的普通人。卡佛晚年成名後，多次示人以他獨得的契氏心法：他說「短篇小說更接近詩歌，而不是長篇小說，是像詩歌一樣，一行行建構起來的」；他又說「對大多數人而言，人生不是什麼冒險，而是一股莫之能禦的洪流」。聽他說這些，早在墓裡躺平，躺直了的齊佛，應該會默默點頭稱善吧。

【導讀】

走出郊區，離開美國的約翰・齊佛——《告訴我他是誰》的小說藝術

文／陳榮彬（臺大翻譯碩士學程助理教授）

「忽然我想起拿坡里那位老太太，好久以前的事了，她對著海面大聲喊著：『你有福啦，你有福啦，你會看見美國，看見新世界啦，』我知道她的意思，她指的不是那裡的大車、冷凍食品和熱水。『你有福啦，你有福啦。』她不斷不斷地對著海面喊著，我知道她想的是一個沒有配劍的警察，沒有貪婪的貴族，沒有不誠實，沒有賄賂，沒有拖延，沒有挨凍受餓，沒有戰爭的地方。如果她想像的這一切都不是真的，至少，這是一個高貴的念想，這才是最主要的大事。」（引自約翰・齊佛《告訴我他是誰》，〈羅馬男孩〉（Boy in Rome）

「在國外長住的好處是，他能看得更深入，覺得更自由。我們愛自己的國家，而在這份愛裡面還混著另外一個事實——那是我們成長的地方。在我們成長的那段過程中難免會出一些差錯，是因為觸景生情的關係，這些過錯始終令我們耿耿於懷，到死都不會忘記。」（引自約翰・齊佛《告訴我他是誰》，〈美麗的語言〉（The Bella Lingua）

一九七八年，高齡六十六的美國小說家約翰・齊佛畢生創作的短篇故事數量已近兩百篇，他親自挑選其中六十一篇最滿意的代表作，以 *The Stories of John Cheever* 為名出版，雖然頁數厚達七百頁但居然光是精裝本在美國就賣出了十二萬五千冊，隔年榮獲普立茲獎與美國國家書評獎殊榮。*The Stories of John Cheever* 裡面的前十九篇故事的中文譯文去年由木馬文化以《離婚季節》為名集結出版，今年推出第二冊，名曰《告訴我他是誰》。

這故事集裡面除了歷來討論度最高的〈五點四十八分〉（The Five-Forty-Eight）、〈鄉下丈夫〉（The Country Husband）之外，還收錄了〈席地嶺的偷兒〉（The Housebreaker of Shady Hill）、〈告訴我他是誰〉（Just Tell Me Who It Was）、〈瑪西・弗林的麻煩〉（The Trouble of Marcie Flint）等等，大多與前一冊故事集《離婚季節》一樣，與美國郊區生活、婚姻、社會階級、美國文化等主題息息相關。但是，因為齊佛曾於一九五六年長居義大利，寫了一系列以義大利為故事背景的小說，《告訴我他是誰》在這方面可說非常不同。

二十世紀版的亨利・詹姆斯

舊大陸（歐洲）與新大陸（美國）的比較向來是美國文學的不朽主題，其中最有名的當然是美國小說家亨利・詹姆斯（Henry James）一系列故事背景設定在歐洲的背景，像是《奉使記》、《黛絲・米勒》、《仕女圖》與《欲望之翼》都是不朽名篇，特別強調歐洲人與美國人在人情世故、文化品味、道德觀念等方面的差異。一九五六年，齊佛因為米高梅電影公司付了兩萬五千元高價買下〈席地嶺的偷兒〉的電影版權，因此帶著全家前往義大利僑居一年，小兒子用的也是義大利文名字Federico。齊佛非常喜歡義大利，喜歡那裡的風土名情，喜歡在地中海裡游泳，甚至還學會了義大利文，那是他人生中相當快樂的一年。他所描寫的羅馬是如此有現場感，令人覺得歷歷在目：「在這秋天的大都市裡，走在後街小巷……空氣很冷，有著咖啡和兜售菊花的香氣，偶爾還夾雜著從某個敞著門的教堂飄出來的煙火香。這些風景令人興奮也令人困惑，羅馬共和國和羅馬帝國時期的廢墟，這些在訴說這座城市歷史的遺跡……」

齊佛把他在義大利的生活經驗寫成六篇小說，於一九五八到六〇年之間發表。但在小說中，他並沒有偏私，並未一面倒地頌揚義大利的好，有時也深切表達出他所經驗到的巨大文化差異，所以〈美麗的語言〉（The Bella Lingua）與〈羅馬男孩〉（Boy in Rome）裡面的美國青年想盡辦法也要離開義大利，沒有任何留戀，〈羅馬男孩〉的主角甚至把美國描繪成一個「沒有配劍的警察，沒有貪婪的貴族，沒有不誠實，沒有賄賂，沒有拖延，沒有挨凍受餓，沒有戰爭的地方」的國家（不過，他也知道這一切有可能都不是真的，只是一個「高貴的念想」）——換言之，義大利（甚至歐洲）是一個陳舊腐朽，道德低落的地方。

但在齊佛筆下也不乏那種因為想要與過去永遠隔絕而不想回祖國的人，像是〈沒有家國的女人〉（A Woman without a Country）的女主角因為傷心過往，因為美國對她所施加的道德判斷與輿論壓力而甘願當一個「夜夜夢見培根萵苣番茄三明治，腳步卻永遠停不下來的漂泊者。」〈美麗的語言〉裡面的史崔特則是認為，人在異邦反而能夠過得比較自在，與過去劃清界線，所以他說：「在國外長住的好處是，他能看得更深入，覺得更自由。」而〈黃金年代〉（The Golden Age）的主角是個來自美國的電視編劇，到義大利後深怕被人看扁，於是以詩人自稱，沒想到結局令人大出意料。至於〈女公爵〉（"The Duchess"）裡面的女公爵則是一身渾然天成的貴族氣息，卻也能憑藉著堅忍不拔的意志力擺脫母親對自己的掌控、熬過歷史對於貴族階級的殘酷對待，與有情人終成眷屬，一起做慈善事業。

懸疑的製造者，人性的繪畫大師

臺灣散文名家吳魯芹教授曾在美國親訪齊佛（訪談內容收錄於《英美十六家》裡面），齊佛去世後又撰寫紀念文〈約翰・契佛知多少〉。他曾引用一篇美國的書評表示：「普普通通的事情，普普通通的人，到了契佛手裡就有了戲劇性……他對一些反常的、矛盾的現象，都有極深的感情，人性的尊嚴以及隨着這種尊嚴而來的悲劇、喜劇也都有了交代。更可貴的是契佛氏的獨特風格，簡潔、自然，好像毫不著力……」由此看來，齊佛的確是描寫社會眾生百態的高手，而且題材非常全面性，例如《離婚季節》裡〈大樓管理員〉（The Superintendent）、〈琴酒的哀愁〉（The Sorrows of Gin）關懷美國的許多社會問題。但除了淡然平實的描述之外，齊佛也是製造懸疑的能手，像是〈再見，我的兄弟〉（Goodbye, My Brother）到了最後就讓人備感緊張，深怕看見兄弟鬩牆見血的場面。

《告訴我他是誰》承襲這種風格，〈五點四十八分〉描述一個紐約上班族在返回郊區家中的路上遭一名女性跟蹤：她曾當過那上班族的女祕書，結果兩人在一夜情之後就遭他開除，如今帶槍跟蹤，顯然是想要復仇。不過，齊佛想要刻劃的是人性的深處，讓讀者看見這上班族的內心世界，在他自覺小命不保之際，居然完全不會想到妻兒、不會悔恨自己的過錯。至於〈席地嶺的偷兒〉卻是完全相反：主角因為厭倦塑膠包膜廠的工作而辭職，結果發現自己陷入破產危機，既不能讓愛妻得知，也無法向親友借貸，不得已當起了小偷，但這小小的罪行卻讓他瀕臨精神崩潰，他說偷竊「左右我神經系統……彷彿我在不知不覺中把偷竊的定義演化加重，偷竊的行為已然凌駕十誡中所有的罪狀，根本等於是道德淪亡的記號」。這兩個故事的結局都令人大感意外，充滿了歐·亨利式的奇妙轉折。

再論郊區的婚姻

在短篇小說傳統中，向來有一些經典都是把劇情不太相干的故事擺在一個集子裡，故事發生的地點有真實的，像是喬伊斯的《都柏林人》、白先勇的《臺北人》，而虛構者則有舍伍德・安德森的《小城畸人》（*Winesburg, Ohio*）。齊佛在集子裡面有許多故事都發生在一個可以音譯為「席地嶺」的虛構地點，但這原文為 Shady Hill 地方卻帶有強烈的象徵性，是一個表面光鮮亮麗（如同故事中強尼・海克所說：「如果你是在市區裡工作，又要養育孩子那我不出一個比這兒更好的地方了。」），但實際上非常「Shady」（陰暗、見不得人）的地方，因此也為許多發生在這裡的故事蒙上了一層陰影。〈瑪西・弗林的麻煩〉中，男主角於得知老婆有外遇後，在前往歐洲的船上寫道：「老天保佑……〔我〕不必再看到超市裡那些穿得像鬥牛士的女人，不必再看到那些牛皮公事包、法蘭絨和斜紋呢。保佑我，得以遠離猜字謎和通姦不倫的把戲，遠離巴吉度獵犬、游泳池、開胃冷盤、血腥瑪麗、裝腔作勢、丁香樹叢和懇親會……」——可見他對郊區生活與婚姻的這一切常態與規律是有多麼厭倦！

〈鄉下丈夫〉與〈告訴我他是誰〉則道出世間夫妻不少貌合神離者，婚姻能夠繼續存在，只是出於偶然。〈鄉下丈夫〉是齊佛於一九五六年榮獲短篇小說歐・亨利獎的作品，故事敘述主角先是遇到飛機迫降後倖存，後來又在某個宴會上發現女傭是自己在巴黎當美國大兵時看過的，因為與德國人同居而被剃光頭逐出巴黎的法國女人，接連兩次奇遇都無法對妻子兒女訴說，於是他想要離開這一段婚姻，追求年輕的保母。〈告訴我他是誰〉的夫妻是一對老夫嫩妻，表面上看來非常恩愛，丈夫以各種方式表達愛意，但卻因為一次妻子赴宴晚歸而妒意破表，認定妻子必定與人有染，甚至還去火車站把自認的「小王」打了一頓。

婚姻與家庭的主題可說是二十世紀以降現代小說的重要構成部分，但既然有這麼多人在寫，齊佛卻能屢屢創新，以時而幽默詼諧、時而令人悲傷無奈的筆觸來述說婚姻故事，實在不愧為美國的短篇小說大師。

目錄

五點四十八分

布雷克踏出電梯的時候，看到了她。大廳裡只有幾個人，站在那裡盯著電梯門，多半是在等候女朋友的男人。她就站在那幾個人中間。他一看到她臉上那副興師問罪的表情，立刻明白她就是在等他。他不迎上去。她跟他毫無實質上的關係。他們根本無話可說。他轉身走向大廳盡頭的玻璃門，內心隱約有些歉疚和惶惶然，就像我們碰到某個生了病或者時運不濟的老友或老同學，故作視而不見的那種感覺。西聯辦公大樓的時鐘指著五點十八分。來得及趕上快車。他在旋轉門前排隊等候，外面仍下著雨。這雨已經下了一整天，他發現雨聲更加擴大了街上的嘈雜聲。出了大樓，他快步往東走向麥迪遜路。交通打結，遠處一條大街上喇叭聲吼個不停。人行道擠得可以。他想不通她趕在這種下班時候，來公司看他一眼到底想要什麼。他開始懷疑她會不會跟蹤他。

我們在都市裡走路一般很少會轉身或回頭。布雷克也是這個習慣。他開步走的時候，特別用心聽了一會兒，挺蠢的，彷彿他能夠在這向晚的下雨天，在有著各式各樣聲音的都市裡，分辨出她的腳步聲似的。他忽然注意到，街道斜對面一排建築物的牆壁上有道裂縫。大概是在拆除什麼；又好像是在建造什麼，那鋼架只稍微高過人行道上的圍籬，天光就從那空隙漏出來。布雷克就在它對面停了下來，看著店家的櫥窗。這店好像是室內裝潢或是拍賣行。櫥窗設計像是平常居住和待客的房間。小茶几上有幾只咖啡杯，雜誌和幾瓶花，只是花枯死了，咖啡杯是空的，客人也沒來。布雷克在厚玻璃上清晰地看見自己，人群從他背後不斷走過，像好多道黑影。忽然他看到了她的影像，逼近到令他驚嚇。她就在他身後，只隔著一兩呎的距離。他大可以轉身問她有什麼事，可是沒有，他非但不招呼，反而避開她糾結的面孔，繼續走他的路。她很可能蓄意要傷害他，她很可能存心要殺他。

因為迴避她的動作太猛，帽沿上的幾滴水珠沿著他的脖子流了下來。感覺就像嚇出來的冷汗，很不舒服。這落到他光溜溜的臉上手上的冷雨，這陰溝和路面的臭油味，這腳一溼就要感冒的認知，所有的走在雨裡的不舒服，似乎更加重了跟蹤者的威脅，更具體了他不正常的意識，更容易相信自己會受到傷害。他看見前面就是麥迪遜大道，那兒燈光明亮許多。只要走到麥迪遜大道應該就沒事了。拐角那家麵包店，有兩個出入口，他從沿街的門進去，就像一班的通勤客，買了一個咖啡圈，再從麥迪遜大道上的那扇門出來。他走上麥迪遜大道，看見她站在售報亭旁邊等著他。

她不聰明。甩開她很容易。他可以從計程車這邊的門上再從另一邊的門下。他可以叫警察。他可以跑，只是他怕這一跑更加速了她動粗的意圖。他逐漸接近這個都市裡他最熟悉的一部分，這裡迷宮似的地上地下通道，電扶梯上下的銀行，人潮擁擠的大廳，太容易把人追丟了。想到這個，再加上咖啡捲甜甜暖暖的滋味，他開心起來。在大街上受到傷害的想法太荒謬。她笨、好騙，而且寂寞，就這麼回事。他是個無足輕重的小人物，根本不值得哪個人從他辦公室一路跟蹤到車站。任何影響大局的機密他一概不知。他公事包裡的文件跟戰爭、和平、毒品走私、氫彈，絲毫扯不上關係，他也從來沒有跟什麼穿著風衣的人，在溼漉漉的人行道上密謀任何國際勾當。一家男士酒吧的店門就在他眼前。哈，太簡單啦！

他點了一杯吉卜生[1]，擠在兩個男客中間，如果從窗外看，肯定看不到他。這裡每到下班時間總是擠滿了準備搭車回家的通勤族。這批人把身上淋溼的衣服、鞋子、雨傘，所有的酸臭味全部帶進店裡，不過布雷克一嚐到吉卜生的滋味，整個人立刻輕鬆了，他環顧周遭那些長相普通，不太年輕的臉孔，每張臉似乎都有愁容，他們愁的也許是稅率，也許為升遷。他努力想著她的名字，丹小姐、班小姐、蘭小姐，令他驚訝的是他竟然怎麼也想不起來，他向來對自己的記憶力引以為傲，那不過是六個月以前的事。

有一天下午人事部門把她帶上來，當時他正在找祕書。他看見一個黑黑的女人，二十來歲吧，很瘦，很靦腆。她穿著簡單，沒什麼身材，一隻襪子沒拉好，但聲音很柔和，他決定試用她。在他手下做了幾天之後，她告訴他說她在醫院住了八個月，出院之後很難找工作，她很感謝他肯給她這個機會。她的頭髮是黑的，眼睛是黑的；她留給他一個黑得並不討厭的印象。但在他多了解她一點的時候，他覺得她太過敏感，也因為如此，十分孤單。有一回，她跟他談起在她想像中，他的生活一定是充滿朋友、金錢，還有一個和樂美滿的大家庭。當時他認為那是一種強烈的失落感。在她想像中，她以外的那個世界裡的生活似乎美好到超乎現實。有一回，她放了一支玫瑰在他桌上，他把它扔進垃圾桶。「我不喜歡玫瑰花。」他對她說。

她能幹、守時，還是個打字高手，唯一他看不慣的，是她寫的字。她難看的字體跟她的表現完

1 Gibson，紅酒品牌。

全連不起來。他以為她應該寫一手漂亮圓潤的斜體字，她的字是有那麼一點味道，但是夾雜著好多難看的印刷體。她的字給他一種感覺，一個飽受內在情緒衝突下的受害者。這些衝突使得她寫在紙上的線條支離破碎，無法連貫。她工作了三個星期。頂多三個星期吧。有一天晚上他們在公司待得比較晚，下班後，他主動提議請她喝一杯。「如果你真的想喝一杯，」她說，「我那裡有威士忌。」

她住的房間對他來說簡直就像個衣櫃。房間一角堆滿了衣帽盒，即便這個房間小到連放一張床、一個梳妝檯和他坐著的那張椅子都嫌太擠，居然靠牆還擺了一臺鋼琴。琴架上放著一本貝多芬的奏鳴曲。她遞了杯酒給他說她要去換件比較舒服的衣服。他叫她趕緊去換，畢竟，他不就是為了這個目的才來的嘛。要是說他有任何疑慮，就是他們倆都太實際了。她的缺乏自信，她的失落感，令他毫無後顧之憂。過去他交往過的許多女人都是因為缺乏自信才被他看上的。

一個小時後，他穿好衣服。她在哭泣。當時他通體舒泰，很想睡覺，根本沒去在意她的眼淚。在穿衣的時候，他在梳妝檯上看見她寫給清潔婦的一張字條。房間裡唯一的光線來自浴室，那扇門虛掩著。就在這半明半暗的光線裡，她那手難看的狗字體再次顯得跟她的人格格不入，這種字體似乎應該屬於另外一個非常粗魯難看的女人。第二天，他做了一件自認為很明智的事。趁她出去吃午餐的時候，他打電話給人事部門叫他們開除她。那天下午他休假。幾天後，她來辦公室，要求見他。他告訴電話總機小姐別讓她進來。那以後他再沒見過她，直到今天傍晚。

布雷克喝著第二杯吉卜生，看看時間他已經錯過了這班快車。他得搭慢車，五點四十八分的那班。離開酒吧的時候天色還很亮，但仍舊下著雨。他謹慎仔細的查看街上，那可憐的女人已經走了。往車站的路上，他側頭張望過一兩次，看起來安全沒事。他並沒有完全放鬆，他知道，因為他忘了帶走甜甜圈，他不是一個隨便會忘記帶東西的人，這個小差錯令他很不舒服。

他買了份報紙。他上車的時候車廂裡一半都還空著，他挑了靠河濱的位子，脫下雨衣。他是個瘦高個，一頭褐髮，各方面都很平常，只有從他青白的膚色或是灰色的眼睛裡才會察覺他有一些不太討喜的癖好。他的穿著就像一般人，好像完全以禁奢令為依歸。他的雨衣是淡黃的磨菇色。他的帽子是深咖啡色，西裝也是。除了領帶上那幾道鮮明的線條，他似乎刻意以最少的顏色，做為他的一種保護。

他看看周圍的乘客。康普登太太坐在他前面幾個位子，靠右手邊。她微微一笑，這笑容真是一閃即逝，短得可怕。瓦金先生就坐在他正對面。瓦金先生應該好好理個髮，而且，他犯了禁奢法令：他穿著燈心絨的夾克。他跟布雷克吵過架，所以兩個人不說話。

布雷克對康普登太太假惺惺的笑容絲毫不在意。康普登他們就住在布雷克隔壁，康普登太太從來不知道少管閒事的重要性。露意絲．布雷克喜歡把家裡的大小問題全盤說給康普登太太聽，布雷克都知道。康普登太太不只鼓勵她說出來，甚至還把自己當成告解神父，對於布雷克夫妻間的私密事興趣濃厚到了一個極點。她大概對他們夫妻最近一次爭吵提供了一些意見。有天晚上布雷克回到家，加完班很累了，他發現露意絲根本沒準備晚飯。他走進廚房，露意絲跟著他，他指著月曆，當天是五號。他在這個日子上畫一個圈。「下個星期是十二號，」他說。「再下個星期是十九號。」他在十九號上面也畫一個圈。「連著這兩個星期我都不會跟你講一句話。也就是到十九號為止。」當時她哭，她抗議，可是她利用這種哭鬧的方式打動他已經是八年十年前的事了。現在露意絲老了。

她臉上的皺紋已經根深蒂固，每當她在鼻子上架起眼鏡讀報紙的時候，看在他的眼裡簡直就像一個討厭的陌生人。肉體的魅力原本是她唯一的吸引力，現在都沒了。九年前布雷克在兩間臥室門對門的走道上豎起一個書架，還加了兩扇可以上鎖的木門，因為他不想讓孩子們看他的藏書。長期的疏離對布雷克來說似乎早已習以為常。他和太太吵架這種事，每個凡夫俗子都有過。這是人類的天性。到哪裡都聽得見這種聲音，在飯店的庭院、通風口、夏日黃昏的某條街上，你都能聽見這種刺耳的叫罵聲。

布雷克和瓦金先生之間的不睦也跟布雷克的家庭有些關係，不過嚴重性和麻煩事還及不上康普登太太臉上那一閃即逝的假笑。瓦金一家住在租來的小公寓裡。瓦金先生沒有一天不違反禁奢令，有一回他竟然穿著涼鞋去搭八點十四分的火車。他以畫廣告維生。布雷克的大兒子，查理，十四歲，和瓦金家的兒子是好朋友。查理每天把大把的時間都耗在瓦金他們那棟租來的破屋子裡。這份友誼影響到他的行為舉止和整潔。後來他開始待在瓦金家跟他們一起吃飯，週末的夜晚也都待在那兒。在他把大部分的東西都搬去瓦金家，甚至連每天晚上幾乎都不回家之後，逼得布雷克不得不出手了。他並不直接找查理而是找瓦金先生，無可避免的，他說了不少難聽的重話。瓦金先生髒兮兮的長髮，燈心絨的夾克，更讓布雷克覺得自己理直氣壯。

不過康普登太太的假笑也好，瓦金先生骯髒的頭髮也好，都無損於布雷克愉悅的心情，在五點四十八分的地鐵上他安穩的坐下來了，雖然位子很不舒服。車廂老舊，味道怪異，就像全家人擠了一個晚上的防空洞。由車頂灑下來，照著他們腦袋和肩膀的燈光昏黃黯淡。車窗上的污垢被另一段行程沾上的雨水劃出一道道的污痕，煙氣霧氣從每一份報紙後頭冉冉地升起，這景象對布雷克來說就是，他安全了，在經過那一場虛驚之後，他甚至對康普登太太和瓦金先生有了那麼一點溫暖和善意。

火車從地下駛上地面，迎向微弱的天光，破爛的貧民窟和這座城市使得布雷克又隱約地想起了那個跟蹤他的女人。為了避免胡思亂想，他把注意力移轉到晚報上。從眼角的餘光他還是可以瞥見窗外的風景。十分地工業化，但是在這個時間點卻顯得特別悲傷。到處是機房、倉庫，在這些房屋的上方，雲端出現了一個裂口，迸出一片黃色的光芒。「布雷克先生。」有人說話。他抬頭。是她。她站在那裡，一手扶著椅背，讓她能夠在搖晃的車廂中穩住自己。他忽然記起了她的名字——丹特小姐。「哈囉，丹特小姐，」他說。

「你介意我坐下來嗎？」

「不會。」

「謝謝。你真好。我不想這樣唐突。我並不想……」他抬頭看見她的時候真心害怕，可是聽見她怯怯的聲音立刻定下心來。他挪動一下膝蓋，這是一種無意識的表示客套的姿態——她坐了下來。嘆一口氣。他聞到她衣服上的潮溼味。他看出她的外套很單薄，她戴著手套拿著一隻很大的手提袋。

「你現在住這兒附近嗎，丹特小姐？」

「不是。」

她打開小包包，拿出手帕。哭了起來。他轉頭看車廂裡有沒有人在看，沒有。這班夜車上周圍有成千的乘客。他看著他們的衣著，手套上的破洞；看著那些睡著的，嘴裡念念有詞的人，他會想著不知道他們有多少煩心的事。他總是把所有的人簡略的分類一遍之後才埋頭看報。他把他們分成有錢人、窮人、聰明人、笨人、鄰人、陌生人，但從來沒有一個是全身溼漉漉的人。她一打開包包，他就記起她的香水味。他去她住處喝一杯的那個晚上，那香味就貼在他的皮膚上。

「我病得很厲害，」她說。「兩個星期以來這是我是第一次下床。我病得太重了。」

「你生病啦，真替你難過，丹特小姐。」他故意說得很大聲，瓦金先生和康普登太太一定能聽見。「那你現在在哪高就？」

「什麼？」

「你現在在哪上班？」

「啊，你這是在說笑話，」她輕輕柔柔地說。

「我不明白。」

「你破壞了我的名聲。」

他直起脖子肩膀繃緊。這連串的小動作明確的，也是無計可施的，渴望著想要找個避風頭的地方。她確實是來找麻煩的。他用力吸口氣，情感深厚的望著這半滿、半暗的一節車廂，他要確認這份現實感，他要確認這是一個不會有什麼大麻煩的世界。他清楚意識到她沉重的呼吸和被雨水溼透的外套。火車停了下來。一個修女和一個穿工作服的男人下車。列車再次開動，布雷克戴上帽子，拿起雨衣。

「你要去哪裡？」她說。

「我去隔壁車廂。」

「喔，別，」她說。「別去，別去，別去。」她白塌塌的面孔離他的耳朵如此近，他感覺得到她暖熱的氣息噴在他的臉頰上。「別這麼做，」她耳語著。「別試圖逃避我。我有手槍，我可以開槍打死你，我不想這樣。我只想跟你好好談談。別動，否則我真的會殺了你。別，千萬別這麼做！」

布雷克猛地倒回到座位上。就算他想站起來喊救命，現在也辦不到。他的舌頭腫成兩倍大，他試著轉動，舌頭竟然可怕的黏住了上顎。他兩條腿也不聽使喚了。現在唯一能夠做的就是等待他的心臟停止歇斯底里的狂跳，他才好冷靜地判斷危險的程度。她歪斜著身子坐著，手槍就藏在大提袋裡，剛好瞄準他的肚子。

「你現在明白了，對嗎？」她說。「你明白我是認真的了？」他很想說話，可還是發不出聲音。他點點頭。「我們現在先安靜地坐一會兒。」她說。「我太興奮了，我的思緒全攪亂了。我們安安靜靜地坐一會兒，等我的思緒恢復正常。」

救兵會來的，布雷克想著。只是時間問題。有人注意到他臉上的表情，或者她怪異的姿勢，會停下來了解一下，到時候一切自然就會結束。現在他只要安靜的等著某個人過來幫他解圍。車窗外他看見河流和天空。雨雲像百葉窗簾似的迅速降落，地平線上有一道橘色的光逐漸明亮起來。光亮擴散了，他清楚看見它移動，在波浪上散開，直到變成一抹昏暗的火光掠過河岸。然後熄滅。救兵馬上就會出現，他想著。在下一次靠站前就會出現；火車果然再度停下來，有人上來有人下去，布雷克依舊活著，在身旁這個女人的慈悲之下。他實在無法面對救兵很可能不會出現的事實。很有可能他的處境，這是他後來才想到的，並沒能引起旁人的注意，很可能康普登太太還以為他帶著一個無關緊要的人到席地嶺吃晚餐。忽然口水回籠了，他不再唇乾舌燥，他可以開口說話了。

「丹特小姐？」

「是。」

「你究竟要做什麼？」

「我要跟你談談。」

「你可以到我辦公室。」

「喔不行。連著兩個星期我天天都去。」

「你可以預約。」

「不，」她說。「我想我們就在這兒談。我寫了封信給你，可是我病得太厲害沒辦法出門寄信。我把我的想法全寫在裡邊了。我喜歡旅行。我喜歡火車。問題是我始終沒有錢去旅行。我想你每天晚上都看一次這樣的風景，根本沒把它當回事，但是對於一個長期臥床的人來說真是太美好了。人家說他不在河裡，不在山上，我卻認為他在。『智慧從何處來呢？』它說。『聰明之處在哪裡呢？深淵說不在我內；滄海說不在我中。滅沒和死亡說我們風聞其名。』[2]」

「啊，我知道你在想什麼，」她說。「你在想我瘋了，我病了很久病得很重，不過我會好起來的。只要跟你說話我就會好起來的。我去你那兒工作之前我一直在住院，他們根本不想把我治好，他們只想拿掉我的自尊。到現在為止我已經失業了三個月。就算我真的殺了你，他們也拿我沒辦法，頂多只能把我再送進醫院，所以你知道我是不怕的。我們還是安靜地再坐一會兒吧。我需要鎮定。」

火車繼續沿著河岸停停走走，布雷克設想一些逃跑的計畫，可是很難，眼前受到威脅的是他的性命，放下理性的計畫，他想到了許多當初就可以避開她的方式。而這些悔不當初的想法，他明白根本無濟於事。就像後悔當初聽到她第一次提起在醫院住了好幾個月的時候，他竟然沒有起絲毫的懷疑。就像在後悔自己人生中的失敗，他早該對她的羞怯、靦腆，像爪子刮出來的字體生出戒心。現在再想要糾正這些錯誤根本不可能了，活到這把年紀，他還是第一次真正感受到後悔的力道。窗外，他看見有一些人在附近暗黑的河邊釣魚，和一間搖搖欲墜，像是用漂流木拼湊起來的破爛船屋俱樂部。

瓦金先生睡著了。在打呼。康普登太太在看報紙。布雷克看見南向的月臺有幾個準備進城的乘客。一個拿著飯盒的工人，一個盛裝的女人和一個提著手提箱的女人。三個人分開站著，他們後面的牆上貼著幾張廣告。有一張上面是互相敬酒的一對男女，一張是貓爪牌橡膠鞋底，還有一張是夏威夷的舞者。他們快活的樣子膚淺得就像月臺上那一攤攤的水潭。月臺和月臺上的人看起來都好孤單。火車離開車站朝著貧民窟的零散燈火邁進，然後駛入暗黑的鄉村和河流。

「在我們到達席地嶺之前我要你先把我這封信讀完，」她說。「就在座位上，拿起來。我本來要寄給你的，可是我病得太厲害出不了門。我整整兩個星期沒出門。我整整三個月沒有工作。除了房東太太我沒有跟任何人說過一句話。現在請你看我寫的信。」

他把她放在座位上的那封信拿起來。廉價紙張的觸感很討厭很髒。信紙摺了又摺。「親愛的老

2　「智慧從何處來呢？」它說。「聰明之處在哪裡呢？深淵說不在我內；滄海說不在我中。滅沒和死亡說我們風聞其名。」摘自舊約聖經約伯記第二十八章。

公，」她寫著，以那隻瘋狂又不穩定的手，「人家說人類的愛情引領我們達到神聖之愛，真是這樣嗎？我每晚都夢見你。我心中的欲望如此可怕。我常常做夢，我有這份天賦。星期二我夢見噴出鮮血的火山。我住院的時候他們說要治好我的病結果卻只是奪走了我的自尊。他們只想要我做一些縫紉和編織的夢，不過我總算把我做夢的天賦保留了下來。我是有通天眼的人。我可以知道電話哪時候會響。我這一生從來沒有一個真正的朋友……」

火車又停了。又到了一個月臺，又是一張男女碰杯、橡膠鞋底、夏威夷舞者的廣告圖片。突然她又把臉貼近布雷克的臉，在他耳朵邊輕聲細語。「我知道你在想什麼。我從你臉上就看得出來。你在想，到了席地嶺就可以把我甩掉，對吧？啊，我已經計畫了好幾個星期。這幾個星期我就只想這一件事。你只要讓我說話，我絕對不會傷害你。我心裡想的盡是惡魔。我的意思是，要是世界上真有惡魔，要是世界上有人代表惡魔，那麼我們是不是有責任消滅他們？我知道你總是欺負弱小。我看得出來。啊，有時候我真的認為應該殺了你。有時候我真的認為你就是我和幸福之間的唯一障礙。有時候……」

她用手槍碰觸布雷克。他覺得槍口就抵在他的肚子上。照這個距離，子彈只會在射進去的地方留下一個小孔，從背後出來的時候那傷口就會有足球那麼大。他想起在戰爭時候看見過那些沒有掩埋的死人，回憶突如其來；內臟、眼睛、碎裂的骨頭、屎尿，還有其他一些不知名的汙物。

「我對人生只要求那麼一點點的愛，」她說。她稍微放鬆了持槍的力道。瓦金先生還在睡。康普登太太平靜地坐在那裡，兩手交疊在腿上。車廂溫和的搖晃著，掛在車窗與車窗之間的一些外套和蘑菇色雨衣，隨著車廂的搖晃輕輕地擺動。布雷克的手肘擱在窗檻上，左腳的鞋踩著蒸氣輸送管線的護板。車廂有一種教室裡單調沉悶的味道。乘客不是睡著就是在出神，布雷克以為他大概永遠都逃不開這股熱氣，衣服上的溼氣，還有這黯淡的燈光了。他很希望像平時那樣，裝出一副滿不在乎的樣子，可是他連假裝的力氣都沒有。

列車長在車門口探著頭說：「席地嶺，下一站，席地嶺。」

「好，」她說。「現在你走我前面。」

瓦金先生突然醒了，戴上帽子穿上外套，對康普登太太笑了笑，康普登太太以標準的婆媽姿態正忙著收拾身邊的大小包裹。他們走向車門。布雷克加入他們一起，可是他們誰也不跟他說話，甚至也沒注意到他身後那個女人。列車長拉開車門，布雷克看見隔壁車廂的平臺上有幾個也是錯過快車的鄰居，站在昏黃的燈光下，耐心又疲累的等候著他們的終點站。他抬起頭，從打開的車門看著城外那棟廢棄的大樓、釘著不得擅入標誌的大樹、貯油槽。然後水泥橋墩也過去了，橋墩跟車門近到幾乎伸手可及。接著他就看見北邊月臺上的第一根燈柱，黑金色的席地嶺標牌，一小塊由促進協會維護的草坪和花圃，再看到的就是計程車招呼站和老式車庫的一角。又下雨了；滂沱大雨。他聽著濺起的水花，看著水潭和倒映在溼亮的石板路上的燈光，這單調的、稀哩嘩啦的雨聲竟讓他產生一種掩護的感覺，這感覺很輕、很淡，很陌生，似乎屬於他生命中一段不復存在的時光。

他走下階梯，她走在他後面。有十幾輛車子候在車站旁邊，引擎發動著。有幾個人從另外幾節車廂下來；大部分都認識，卻沒有人願意載他一程。他們有的落單有的作伴，從雨地裡走向遮風擋雨的月臺，車子的喇叭聲在向他們呼喚。這是應該回家的時候，回家喝一杯、享受愛、共進晚餐的時候，他看見山丘上的燈火，那兒有正在洗澡的孩子們、煮好的燉肉、乾淨的碗盤，燈火在雨裡閃耀著。一個接一個的，車子把每戶人家的主角都接走了，現在只剩下四個。其中兩個受困的乘客坐上了村子裡唯一的計程車。「對不起，親愛的，」幾分鐘後一個女的開車過來，溫柔地對她丈夫說。「家裡的鐘慢了。」剩下最後的一個男人看了看錶，再看看雨勢，直接走進了雨裡，布雷克目送他離開，彷彿他們有某種非說再見不可的理由，不是像朋友聚會之後的互道再見，而是在面對一種身心靈的訣別，不得已又不得不。男人的腳步聲在通往停車場和人行道的路上響著，然後消失。車站裡，一支電話響了。鈴聲很響亮，間隔的響著，沒人接聽。大概有人想要問下一班開往阿爾巴尼的列車時間，但是站長弗蘭納甘先生一個鐘頭前已經下班回家。臨走前他先把所有的燈都打開了。燈光在空蕩蕩的候車室裡亮著。帶著護罩的燈光透到月臺上，慘淡昏黃，無所適從。燈光照上了夏威夷的舞者、對飲的男女，和橡膠鞋底。

「我從沒來過這兒，」她說。「我以為這裡會很特別。沒想到看起來這麼窮酸。我們避開燈光，往那邊走吧。」

他覺得兩條腿好痛。全身無力。「走啊！」她說。

車站北邊有一間貨倉，還有堆煤場和一個停著幾艘小船的水灣，這是肉販子、麵包師傅，和服務站的店長在星期天用來釣魚的，現在因為大雨，小船都快被水淹沒了。他朝著貨倉走過去的時候，看見地上有東西在動，還聽見刮擦的聲音，一隻老鼠從一只紙袋裡探頭看著他。老鼠用牙咬住紙袋一路拖進陰溝裡。

「停，」她說。「轉過來。噢，我真替你難過。看看你這張臉。可是你不知道我的日子是怎麼過的。我不敢在白天走出去。我怕藍天會塌下來壓到我。我像可憐的膽小雞利肯[3]。只有等到天黑了我才覺得我像自己。不過我還是好過你。我還是會有很好的夢想。我夢到野餐、天堂、手足的情誼、月光下的城堡、河畔的柳樹林、外地的城市，而且，說到底，我比你懂得愛。」

他聽見幽暗的河水那邊傳來馬達的嗡嗡聲，這聲音緩緩地帶動起許多清晰甜蜜到令他起雞皮的回憶，那些逝去的夏天，逝去的歡樂，他想著黑暗中的山嶺，想著孩子們的歌唱。「他們根本就不想治好我，」她說。「他們……」從北邊來的火車聲蓋住了她的話語，但她還是繼續說著。火車的噪音灌滿了他的耳朵，一扇扇的車窗飛馳而過，車窗裡的人有的在吃，有的在喝，有的在睡，有的在閱讀。當火車駛過大橋之後，聲響也逐漸遙遠，他聽見她厲聲喊叫：「跪下！跪下！照我說的話做。跪下！」

他跪下來。他低下頭。「對啊，」她說。「你看，只要照我的話做，我就不傷害你。我一直想要幫你，可每當我看見你的臉，有時候會讓我覺得我幫不了你。有時候我覺得要是我有心有情有義，啊，比現在的我更好，有時候我覺得，如果我能夠比現在的我更年輕更貌美，要是我能夠換一種對的方式來找你，你就不會提防我。噢，我比你好多了，我比你好太多了，我不應該像這樣浪費時間浪費生命才對。把臉貼在地上。把臉貼在地上！照我的話做。把臉貼在地上。」

他撲倒在骯髒的地上。煤渣擦傷了他的臉。他趴在地上，啜泣。「現在我覺得舒服多了。」她說。「現在我可以不管你了，我可以不管這一切了，因為你明白我的內在有多麼仁慈，多麼聖明。我可以拋開一切不管了。」他聽見她的腳步聲離開了他，走在石子路上。他聽見那腳步聲清楚地踏

3 Chicken Licken，美國童話故事。

在堅硬的月臺地上，走得更遠了。他聽見它們漸漸消失。他抬起頭。他看見她爬上天橋的樓梯，再走到另外一個月臺，她的身影在黯淡的燈光裡顯得好小，好普通，好無害。他用力撐起自己。起初很謹慎，很小心，直到從她的態度，她的模樣看出來，她真的已經忘了他；她已經達到了她想要做的，他安全了。他站起來，撿起掉落在地上的帽子，走回家去。

再試這一次

自找麻煩是很不明智的事，可是在任何一個我們居住的大城市裡，在那些人的身上，這話就有待商確了：那些死性不改的、愛逢迎拍馬的、什麼也做不好又始終不肯放手的，還有我們最常見的，貪不知足的人。我指的就是上東區那些過氣的貴族人士，那些在證券行做事的空心大佬，和他們浮誇的老婆；穿戴著舊衣回收店裡的貂皮和二手皮草，腳上蹬著鱷魚皮鞋，對門房和超市的出納員頤指氣使，全身珠光寶氣，還噴著沃斯高定[4]和香奈兒的香水。現在我想著的就是畢爾夫婦、艾芙麗姮和鮑伯·畢爾，他們住在東區豪華公寓大樓裡。原本的屋主是鮑伯的父親，屋子裡堆滿了帆船賽的獎盃、胡佛總統親筆簽名的照片、西班牙風的家具和其他許多黃金鼎盛時期的遺物。說真的，這地方沒什麼了不得，還算寬敞但很暗，可是對他們來說是個很大的負擔。在告訴門房和電梯服務員要上幾樓找誰的時候，從他們的表情就可以看得出來。他們總是延遲兩三個月的時間才繳房租，小費的事就更別提了。當然，艾芙麗姮曾經在菲蘇妮上過學。她的父親，就像鮑伯的父親一樣，敗掉了上億的家產。她記得的全都是披金戴銀的回憶：一場場的賽馬盛會、下雨天發動凍壞的

4 Worth Couture，法國高級名牌。

賓士車，和杜邦的女孩子們在白蘭地酒公園的野宴。

她是個很好看的女人，長長的臉蛋，有著新英格蘭風格的美麗，一種自然流露的尊貴。她看起來十分地沉穩。在他們最拮据的時候，她會去打工，先是在第五大街的玻璃名品店，接著是喬治傑生銀飾店，因為她在店裡堅持抽菸的權益而惹出了麻煩。於是她離開那兒轉往邦威百貨公司，接著又從邦威轉到班德爾。有一年聖誕節是在舒華茲玩具店，第二年的復活節她又轉到了賽克斯第五大道百貨一樓的手套專櫃。在不斷轉換工作的時間裡她還生了幾個孩子，她把孩子都交給一個蘇格蘭老婦人照顧。這人是當年家裡的老傭人，她似乎也跟畢爾夫婦一樣，仍然守著過去，沒辦法做任何改變。

他們就是那種你常常會在車站或是雞尾酒會上遇見的人。我指的是週六夜晚的車站；週末或是季末時候在海恩尼斯或是弗雷明登的連接站；或早春時候在喬治湖的車站，在艾肯和格林威爾；也可能是在西罕普登的海灘，南塔克特的渡輪，在史托寧頓，在巴港；或者，更遠一點，像是英國的帕丁頓車站，羅馬，比利時安特衛普的夜遊船上。「哈囉！哈囉！」他們會向遊客打招呼，他肯定穿著白色風衣，拿著手杖戴著紳士帽，而她，肯定穿著她的貂皮或是二手皮草。在某種程度上參加雞尾酒會的路線多半大同小異，總是會在相同的車站，接駁站，渡船口的地方碰面。這些派對的人數不會太多，喝的酒也絕不會太好──你在這些派對裡吃喝的時候，總是覺得在熱絡的氣氛當中有一種很明顯的疲憊感，就好像家人，社會，學校這些束縛正慢慢地融解消失，就好像你酒杯中的冰塊。不過社交的氛圍並沒有解體，沒有質變。實際上，就是一種出遊的氛圍。所有的賓客似乎都擠在候船棚裡，或是火車轉接站上，等著搭渡船或火車離去。經過拿著衣帽的女僕，經過門廳和安全門，前頭是幽暗的海水，或許風大浪急，這時風在呼號，燈火在搖晃，招牌上的鐵鍊吱嘎作響，船夫的聲音此起彼落，渡輪響起深情款款的汽笛聲，逐漸靠岸。

你經常會在雞尾酒會和火車站看見畢爾夫婦的一個理由是，他們始終在找人。他們找的不是像你我這樣的人。他們找的是王公侯爵，找一個可靠的避風港。他們喜歡參加派對，喜歡注意周圍的人這很可以理解。我們都會這麼做。但是他們在月臺上老是盯著同行的人看那就另當別論了。不管在任何地方，只要在那裡等個十五分鐘左右，他們就會把所有的旅客從裡到外看個夠，從帽緣底下，從報紙後面，他們一直盯著看，就希望能找到一個有頭有臉的人。

我說的這個年份應該是三〇或四〇年代，就在大戰前後，也正是畢爾夫婦財務出現大問題的時候。原因是他們的小孩已經到了該上學的年紀；當然是昂貴的私立學校。他們做了一些很不體面的事；開一堆空頭支票，開別人的車子度週末，然後把車開進排水溝裡，事後完全不認帳。這些招數更加影響到他們的社交和經濟狀況，但他們繼續利用剩餘的一點魅力和指望，在費城有一位瑪格莉特姑媽，在波士頓有一位羅拉阿姨，說實在的，他們確實有魅力。大家真的很喜歡見到他們兩個，就算他們是絢爛盛夏中最拮据的一對小蚱蜢，他們也有辦法想起一些美好的事物，美好的地方，美好的賽事，美好的食物，美好的同伴，還有他們的熱情，在月臺上找尋朋友的那份狂熱，根本就像是在找尋一個他們所熟知的世界。

瑪格莉特姑媽過世了，我因此發現了這些有趣的內情。那年春天，我的老闆和他老婆準備出航去英格蘭，那天早上我帶著一盒雪茄和一段逝去的戀情上船。船很新，我記得，一大堆漂泊的遊子在船上的圖書室裡瀏覽艾德娜費伯[5]的套書珍藏本，一面讚嘆船上的小型泳池和酒吧。通道上非常擁擠，在這個陰沉沉的上午十一點鐘，頭等艙的每間房裡都塞滿了鮮花和喝著香檳的賀客，紐約港裡如碧波湯頭的濃郁悲愴的海味直衝雲霄。我把禮物交給我的老闆和他老婆之後，就去找上層的主甲板，經過一間房艙，也可能是一間套房吧，我聽見艾芙麗妲天真爛漫的笑聲。甲板上擠得不得了，一名服務生在倒香檳，我在跟幾個朋友打招呼，艾芙麗妲把我拉到一邊。「瑪格莉特姑媽往生了，」她說，「我們又發了……」我喝了點香檳，這時下船的汽笛響了，聲音淒厲，刺耳，就像在催命，而且不知怎麼的，也很像是港口裡的海水，充滿悲愴；看著中斷的派對，我心裡想著，不知道瑪格莉特姑媽的財產能夠維持這兩個人多少時間。他們的債務龐大，生活習慣荒誕，即便有個幾百萬也撐不了多久。

這個想法一直存在我的腦海裡，那年秋天洋基球場有一場重量級的賽事，我好像看見鮑伯捧著一盤出租望遠鏡在場子裡打轉。我叫他的名字，我叫得很大聲，結果不是他，實在太像了，像到我真以為我看見了他，或者說至少像是看見了一個活靈活現的遠景，對於這一對在社交和財務上落差如此大的夫婦。

我真希望我可以大咧咧地說，在某個下雪的夜晚，當我走出戲院的時候，看見艾菲麗妲在四十六街兜售鉛筆，等她回到西區的某個地下室，鮑伯就奄奄一息地躺在毛氈上，當然這純粹是我的無良想像。

我只顧著說畢爾夫婦這種人經常會在火車站和雞尾酒會上碰見，其實還漏了說海灘。他們非常地親水。你知道我的意思。屬於夏天的那幾個月份裡，東北邊的海，上自長島，下達緬因，包括所有的海上小島，似乎都變身成為遼闊的交誼廳，只要你坐在沙灘上傾聽著重量級的北大西洋，社交圈裡的人物影像就會在滔滔白浪中出現了，紮實地就像蛋糕裡鋪陳的葡萄乾。一朵浪花竄過來，湧上淺灘，湧入凹進凸出的縫隙，隨著浪花出現的就是康蘇洛・羅斯福和登達斯・凡德比先生和凡德比太太，還有這兩家的孩子。再一個大浪像衝鋒陷陣的機甲部隊從右邊竄過來，直奔岸邊坐在橡皮艇裡的拉索・梅西和艾默生・克林的第二任老婆，還有套著救生圈的匹茲堡教區的主教。忽然又一陣浪花，像使勁甩上行李箱蓋似的，砰一聲在你腳邊爆開，於是畢爾夫婦就在眼前出現了。「好開心見到你，見到你，見到你真的好開心……」

夏天和大海就是他們最後露臉的場景。總而言之，這是他們完全為我們而來的最後一次露臉。那天我們來到緬因州的一個小城。姑且這麼說吧，目的是要帶家人一起出海和野餐。小客棧的主人告訴我們租船的地點，大家備好三明治，照他的指點到了碼頭。我們在小棚子裡看到一個老頭，他有一艘有桅杆的小船出租。我們付過訂金，再簽了一份髒兮兮的文件，時間是上午十點，卻發現這老頭已經喝醉了。他划小舢舨送我們到泊船的位置，我們跟他說再見，這時候才看到那艘小船有多爛，我們大聲喊他，可是他已經快著陸了，根本聽不見。

船地板全部漂浮著，舵軸是彎的，方向舵的一個螺栓整個生鏽了。滑輪也是壞的，我們抽水揚帆的時候，船帆爛到裂開，但最後總算啟航了。在孩子們一再地催促之下，終於航行到一座小島

---

5 Edna Ferber，一八八五－一九六八，美國女作家，曾獲普立茲小說獎。

上，開始野餐。過後我們準備回航。可是風勢變強，風向也轉了，朝著西南的方向吹。這時我們已經離開了小島，左舷的桅索啪地斷了，鐵絲飛出去纏住了桅杆。我們只好先把船帆降下來，拿繩子替代。就在這時候我們發現退潮了，小船迅速地被潮水帶向外海。我們就靠臨時替代的桅索航行了十分鐘，右舷的支索才發揮功能。這會兒是真的遇上了大麻煩。我們想著小棚子裡那個喝得醉昏昏的老頭，他是唯一知道我們去向的人。我們只好試著拿船板當槳划，可是完全沒法抵擋海潮沖刷的力量。誰會來救我們啊？畢爾夫婦！

暮色中他們在地平線上出現了，乘著一艘同樣附有客艙的大遊艇，就是船橋上有舒適的長椅，房艙裡有帶燈罩的檯燈和玫瑰花盅的那種遊艇。掌舵的是個雇工，鮑伯扔了條繩子給我們。這可不僅僅是一次老朋友的聚會，這可是救了我們的性命啊。我們當時幾乎已經神志不清。僱工把小帆船處理好，我們死裡逃生十分鐘以後，已經在船橋上暢飲馬丁尼。他們說，他們很樂意帶我們回去他們家。我們可以在那兒過夜。既然家世背景和來此地的目的都沒有太大的差別，他們的關係也有了徹底的改變。現在，這是他們兩個人的房子，他們兩個人的船。我們實在不明白這是怎麼一回事，我們目瞪口呆，鮑伯慎重地給了我們一個解釋，他聲音很低，幾乎有些吞吞吐吐，彷彿這些事還需要加註似的。「我們拿到了瑪格莉特姑媽大部分的錢，蘿拉阿姨那裡則是拿了全部，還有勞夫叔叔那邊也給了一點。我們把這些錢統統拿去投資，你知道，過去兩年裡翻了三倍。我把我父親曾經失去的全都買了回來，也就是說，我買回了所有我想要的東西。那邊那艘風帆就是我的。當然，這屋子也是全新的。這些都是我們的成果。」那個下午，那個海洋，當時在小船上感覺那樣恐怖危險的海洋，此刻寧靜無比地在我們周圍伸展著。太奇妙了。我們舒舒服服地坐在那裡欣賞著我們的同伴。畢爾夫婦真是有魅力，他們一直就是這樣，現在更加上聰明，只有聰明如他們才知道豔陽天會再度來臨，所以除了聰明還有什麼話說？

席地嶺[6]的偷兒

我的名字叫強尼・海克。今年三十六歲，只穿襪子站著有五呎十一吋，不穿衣服淨重一百四十二磅，順便一提，此刻，我正光著身子對著黑暗講話。我是在瑞吉大飯店[7]裡被懷上的，在長老會皇后醫院出生，在蘇頓區帶大，在歷史悠久的聖巴多羅買教堂受堅信禮，在著名的尼克柏克格雷幼校受訓，在中央公園玩足球和棒球，學習東區大戶人家的談吐，然後在華道夫大飯店一次盛大的舞會上認識了我的太太（克莉絲汀娜・路易士）。我在海軍服役四年，有四個孩子。現住在一個叫做席地嶺的郊區。我們有一棟很漂亮的房子，有花園有烤肉的地方，夏季的夜晚，我陪孩子們坐在那裡，窺看著克莉絲汀娜俯身在牛排上灑鹽時所露出的前胸，可觀而誘人；或者只是出神地盯著天空的星光。這時的我很激動，就像在面對大膽又危險的追逐時那樣的激動，我猜想這就是生命有甘有苦的意義。

戰後我立刻進入一家塑膠包膜製造廠上班，感覺上大概就要賴此維生了。公司是主子制；也就是說，一切全憑老頭指使，一會兒要你東一會兒要你西，樣樣事情他都插手，澤西的工廠，納許維爾的加工廠，就好像打個小盹的時間裡，他已經把整個公司的業務全部設想好了。大多時間我都盡量避開他，以免招惹。我在他面前規矩到極點，就好像是被他親手用黏土捏出來的一樣；我的生命力，也是由他注入到我身體裡的。他是那種需要有個擋箭牌的暴君，這正是基爾．巴克南的職責。他是老頭的左右手，擋箭牌，和事佬，他專門替老頭圓場，他有老頭缺少的人情味，不過他開始怠工了，起初一兩天，接著兩個星期，再下來時間更長。每次回來上班，他老是抱怨腸胃不適，或者眼睛疲勞，其實誰都看得出他根本是喝醉了。這也沒什麼奇怪，因為喝酒也是他必須為公司效勞的業務之一。老頭忍了一年，有一天早上他走進我的辦公室要我去巴克南家裡，叫他捲鋪蓋走路。

這真是卑鄙惡劣，這就像派個工友去叫董事會的主席滾蛋。巴克南是我的上司，又比我資深太多年，他肯賞我一杯酒都是一種恩賜，可是這是老頭的作風，我知道我必須該怎麼做。我打電話去巴克南家，他太太說我下午可以見基爾．巴克南。我一個人吃午餐，在公司晃到了三點左右才從我們位在市中心的辦公室走到東七十街巴克南住的公寓。剛剛入秋，年度冠軍棒球聯賽正開打，一場大雷雨正在逼近市區。到達巴克南住的地方，我清楚地聽見隆隆的雷響也聞到雨的氣息。巴克南太太開門讓我進去，過去一整年的不順心似乎全在她臉上，靠著厚厚一層脂粉胡亂地掩蓋著。我從來沒看過這樣無神的眼睛，她穿著一件參加花園派對穿的那種老式大花洋裝（他們有三個上大學的孩子，一艘雇了駕駛的遊艇，還有許多其他的開銷）。基爾．巴克南躺在床上，巴克南太太讓我進了臥室。暴風雨還沒開始，眼前所有的東西都安穩地站立在朦朧之中，像極了黎明時的溫柔，彷彿這一刻我們應該睡著夢著，而不應該是帶來壞消息。

---

6 Shady Hill，美國著名歷史街區，位於麻薩諸塞州，該區的建築以安妮女王時期與殖民地風格著稱。
7 Hotel St.Regis，瑞吉大飯店或瑞吉金沙酒店。

基爾很風趣，不擺架子，他說很高興看到我；他上回去百慕達買了一堆禮物給我的幾個孩子，可是忘了寄出。「你去把那些東西拿過來好嗎，親愛的？」他說。「你記得擺在哪裡嗎？」過一會兒她捧著五、六隻包裝精美的大包裹進來，把它們放在我腿上。

我只要一想到孩子就很樂，我很喜歡給他們買禮物。我挺開心的。這是個計策，當然，而且是她的計策。我猜是過去這一年她為了維持現狀設想出來的許多計策之一（包裝紙不是新的，看得出來，回家之後我發現包裹裡是幾件他女兒沒帶去學校穿的舊開司米毛衣和一頂蘇格蘭帽子，裡面的防汗襯圈一看就知道是用過的，這只有使我對基爾・巴克南的處境更加的同情）。腿上滿載著給我幾個孩子的禮物，我的每個關節都發散著同情和憐憫，教我怎麼能開口叫他捲鋪蓋走路，我辦不到。我們聊棒球聯賽，聊公司裡的瑣碎，風雨開始了，我幫忙巴克南太太把屋裡的窗子全部關好之後我就走了，在暴風雨中搭火車回家。五天之後，基爾・巴克南徹底戒了酒，回到辦公室再次坐回老頭左右手的位置，而我是他盯上的首要人選。但在我來說，如果我命中就是要當一名俄羅斯芭蕾舞者，或是做珠寶藝術，或是在櫃子抽屜上畫巴伐利亞土風舞者，在蛤殼上畫風景畫，就注定要住在像普羅溫斯鎮那樣親海的地方。而繼續待在這裡，我絕不可能認識塑膠包膜工廠以外的花花世界，我決定單槍匹馬出去闖一闖。

我母親教我有錢的時候千萬別提到錢，可是缺錢的時候我更開不了口，所以在往後的六個月裡我實在畫不出什麼願景。我租了一間辦公室。就一張辦公桌、一臺電話的小格子籠。我發了一些信函，多半有去無回，那電話也像沒接上線似的。到了缺錢的時候，我根本無處周轉。我母親很討厭克莉絲汀娜，我看她也沒什麼錢，因為在我小時候她只要給我買大衣或是起司三明治就一定會說這違反了她的原則。我有很多朋友，可是碰到急難的時候，連邀人喝杯酒跟他調五百塊頭寸都不行。而我要的當然不只這些錢。最糟糕的是，我也沒能給我老婆畫出一張像樣的願景。

我想到這件事是在一個晚上，我們換上衣服準備去華伯登家吃晚飯。克莉絲汀娜坐在梳妝檯戴耳環。她青春正盛，很漂亮，她對目前的財務狀況懵然不知。她的脖子很美，她的胸形襯著洋裝的布料很勾人，看著她健康愉悅的模樣，我真開不了口告訴她說我們破產了。她甜蜜了我的生活，看著她彷彿為我的生命力注入了甘泉，連同這個房間，牆上的畫，窗外的月亮，也因此變得生動活潑起來。真相會令她哭泣，毀了她的妝容，華伯登家的晚宴是為她辦的，她會睡在貴賓室裡。她的美貌和她對我的影響力就像我們銀行帳戶透支的情形一樣真實。

華伯登夫婦很有錢，不過他們不跟有錢人混在一起；甚至不在乎。她是個半老徐娘，他是那種在學校裡看了就教人討厭的人物。他的皮膚很差，聲音刺耳，而且本性難移——好色。華伯登夫婦一直在花錢，人家想到或講到他們的也只有這件事。他們家前廳的地板是來自老麗池酒店的黑白大理石，喬治亞州海島上的小別墅是為了冬季避寒準備的，他們正打算飛往瑞士的達佛斯度假十天，他們還要買兩匹上了鞍的好馬，再加蓋一間廂房。那天晚上我們遲到，梅瑟福夫婦和契斯奈夫婦已經來了，卡爾．華伯登還沒到家，希拉很擔憂。「卡爾走到車站必須得經過一個很可怕的貧民窟，」她說，「他身上帶著好幾千塊哪，我真怕他會不會碰上什麼壞事……」卡爾回來了，他對在場的男女賓客講了一個帶有顏色的小故事之後，開始晚餐。這個晚宴很正式，每個人都洗過澡，穿上華服，資深的老廚師天一亮就在那兒削蘑菇，剔蟹肉。我很想好好享受一段歡樂時光。這是我的願望，可是這天晚上我的願望沒到位。我覺得好像小時候媽媽軟硬兼施帶著我去參加的一個既無趣又可怕的生日宴會。七點半晚宴就結束，我們回家。我待在花園裡把卡爾．華伯登給的一支雪茄抽完。那天是星期四的晚上，我的支票下星期二就會跳票，我必須趕緊想辦法。我走上樓，克莉絲汀娜已入睡，我也很睏，但我還是在三點鐘就醒過來。

我夢見拿彩色的包裝膜在裹麵包。我夢見一本全國性的雜誌上有一整頁的廣告：「讓你的麵包盒彩色起來！」這一整頁全是五顏六色珠光寶氣的麵包，綠松石麵包、紅寶石麵包、祖母綠麵包。在睡夢中，這似乎是一個很不錯的構想；令我很開心，接著我發現自己只是待在黑暗的臥室裡，失望至極。低落的心情，讓我想到了生命中所有的得與失，跟著也想到了我的老母親，她獨自一人住在克里夫蘭的小旅館裡。我看見她穿戴整齊下樓進旅館的餐廳吃晚餐，一副可憐兮兮的樣子。在我的想像中，她寂寞地夾在陌生人群中，這時，她突然轉過頭來，我看見她的牙齦上只剩下幾顆牙。

她拉拔我念完大學，安排我去一些好看好玩的地方渡假，激勵我的企圖心，但是，她強烈反對我的婚姻，從此我們的關係就變得很緊張。我常常邀請她過來跟我們一起住，她總是拒絕，總是表現出十分的反感。我送她花送她禮物，每星期給她寫信，這些關心似乎更加強了她的信念，認定我的婚姻對她對我都是個災難。忽然我想到了她圍裙上的帶子[8]，我很小的時候，她的圍裙帶似乎可以無遠弗屆地射向大西洋和太平洋；她的圍裙帶就像蒸氣留下來的尾巴，可以罩住整個天際。這時我想到她的時候已經不再有任何反感或是懸念，有的只是我們曾經那麼樣地努力過，而回饋的卻只剩這麼一丁點的情緒，連一起喝杯酒喝杯茶都會被各種苦澀的感覺攪亂。我非常想矯正這一切，讓我和母親的關係回歸到一個簡單的、人性化的背景上，別讓教育的代價全浪費在可怕又病態的情緒上。我希望能在某個情感面的理想國度[9]重新來過，我要設法讓我們兩個人都做一番改變，好讓我在凌晨三點想到她的時候不會有歉疚，她也不會孤獨寂寞地終老。

我微微貼近克莉絲汀娜，感受到了她的溫度，剎那間一切都感覺美好起來，但她在睡夢中挪動身子，離開了我。我開始咳嗽。咳了又咳。咳得很劇烈，咳到沒法止住，我下床，走進黑暗的浴室喝了杯水。我站在浴室窗口，往下看著花園。風微微的。只是方向不大對。感覺像是拂曉的風，周圍環繞著細雨滴落的聲音，吹在臉上的感覺好舒服。馬桶水箱上還有些香菸，我點起一支，準備抽完了回去睡覺。才吸了一口，肺就覺得好難受，我驟然以為自己肺癌快沒救了。

我這一生多愁善感到了愚不可及的地步。我對一些從未見過的國家犯思鄉病，我渴望自己成為一個不可能成為的人。不過所有這些奇特的心境跟我對死亡的預感比較之下，根本是不足一提。我把香菸咚地一聲丟進馬桶裡，將背挺直，胸口卻痛得更厲害。我相信病情開始惡化了。然而我還有幾個對我不錯、會想念我的朋友。我知道。克莉絲汀娜和孩子們當然也會滿懷愛意的地懷念我。這時我又忽然想到錢，想到華伯登夫婦，想到票據交換所就要處理我開的那些空頭支票，對我來說金錢蓋過了愛。過去是有幾個令我十分渴望的女人，但後來，都不來往了。不過我得說任何一個女人都不及這一晚我對鈔票的渴望。我走向臥室的衣櫃，套上舊的藍色運動鞋、長褲、黑色的套頭衫。我下樓走出屋子。月色很好，星星不多，樹梢圍籬光影朦朧。我繞過川霍姆家的花園，躡手躡腳地

8　To be tied to one's mother's apron strings，受母親左右或控制的意思。

9　Emotional Arcadia，字面解釋：情感上的世外桃源。

踩過草地，走到了華伯登家。我就著打開的窗戶聆聽，聽見的只有時鐘的滴答聲。我走上前門臺階，打開紗門，穿過老麗池酒店來的大理石地板。由窗子透進來的朦朧夜色中，整棟屋子看起來就像一個為它自己量身訂做的貝殼，一個鸚鵡螺。

我聽見狗牌晃動的聲音，希拉的長耳科卡[10]快步走到門廳。我揉搓著牠的耳朵背後，牠又回到牠的狗窩，咕嚕兩聲，睡著了。我對華伯登他們屋子的構造清楚得就像自己家。樓梯鋪著地毯，我還是先伸出一隻腳踩上去，看看梯階會不會發出吱嘎的聲音。然後我走上樓。所有臥室的門全都開著，卡爾和希拉睡的臥室，開雞尾酒會的時候我經常把外套放在他們房間裡，深沉地呼吸聲隱約地傳來。我在門口站了一會兒判斷一下情勢。朦朧中我看得見床，一條長褲，一件夾克掛在椅背上。我輕巧地踏進房間，從大衣內袋抽出一個很大的皮夾，再回到走廊。或許是激動的情緒使我行動變得笨拙，因為希拉醒了。她說：「你有沒有聽見聲音，親愛的？」「是風。」他口齒不清地說，接著就安靜了。我在走廊很安全，一切平安無事，除了我自己。我殘餘些緊張。我的唾液不見了，全身的潤滑劑都抽乾了，只剩下兩條腿還有力氣站著，還能走。我只有扶著牆壁才能一點一點地移動。我抓著樓梯的扶手下樓，蹣跚地走出屋子。

回到自家黑暗的廚房，我灌了三、四杯水。我靠著廚房水槽站了有半個小時甚至更久，之後我才想到要看一看卡爾的皮夾。我走進地下室，先把門關上，再打開燈。皮夾裡有九百多塊錢。我關了燈回到黑暗的廚房。噢，我從來不知道一個人會這麼悲慘，人心居然可以有這麼多容納自怨自艾的小房間！我年少時候釣鱒魚的小溪，還有那些天真無邪的樂趣，都去了哪裡？臭烘烘的水溝，大雨過後清新可人的樹林；或是初夏的微風，聞起來就像乳牛帶著青草味的鼻息，聞得你頭都會發暈，而小溪流裡滿是鱒魚（或許是我的想像吧，在這個黑暗的廚房裡），那全是我們沉沒不見的寶貝啊。我哭了。

席地嶺，如我所說，一個郊區[11]，都市設計，冒險家，寫詩作詞的人都可以對它評頭論足，可如果你是在市區裡工作，又要養育孩子，那我想不出一個比這兒更好的地方了。我的鄰居都很有錢，這是事實，不過這裡說的有錢代表的是有閒，他們很會利用時間。他們周遊世界，聽好聽的音樂，連在機場候機的時候也會選購一本好書，譬如修昔底德[12]，或者阿奎那[13]。為了不想蓋防空洞，他們種樹種玫瑰，他們的花園光鮮亮麗。所以明天早晨，我如果從浴室的窗口看到一座城市成了廢墟，再回想自己的作為或許就覺得還好，陽光不會改變，但是道德底線已經脫離了我的世界。我悄悄穿好衣服。黑暗之子何必聽見家人歡樂的聲音呢？我趕上了早班列車。我的斜紋呢西裝所表現的是乾淨坦誠，而實際上我卻是一個可憐蟲，連腳步聲都只會讓人誤以為是風聲。我看著報紙。布朗克斯區發生一宗三千美金的薪資搶案。白原市一名婦女參加完宴會回家發現皮草和珠寶都不見了。布魯克林一間倉庫價值六萬美元的藥品遭竊。原來我做的事情這麼普通平常，我覺得舒服一

10　科卡犬。
11　Banlieue，法文的意思是大都市的一個郊區。
12　Thucydides，希臘歷史學家，思想家。目前流行的「修昔底德陷阱」，便是引用他的作品《伯羅奔尼撒戰爭史》。
13　St. Thomas Aquinas，歐洲中世紀經院派哲學家、神學家。

些。不過只是一些些而已，只是一會兒而已。過後我又再一次清楚地明白我就是一個普通的賊，就是一個騙子，我做了一件非常不可原諒、非常違背教義的事，不管哪種宗教都一樣。我偷竊，更糟的是，我違法進入一個朋友的屋子裡，破壞了所有關於社區安寧的潛規則。我的良心影響到我的精神，就像猛禽類堅硬的喙，我的左眼開始抽搐，又再一次我覺得自己跡近神經崩潰的邊緣。火車到了市區，我走去銀行。出了銀行，我差一點被一輛計程車撞上。我的焦慮不只是心理，更因為很可能被人發現卡爾．華伯登的皮夾就在我口袋裡的這個事實。趁著沒有人在看我，我把皮夾在褲子上擦了擦（為了去掉指印），扔進垃圾桶。

我認為咖啡可以讓我舒服一點，便走進餐館，跟一個陌生人共一張桌子。桌上沾汙的花邊紙墊和喝剩一半的水杯都還沒撤走，靠陌生人那邊有著一枚三十五分錢的小費，前一個客人留下的。我看著菜單，可是從眼角餘光我瞥見那個陌生人把三十五分錢的小費收進了他的口袋。這個無賴！我站起來離開了這家餐館。

我走進我的格子籠，掛好帽子大衣，坐到辦公桌邊，解開袖釦，嘆了口氣，望空發呆，就彷彿充滿挑戰和決策的一天要開始了。我沒開燈。過了一會兒，旁邊的那間辦公室來人了，我聽見我的鄰居在清嗓子，咳嗽，劃火柴，然後開始對付一天的業務。

牆壁很薄。一半是毛玻璃一半是三夾板，這些辦公室根本沒有聽覺的隱私。我偷偷地把手探進口袋摸出一支香菸，就像在華伯登家裡辦事那樣，等著大街上有輛卡車經過時才劃火柴。偷聽的刺激感牢牢地抓住了我。我的鄰居在電話上努力推銷鈾料。他用的話術是：先禮、後兵。「怎麼啦，這位先生？你難道不想賺錢啊？」緊接著他說話就難聽了：「真抱歉打攪你，這位先生。看樣子你也只拿得出六十五塊錢來投資吧。」他打了十二通電話沒一個買主。我安靜得像隻小老鼠。然後他打電話到愛德懷機場[14]詢問臺，查詢歐洲飛抵紐約的班機時間。倫敦準時，巴黎延誤。

「沒有，他還沒進來，」我聽見他在對電話那頭的人說，「那邊黑漆漆的。」我的心跳加快。忽然我的電話響了，我數了一共響了十二下才停。「我肯定、我肯定……」隔壁辦公室的人說。「我聽得見他的電話在響，他沒接，他就是一個找工作的可憐蟲嘛。只管請便、請便。我說啦，我沒時間過去看。你只管請便。七、八、三、五、七、七……」他掛斷電話之後，我走到門口，打開門再關上，開了燈，晃了晃掛衣架，弄出一些聲響，吹個小曲，再重重地坐到椅子上，隨手撥了一通電話給個老友，波特・豪威。他一聽見我的聲音就大叫。「海克，我到處找你！你肯定是打包偷跑了吧。」

「是。」我說。

「偷跑，居然偷跑。」豪威重複了一遍。「我是要跟你談一件事，說不定你會有興趣。就是幹一票，頂多要不了三個星期。是詐騙。那些人沒經驗，不會吭聲，很有錢，這就跟偷沒啥兩樣。」

「是，」我說。

「那好，你十二點三十到卡丁，我們一起吃午飯，我再給你細節如何？」

「沒問題，」我啞著嗓子說。「多謝啦，波特。」

「我們星期天去小木屋，」我掛上電話聽見隔壁辦公室的人在說。「露意絲被毒蜘蛛咬了。醫

14 Idlewild Airport，紐約甘迺迪國際機場舊名。

生給她打了一針。會好的。」他再繼續撥另一通電話，「我們星期天去小木屋。露意絲被毒蜘蛛咬了……」

有可能是某個人的老婆真的被蜘蛛咬了，他閒著也是閒著，就打電話給三、四個朋友說說這件事，也有可能那蜘蛛是個警示的暗號，或者是代表某種不法交易的暗號。令我驚訝的是，做了一次賊之後，環繞在我周圍的竟然全是騙子和賊。我的左眼又在抽搐，意識中沒力的一部分正急於從責難當中站起來，最好找個人來推託。報紙上經常提到離婚會有導致犯罪的可能。我的父母就在我五歲的時候離了婚。這是一個很好的提示，我立刻舒坦許多。

我父親離婚後去了法國，我有十年沒見到他。後來他寫信給我母親答應跟我見面，她為了這次的團聚做足準備，她告訴我那老頭怎麼酗酒，怎麼殘忍，怎麼下流。那是夏天，我們當時在南塔克特島上，我一個人坐上船，再搭火車去紐約。我在廣場飯店見到我父親的時候天色還不算晚，但在他喝酒的時間已經不早了。我青少年靈敏的長鼻子馬上就聞到他噴出來的琴酒味，我發現他會撞到桌子，還不時地重複說同樣的話。我後來才能體會這次團聚對於一個像他這樣，六十歲的男人來說，鐵定是緊張的。我們吃過晚餐去看《玫瑰朵朵皮卡迪》。大合唱一開始，父親就說我想要哪個都行；全安排好了。甚至連伴舞的舞者都行。如果他橫越大西洋的目的是專程來為我服務，那也就罷了。事實上我覺得，他跑這一趟是為了傷害我的母親。這可嚇到了我。歌舞劇是在一棟老式的，有著好多天使的劇院裡演出。暗金色的天使們撐住了天花板；撐住了包廂；甚至撐住了將近四百人坐著的樓層。我花了好多時間看著這些灰撲撲的金色天使。要是劇院的天花板砸到我頭上，那我就得救了。看完劇，我們趕在跟那些女孩見面之前先回旅館盥洗，老人家四仰八叉攤在床上，一會兒就打起呼來。我在他皮夾裡拿了五十塊錢，在中央火車站待了一夜，搭早班車回伍茲霍爾。所以這整個事情有解了，包括我在華伯登家樓上走廊裡的強烈情緒在內；我重現了廣場飯店的那一幕。當時偷錢不是我的錯，去華伯登家偷錢也不是我的錯。都是我父親的錯！這時我又忽然想起十五年前我父親在楓丹白露下葬，現在大概只剩下一坯黃土了吧。

我走進洗手間，洗手洗臉，用水把頭髮梳理平整。外出用餐的時間到了。我對這次的午餐十分期待。我不明白。我很驚訝，波特．豪威怎麼能如此隨興的用「偷」這個字眼。我希望他別再一直說這個字。

我在洗手間胡思亂想的時候，左眼的抽搐似乎已經延伸到了顏面；彷彿這一個動詞就像有毒的魚鉤似的整個扎在英文裡頭了。我犯過通姦罪，然而「通姦」這兩個字並沒威脅到我；我酗過酒，「酗酒」兩個字也沒任何超能力。只有「偷」和所有跟偷相關的名詞、動詞、副詞才有這種左右我神經系統的能力，彷彿我在不知不覺中把偷竊的定義演化加重，偷竊的行為已然凌駕十誡中所有的罪狀，根本等於是道德淪亡的記號。

我走上大街，天很暗。到處都亮著燈。我注意看經過我身邊的人，希望在這個騙子橫行的世界上看到一些向善的，誠懇的跡象，在第三大道上我看見一個拿著錫杯的年輕人，閉著眼睛假裝瞎子。眼盲的標記破功了，那張無邪又無辜的面孔忽然變成擠眉弄眼看得見柵欄上放著飲料的一個男人。四十一街上又有一個瞎眼乞丐，我並沒有查看他的眼窩，因為我知道我沒辦法查核這個城市裡每一個乞丐的合法性。

卡丁是四十街區一家男士專屬的餐館。亂哄哄的門廳令我卻步，衣帽間的女孩八成注意到我的眼睛一直在抽搐，她翻了我一個大白眼。

波特在吧檯邊上，我們點好了酒，坐下來談生意。「照理說我們應當在小巷子裡碰面。」他說，「不過這事很簡單，就是笨蛋加上鈔票。一共三個小鬼頭，皮傑・巴迪就是其中之一。他們手邊有一百萬隨便花。有人打算去偷這筆錢，既然這樣不如就由你來吧。」我一隻手按住左臉遮住顏面不斷地抽搐。我把杯子舉到嘴邊，琴酒全部潑在了我的西裝上。「三個傢伙都剛出大學校門，」波特說。「他們三個錢太多了，就算把他們扒光，他們也不會有任何感覺。吶，加入這次偷竊的行動，你只要……」

洗手間在餐館另一頭，我走過去，放滿一臉盆的冷水，把頭臉整個埋進水裡。波特跟著我進來。我拿紙巾擦乾臉，他說：「你知道吧，海克，我本來不想說，不過你真的病了，我乾脆實說了吧，你看起來糟糕透了。我是說，我一看見你就知道不對勁。我只是想告訴你不管是怎麼回事，酗酒，嗑藥或者家裡的問題，現在那都不重要，你應該趕快處理一下。不介意吧？」我說我生病了，我就在洗手間裡待到波特離開餐館。然後我取了帽子，那位服務小姐又翻了我一個大白眼，在衣帽間旁邊的椅子上，一份晚報裡寫著布魯克林有幾個銀行搶匪搶走了八萬塊美金。

我在街上遊蕩，不知道自己怎麼會成了扒手和偷錢包的人，聖派屈克教堂的拱門尖頂只能讓我想起戲院裡可憐的包廂。我搭一般火車回家，車窗外一副祥和的風景，一個春天的黃昏。對我來說，窗外的漁夫、孤單的泳者、鐵道員、空地上打球的人、旁若無人的情侶、小帆船的船東，在消防站裡玩紙牌的老人……他們都是在幫世界補洞的人，在幫像我這種專門挖洞的人補洞。

說到克莉絲汀娜，她就像那種在被校友會幹事質詢，一天到晚為各式各樣的活動和興趣鬧得暈頭轉向的女人。隨便選一天來看吧，她到底做些什麼大事？開車送我去車站。修理滑雪板。訂網球場地。為威徹斯特郡每月一次的美食聯誼餐會採買酒類和雜貨。在拉赫斯大百科裡面查資料。參加女性選民聯盟的縫紉座談。盛裝打扮赴鮑卜西・尼爾姑媽的午宴。除花園裡的雜草。燙鐘點女傭的制服。打兩頁半讀亨利詹姆斯早期小說的心得。出清垃圾桶。幫忙塔碧莎準備孩子們的晚餐。陪隆尼練棒球。上粉紅髮捲捲頭髮。打電話給廚子。去車站接人。洗澡。打扮。七點半講法文迎賓。十一點講法文說再見。十二點躺在我懷裡。老天爺啊！你或許會說她真是了不起，可是我覺得她只是在這一片榮景的鄉下地方活得非常起勁的一個女人。不過，那天晚上她來車站接我的時候，我真的對這一切一點都提不起勁來了。

我運氣真背，明明狀況極糟，星期天一早還得去聖餐會募捐。我向一臉虔誠的朋友們露出扭曲難看的笑容，跪在尖拱式的彩色玻璃窗旁邊，這些玻璃很像是利用苦艾酒的瓶底和勃艮第的酒瓶拼湊出來的。我跪在假皮的墊子上，這塊墊子是由某人或某個團體捐來，替換老舊的褐色跪墊的。墊子的縫邊已經迸開，露出了內裡的稻草，使得整個地方聞起來就像老舊的馬槽。稻草味、花香味、長明的燈光；隨著牧師的呼吸搖曳的燭火，和整棟石頭建築裡的溼氣，混和在空氣裡。所有的一切都那麼地熟悉，熟悉得就像小時候廚房或是嬰兒房裡的聲音和味道，可是這天早上，這熟悉的一切卻顯得特別強烈，令我頭暈。忽然我聽見右邊的踢腳板上，有老鼠啃嚙的聲音，就像鑽孔器在鑽堅硬的椽木。「聖哉，聖哉，聖哉，」我高聲地說，希望嚇走那隻老鼠。「萬有的天主啊，祢的榮光充滿天地！」小小的會眾像踏正步似的同聲咕噥著阿門，那隻老鼠還在繼續啃著踢腳板。就在這時，或許因為剛才我太專注在老鼠磨牙的聲音裡，也或許因為溼氣和稻草的味道太催眠，我從互握的兩手中抬起頭，看見牧師在喝聖杯裡的水酒，我才明白我錯過了聖餐。

回到家，我在星期天的報紙上找尋其他關於小偷的報導，還真多。銀行被搶，飯店保險箱裡的珠寶被搜刮一空，女傭管家被綁在廚房的椅子上，當鋪裡皮革跟鑽石被偷，熟食鋪、雪茄菸店遭破門而入，還有人在克里夫蘭藝術學院偷了一幅畫。那天下午，我掃落葉。在春日裡白慘慘的天空下清掃滿地落葉的草坪，還有什麼比這個更能表現悔過呢？那不都是秋天積下來的髒東西嗎？

在耙落葉時，我兩個兒子走過來。「托布勒家今天舉辦壘球賽，」隆尼說。「大家都去了。」

「你們怎麼不打？」我問。

「要人家邀請你才能去呀。」隆尼別過臉說著就走開了。我這才發覺我聽見球賽的歡呼聲，這場壘球賽我們沒受到邀請。托布勒跟我們住在同一條街上。隨著夜色降臨，活力十足的歡呼聲越發地清晰。我甚至聽得到玻璃杯裡冰塊攪動的聲音，女士們細聲細氣加油的聲音。

托布勒家的壘球賽為什麼沒邀請我？我疑惑不解。這些個簡單平常的歡樂，為什麼要把我們排除在外，這場輕鬆愉快的聚會，漸漸退去的笑聲、談話聲、關門聲，似乎都在黑暗中閃爍，這一切為什麼都離我而遠去？托布勒家的壘球賽為什麼就我沒受到邀請？打打棒球擴大社交圈子，說白了，就是往上爬。為什麼要排除像我這麼好這麼隨和的一個人呢？這是什麼世界啊？為什麼唯獨我在暮色中就該跟這些枯死的落葉在一起，像現在這樣，感覺那麼地孤單、落寞，被遺棄的冷清？

如果問我討厭哪種人，就是那種無病呻吟的笨蛋。那些老是沒來由的擔心別人，怨嘆自己，搞不清方向，像人形迷霧似地隨波浮沉的人。時報廣場上那個有氣無力沒了腿的乞丐，地鐵上那個濃妝豔抹自言自語的老女人，公共廁所的暴露狂，倒在地鐵樓梯上的醉鬼，都會引發他們強大的悲憫心；似乎在那一瞬間，他們已經變形成了那些可憐蟲。擱置的人性踐踏了他們摸不清方向的靈魂，讓他們處在一種渾沌的，近乎監獄暴動似的狀態中。他們對自己失望，也對他人失望，他們就是要把城市、萬物、天地全部打造成悲情失意的樣子。夜晚躺在床上，他們會溫柔體恤地想著把賽馬票弄丟了的大贏家，把皇皇巨作錯當垃圾燒了的大作家，還想到因為競選團隊的鬼把戲而失去了美國總統大位的山繆．蒂爾登[15]想到這類人物更令我加倍痛苦，因為我自己也在其中。看著星光下光禿禿的山茱萸樹，我想著，這一切真是太悲哀了啊！

星期三是我的生日。我到那天下午三點左右才想起來，在我的辦公室裡，一想到克莉絲汀娜有可能正在為我籌備驚喜派對，我立刻從坐姿改成站姿，沒辦法呼吸。再一想，我確定她應該不會這麼做。但就算是孩子們的各種準備也會造成難以承受的情緒問題；我不知道自己要怎麼面對。

我提早離開辦公室，在搭車前先去喝了兩杯。克莉絲汀娜在車站接我，她看起來非常愉快，我也以非常光燦的表情來遮掩我的焦慮。孩子們換上乾淨的衣服，熱情地祝我生日快樂，熱情到令我覺得可怕。餐桌上堆著一堆小禮物，絕大多數都是孩子們自己做的，用鈕釦做的袖扣，小記事本之類的。我自認為非常配合，非常開心，我拉花炮，戴上搞笑的帽子，吹蛋糕上的蠟燭，感謝大家，可是感覺上似乎還有別的東西。我的大禮物。晚餐後克莉絲汀娜和孩子們要我待在屋裡，他們全部

15 Samuel Tilden，1814-1886，曾任紐約州長，1880 競選總統失利。

走出去，然後瓊妮進來帶我出門，繞到屋子後面，大家都在那裡。一把鋁製的伸縮梯靠在屋子上，梯子上附著一張卡片，還綁了彩帶，我像是被狠狠打到似地說：「這是在搞什麼東西？」

「我們以為你很需要這個，爸。」瓊妮說。

「我要一把梯子幹什麼？你們以為我是……專門爬樓梯的工人？」

「防風窗……」瓊妮說。「紗窗……」

我轉向克莉絲汀娜。「我最近常說夢話嗎？」

「沒有啊，」克莉絲汀娜說。「你沒有說夢話。」

瓊妮哭了起來。

「你可以清理雨槽裡的落葉。」隆尼說。兩個男孩拉長了臉看著我。

「這，你必須承認這實在是一件非常奇怪的禮物。」我對克莉絲汀娜說。

「天哪！」克莉絲汀娜說。「走吧，孩子們，走吧。」她在陽臺門口催促他們進去。

我在花園裡兜來轉去的直到天黑。樓上的燈亮了。瓊妮還在哭，克莉絲汀娜在唱歌給她聽。慢慢地她安靜了。我等著我們的臥室亮起燈光，我再等了一會兒才上樓。克莉絲汀娜穿著睡袍，坐在梳妝檯邊，她眼裡溢滿淚水。

「你必須試著了解，體諒我。」我說。

「我辦不到。孩子們存了好幾個月的錢給你買那個該死的怪東西。」

「你不知道我這陣子有多痛苦。」我說。

「你就算再痛苦，我也不會原諒你，」她說。「不管你多痛苦都沒辦法為你剛才的行為做解釋。

他們把梯子藏在車庫整整一個星期。他們真是太乖了。」

「我也不知道自己怎麼了。」我說。

「別對我說什麼你不知道自己怎麼了這種話，」她說。「我早上盼著送你出門，晚上提心吊膽等你回家。」

「我哪有糟糕到這種程度。」我說。

「這是受罪啊，」她說。「你對孩子們那麼凶，對我那麼壞，對朋友那麼不講道理，老是在背後罵人。簡直惡劣透了。」

「你是要我走嗎？」

「啊，老天，我多麼想要你走啊！你走了我才能呼吸。」

「那孩子怎麼辦？」

「去問我的律師。」

「好，我走。」

我走去過道上放置行李袋的櫃子。我取出手提箱，卻發現箱子一邊的皮帶被孩子們養的小狗咬開了。我只好再找別的，結果櫃子頂上的包裹全倒了下來，砸到我的耳朵。我乾脆拎著這隻破手提箱回進臥室，箱子上鬆脫的皮帶就在地上拖著。「你看，」我說。「你看看，克莉絲汀娜。那狗把手提箱的帶子咬壞了。」她連頭也不抬。「我為這個家一年投下兩萬塊錢，投了十年！」我吼著，「現在到了要走的時候，連個像樣的手提箱都沒有！人人都有手提箱。甚至連貓都有一個像樣的旅行袋。」我嘩地拉開襯衫抽屜，一共只有四件乾淨的襯衫。「我連一個星期換洗的襯衫都沒有！」

我吼。我收拾了幾樣東西，戴上帽子，大步走了出去。這一刻我甚至想到連車子也要一起開走，我進到車庫，四處查看。我看見了那塊吉屋出售的牌子，那是很久很久以前，我們買這棟房子時候的掛牌。我把牌子上的泥垢擦掉，找了根釘子和石塊，走到屋子前面，把吉屋出售的牌子釘在一株楓樹上，然後徒步走去車站。大約有一哩路左右。手提箱上的長皮帶一路拖在我後頭，我停下來試著把皮帶扯掉，可是怎麼試都不成。我走到車站，發現要到凌晨四點才有一班列車。我決定等。我坐在手提箱上，等了五分鐘。然後我再邁開大步回家。走到半路上我看見克莉絲汀娜從街上走過來，她穿著毛衣、短裙、運動鞋。這個裝束最快最方便，只適合夏天。我們一起走回家上床睡覺。

一個星期六，我打高爾夫，打完球很晚了，我還想在俱樂部的泳池裡游個泳再回家。泳池裡除了湯姆．麥特蘭之外沒別的人。他是個皮膚黝黑，長相很好看的男人，很有錢，可是很安靜。他似乎不大與人來往。他的太太是全席地嶺最胖的女人，沒人喜歡他們家的孩子。我覺得所有的社交活動，朋友、愛情、生意這些東西在他身上就像一座精緻又複雜的上層建築，一座火柴桿搭起來的高塔，設在他鬱鬱寡歡的青春上面，只要吹一口氣就能把所有的一切通通震垮。我游完泳天色已近全黑；俱樂部亮起了燈，能聽見門廊上用餐的聲音。麥特蘭坐在泳池邊，兩隻腳打著水，池水清澈，帶著死海牌消毒水的味道。我擦乾身子，走過他身邊，順口問他要不要進屋裡。「我不知道怎麼游泳。」他說，面帶微笑，眼光轉向黑暗中平靜光亮的池水。「我們家過去有游泳池，」他說，「可是我從來沒機會下水游泳。我一直在學小提琴。」看吧，像他這樣一個人，四十五歲，起碼是個百萬富翁，竟然連漂浮都不會，我敢說他絕對沒有太多機會能夠像剛才那樣誠實坦白地說話。我穿上衣服，腦子裡又有了主意（這真是一點辦法也沒有），麥特蘭家肯定是我下一個下手的對象。

幾天之後，我半夜三點醒來，又想著我這一生中那些雜七雜八的事情，在克里夫蘭的母親，那家塑膠包膜公司。我走進浴室點上菸，於是又想起我得了肺癌，快死了，到時候會留下身無分文的孤兒寡母。我穿上藍色的運動鞋，和其他的配備，探頭朝孩子們的睡房看了一眼便走了出去。烏雲密布。我穿過幾個後花園走到拐角。過街轉向麥特蘭家的車道，走在砂石路邊緣的草地上。門開著，我走進去，興奮害怕的心情就像當時在華伯登家裡一樣，在昏暗的光線下感覺好虛幻，就像個鬼。我憑直覺走上樓走向他們的臥室，我聽見沉重的呼吸聲，我看見椅子上有一件外套和幾條褲子，我伸手摸索外套的口袋，什麼也沒有。那根本不是什麼西裝外套；是小孩子穿的那種發亮的緞面夾克。沒必要再去翻他的褲子找皮夾。麥特蘭這裡看樣子沒什麼搞頭。我倉促地走了出去。

那晚我沒再睡覺，我坐在黑地裡想著湯姆・麥特蘭和葛蕾絲・麥特蘭，想著華伯登夫婦，想著克莉絲汀娜，想著我自己悲慘的命運，想著夜晚的席地嶺和白天的席地嶺竟然會是如此地不同。

不過第二晚我還是出去辦事了，這次去普特家，他們不僅僅有錢，而且酗酒，他們喝酒之凶，我看關燈之後連打雷都聽不見。照常，我過了三點離開家。

我傷感地想起了我的最初，想當年我是被一對住在市中心某家飯店的放蕩男女，在大吃大喝之後製作出來的，我母親對我說過無數次，她說要不是當初在餐前喝了那麼多的老古典[16]，我可能還待在哪顆星星上沒法投胎呢。我想起我老爸，想起那晚在廣場飯店，想起那些大腿上全是瘀青的皮卡迪村姑，撐住戲院的古銅色天使，還有我差勁透頂的命運。我走著走著，樹林和園子裡忽然騷動

16 Old-fashioned，又譯古典雞尾酒。

起來，就像煽風點火似的，一開始我不知道怎麼回事，後來才發現落在手上和臉上的雨水，我大笑起來。

我真希望能夠說讓我改邪歸正的是一隻好心的獅子，或者是一個純真的孩童，再或者是遠處教堂傳來的弦樂聲，結果卻只是雨水落到我頭上罷了。雨水的味道鑽進了我的鼻子，讓我嗅到了自由的可貴，那是楓丹白露的骨骸所沒有的，做為一個小偷所沒有的。解除煩惱的方法何其多，只要我願意好好地運用。我並非受困。來到這世上是我的選擇，是我心甘情願。生命中的一切是我的就是我的，一丁點也少不了，就像現在。潮溼的草根和我身上的毛髮之間的牽扯，還有那夏夜裡特別的悸動。我特別愛我的孩子，特別愛偷看克莉絲汀娜露出胸口的衣襟。在這個時候，我已經站在普特家的門前，我抬頭看著黑漆漆的房子，然後轉身離開。我回到床上，投入愉快的夢境。我夢見我駕著小船航行在地中海上。我看見幾層磨損了的大理石梯階一路延伸到海裡，那海水很藍、很鹹、很髒。我站在桅杆上，升起船帆，一手掌舵。船開航了，但為什麼，我不明白，為什麼我看起來只有十七歲？當然你不可能事事順心哪。

誠如某人寫的，召喚我們起死回生的並非玉米麵包；而是友誼與愛的亮光。基爾．巴克南第二天來電話說，老頭快死了，我願不願意再回去工作？我去看他，他向我解釋老頭始終放不下我，當然，我很高興回塑膠包膜公司復職。

我不明白為什麼，這天下午走在第五大道上，這個原本愁雲慘霧的世界，就在幾分鐘的時間裡，突然變得甜美暢快無比。人行道似乎會發亮，坐在回家的火車上，我甚至會對布隆克斯廣告牌上賣束腹的蠢女孩們微笑。第二天早上拿到預支的薪水，我把九百塊錢放在一只信封袋裡，仔細地不留下指印，再等到附近最後一點燈光都熄滅的時候走去華伯登家。天一直在下雨，這時停了。繁星露臉。完全沒想到要特別小心防範，我直接繞到他們家後面，發現廚房門開著，我摸黑把信封放在桌上。我離開房子的時候，一輛警車在我身旁停下來，我認識的一名巡警搖下車窗問我，「這麼晚你出來幹什麼，海克先生？」

「我遛狗。」我愉快地說。附近周圍根本沒有狗，他們沒有察看。「來，托比！過來，托比！過來啊，托比！乖狗！」我一路喊一路走，在黑暗中輕鬆地吹起口哨。

聖詹姆斯的校車

聖詹姆斯是一所男女合校的聖公會小學，在六〇年代，聖詹姆斯的校車每天早上八點會從公園大道的路口開始它的巡迴路線。在這麼早的時間意味著送孩子上車的父母有些還帶著睡意，還沒喝過咖啡。而清朗的天色映照出了一個截然不同的城市。空氣新鮮，這是一天裡特別愉悅舒暢的一個時間。是廚子和門房在溜狗、雜役在用肥皂水刷洗門廳踏墊的時間。黑夜多少會留下一些痕跡。就像有一回，家長和孩子們看見一個燕尾服上沾滿碎屑晃來晃去的男人，只是少之又少。

秋季學期開始，在這一站等車的一共有五個孩子，都住在附近一帶的公寓裡。其中兩個，露意絲．謝里登和艾米莉．謝里登，是新來的。另外幾個，普瑞特家的男孩凱瑟琳．布魯斯，和阿姆斯壯家的女孩，去年起就在這兒搭聖詹姆斯的校車了。

普瑞特先生每天早上送兒子到路口。父子倆穿同款的衣服，同樣都會向女士們舉帽致意。凱瑟琳．布魯斯其實早就可以自己走去巴士站等車，可是因為眼睛近視，她父親每天必定陪她走這一段，只有去外地出差時，才改由女傭接送。史帝芬．布魯斯的第一任妻子，凱瑟琳的母親，過世了。也許因此，他對女兒要比一般父親照顧得更盡心。凱瑟琳個子高大，他仍然溫柔地牽著她的手過馬路，有時還兩手搭著她的肩膀，陪她站在馬路口。第二任布魯斯太太沒生孩子。而阿姆斯壯太太只有在廚子或女傭不肯去的時候才會親自送女兒到巴士站。謝里登太太和阿姆斯壯太太一樣，也是跟女傭兩個人分擔這份差事，只是她出現的次數比較多。一星期至少有三個早晨出她陪著兩個女兒走到路口，加上一條圈著狗鍊的蘇格蘭老梗犬。

聖詹姆斯是規模很小的一所學校，家長們在等校車的時間會互相閒話家常。布魯斯先生認識普瑞特先生的連襟，他的表姊曾經是阿姆斯壯太太讀寄宿學校時候的室友。謝里登太太則和普瑞特先生有不少共同熟識的朋友。「昨晚我們碰見了你的幾個朋友。」一天早晨普瑞特先生說。「莫契森夫婦嗎？」「啊，是的。」謝里登太太說。「是的。」她從來不會只說一個是。她總是說，「啊，是的、是的。」或者「啊，是的、是的、是的。」

謝里登太太穿著樸素，頭髮有些許灰白。她既不漂亮也不動人，和滿頭金髮的阿姆斯壯太太相較之下，似乎太平庸。不過她的五官很細緻，體態苗條優雅。一位三十五歲上下很有教養的女人。布魯斯先生私底下認為，她屬於那種能把家裡整治得井井有條、情緒控管又完美得體，還心地善良、學習任何事情都能消化吸收的女人。她的溫文閑靜似乎是由極大的權威造就出來的。她的家教肯定很嚴格。布魯斯先生認為，她恪守著寄宿學校裡所有的品德規範：勇氣、運動精神、節操，以及榮譽。每天早上只要聽到她一聲：「啊，是的、是的！」對他來說就像聽到了一個內外兼修的快樂組合。

普瑞特先生繼續在跟謝里登太太談遇到她朋友的事，可是他們的對話似乎從來沒有太多的交集。布魯斯先生躲在報紙後面一直在偷聽他們談話，他覺得很開心，因為他討厭普瑞特先生。他尊敬謝里登太太，他也知道他們頂多是在街上碰面而已。有一回普瑞特先生摘下帽子向謝里登太太打招呼說：「那天派對真的很好玩，對不對？」「啊，是的。」謝里登太太說，「是的。」普瑞特先生再問謝里登太太和她先生哪時候離開的，她說午夜時分。她似乎沒太大興致談派對的事，不過還是很有禮貌地回答了普瑞特先生所有的問題。

布魯斯先生在心裡說，謝里登太太是在浪費時間，而普瑞特先生是個蠢蛋，根本配不上她。他對普瑞特的厭惡以及對謝里登太太的尊敬其實很沒道理。可是有一天早上他特別高興，他走到街口，發現謝里登太太帶著兩個女兒和那條老狗站在那裡，而普瑞特不在。他向她道早安。

「早。」她說。「我們好像來早了。」

凱瑟琳和謝里登家的大女兒聊了起來。

「我好像認識凱瑟琳的母親，」謝里登太太很有禮貌地說。「你第一任太太是不是瑪莎・蔡斯？」

「是的。」

「我們在同一所學院。不是很熟。她比我大一屆。凱瑟琳多大了？」

「去年夏天剛滿八歲。」布魯斯先生說。

「我們有一個哥哥。」謝里登家小女兒說，她站在母親身邊。「他八歲。」

「是的，親愛的。」謝里登太太說。

「他淹死了。」小女孩說。

「喔，抱歉。」布魯斯先生說。

「他很會游泳，」小女孩繼續說，「我們覺得他一定是腳抽筋了。那天打雷又下大雨，我們大家都跑進船屋，我們沒有找……」

「那是很久以前的事了，親愛的，」謝里登太太溫柔地說。

「沒有很久啦，」小女孩說。「只是去年夏天。」

「是的，親愛的。」她母親說。「是的、是的。」

布魯斯先生發現，她臉上看不出一絲痛苦，也不像是竭力裝出來的樣子，他的沉穩在他眼裡真是智慧和優雅的極致。他們就這樣繼續站在那裡，沒有說話，直到其他家長帶著孩子們到來，直到巴士出現。謝里登太太喚著那隻老狗，走上公園大道，布魯斯先生鑽進計程車去上班。

接近十月底，一個下著雨的星期五晚上，布魯斯先生和太太搭計程車去聖詹姆斯小學。一個高年級生引導他們到教堂後面的講堂。聖壇退去了平常的神祕，校長站在唱詩席位中間的升降地板上，等候家長們緩緩入席。他有些緊張地拉扯著身上的教士服，清了清嗓子示意大家安靜。

「謹代表全體教職員工及校董會，」他說，「我在此歡迎聖詹姆斯的各位家長今晚的蒞臨。很抱歉今天天氣如此惡劣，非常感謝各位家長並未因此而卻步……」他的話說得冠冕堂皇，彷彿這次全員到齊反映的正是他至高無上的權力。「我們開始吧，」他說，「為學校的福祉禱告：全能的父親，天地的創造者……」全體跪著、低著頭，信眾們堅定不移，彷彿一個永續的社會就在這裡，他們永遠是最值得依靠的。禱告結束，院長向大家說明學校一貫的方針。「今晚我要給各位一項非常有趣的統計資料。」他說。「今年我們有十六位學童註冊入學，而他們的父母和祖父母，過去都是聖詹姆斯的學童。這是一個令人非常感動的數字。我不相信都市裡有任何一所日間小學能比得過我們。」

簡短的，關於維護保守教育的演講持續著。布魯斯先生注意到謝里登太太就坐在他前面幾排的座位上。跟她同坐的是個高個子男人，可能是她的丈夫，背挺得很直，黑頭髮。致詞結束，開放提問的時間。第一個問題是由一位母親提出的，她希望知道怎樣才能控管孩子們看電視的時間。院長在回答這個問題的時候，布魯斯先生注意到謝里登夫婦起了一些爭執。他們說話聲音很小，爭執似乎很激烈。突然，謝里登太太不再爭持，也不再說話。謝里登先生的脖子紅通通的。他側身湊近他的妻子，繼續小聲地據理力爭，還不停搖著頭。謝里登太太舉起手。

「是，謝里登太太。」院長說。

這時謝里登先生拿起大衣和禮帽，說著：「抱歉先告退。謝謝你。抱歉。」他從整排的家長前面走了過去，離開了教堂。

「是，謝里登太太？」院長重複問。

「我想知道，弗利司比博士，」謝里登太太說，「您和校董會方面有沒有考慮過招收黑人小孩進貴校讀書？」

「這個問題三年前提過，」院長不太耐煩地說，「校董會收到關於這個問題的一份報告書。請求的人數很少，如果你希望得到一份副本，我願意寄給你。」

「好，」謝里登太太說，「我很希望看到。」

校長點了點頭，謝里登太太坐下了。

「湯森太太？」校長問。

「我有一個關於科學和宗教的問題，」湯森太太說。「對我來說，科學人士總是用科學來壓迫及傷害宗教的觀點，尤其是關於創世紀。這在我來說……」

謝里登太太拿起手套，禮貌地微笑著，一面說：「對不起、謝謝、對不起先告退了……」她輕巧地從整排家長前面走了出去。布魯斯先生聽見她的鞋跟敲響在大廳的石板地上，他伸長脖子看她。當她推開那一扇厚重的門時，外面的車聲和雨聲立刻變得轟隆作響。但門闔上了，噪音也隨即退去。

第二個星期的一天下午，布魯斯先生在開股東會議，太太來電話。她叫他回家的時候順便去練馬場接凱瑟琳。他最討厭在開會的時候被叫出去接電話。講完電話回來，會議已經落入一個奉《羅伯特議事規則》[17]為基準的老先生手裡。買賣交易講究的是速戰速決，現在會議卻在冗長而激烈的爭持中不歡而散。一開完會他立刻搭計程車到九十街區，穿過馬廄的飼料房走進練馬場。凱瑟琳和幾個小女孩穿戴著一式的狩獵帽和黑衣，在練習騎馬。練馬場地很溼很冷，頭頂的燈光一片慘白，沿著牆壁貼滿的鏡面全起了霧，掛著一條條的水痕。女教練不厭其煩地對學生們講解。布魯斯先生看著自己的女兒：凱瑟琳戴著眼鏡、長相普通，淺色的長髮黏糊糊的；她是個順從聽話的孩子，她臉上已經隱約有了聖詹姆斯小學的氣質。課程結束，他走回飼料房，謝里登太太在裡面，也在等她的女兒。

17 *Robert's Rules Of Order*，一八七八年美國陸軍准將亨利陸軍准將亨利．馬丁．羅伯特蒐集並改編美國議事程序出版的手冊，普及全國，至今廣為使用。

「可以順便送你們回去嗎？」布魯斯先生問。

「當然，」謝里登太太說。「我們本來打算搭公車。」

孩子們過來跟他們會合，大家一起出去等計程車。天黑了。

「家長會那天我對你提的問題很感興趣，」布魯斯先生說。這是假話。他對這個問題毫無興趣，如果真有黑人申請入聖詹姆斯，他肯定要凱瑟琳轉學。

「很高興有人感到興趣。」她說。「校長很生氣。」

「這是我最感興趣的一點。」布魯斯先生試著表明態度。

一輛計程車開過來，大夥上車。他把謝里登太太送到家門口，看著她帶著兩個女兒走進明亮的公寓大廳。

謝里登太太忘了帶鑰匙，女傭來開門。時間已經很晚，她招呼大家吃晚飯。丈夫的房門關著，她逕自洗澡更衣沒見著他。梳頭的時候，她聽見他走進客廳打開電視。平常兩個人看電視的時候，查理士・謝里登總是把電視節目批評得一文不值。「我的天哪，」他每次都會說，「我真不知道有什麼人要看這種垃圾。這起碼演了一年了吧，從我買這臺電視到現在。」這會兒他的妻子竟然聽到他驚人的爆笑聲。

她走出房間到餐廳去打個轉，四處查看一下。然後穿過餐廳進入廚房。一關上門她就發覺情況不對。女侍海倫坐在水槽附近的餐桌上。在哭。廚子安娜，擱下正在清洗的鍋子，用心聽著海倫說話。

「怎麼了，海倫？」謝里登太太問。

「他從我的『森水』扣掉了『史二』塊錢，謝里登太太。」海倫說，她是澳洲人。

「為什麼，海倫？」

「那天我燒傷。你叫我去看醫生啊？」

「是的。」

「為了那個他從我的『森水』扣掉了『史二』塊錢。」

「明天我給你一張支票，海倫，」謝里登太太說。「別擔心。」

「是，太太，」海倫說。「謝謝你。」

謝里登先生從餐廳走進廚房。穿著一身黑的他看起來十分英俊。「啊，你在這裡，」他對妻子說。「趁他們還沒來我們先喝一杯吧。」他轉向海倫，問：「最近有沒有接到你家裡的消息？」

「沒有，謝里登先生，」海倫說。

「你的家人住在哪裡？」他問。

「在密西根，謝里登先生。[18]」她咯咯地笑著，這個笑話在過去幾年裡已經講過無數次，她實在笑不太出來了。

「在哪裡？」謝里登先生問。

「在密西根，謝里登先生。」她再重複一遍。

---

18 “In Missigan, Mr Seridan.”。由於”Missigan”與”Mr Seridan”的讀音相似，因而造成了笑點。

他哈哈大笑。「我的天哪，真是太好玩了！」他說。他一手摟住妻子的腰，去喝他們的酒了。

與此同時，布魯斯先生回到了氣氛愉快的家。太太洛伊絲是個美女，她深情款款地迎接他。兩個人先坐下來喝雞尾酒。「今天早上瑪格麗特打電話給我，」她說，「查理失業了。電話鈴響的時候，我就覺得不對；我真的有直覺。甚至還沒接起話筒，我就知道出了問題。起初，我還以為是可憐的海倫．拉克曼。她最近衰事不斷，我一直在替她擔心。結果是瑪格麗特的聲音。她說可憐的查理人太好了。他認真向上，為了這家公司走遍了整個美國，現在他們就這麼不要他了。她打來的時候我躺在床上，今天早上起不來，我的背又出了些小毛病。不嚴重，一點也不嚴重，可是痛得難受。我打算明天去看帕敏特醫生，問問他有沒有什麼辦法。」

布魯斯先生第一次見到洛伊絲的時候，她就是一副弱不禁風的模樣。想當年這正是她無敵的魅力之一。她過分蒼白脆弱的肌膚，照她自己的說法，可能是因為有一年的時間，醫生們對她束手無策、放任不管所造成的。她的纖弱一半是意外，一半是遺傳。想想也難怪她會對毒葛、感冒病菌特別敏感，也特別容易勞累。

「我對你的背痛感到很難過，親愛的。」布魯斯先生說。

「其實，我並沒有一整天都躺在床上。」她說。「我十一點左右起來，和貝蒂吃過午飯就上街去買東西了。」

洛伊絲．布魯斯，就像紐約市大多數的婦女一樣，花大把的時間在第五大道逛街買東西。她對報紙上的廣告看得比她丈夫看財經新聞還要認真。買東西是她最主要的正職。哪怕是臥病在床也要爬起來出門瞎拚。百貨公司的氛圍可以恢復她的元氣。下午從阿特曼百貨公司開始，先在一樓買手套，再搭電動扶梯上樓看看爐架。她會在羅德泰勒精品店買小包包和面霜，問問咖啡桌、裝飾布和雞尾酒杯的價錢。「往下？」電梯門打開的時候，洛伊絲會問服務員，如果服務員回答說：「往上。」她也照樣會搭，臨時興起上去看看家具，或是亞麻布料的部門。她會在賽克斯精品鞋店買雙皮鞋或拖鞋；在莫塞斯買幾塊送給母親的餐巾、在戴比納買一束手作布花、在邦威特買護手霜、在班德爾買件洋裝。到這時候，她的腳和腦袋也快活且盡興地累了。蒂芬妮門口的門房開始舉旗換班，廣場大飯店旁邊的馬車車燈也亮了。她到了最後一站，在狄恩烘焙買完蛋糕，於淡淡的暮色中漫步回家，就像一名勤勞認真的工人，滿足而疲憊。

現在，夫妻倆坐下來用餐，洛伊絲看著丈夫嚐了湯的味道，露出滿意的表情時，她笑了。「很好喝，對不對？」她說。「我沒辦法嚐。我已經有一個星期沒辦法品嚐任何東西了。不過我沒告訴凱蒂，願主保佑，那樣會叫她傷心的。再說萬一味道不對，我也不想隨便恭維她。凱蒂，」她隔著餐廳喚著：「你的湯很棒。」

接下來的一個星期謝里登太太沒有在街口出現。星期三下午，布魯斯先生下班後順道去接上舞蹈課的凱瑟琳。謝里登家的兩個女兒也在同一班上課，他在沙丁舞蹈社的大廳裡尋找謝里登太太，她不在。事實上，他始終沒見著她，直到星期天下午，他去一個小朋友的生日宴會接凱瑟琳回家。

由於洛伊絲的牌局有時候會玩到七點，接凱瑟琳回家的任務就會落到布魯斯先生的頭上，由他下了班再趕去某個小朋友家的派對，離別前還不忘拘謹地向主人道謝說再見。街道上又冷又黑；開派對的屋子裡熱鬧暖和，充滿了糖果與花香味。在這種場合，最令他開心地是經常能夠碰到許多過去一起過暑假和上學的老朋友。這些派對有的辦得很講究，有一次他去華道夫大飯店裡一間客房接凱瑟琳，當時在為六個小女孩表演的竟然是一個吹製玻璃的師傅。

那個星期天下午，在小朋友家的門廳，一名愛爾蘭女傭拿著除塵器在清理地毯上的花生殼。她滿頭白髮的頭頂上方，四散的氣球成串的懸在天花板上。布魯斯先生碰見一個小丑裝扮的侏儒，他從小就在各種宴會上表演助興。這老矮人的表演一陳不變，不管是把戲還是臺詞。他最受感動的是，那些看過他表演的孩子，不管隔了幾代，他們的名字和面孔他多半都還記得。他在門廳一把抓住布魯斯先生，經過幾次錯誤的猜測，他終於想起了他的名字。客廳裡有十多個親朋好友在喝雞尾酒。時不時地會有一個玩累了的孩子，手裡握著糖果籃或是氣球，晃過這群大人。客廳盡頭，一對剛表演完牽線木偶戲的夫婦正在拆卸舞臺。那女的染了頭髮，她面帶笑容，動作誇張，就像馬戲團裡的表演者；雖然根本沒有人在看著她。

就在布魯斯先生等候凱瑟琳穿上大衣的時候，謝里登太太從門廳走進來。他們握了握手。「我可以送你回家嗎？」他問。

她說：「好、好的。」隨即走進去找她的大女兒。

凱瑟琳走向女主人，行了一個屈膝禮。「您邀請我參加這個派對太好了，霍威太太，」她口齒清晰地說。「非常感謝。」

「她好乖啊。請到她真是開心！」霍威太太對布魯斯先生說，心不在焉地把手搭在凱瑟琳的頭上。

謝里登太太再度出現，帶著女兒。露意絲．謝里登也向女主人屈膝道謝，可是霍威太太好像在想別的事沒聽見。小女孩大聲地再重複道謝一次。

「噢，謝謝光臨！」霍威太太倉促地說，口氣有些突兀。

布魯斯先生和謝里登太太帶著兩個孩子一起搭電梯下樓。他們走上第五大道的時候，天色還很亮。

「我們走路吧，」謝里登太太說。「只不過幾條街而已。」

兩個孩子走在前面。他們走在西八十街區，視野很開闊：大道、博物館、公園，一覽無遺。他們走著，路旁的雙軌街燈在輕微的喀答聲中亮了起來。燈光在迷濛的霧氣中散發出黃色的光暈。博物館的廊柱、廣場飯店高過樹梢的斜披式屋頂、泛黃的燈光，令史蒂芬．布魯斯想起這個世紀初許多巴黎和倫敦的畫作（比方說〈冬日的午后〉）。這類與畫相似的景致令他心情愉悅，尤其身邊有了這個女人的陪伴，使他的心情更快活起來。他覺得她也一定看得出來。一路上他們幾乎沒有說什麼話。離她住的大樓還有一兩個街口，她把手從他的臂彎抽開。

「改天我想跟你談談聖詹姆斯學校的事，」布魯斯先生說。「願意跟我一起吃個午飯嗎？星期二可不可以？」

「我很願意跟你一起用餐，」謝里登太太說。

星期二，謝里登太太和布魯斯先生相約在一家不太可能會遇到熟人的餐館共進午餐。菜單很髒，服務生穿的服裝也很髒。都市裡有成千上萬像這樣的地方。他們彼此打招呼的時候，在別人眼裡就像一對結婚十五年的老夫老妻。她提著大包小包和一把雨傘，就像是從附近郊區過來給孩子們買日常衣物的模樣。她說她在買東西，坐計程車趕來的，很匆忙、很餓。她摘下手套，翻著菜單，四處張望。他喝威士忌，她則要了一杯雪莉。

「我想知道你對聖詹姆斯小學真正的想法。」他說，她開始侃侃而談。

他們一年前從紐約搬到長島，她希望讓孩子們讀一所郊區的好學校。她以前就是讀這一類的學校。長島的小學不太合適，九月份他們搬回紐約。她先生去了一趟聖詹姆斯，他們因此做了這個選擇。她興致勃勃地談著兩個女兒的教育問題，一如布魯斯先生的預料，他猜想她平常沒辦法跟她先生盡興地談論這個話題。她非常興奮，居然有人對她的意見如此感興趣。她口無遮攔，如他所料，完全不設防線。有些人一看就知道是剛剛墜入情網，即使裝瞎的服務生也看得出來，他們倆太契合了。他在街口為她叫了計程車。兩人互道再見。

「願意再跟我一起共進午餐嗎？」

「當然，」她說，「當然。」

她再度跟他一起午餐。然後一起晚餐，在她先生外出的時候。他在計程車裡吻了她，他們在她的公寓大樓門前互道晚安。幾天後他打電話給她，接聽的是一個護士也或許是女傭，說謝里登太太病了，不能打擾。他慌了手腳。這天下午他打了好幾次電話，謝里登太太終於來接聽。她的病不嚴重，她說。過兩天就會好，到時候她會打給他的。第二個星期她立刻打給他，他們約在上城區的一家餐館午餐。她照樣像是出來買東西。她照樣摘下手套，翻著菜單，東張西望。同樣又是一家不怎麼的餐館，光線很差，只有幾個客人。她說她一個女兒在出麻疹，布魯斯先生對出麻疹的症狀很感興趣。可是，就一個宣稱對小兒麻疹很有興趣的人來說，他的表情未免太不相稱了。他的氣色極壞，繃著臉，搓著額頭，一副頭痛得不得了的樣子。他不斷地舔著嘴唇，兩條腿一會兒蹺起一會兒放下。很快地，他的不安傳過了桌面。剩下的時間他們就坐在那裡，不著邊際地說些什麼，既不深入，也毫無重點。她的甜點沒有吃完。咖啡也涼了。有好一陣子，兩個人不說話。一個陌生人，若在餐館注意到他們兩個，八成還以為他們是一對正在談論某件不幸事故的老朋友。最後，他湊近她的身子，說，「我邀你到這兒來是因為我們公司在樓上有一間公寓。」

「是的，」她說，「是的。」

對於剛開始約會幾次的情侶來說，接觸等於是一種質變。身體上所有的部分似乎都在改變，變得跟原來不一樣變得比原來更好。在他們相遇之前劃分得一清二楚的那個部分起了變化，這一刻開始重新定位。在這個時刻他們覺得兩個人同時到達了一個激情的頂點，一種通體舒暢的感覺。記憶中任何一丁點的小事都在這最後一刻清晰起來。不管是機場大鐘上的一根秒針、一隻雪鴞、聖誕夜芝加哥的小車站；或者在暴風雨的時候，岸邊一大票焦急等待渡輪的遊客，而港口只停了一艘小船；或者滑雪的時候，太陽雖然高掛天空，北邊的山坡卻早已埋入了一片黑暗。

「你要不要一個人下樓？這些大樓的電梯服務員——」他們倆穿好衣服，史帝芬．布魯斯說。

「我不在乎這些大樓裡的電梯服務員。」她輕鬆地說。

她挽著他的手臂，一起進入電梯。出了大樓，兩個人還捨不得分開。他們倆下了決定，大都會博物館應該是不太可能碰到任何熟人的地方。在下午的這個時刻，幾乎淨空的圓形大廳就像過了列車時間點的車站。甚至有一股燃煤的味道。他們看著那些石頭馬和布料衣裳，在一條暗黑的通道上，陳列著大量以愛情饗宴為主題的作品。天神，一會兒扮成伐木工，一會兒變身牧童，一會兒又是水手，又是王子。各種模樣出現在每一扇敞開的門裡。三個精靈守在一叢冬青樹旁，正為祂卸下盔甲和盾牌。一大群人在邊上，慫恿祂的情婦。整體的擺設擁有一致的協調——麝香貓與熊，獅子與獨角獸，水與火。

從圓形大廳轉出來，布魯斯先生和謝里登太太，突然遇到了洛伊絲母親的一個朋友。想躲也躲不掉。他們只好客套兩句，你好嗎、很高興見到你之類的話。布魯斯先生和謝里登太太走到萊辛頓分手道別。他回去上班，六點到家。女傭告訴他說，布魯斯太太還沒回來，而凱瑟琳去參加派對，他得接她回家。女傭把地址給他，他沒脫大衣又出門了。外面下著大雨。穿著白色雨衣的門房衝進雨裡，很快就招一輛計程車過來。這車的座椅是橘色的，在駛往上城的路上，他聽到車內收音機播放的是一首探戈的舞曲。又是一個門房來開車門讓他下車，他走進大廳，這裡跟他住的大樓很像，換言之這裡也是豪宅。樓上，地毯上都是花生殼，天花板上都是氣球；好多親戚朋友都在客廳裡喝著雞尾酒。房間盡頭，又是那對夫婦正在拆卸表演牽線木偶的舞臺。在等候凱瑟琳穿外套的同時，他一面喝著馬丁尼，一面跟朋友們閒聊。「啊，是的、是的！」他聽見謝里登太太說，接著就看見她帶著兩個女兒走過來。

兩個人還來不及說話，凱瑟琳已經擠到他們中間，他陪著女兒走向女主人。凱瑟琳屈膝行禮，開心地說：「您邀請我來真是太好了，卜瑞蒙太太，非常感謝。」布魯斯先生朝電梯走的時候，謝里登家的小女兒正在屈膝行禮，「這個派對太棒了，卜瑞蒙太太⋯⋯」

他和凱瑟琳在樓下等候謝里登太太。不知道是有事，還是有人耽擱了她，電梯下來兩次都沒看到人，他只好走了。

幾天後布魯斯先生和謝里登太太又在公寓碰面。之後他在洛克菲勒中心溜冰場的人群中看見她，在等她的兩個孩子。後來又在沙丁舞蹈社的大廳看見她，站在一堆等候舞蹈課結束的家長、保母和司機裡面。他沒跟她說話，但聽得見她在後面跟人家說話：「是的，家母很好，謝謝你。是的，我會代你向她致意。」過一會兒她跟旁人說話的聲音逐漸遠去，最後被音樂蓋過。那晚，他去外地出差，要到星期天才回家。星期天下午他跟一個朋友去看足球賽。賽程很慢，踢最後一節的時候傍晚街燈都亮了。他回到家，洛伊絲在公寓門口迎接他。客廳已經升起了爐火。她為彼此斟了酒，然後坐到靠近爐火的一張椅子上，離他遠遠的。「我忘了告訴你星期三海倫姑姑來電話。她從格雷坡搬到濱海的一棟屋子住了。」

他想針對這個話題找一些話來說，可是想不出來。五年的婚姻，他似乎到了無話可說的地步。就好像回到初見面時，那羞澀、難以啟齒的那種感覺。他拚了命回想剛才的足球賽和這趟出差乏加哥有沒有什麼趣事，結果一個字也提不出。洛伊絲感受到了他的掙扎與失敗。她住口，不再自言自語。從星期三到現在我連個可以說話的人都沒有，她想著，現在他竟然一句話也不說。「你出差的這段時間，我的背又拉傷了，因為伸手要搆帽盒。」她說。「背痛得很厲害，帕敏特醫生好像幫不了什麼，我打算換個醫生，華許醫生他……」

「你的背痛令我太擔心了，」他說。「希望華許醫生能幫得上忙。」

他敷衍的口氣令她很受傷。「噢，我忘了告訴你，有件麻煩事。」她生氣地說。「凱瑟琳今天下午和海倫．伍哲夫，還有其他幾個孩子在一起。有幾個是男孩。女傭進遊戲間準備叫他們去吃飯，卻發現他們全部都沒穿衣服。伍哲夫太太很不高興。我跟她說你會打電話給她的。」

「凱瑟琳人呢？」

「她在自己的房間裡。她不跟我說話。我不想由我來說這件事，不過我覺得你應該請個心理醫生看看這孩子。」

「我會去跟她談談。」布魯斯先生說。

「那你還想吃點晚餐嗎？」洛伊絲問。

「好，」他說，「我吃。」

凱瑟琳的房間在大樓的側邊。很大的一個房間，再多家具也塞不滿。布魯斯先生走進去看見她摸黑坐在床沿。房間裡瀰漫著她養在籠子裡兩隻老鼠的味道。他打開燈，給她一枚從機場買的串著小飾物的手鐲，她很有禮貌地謝謝他。他不提在伍哲夫家發生的事情，可是當他攬住她的肩膀時，她開始大哭。

「今天下午我並不想那樣，」她說，「是她逼我的。她是主人，我們總是要聽主人的，要照她說的話去做。」

「照不照做都沒關係，」他說。「你並沒有犯什麼大錯。」

他摟著她直到她平靜下來才離開，然後他進去自己的臥室打電話給伍哲夫太太。「我是凱瑟琳．布魯斯的父親，」他說。「我了解今天下午出了一些小麻煩。我要說的是凱瑟琳已經受了一頓訓斥，對我和我太太而言，這件事情暫且就讓它過去吧。」

「我們這裡還過不去啊，」伍哲夫太太說。「我不知道是誰起的頭，我可是不給海倫吃晚飯就讓她上床睡覺。我和伍哲夫先生目前還沒決定該如何處罰她，不過肯定要重重的處罰。」他聽見洛伊絲在客廳喊說晚餐準備好了。「我想你應該知道，傷風敗俗的事情傳千里啊。」伍哲夫太太繼續著，「我們的孩子在我們這個家裡可是從來沒有聽過也沒講過一個髒字。我們這裡完全不容許有齷齪事的發生。要是非要以火攻火、以毒攻毒，我絕對奉陪！」

蠻橫不講理的潑婦令他惱火，但無計可施，他只能聽她把話講完，掛斷電話之後他再回凱瑟琳的房間。

洛伊絲看著爐臺上的鐘，第二次大聲喊她丈夫。她並不想為他做晚餐。他可以不在乎她的感受，她卻要為他在廚房做牛做馬，這似乎成了人類循環不斷地一個基準了。在她用力拉開銀器抽屜的時候、在她幫他倒啤酒的時候，這種性別上受創的感覺更是一面倒地擠壓過來。為了強調自己的不高興，她刻意地調整了餐點的擺盤。她把冷盤肉和沙拉，像下了毒似的，統統堆往丈夫的餐盤裡。然後自己塗上口紅，不管背痛，端起沉重的托盤走往餐廳。

這時，她抽著菸在餐廳裡兜圈子，五分鐘過去了。她把托盤端回廚房，把啤酒和咖啡一股腦兒地倒入排水管，把肉和沙拉放回冰箱。等到布魯斯先生從凱瑟琳的房間出來，發現她在哭，生氣地哭。她不是生他的氣，而是氣她自己笨。「洛伊絲？」他問。她跑出餐廳奔回自己的房間，用力甩上房門。

接下來的兩個月，洛伊絲．布魯斯從好多人口中聽說她丈夫經常跟一個謝里登太太見面。她向母親吐露心事，說自己快要失去他了，在母親的堅持下，她雇了一名私家偵探。洛伊絲不想報復，她不想設計或是脅迫她的丈夫；她覺得那種方式反而會讓他得到救贖。

有一天，她在家吃午餐的時候，私家偵探來電話說她丈夫和謝里登太太在某個旅館，剛上樓。他就在旅館大廳打的電話，他說。洛伊絲飯也不吃了，立刻就去換衣服。她戴了一頂有面紗的帽子，因為神色緊張，靠著面紗才能鎮定地和門房說話。門房幫她叫了計程車。私家偵探在人行道上跟她碰面。他把門牌號碼和樓層告訴她，他建議陪她一起上樓，她一口回絕，彷彿他的提議就是在反映她處事的能力。她當然沒來過這棟樓，但是維護權益的想法，立即克服了她對這棟樓房的陌生感。

到了十樓她走出電梯，服務員在她身後關上了電梯門。她一個人站在一條長長的，沒有窗戶的走廊裡。十二扇相同的房門全部漆著暗紅色，配上沾滿灰塵的地毯與昏暗的燈頂。長廊的寂靜令她稍微猶豫了一下，但還是直接走到那間套房的門口。按鈴、沒有聲音、沒有回應。她連按了好幾次門鈴。然後對著關著的房門說：「讓我進去，史蒂芬。我是洛伊絲。讓我進去。我知道你在裡面。讓我進去。」

她等待。她摘下手套，把大拇指搭在門鈴上不動。她仔細地聽。仍舊沒有一點聲音。她看著周圍那些關著的紅門，使勁地按著門鈴。「史蒂芬！」她喊。「史蒂芬，讓我進去。讓我進去。我知道你在裡面。我看見你進去的，我聽得見你。我聽見你走來走去。我聽見你在小聲說話。讓我進去，史蒂芬。讓我進去。你不讓我進去，我就去告訴她的丈夫。」

她再等。在這段等候的時間裡，除了午後的靜默再沒有別的。她開始對門把進攻。她用包包大力的敲打房門。用腳踹踢。「你讓我進去，聽見沒有！讓我進去，讓我進去，讓我進去！」

走廊裡另一扇房門打開了，她轉身看見一個穿襯衫的男人，在搖頭。她奔向後廳，哭著從防火梯走下去。這防火梯好像紀念碑的樓梯，沒有始沒有終，最後她終於下到一個很黑很暗，存放著三輪車和娃娃車的走道。她摸索著進了大廳。

布魯斯先生和謝里登太太離開了旅館，兩人穿過公園，在殘冬的陽光裡，空氣中隱約有著樹林的氣味。橫過一條騎馬的專用道，他們看見孩子們的騎術教練普林斯小姐，正在給一個小胖妞上課。「謝里登太太！布魯斯先生！」她說。「運氣太好了！」她停住馬兒。「我正要找你們二位，」她說。「下個月我要舉辦一個小型的騎術比賽，我要你們兩位的孩子都來參加。我要她們都能晉級。說不定明年……」她轉向那個小胖妞，「你也能夠有好手氣。」

他們答應讓孩子們參加比賽，普林斯小姐跟他們道別之後就繼續去教課。他們忽然覺得聽到了威猛地獅吼。兩人朝著公園南邊慢慢地走著。近黃昏了。他從廣場飯店打電話回辦公室，留言當中有一通是家裡女傭打來的；要他下班順便去沙丁舞蹈社接凱瑟琳回家。

在舞蹈社前面的人行道上也能聽見鋼琴的踏板聲。威爾第的大進行曲已經開始。他們倆穿過前廳的人群，擠到舞蹈教室門口張望自己的孩子。教室的門開著，舞蹈老師貝利太太和她的兩個助理站在那裡，向著一對一對走過來的孩子們屈膝行禮。男孩戴著白手套，女孩穿著裙裝。孩子們兩個一組，有的鞠躬，有的屈膝，走向等候在門口的那群大人。布魯斯先生看到凱瑟琳了。他看著女兒中規中矩地照著老師的要求在做，他突然有一種感覺，他和周圍的這一大群人都是一丘之貉。他們心中惶惶惑惑，也許因為自私也許因為運氣不好，沒法做到像他們父母那樣，恪守維護社會、永續不斷地紀律形式。他們自己也做不到，反而把擔子強加到孩子們的身上，令孩子們的生活中，充滿著那麼多華而不實的儀式和虛禮。

一位助理老師走到他們兩個面前說：「啊，好高興見到你，謝里登太太。我們都在擔心你的身體。下午上課不久，謝里登先生就來把兩個孩子接走了。他說他要帶他們去鄉下。我們不知道你是不是病了。他看起來非常苦惱。」

助理微笑著走開了。

謝里登太太臉上沒了血色，整個暗淡下來。她忽然顯得非常蒼老。舞蹈教室很熱。布魯斯先生帶她走出門外，走入冬日黃昏的清新空氣裡。他摟著她，應該說撐著她，因為她就要倒了。「沒事，」他不斷地說著，「沒事，我親愛的。不會有事的。」

蘋果裡的蟲子

克拉屈曼一家人是那麼地，那麼地快樂，生活那麼地有節制，對所有的事都正面看待，在旁人或許以為他們的紅蘋果裡有蟲子，但這蘋果特別紅的原因只是意味著把真正的問題，把受到蟲害感染的嚴重性給隱藏起來了。他們的房子，比方說吧，他們在希爾街上那棟全是大玻璃窗的房子。除了患有嚴重犯罪情節的人，有誰家的房間會需要那麼透光，那麼透亮？還有把地板全部鋪滿的地毯，彷彿只要留一吋空隙（其實根本沒有）就會觸碰到某個苦楚淒涼的回憶似的。還有，他們的花園裡總有一股腐屍的氣味。有必要那麼拚命地挖掘、栽種，迫不及待地等著種子發芽嗎？為什麼對土地有這樣病態的關懷？她是個美女，有一種「花」癡身上常見的，嚇人的灰白。賴瑞是個大個子，在忙園藝時習慣不穿上衣，這應該是一種幼兒裸露狂的表現。

他們在戰後快快樂樂地搬到席地嶺。賴瑞之前在海軍服役。他們有兩個幸福快樂的孩子：瑞秋和湯姆。但是在他們快樂的地平線上已經出現了一些雲層。賴瑞的艦艇在戰爭中被擊沉了，他在救生筏裡待了四天，在地中海上，當然這個經驗會使得他對於席地嶺的安逸舒適、鳥叫蟲鳴抱著懷疑的態度，也當然會讓他留下一些難以承受的噩夢。不過這些都還好，海倫有錢這件事或許才是最嚴重的一個問題。她是老查理．辛普森的最後一代財閥，同時也是他的獨生女，他給她留了一大筆財產，遠遠超過賴瑞在梅徹爾紹公司所拿到的津貼。這個危機人盡皆知。賴瑞不需要賺錢養家，因為沒有動機嘛。他似乎也能處之泰然，把大把的時間花在高爾夫球場，永遠一杯在手。海倫對於財務獨立和感情獨立混淆不清，這個混淆自然會傷害到他們婚姻生活中微妙的平衡。但是賴瑞似乎毫無怨言，也不認為有什麼地方需要改進。海倫勤做著慈善事業，過著舒適低調的生活。賴瑞每天早上起勁地去上班，好像那份熱情是在用力地在逃避什麼。他也同時非常積極地參與社區活動，積極到幾乎完全沒有時間想到自己的程度。他無處不在：他在教堂、他在美式足球場、他在室內樂社吹雙簧管；他開消防車、他參加校委會、他每天早上搭八點零三分的車去紐約。到底是什麼樣的悲傷如此地驅策他？

他很想要一個大家庭。但為什麼只生了兩個孩子？為什麼不生三個或四個？難道在生了湯姆之後他們夫妻間的關係生變？瑞秋，大女兒，小時候胖得可怕，特別愛錢。每年春天她會從車庫拖出一張老舊的化妝桌，把它擺在人行道上，豎起一塊牌子寫著：新鮮檸檬汁。一毛五分。湯姆六歲時得肺炎差點死掉，後來好了，也沒有任何後遺症。這兩個孩子對於父母親的順從守成似乎很不滿，他們守得太超過。兩輛車？是的。上教堂？每個星期天，全家跪在教堂裡熱誠禱告。衣服？再沒有像他們那樣遵守禁奢條例的一家人了。讀書俱樂部、地方藝文及愛樂社團、運動和紙牌遊戲，沒有一樣不投入。就算兩個孩子很叛逆，他們也把叛逆隱藏得很好，看起來真心愛他們的父母，真心誠意的在回報他們的愛，或許在這份愛裡藏著深沉的失望和悲傷。或許他是個性無能。或許她是性冷感——好像不大可能，但看她那副死白的臉色。社區裡凡是意圖染指的人都被他們打發了。這份忠貞的源頭是什麼？他們在怕什麼？他們在假正經？他們徹底遵奉一夫一妻制？在幸福快樂的表象底下究竟藏了什麼？

有人以為等他們的孩子長大以後可能就會看到紅蘋果裡的蛀蟲了。他們會很有錢，他們會繼承海倫的家產，我們就等著看吧，等到家產過到他們頭上，陰影就會跟著降臨到這兩個一輩子吃用不盡的孩子身上。海倫過分疼愛她的兒子。他要什麼她就買什麼。她開車送他去舞蹈學校，他穿著他第一套藍色嗶嘰呢[19]小西裝爬上車，她看著他一副小大人的模樣看得太出神，結果車子直接撞上了一棵大榆樹。這種癡迷的程度肯定出事。相較於她對兒子的疼愛，對女兒就有很大的落差。你聽聽看吧。「瑞秋的腳，」她說，「太大了，真的是太大了。我簡直沒辦法幫她買到鞋子。」這下我們可能會看到那隻蛀蟲了。跟大多數美女一樣，她會妒忌；她妒忌她的女兒！她無法容忍競爭。她給這小女孩穿難看的衣服，燙難看的髮型，不停的批評她的大腳，批評到這個可憐的小女孩拒絕參加舞會，就算逼不得已地去了，她也躲在洗手間裡，盯著自己那雙巨無霸的腳丫生悶氣。日後她會變得很惹人厭，很孤單，為了表現自己，她會愛上一個浪蕩詩人，跟他飛到羅馬，兩個人過著漂泊又酗酒的悲慘日子。可是當這個女孩走進房間，她人漂亮，她穿的衣服也漂亮，她對她母親的笑容裡是滿滿的愛。她的腳很大，這是真的，她的胸前也很大。或許我們應該往那兒子身上找麻煩才對。

確實有麻煩。高中第一年他留級，必須重念，因為留級的關係，他和班上其他學生顯得格格不入。也是碰巧，他的座位被安排在佳麗．威契爾旁邊；佳麗是席地嶺最亮眼的一道菜。人人都知道

19 一種紡織品，斜紋、表面光滑，質地較厚且軟，通常為素色。「嗶嘰」源於自法語的「米色」（beige），而英語則稱之為serge。

威契爾夫婦和他們貌美、大膽的女兒。他們喝酒喝得很凶，住在楓葉谷的一棟木屋裡。這女孩真漂亮，人人都知道她那心機超重的父母有多麼想藉著她白嫩嫩的肌膚爬出楓葉谷。多麼完美的一個狀況！他們知道海倫有錢。在烏漆抹黑的臥室裡，他們就在核計該用什麼方法；在臭氣沖天、三餐都在那兒解決的廚房裡，他們就在告訴他們漂亮的女兒該如何對他使出渾身解數。可是湯姆對佳麗的愛來得快去得快，之後他又愛上了凱倫．史超布里奇和蘇西．摩利斯和安娜．麥肯，這下你可能以為他太花心，不料在大二那年他宣布跟伊莉莎白．楚斯曼訂婚。大學一畢業兩人就結婚，婚後他必須服兵役，她跟隨他去到德國的駐軍基地，夫婦倆在那裡勤學德語，親近當地的居民，為國爭光。

瑞秋的路走得不大順利。她減肥之後變得非常美麗、非常放蕩。她抽菸喝酒，還有可能與人私通；展現在這麼一個美麗放縱的年輕女性前面的深淵，是難以估量的。那麼，究竟是什麼機會，什麼原因不讓她繼續在時報廣場的舞廳當舞女？她可憐的老父親又是什麼想法？當他看著她的臉，看著她的胸脯只遮著一層透明的薄紗，看著她默默地瞪著他，在某個下雨的早晨，在某一間展示櫥窗裡？她的方法就是跟法克森家的德國園丁陷入熱戀。他在戰後隨著家人，利用了難民的身分來到了美國。他的名字叫艾瑞克．萊納，坦白說，他是一個難得的年輕人，把美國看做一個真正的新世界。克拉屈曼夫婦肯定對瑞秋的抉擇感到很悲哀，心碎倒還不至於，不過他們還是把情緒隱藏起來了。萊納夫婦可不這麼想。這對勤苦的德國夫婦認為這個婚姻既無望又不當。甚至做父親的一度拿柴棒狠揍他兒子的頭。但是兩個年輕人照樣見面，而且很快就私奔了。他們不得已。瑞秋有了三個月的身孕。這時艾瑞克已經在塔夫茨名校讀大一，還拿到了獎學金。這下海倫的錢派上用場，她在波士頓為這對年輕男女租了一間公寓，並且替他們負擔日常的開支。第一個孫子夭折，這件事並沒有對克拉屈曼夫婦造成任何困擾。艾瑞克大學一畢業就拿到麻省理工學院的研究獎學金，獲得物理博士的學位，在系裡擔任副教授。他大有機會在工業界裡拿高薪，可是他喜歡教書，瑞秋在坎布里奇[20]很快樂，他們就在那兒長住下來。

兩個親愛的孩子都不在身邊了，克拉屈曼夫婦可預見的必須承受他們這個年紀的空乏期——蘋果裡的蛀蟲終於要公開亮相了——儘管這對迷人的夫婦照常跟朋友來往，照常讀他們喜歡的書，一般人或許覺得這隻蛀蟲只是不給人看見而已，也許是因為膽怯，或者拘謹。這些人沒辦法像他們一樣，同時懷抱著範圍那麼廣的熱誠。當他們看見賴瑞在踢足球或彈巴哈的表現上都不怎麼樣的時候，他們也不肯承認他對這兩件事是真心地感到快樂。也許、至少，你希望看見他們倆之間會出現一些常見的崩壞，但不知道是運氣，還是因為有節制又健康的生活方式，他們牙也沒掉，頭髮也沒少。幸福的試金石仍舊強而有力，賴瑞就算不再開消防車，你還是可以在教堂、在美式足球場、在八點零三分的列車、在室內樂社裡看見他。更因為海倫的經紀人謹慎精明，他們越來越有錢、越來越有錢、越來越有錢；生活過得越來越幸福，越來越快樂，越來越幸福、快樂……

20 Dexter Cambridg，劍橋，位於美國麻薩諸塞州。

瑪西．弗林的麻煩

「這是出海三天，在奧古斯都輪船上寫的。我的手提箱裡裝滿了花生醬，我是來自大都市郊居的一個難民。什麼玩意兒！郊區？我指的是……老天保佑，總算可以避開那些每到黃昏就擔心紫苑花玫瑰花遭受凍傷的美女，和那些滿腦子議事狂熱的女士了。我現在要去杜林[21]，那裡的女孩愛吃花生醬，那裡是男人的城堡……」其實，郊區（席地嶺）一點問題也沒有，雖然查爾士．弗林是從那兒逃出來的。他的年紀也不是問題。至於杜林，他更是熟門熟路，最近光是出公差就在那兒待了三個月。

「老天保佑，」他繼續寫著，「不必再看到超市裡那些穿得像鬥牛士的女人，不必再看到那些牛皮公事包、法蘭絨和斜紋呢。保佑我，得以遠離猜字謎和通姦不倫的把戲，遠離巴吉度獵犬[22]、游泳池、開胃冷盤、血腥瑪麗、裝腔作勢、丁香樹叢和懇親會……」他不斷地寫著，大船奧古斯都正以一小時十七海里的速度向東航行；只消一天的時間就可以到達亞速爾群島。

就像所有滿肚子怨氣的人，弗林根本沒搞清楚狀況，他吐苦水的興致要比認清事實高出許多。瑪西，他的老婆，他急於逃離的這位太太，黑髮黑眼，怎麼看都不再年輕的一個女人，卻有著無比的柔美和堅強。她沒有跟街坊鄰居說查理已經離開她；她甚至也沒打電話給律師；她只是辭掉了廚子，現在她站在西南南的方位，就是爐灶和水槽之間，在為孩子們料理晚餐。她不回想過去，不像她丈夫那樣，也不探究是什麼力量讓一對幸福生活了十五年的夫妻中間竟然隔起了一片汪洋。她覺得對於他最近怠工的情形，彼此在看法上有了些許的不同，因為他在信上除了寫對她的思念，同時也寫他一星期有六個晚上在蘇佩加晚餐，非常開心的事。他本來只打算離開六個星期，結果延長到三個月，她發現這就是問題的所在。

起初的幾個星期街坊鄰居相當挺她，可是她知道，她自己也有點不對勁，開始搞砸了一些晚宴。所以當弗林繼續樂不思蜀地逗留國外以後，她發現她獨自度過的夜晚也越來越多了。席地嶺的夜生活有兩種樣貌：一種，當然是宴會派對。另外一種，是參加聖誕老人歌詠團、政治研討團、管樂團、舞蹈社、堅振聖事班、社區委員會議，藝文、哲學、市政計畫以及病蟲害防治類的演講。就算橫跨天際的繁星可能也沒見過這麼大陣仗的夜間產業。瑪西，有一副甜美清脆的嗓音，加入了每個星期二聚會的歌詠團和每週一聚會的政治研討會。閒來無事，大家竟推選她出來當議會的委員，這實在有些奇怪；因為她幾乎從來沒開過口。最後，在查理離家出走的第三個月，她接受了村議會的一個職位，主要的原因是她要讓自已有事做。

美德、理性、熱誠、寂寞，在瑪西的麻煩中都占有一部分的位置。遠在杜林的查理可以想像她站在燈光明亮的大門口等他回家的樣子，可是他能想像她在床底下摸索孩子們的鞋，或是把培根的

---

21 Torino，義大利北邊大城市。
22 Basset Hound，長耳短腿狩獵犬。

肥油倒進空罐子裡的樣子嗎？「爸爸必須待在義大利，為了賺錢給我們買東西。」她對孩子們說。但每次查理打長途電話回來，一週一次，他好像總是喝得醉醺醺的。反觀這個溫柔的女人，卻在唱著：「Hodie Christus natus est[23]」，邊讀著馬克思，坐在村議會的議席上。

如果非要說席地嶺有哪裡不對，硬要找碴的話，那就是這個村子沒有公共圖書館，沒有聞著有股包心菜餿味的帕斯卡古本[24]；沒有杜斯妥也夫斯基和艾略特的作品集；甚至，沒有高斯華綏、沒有巴利，也沒有貝內特。這是瑪西上任期間，村議會最關心的議題。圖書館的支持者多半是新來的住民；反對派的頭頭是塞夫芮奇太太，議會的會員之一，非常端莊正派的一個女人，藍眼睛明亮有神，毫無表情。塞夫芮奇太太經常頌揚他們沉靜安寧的生活。「我們從來不走出去。」她說。正因為這樣，她除了深沉的孤單寂寞別無選擇。她嫁給一個很有錢，比她老很多的男人。他們沒有子女。事實上，對於性這回事就算間接提及，也會令她臉紅。她堅持的立場是：圖書館屬於公共服務類，圖書館會使得席地嶺傾心於向外發展。這倒不是盲目的偏見。卡森園，隔壁村子，就因為境內出現這樣的發展，使得當地居民遭受慘重的後果。他們的稅賦加倍，學校受害。只要是關係到閱讀和房地產之間的問題，都遭到支持圖書館人士的強力質疑，直到發生一件恐怖的凶殺案，不，事實上是三件，地點就在卡森園發展中心的一間小屋裡，圖書館的計畫才隨著死者一起入土。

從蘇佩加的露臺可以望見杜林的全貌和四周白雪皚皚的群山，在這裡喝酒的一個男人大概不會想到在村議會開會的老婆吧。村議會由十位男性和兩位女性組成，由市長率領，審查所有的提案。會議地點在村民中心，一棟原本是退繳稅款用的老宅子。會議室在大客廳。這裡過去是藏復活節彩蛋的地方，那時候孩子們忙著為紙做的驢子加上尾巴，壁爐裡生著火，角落裡站著聖誕樹；等到大宅變成村子的財產之後，這些溫柔的映像就在公事公辦的情況下全部驅走了。拉斐爾的自畫像、亞維農的斷橋和艾文河畔的史特拉福[25]都被撤了下來，牆壁漆上一層喪氣的慘綠色。壁爐還留著，排煙道已經封住了，爐磚全上了綠色的漆。天花板上日光燈乾冷的光線照在議員們的臉上，每個人看起來都憔悴又疲累。這個房間令瑪西很不舒服。在這難看的光線底下，她的溫柔可人完全展現不出來，她不但覺得無趣且更有一種很討厭的疏離感。

這天晚上他們討論的是水費和停車計時器，村長最後一次拋出公共圖書館的議題。「當然，這個議題已經結案，」他說，「不過我們只聽見大家的說法，兩邊的說法都有。現在有一個人想跟大家來談一談，我覺得我們不妨聽他怎麼說。他來自楓葉谷。」於是他打開走道的門，請諾爾・麥肯進來。

如今，楓葉谷對席地嶺來說，就等於是村落發展的代表。那裡的房子，一家挨著一戶的緊貼著，房子的外框一律漆成白色，屋齡都是二十年，每棟屋子邊上都不可或缺的停著一輛車，感覺上這彷彿是某種遊牧文化的延續。這裡就像是一塊繁殖的大地，在這裡除了生養小孩之外再無其他，試想還有誰願意再回來楓葉谷？有誰，在最暗的暗夜中，會心心念念地想起樓上的三間臥房，漏水的馬桶和酸臭味的走廊？有誰還會願意再回到那小得不能再小，帶貓咪轉個圈都會把雷尼爾山的彩

23 拉丁文，Today Christ is born，今日基督誕生了。

24 Blaise Pascal，1623-1662，法國神學家，哲學家，精通化學、數學、物理、音樂、教育、氣象，著作《致外省人書》奉為法文寫作典範。

25 Avon At Stratford，沙士比亞的故鄉。

色照片碰倒的客廳？誰還願意為了那張夾屁股的破椅子，那臺老舊的電視機，那隻有裸女在跳彩帶舞雕像的菸灰缸回來呢？

「這個議題已經結束了，我了解，」麥肯說，「我只是想要對於贊成設立公共圖書館這件事表達一點個人的意見。純粹出於善意。」

他不像是個能言善道的說客。個子很高。髮線明顯在往後退，稀疏的頭毛已經蓋不太住他的禿頂。四方臉，皮膚很差。聲音一點也不渾厚。他的音域似乎被一種柔性的沙啞限制住了，單調的喉音。彷彿某種匈牙利的音樂，喚醒了瑪西心中的閒愁。「我只是想要為公共圖書館說幾句話，」他啞著聲音說。「小時候我們很窮。當時的生活沒有什麼好的享受，好在有一個卡內基圖書館。我八歲開始去那裡。之後連續去了十年沒有間斷。我什麼都讀什麼都看，哲學、小說、工藝技術、詩集、航海日誌。我甚至還看了一本烹飪書。對我來說，這個圖書館等於是成功和失敗之間的區隔。每當我想起當年在翻開一本好書的時候那種興奮激動，我不敢想、也不願意讓我的孩子在一個沒有圖書館的地方成長。」

「呃，當然，我們明白你的意思。」西蒙斯村長說。「可是我認為問題不在這裡。我們並不是不給孩子們看書。我們席地嶺大多數人家都有自己的圖室。」

馬克．貝雷站起來。「對於窮孩子和閱讀，我想要說兩句話。」他說，他的聲音表情豐富、力道十足，大家都笑了。「我自己就是一個窮孩子。」他開心地說，「我不覺得有什麼難為情的，我只是想要把該說的話說出來，我從來不管有沒有什麼公共圖書館，我只管忙自己的事，要不就去追漂亮小妞。我只是不希望大家真以為公共圖書館就是一條成功的大道。」

「我並沒有說公共圖書館是一條大道……」

「你明明就在暗示！」貝雷大吼。

「不能因為你不讀書，」麥肯說，「而不接受……」

「混帳，我沒有說我不讀書！」貝雷又站起來。

「拜託，兩位。別這樣！拜託！」西蒙斯村長說。「我們心平氣和一點。」

「我不要坐在這兒聽一個楓葉谷來的人對我講道理，就因為他讀了一大堆書的關係！」貝雷咆哮。「書當然有它的位置。我絕不否認。但是沒有一本書幫忙我走到我今天的位置，而且從我現在的位置直接就可以對楓葉谷吐口水。至於我的孩子，我寧可希望他們在戶外，在新鮮的空氣裡打球，而不是讀烹飪教材。」

「拜託，馬克。拜託。」村長說。接著他轉向賽爾夫芮奇太太，請她宣布暫時休會。

「我揭露真相的時刻到了。」查理在奧古斯都號甲板層的房艙裡寫著。「那是一個星期天，我在家待了八天。啊上帝，我是多麼的快樂！我幾乎把所有的時間都耗在裝設防風窗上面，我喜歡打理房子。譬如裝設防風窗之類的。完工之後，我收起梯子，抓起毛巾和泳褲走到湯森家的游泳池。他們出遠門了，不過游泳池的水沒放掉。我換上泳褲潛下水，我還記得，在一株很高很高的松樹稍上，我看到那掛著一只胸罩，我猜那是湯森家的孩子在大熱天裡偷偷扔上去的，當時苦主驚嚇的叫聲早已隨著西風而逝。水非常冷，不知道是因為血壓，還是其他什麼醫學上的理由，我從游泳池上來穿上衣服的時候，整個人快活得快要爆炸了。我走回屋子，屋裡好靜，靜到令我懷疑是不是出了什麼事。倒不是一種不祥的寂靜——而是，我覺得奇怪那鐘的聲音怎麼那麼響。我走上樓，發現瑪西在她房裡睡覺。她蓋著薄毯，毯子往下滑，露出了她的肩膀和胸部。這時我聽見亨利和凱蒂的說話聲，我走到臥室後方的窗口。從窗口看出去就是院子，院子裡有一條雜草叢生，通往小山丘的砂石路。亨利和凱蒂就在那兒。凱蒂用木棒在砂石路上胡亂地寫著什麼，大概是愛的小語吧，我猜。亨利在玩寬翼小飛機。應該是塔里斯曼[26]的機種，用軟木做的，靠一根橡皮筋推動起飛。他轉動著螺旋槳把橡皮筋扭緊，他的嘴唇在動，他在數轉動的次數。橡皮筋繃緊了，他岔開兩腳，一副神射手的樣子。凱蒂連一眼都不看他。飛機飛上去了。機翼在薄暮中顯得特別蒼白，我看著它往上爬升，穿出了陰暗、沐浴在金黃色的陽光中，輕巧得有如一隻飛蛾，滑翔迴旋搖擺。緩慢地，再度回到陰暗，墜落在牡丹花叢上。『我又讓它飛起來了！』我聽見亨利嚷著。『我讓它飛進陽光裡了。』凱蒂繼續在地上寫著她的情書。忽然，就像電影的手法，我看見自己跟我兒子一樣，也站在類似的院子裡，朝著黑暗扔擲飛機，擲箭、擲網球、擲石頭，什麼都有。而我的姊姊就在砂石路上畫著一顆顆的愛心。這股想要衝入亮光的回憶深刻無比，我看著那男孩把飛機一次又一次地送入天際。

「然後，抱著非常愉悅輕快地心情，我走向房門口，半路上停下來欣賞瑪西胸部的線條。但在心存善念之下，我決定讓她好好睡覺。我心情太好，必需喝一杯。不是為了提興，而是降低亢奮。就當是醒酒吧。我倒了一些威士忌。進廚房拿冰塊的時候，發現有螞蟻。這真是令人驚訝，我們從來沒有螞蟻的問題。蜘蛛倒是有的。在春分或秋分颶風來臨前，甚至氣壓計還沒開始下降，這屋子就爬滿蜘蛛，彷彿牠們已經在空氣中嗅到了麻煩。浴缸有蜘蛛，客廳有蜘蛛，廚房有蜘蛛；在暴風雨來臨前走過樓上的長走廊，臉上經常會沾上蜘蛛網。可我們幾乎從來沒有螞蟻的問題。現在，在這個秋天的下午，成千上萬的螞蟻從廚房的木製品裡湧出來，雙線並排的穿過料理臺進入水槽，就好像那兒藏著什麼好東西。

「我在放清潔用具的架子上找到一罐螞蟻藥，一小罐咖啡色的玩意，好多年前我在村子提蒙司的店裡買的。我倒了滿滿一碟子，把它擺在料理臺上。我拿著酒和星期天的報紙走上陽臺。這棟屋子向西，所以我比孩子們享受到更多的光，我覺得好開心，連報紙上的新聞也變得開心起來。下著雨的馬賽後街不再有王儲暗殺的事件；巴爾幹半島也沒有醞釀中的暴風雨；更沒有大受房東和姑姑阿姨們敬重的英國佬用強酸把年輕女性溶屍滅跡的新聞；甚至，連珠寶失竊的案子都沒有。那些在星期天報紙上大力煽動弱國發動戰爭的報導也不見蹤影。陽光從我看的報紙上，從我坐著的椅子上漸漸退去，我真該穿一件毛衣才對。

「季末的時節，空氣中有著明顯的改變，就連這也逗得我好開心。上個星期天，或者再上個星期天，那日陽臺上必定充滿了陽光。所以我又開始想著我想要去的一些地方——南塔克特島，這個時節人不多帆船賽也已結束，海水浴場整個鋪蓋著夏天裡絕對看不到的沙丘陰影。我還想到了文雅德海灘，裸麥色的斷崖和秋天紫色的海洋，還有那份寂靜，即便遠在桑德灣都能聽見風帆漸漸靠近的聲音。我啜飲著威士忌，抖了抖報紙，可是草地上和樹梢的金色陽光要比新聞來得更引人，而混雜在我這些海島記憶裡的，還有瑪西白皙的大腿。

「我被這一刻的得意、喜樂，融入和隨心所欲的快感完全挾持了。我再度想起睡著的瑪西。我

26　原文，Talismanic Planes。

打定主意，這是表現這份得意的一個好方法。我留神靜聽孩子們的聲音，聽不見，我已無心於他們，我決心要慶祝這稍縱即逝的時刻。我放下報紙，奔上樓。瑪西仍睡著，我剝去衣服，躺在她身旁，把她從夢中喚醒，那似乎是個很甜美的夢，因為她帶著微笑，把我拉向她。」

回到瑪西和她的麻煩事吧：散會後她穿上大衣說：「晚安、晚安……依我看他要到下個星期才回來。」她不太容易沮喪，但突然間她清楚直接地看見了愚蠢和不公平。她跟在麥肯後面走下樓，對於這個陌生人她有一種揉合了同情和憐憫的感覺。而對於她的老友馬克·貝雷，她非常生氣。她在門口叫住麥肯，跟他說他小時候對於公共圖書館有不少愉快的回憶。

事有其巧，當天最後離開會議室的，剛好是塞夫芮奇太太和西蒙斯村長兩個人。村長把手搭在電燈開關上，等候著正在戴白手套的塞夫芮奇太太。「我很高興圖書館的案子終於結束了。」他說。「我有一些顧慮，不過目前我反對任何一切公開的、吸引社區發展的事物。」他頗為激動地說，尤其在說到「發展」這兩個字，他腦子裡立刻升起一整排同式同樣的房子。他覺得把房子弄成同一個格式，一律採用綠色木材和人造石頭來建造是不對的。他覺得年輕人在一個缺乏優雅氣質的氛圍中生活是不對的；他覺得房屋失去了自主的權利，變成一大片醜陋難看的東西，這也是不對的。「當然，這跟孩子們看書是兩碼事，」他重複一遍。「我們自己就有圖書室。這一點問題也沒有。我想你也是在有圖書室的家裡長大的吧？」

「啊是，是的。」塞夫芮奇太太說。村長關了燈，黑暗遮掩了一切，也緩和了她的謊言。她的父親是布魯克林區的巡警，他家裡一本書也沒有。他很親切，只是不太體面，有些怪味。他會在巡邏時跟孩子們聊天。他邋遢快活，退休後總是穿著內衣在廚房喝啤酒，令他唯一的孩子感到難為情。

村長在人行道上向塞夫芮奇太太說再見，她站在那裡無意間聽見瑪西跟麥肯的談話。「我對馬克剛才說的話感到十分抱歉，」瑪西說。「我們對他多半也都是抱著容忍的態度。你要不要現在去我家喝點什麼？或許我們可以把圖書館的案子再推推看？」

這樣看來事情還沒結束，塞夫芮奇太太忿忿地想著。他們非要把席地嶺改頭換面才肯罷休。卡森公園計畫案裡那些無趣又沒錢的人，他們的子女，他們每個月繳交的利息錢，他們的景觀窗、他們格式劃一的房子、沒有行道樹也沒有鋪石子的泥巴路，似乎都威脅到了她最珍愛的觀念——她的草坪、她的快樂、她的產權，甚至她的自尊。

塞夫芮奇先生，這位溫文爾雅的老紳士正等著他的小公主回家，等她把憂心的事全部都告訴他。塞夫芮奇先生已經從銀行業退休，多數時間在家安享天年，這對他來說是個恩慈，因為現在無論哪時候，只要他一出門，一踏進當今的世界，他就得面對那些變了質的東西。那些在他年輕時候的世界裡，曾經健康嚴謹、生氣勃勃的責任感和進取心全部都變了質。他對席地嶺的一切太清楚了，他甚至知道麥肯是誰。「銀行取得了他的房子抵押權，」他說。「他申請抵押的事我記得。他現在在紐約一家教科書出版公司上班，這家公司不只一次被監督美國史實的委員會告發過。我看他沒什麼，不必擔心，親愛的，不過我可以給報社寫封信，如果你覺得這麼做心情會舒坦一些。」

「我想錯了，孩子們其實並沒離開多遠。」查理在奧古斯都輪上繼續寫著。「他們仍然在院子裡。我猜想，在那一刻他們最想做的大事就是偷東西吃。至於為什麼，我只能全憑揣測。他們很可能也是被某種類似於我的饑渴吸進了屋子。他們走進屋裡，仔細地聽著，聽不到任何聲音。他們慢慢地打開冰箱，免得讓人聽見冰箱把手的聲響。冰箱裡的東西想必令人非常失望，因為亨利晃到水槽邊開始吃起砷酸鈉。『冰糖。』他說，凱蒂也加入了，他們為了爭這剩下的一點毒藥打了起來。兩個人在廚房八成待了很久，因為亨利嘔吐的時候他們還在廚房裡。『哎呀，別吐得到處都是啊，』凱蒂說。『快去外面。』這時她也開始噁心想吐，兩人走到外面，躲在丁香花叢底下，我穿好衣服出來的時候就是在那兒找到他們的。

「他們告訴我剛才吃了什麼，我立刻上去叫醒瑪西，再奔下樓，打電話給莫倫醫生。『天哪！』他說。『我立刻過來。』他要我讀罐子上的標籤，上頭只寫著砷酸鈉；並沒有標明含量百分比。我告訴他是在提蒙司那兒買的，他叫我趕緊打電話去問提蒙司廠商是誰。電話一直忙線中，瑪西在兩個病小孩中間奔過來跑過去，我跳上車直接開去村子裡。天空還很亮，我記得，可是街上幾乎全黑了。唯一亮著燈光的就是提蒙司的藥店，這家店似乎是專門撿別家不要的碎屑存活的一個地方。在這個其他店鋪都已經打烊的時間，正是提蒙司的黃金時段。櫥窗裡的擺設亂七八糟，一些鐵製品、菸灰缸、框在框架裡的維納斯、冰袋、香水，這份亂一直延伸到店內，看起來這裡更像是一個怪奇藥妝店，或是遊樂場。一間存放美女塗防曬油的人形立牌，及為松木香皂打廣告的阿爾卑斯山脈立牌的庫房；還有書架，堆滿牌桌罩子的垃圾桶、塑膠水槍。藥店也有點像住家，因為提蒙司太太就站在冷飲櫃後面，一位乾淨整齊表情熱切的婦人，她三個兒子穿著軍服的照片（其中一個死了）擺在她背後的鏡子前。提蒙司走到櫃檯，嘴裡在嚼著什麼，他用手背擦掉嘴巴上的三明治屑屑。我把罐子給他看，我說，『兩個孩子大概在一個鐘頭前吃的。我打給莫倫醫生，他叫我來看你。罐子上沒註明砷酸鈉的含量，他認為如果你記得起來廠家，我們可以打電話過去查個明白。』

「『孩子們中毒了？』提蒙司問。

「『是啊！』我說。

「『這個東西你不是在我這兒買的，』他說。

「他愚蠢的謊言和這間瘋子店裡的死寂教我絕望無助到了極點。『我確實在你這兒買的，提蒙司先生，』我說。『這是毫無疑問的。我的孩子都快要不行了。我要你告訴我你究竟是從哪進的貨。』

「『這東西你不是跟我買的，』他說。

「我看著提蒙司太太，她在拿抹布擦櫃檯；她聾了。『去你的，提蒙司！』我吼，我搆過櫃檯一把揪住他的襯衫。『你給我查紀錄！你去查你那些該死的紀錄，告訴我這個東西從哪出貨的。』

「『我們知道失去一個兒子是什麼感覺，』提蒙司太太在我背後說。她的語氣不帶任何情緒；就是單調、哀傷、空乏的腔調。『你用不著來告訴我們這些。』

「『這東西你不是跟我買的，』提蒙司再說一遍，我用力揪著他的襯衫，揪到全布鈕釦都迸開了我才放手。提蒙司太太繼續抹著櫃檯。提蒙司羞愧地站在那裡，頭低到不能再低，我根本看不見他的眼睛，我走出了藥店。

「回到家，莫倫醫生在樓上走廊，最壞的情況已經過去。『再多一點或是晚一點，你們很可能就失去這兩個孩子了，』他開心地說。『我用了洗胃機，應該沒事了。當然，那是劇毒，瑪西會把抽取的樣本保留一個星期，因為它會停留在腎臟，不過我認為們沒事了。』我謝過他，送他上車，然後回屋裡，上樓到孩子們睡覺的房間，陪他們，跟他們說說話。我聽見瑪西在我們的臥室裡啜泣，我走進去。『沒事了，寶貝，』我說。『現在沒事了。他們很好。』我伸開手臂攬著她，她卻哭得更凶，我問她想要什麼。

「『我要離婚。』她哽咽著說。

「『什麼？』

「『我要離婚。我沒辦法再這麼過下去。我受不了。每次他們只要一感冒，每次只要他們放學回家晚了，任何時候出任何一點麻煩，我就認為那是報應。我受不了了。』

「『報應什麼？』

「『你不在家的這段時間，我弄得亂七八糟。』

「『什麼意思？』

「『跟一個人。』

「『誰？』

「『諾爾．麥肯。你不認識的。他住在楓葉谷。』

「我半响沒說話。我能說什麼呢？她突然轉過身憤怒地衝著我。

「『噢，我就知道你會這樣，我就知道你會這樣，我就知道你都會怪到我頭上！』她說。『那不是我的錯，根本不是我的錯。我就知道你會怪我，我就知道你會怪我，我就知道你會這樣，我……』

「我沒再多聽她說什麼，因為我在收拾手提箱。隨後我過去親吻兩個孩子跟他們道別，搭上一班進城的列車，第二天就登上了奧古斯都輪。」

瑪西的整件事情是這樣的：晚報上登了塞夫芮奇寫的一封信，在開完村議會的第二天，她看到了。她打電話給麥肯。他說他要請編輯把他的回覆登出來，八點鐘的時候他會順便把影本帶過來給她看。她本來打算跟兩個孩子一起吃晚餐，可是還沒坐穩，門鈴響了，是馬克·貝雷。「嗨，親愛的，」他說。「給我弄點喝的吧？」她給他調了一杯馬丁尼，他摘下帽子，短外套，直接導入正題。「我知道昨晚你找那個渾球來家裡喝酒。」

「誰告訴你的，馬克？究竟是誰告訴你的？」

「海倫·塞夫芮奇。這又不是祕密。她就是不想讓圖書館的事重新開議。」

「好像被人跟蹤似的。我討厭這樣。」

「別為這事煩心，親愛的。」他遞過杯子，她再幫他加滿。「我純粹只是以鄰居的身分，查理的朋友，來給你一句忠告，如果朋友近鄰都不能，那這些人還有什麼用？麥肯是個渾球，麥肯是隻狼。查理不在家，我覺得我就像大哥，得把你看緊了。我要你答應我，以後再不會讓那個渾球進你們家的門。」

「我不能，馬克。他今晚就會來。」

「不會，他不會來的，親愛的。你打電話給他叫他別來了。」

「他也是人哪，馬克。」

「哪，聽我說，親愛的。你好好聽我說。我來告訴你一些事情。當然他當然是人。收垃圾的、打掃的也是人。我來告訴你一件很有趣的事。我在念小學的時候，學校裡有一個跟麥肯完全一樣的渾球。沒人喜歡他。沒人跟他說話。哪，我是個樂天派，瑪西，我有很多朋友，我開始對這個渾球好奇起來。我開始懷疑排擠他、不跟他做朋友，會不會是我的責任。於是，我主動跟他說話，我理所當然是第一個這麼做的人。我跟他一起散步。我邀請他到我的房間。我竭盡所能的讓他覺得他是被接受的。

「結果大錯特錯。首先，他在學校裡到處嚷嚷，告訴所有的人我和他一起做這個做那個。然後他去主任辦公室，沒跟我商量，就自作主張搬進了我的房間，然後他母親送起我一堆難吃的餅乾，還有他妹妹，我連正眼都沒瞧過她，居然開始給我寫情書，他這種死纏爛打的方式我只好直接向他叫停。我跟他開誠布公；我說我跟他說話的唯一理由就是可憐他。說了等於沒說，一點用處也沒用。你要是被一個渾球纏上了，不管你怎麼說也沒用。他照舊在我周圍打轉，等我下課，練完足球他一定在更衣室等我。情況太糟糕了，我們不得不給他一些教訓。我們把他叫到彼得・范登的房間去喝可可，然後狠揍他，把他的衣服扔出窗外，拿優碘塗他的屁股，把他的腦袋塞進水桶裡，教他差點溺死。」

馬克點起了菸，喝完了酒。「我說這些，意思就是如果你跟一個渾球混在一起，到時候肯定後悔。起初你也許覺得親切慷慨，久而久之就造成傷害了。我要你打個電話給麥肯，叫他別來了。跟他說你病了。我不要他進你家的門。」

「麥肯不是來看我，馬克。他是來告訴我他寫給報紙的那封信。」

「我叫你馬上打電話給他。」

「我不，馬克。」

「去撥電話。」

「拜託，馬克。別對我大小聲。」

「去撥電話。」

「請你出去，馬克。」

「你這頑固、沒腦子的蠢貨！」他咆哮。「你的問題大了！」他走了。

她一個人吃晚飯，還沒吃完麥肯來了。天下著雨，他穿著厚大衣戴著一頂破舊的帽子，她猜想，這應該是專門為颳大風下大雨時準備的。這頂帽子讓他看起來真像個老頭子。他似乎又累又激動，他解開纏在脖子上的一條黃色羊毛長圍巾。他見到了那個編輯。編輯不願意登他的回覆。瑪西問他要不要喝點什麼，他沒答話，她再問一次。「喔，不用，謝謝你。」他沉重地說，他盯著她的眼睛。他的笑容是那麼地疲憊，她想他肯定是生病了。忽然他走向她，彷彿是想要觸碰她，她走進圖書室，坐上沙發。他跟過來，走到一半才發現他忘了脫雨鞋。

「啊，對不起，」他說。「恐怕我把爛泥踩進來了……」

「沒關係。」

「要是在我家這很有關係。」

「在這裡沒關係。」

他坐到靠近門口的一張椅子，動手脫雨鞋，事情就全出在這雙雨鞋上了。她看著他架著腿把雨鞋從一隻腳退下來，然後再脫掉另外一隻，這一個至情至性的笨拙景象和那鬱鬱不得志的表情令瑪西憐惜不已，這一切想必都看在他的眼裡，他看出了她的無助，從她蒼白的膚色，從她那一雙睜大的眼眸。

大海和甲板都很暗。查理可以聽見走道盡頭酒吧裡的人聲，他的故事說完了，但還沒寫完。他們來到溫暖的水域，有霧，霧號每隔一分鐘響一次。他對照自己的手錶。忽然間他搞不懂自己帶了一手提箱的花生醬上船是為了什麼。「螞蟻、毒藥、花生醬、霧號。」他寫著，「愛情、血壓、出公差、神祕莫測。我知道我一定會回去。」霧號又響了，他在記事本裡看見一個幻象，他的家人正向他飛奔而來，他看到碎石塊、野石竹花、蜥蜴，還有，他們可愛的臉蛋。「我要在熱那亞搭機，」他寫著。「我要看著我的孩子慢慢長大，陪伴在他們左右，我要溫柔對待瑪西，甜蜜的瑪西，親愛的瑪西，瑪西我的愛。我要用我全身每一個線條為她遮擋所有的黑暗侵襲。」

美麗的語言

威爾森·史崔特，跟很多住在羅馬的美國人一樣，離婚了。他在市場經紀公司擔任統計師，一個人住，跟其他一些留居國外的和混在這些外國人圈子裡的羅馬人交際來往十分快活。他在辦公室裡都說英語。那些跟他來往的義大利人講起英語來要比他說義大利文強多了。只是他覺得，要想了解義大利就必須會講義大利語。在買東西或是一般事務上簡單的對話他應付得很好，可是他希望能夠表達自己的感受，能夠談笑風生，能夠在電車或巴士上聽懂人家在說什麼。他深深地，意識到自己是在一個不屬於自己的國家裡生活，不過這種局外人的感受會改變的。他認為，只要他熟悉語言。

對觀光客來說，在一個陌生國家的旅程很快就會成為過去式。不管花了多少天，也不過就是一個曾經，曾經在羅馬待過看過玩過多少天而已，所有的一切，遊覽、紀念品、拍照、伴手禮，都是一種紀念回憶。甚至當一個旅人躺在床上等待睡著，也不過就是在羅馬的一段日子而已。可是對於移居國外的人來說不會有任何過去式。住在另外一個國家的某個小鎮或某個鄉下，這裡即將成為或者很可能就是他永遠的家鄉，住在這裡就是一個持續的、不變的現在式，這個想法真的會把一個人的意志力打敗。移居在外的人，他不是在累積回憶，而是應付挑戰，學習語言和了解當地的人。於是這兩種人在威尼斯廣場碰上了，長住國外生活的人們穿過廣場去上他們的義大利文課；觀光客們，按照行程，坐在露天咖啡座上，喝著所謂的典型的羅馬餐前酒，金巴利。

史崔特的老師是一位美國女性，名叫凱蒂．德雷瑟，她住在佛羅倫斯廣場附近一座很大的舊宅子裡，帶著一個十幾歲的兒子。史崔特上課的時間是每週二和五的晚上，還有星期天的下午。他很喜歡下班之後走過萬神廟去上義大利文課的這段路程。在國外長住的好處是，他能看得更深入，覺得更自由。我們愛自己的國家，而在這份愛裡面還混著另外一個事實——那是我們成長的地方。在我們成長的那段過程中難免會出一些差錯，是因為觸景生情的關係，這些過錯始終令我們耿耿於懷，到死都不會忘記。或許就是這一類不快樂的記憶引發了史崔特追求自由的意識，而他現在最強烈的意識沒有別的，就是在這秋天的大都市裡，走在後街小巷，做一個胃口大開的男人。空氣很冷，有著咖啡和兜售菊花的香氣，偶爾還夾雜著從某個敞著門的教堂飄出來的煙火香。這些風景令人興奮也令人困惑，羅馬共和國和羅馬帝國時期的廢墟，這些在訴說這座城市歷史的遺跡，所有的這一切都將會毫無保留地向他揭露，只要他學會說精準的義大利語。

這並不容易，史崔特知道，以他的年紀學習任何東西都很難，而且在選擇好的老師方面他的運氣也很差。最初他去上大班制的拉丁語文訓練班，根本學不好，一點進步也沒有。之後他改上一對一的個人班，由一位老太太教課。本來應該由他來朗讀和翻譯柯洛迪的《木偶奇遇記》，可是他才讀了幾句，這位老師就從他手裡把書搶過去，自己邊讀邊翻譯起來。她太愛這個故事，她又笑又哭，有時候一整堂課下來史崔特連嘴巴都沒張開過。這使得他對整件事的正確性感到存疑。他，一個五十歲的男人，到底該不該坐在羅馬邊緣冷冷的小屋子裡，聽一個七十歲的女人讀一本童書？上了十幾節課之後，他跟老師說他得去佩魯加出公差了。這之後他進了陶赫尼次語言學校的個別班。他的老師是一位非常漂亮的年輕女性，穿著那年最流行的緊身衣，戴著一枚結婚戒指，一種道具吧，他猜想，因為她表現得極風騷。她擦濃烈的香水，戴響叮噹的鐲子，披掛著外套，扭腰擺臀的走過去寫黑板。有一天晚上，她給史崔特一個勾魂的眼神，他一把把她摟進了懷裡。她的反應是尖叫，把小桌子踢翻，一連跑過三間教室衝到大廳，她尖著嗓子吼，說她遭一隻野獸攻擊了。這幾個月下來，在她的長篇大論裡，「野獸」是他唯一完全聽懂的兩個字。當然，整個學校都警戒起來，他當時只能擦掉額上的汗水，硬著頭皮經過其他教室走到大廳。所有的人都站在椅子上把他仔細看個夠，從此他再沒回去陶赫尼次。

下一位老師是個長相極其普通的女人。灰髮，披著一條淺紫色披肩，肯定是她自己編織的，紊亂糾結。開始的第一個月，她真的是一位非常優秀的老師，然後有一天晚上，她對他說她的生活非常艱困。她等著他的鼓勵，她要向他訴苦，結果她沒等到，但橫著豎著還是向他訴苦了。她已經訂婚二十年，未婚夫的母親反對這門婚事，每次只要一講起這個話題，他母親就會爬上窗檻，威脅說要跳樓。現在她的未婚夫病了，他要動手術，從脖子一路開到肚臍（她比劃著），要是他死了，那她直到進墳墓都會是一個老處女。她那幾個惡毒的姊姊為了逼婚，都先懷了孕，其中一個結婚的時候甚至已經懷了八個月的身孕（更多的手勢比劃）。但是她寧可（她攏了攏那條淺紫色的披肩）求一個普通的男人也不願意那麼做。史崔特無奈地聽著她吐苦水，就像我們一樣，放著自己有麻煩，還得聽別人吐苦水，可是到第二個學生，一個日本人，進來上課了她還在說，那晚史崔特沒有學到半點義大利文。她並沒有把整個故事說完，等史崔特再來上課的時候，她又再繼續。問題可能出在他身上，他應該一開始就嚴厲地制止她。她把他當作了知己，他發現沒有辦法改變這層關係。他要應付的這種壓力叫寂寞，這是任何一個大都市裡都存在著的，所以他又託辭去了一趟佩魯加。後來他又試過兩位老師，又去了兩趟佩魯加。然後，就在他到羅馬的第二年秋末，大使館裡有人向他推薦了凱蒂．德雷瑟。

一個美國女人在羅馬教義大利文不太尋常，但是羅馬生活上的細節太複雜了，不論在法庭上、在訂租約時候，或是吃一頓午餐之類的，總是一知半解，似懂非懂。每個細節或事實所衍生出來的問題往往比得到的答案還要多，到最後我們已經搞不清真相，不知道該怎麼做才對。於是帶著多馬手指[27]實事求是的紅衣主教麥卡拉來了，也探出部分真相了。可是那個在教堂裡，坐在我們旁邊的那個人究竟是睡著還是死了？那些大象究竟在威尼斯廣場幹什麼？

上課地點在一間超大的會客室盡頭，依著火爐。史崔特得花上一到兩個鐘頭的時間預習。他已經讀完了《木偶奇遇記》，開始要讀《約婚夫婦》[28]。接下來就是但丁的《神曲》。他像個孩子似的為自己完美的家庭作業感到非常得意。他喜歡老師考他，要他聽寫，總是帶著一張傻呼呼的笑臉走進凱特的公寓，他對自己實在太滿意了。她真是一位好老師。她了解他的笨，他中年人衰退的記憶，和求知的欲望。她盡量說他聽得懂的字彙，她把手錶擺在桌上計時，她用郵寄的方式結帳，她從來不談自己的私事，她上課的氛圍就是務實客觀。他覺得她長得很好看，或許太認真、太緊繃、太操勞，但是很有魅力。

大房間裡，他們坐著上課的這部分，她用一道中國式的屏風和幾把有些搖晃的金色椅子當做區隔，凱蒂．德雷瑟除了上課幾乎什麼都不跟他說，只知道她生長的在愛荷華州的一個小城克拉斯比。她的父母早已過世。在那一個幾乎人人都在化學肥料廠工作的地方，她的父親卻是電車車掌。凱特從小就不願意承認她父親是在電車上收車票的。甚至她不願意承認他是她的父親，儘管她繼承了他臉上最顯眼的特徵——鼻尖特別翹，因此人家她叫做雲霄飛車和獅子鼻。她從克拉斯比到芝加哥，再從芝加哥到紐約，在紐約跟一個外事處的人結了婚。兩人先是住在華盛頓後來去了摩洛哥的丹吉爾。大戰過後不久，搬到了羅馬，她丈夫因食物中毒死了，留下一個兒子和一點點錢。她就此在羅馬定居下來。克拉斯比唯一的貢獻就是讓她認識義大利，從她小時候每星期六下午在小電影院裡的銀幕上。當時她非常瘦，穿得邋遢，味道也不好聞，綁著辮子，口袋裡裝滿花生糖果，一嘴的口香糖，每個星期六下午花兩毛五分錢，不管晴天雨天，她都攤手伸腳地坐在前排的位子上。「雲霄飛車！」「獅子鼻！」叫聲響遍整個電影院，有些時候她還會穿上高跟鞋（她姊姊的），手指上戴著一元商店的大鑽石，也難怪大家要取笑她。男生把口香糖扔進她的頭髮，朝她細瘦的後腦勺扔紙團。身心受創的她，看著銀幕，也看見了她美好明確的未來。她的未來就在畫布上，那畫布已經裂得不成樣子，因為打開收攏的次數實在太多了。那是一幅義大利庭園的景象，有柏樹、陽臺，有池塘和噴泉，有大理石欄杆，大理石甕裡滿是怒放的玫瑰花。彷彿她真的從座位上站起來，走入了斑駁的畫面，因為，此刻從窗口望著塔洛米尼亞宮的庭院，正是畫面中的景象，而她就住在這裡。

27 True Finger Of Doubting Thomas，約翰福音 20:24-29，十二門徒中有稱為低士馬的多馬，用手指親自試探主耶穌才信了他。

28 *I promessi sposi*，一八二七年出版，被稱為最受歡迎的義大利文小說，共三冊。

好，現在你要問了，為什麼一個沒什麼錢的女人要住在塔洛米尼亞宮裡？在此給你一個羅馬式的答案。巴羅妮莎．查蒙第，羅馬大公的妹妹，過去住在這座皇宮的西廂，那裡本來是為教宗安德魯斯十世蓋的公寓，有很大的樓梯，繪滿圖畫的牆壁和天花板。在大戰前，巴羅妮莎最喜歡站在樓梯頂上迎接她的諸親好友，但世事多變化。巴羅妮莎老了，她的朋友也老了；他們再也爬不動樓梯。唉，大家都沒力了。他們東倒西歪地爬上去參加她的牌局，就像一列在機關槍掃射下的隊伍，男士們推著女士們走，有時候反過來，由女士們推著男士們走，上了年紀的公爵夫人和公主，這些歐洲的名媛貴婦，喘著吁著，筋疲力盡地坐在梯階上。皇宮的另一側有電梯，就是凱特住的廂房，偏偏西廂這邊不能裝設，因為電梯會損壞那些油畫。唯一的辦法是，先搭電梯到凱特住的這一邊，然後穿過她的公寓，再由公務專用門進入西廂。羅馬大公在這座皇宮裡同時擁有一間公寓，這是對大公的一項禮遇，所以凱特只用很低廉的租金就租到了一間氣派的皇家公寓。大公平常一天會兩次經過這裡，每個月的第一個星期四，八點過後，一隊上了年紀，衣著華麗的牌友就會列隊穿過凱特的房間，走去參加巴羅妮莎的牌局派對。凱特完全不介意。事實上，每到星期四一聽見門鈴響，她的心就興奮得狂跳。老大公總是帶頭走在前面。他整隻右手自手腕處被墨索里尼的一個手下砍斷了，如今這位老人家的敵人都已死去，這隻斷手成了他的驕傲。跟著他一起來的有費南度．馬歇第先生、特雷諾公爵、里克多－史波西公爵與夫人、安布魯的阿爾班第思伯爵、法布里奇歐．達羅密歐公爵與夫人、烏爾巴娜．泰索羅公主、伊莎貝拉．泰索羅公主，及斐達里哥紅衣主教巴爾多瓦。他們各個都有一段輝煌的歷史。費南度先生曾經開車從巴黎到北京，經過戈壁沙漠。里克多－史波西公爵在一次越野障礙賽中幾乎粉身碎骨，達羅密歐公爵夫人在德國占領的年代，曾經在羅馬市中心架設過同盟國廣播電臺。老大公會帶一小束鮮花送給凱蒂，然後他和朋友們就穿過廚房走向那扇公務專用門。

凱蒂說著一口流利的義大利文，她做翻譯和教課，過去三年她靠著配一些老義大利電影的英文配音工作，養活自己和兒子，這些由她配音的電影後來就在英國的電視上映。由於她的口音純正又有氣質，所以多半扮演貴婦之類的角色。她的工作機會相當多，幾乎大部分時間都耗在臺伯河[29]附近的錄音室裡。薪水加上丈夫留下的錢，她就這樣辛苦地勉強度日。她住在克拉斯比的姊姊每年都會寫兩三封信給她，總是在信上大吐苦水：「啊呀，你這個幸運得要死的臭ㄚ頭啊，凱蒂！啊呀，我是多麼地羨慕你啊，你可以遠遠地避開家裡無趣煩心愚蠢又狹隘的生活。」凱蒂．德雷瑟的生活中不缺煩心的瑣事，但是她在信中不提這些，她說的全都是更加刺激她姊姊的事情，她會把自己坐在威尼斯小船上的照片，或是她跟朋友們在佛羅倫斯歡度復活節的卡片寄給她。

史崔特知道自己在凱蒂．德雷瑟的指導下，他的義大利文很有進步，每次走出塔洛米尼亞宮，他總是懷著喜悅的心情，想著再過一個月，等到這一季過完，他就能理解每一句話每一件事了。可惜他的進步時好時壞，並不穩定。

但是，義大利的美麗容不得他這樣蹉跎。一個週末，他和幾個朋友開車前往座落在安蒂科利鎮下面的一棟別墅。史崔特見識到了一個美到無法形容的鄉村。天下著雨，他們在暮色中抵達這棟別

---

29 Tiber，義大利第三大河流，位在義大利中部。

墅。夜鶯在林間歌唱，別墅的大門敞著，所有的房間都擺設著一盆盆的玫瑰花，生著橄欖木的爐火。僕人們哈腰鞠躬，端著蠟燭和美酒，這情景像極了電影中盛大豪華的返鄉日，晚餐後走上陽臺，聽著夜鶯的歌聲，看著華燈初上的山城，史崔特想都沒想到自己會對這黑暗的山丘，遠方的燈影產生如此溫柔的情緒。早晨，他走上臥室外的露臺，瞧見花園裡有個赤腳的女傭，她摘了朵玫瑰插在頭髮上，然後唱起歌來。很像真假音切換的弗朗明哥舞曲，先是喉音再來假音，可憐的史崔特這時才發現他的義大利文仍舊很破，他聽不懂那些歌詞。同樣的，對於此地的風景地貌他也所知無幾。他的感覺就像是到了某個非常棒的避暑勝地，這種感覺有點像小孩子，在勞動節的時候徹底讓自己放鬆，讓自己和周圍的美景、單純，產生短暫又親密的關係。那是一種虛構的、暫時的、又苦又甜的，遭排拒又被喚醒的快樂，女傭還在繼續唱著，史崔特繼續一個字也聽不懂。

史崔特在凱蒂家裡上課的一個小時裡，她的兒子查理，至少會經過他們的教室一次。他是個棒球迷，他的膚色很差，笑聲很難聽，像貓頭鷹。他會跟史崔特打招呼，談些羅馬美國日報上的體育消息。史崔特有一個跟他年紀相仿的兒子，離婚協議中規定不得探視這個兒子，他每回看到查理便忍不住思念自己的孩子。查理十五歲，就是你常見的那種在大使館邊上等校車的孩子，穿著黑色皮夾克、牛仔褲，留著鬢角或是鴨子屁股的髮式，戴著外野手的手套，所有美國人的特徵統統都有。這些才是真正的異鄉人。星期六看完電影，他們會去一家叫做哈利、拉利，還是叫做加利的小酒吧，酒吧的牆上盡是一些不知名的電吉他手和女演員的簽名照，他們吃著培根蛋，聊著棒球，聽著點唱機播送的美國歌曲，他們是大使館的孩子，他們是作家、石油公司航空公司的僱員、離婚人士，或者國際教育交流協會的交換學生。吃著培根蛋，聽著點唱機，他們對於遠離的家鄉有一種經過萃取之後的甜蜜與陶醉，他們心裡的感受遠超過他們父母的想像。查理在這個妝點著金飾的天花板底下已經生活了五年，這些裝飾都是由這位羅馬第一大公從新大陸帶過來的，他看過手上的鑽戒大得像橡實子似的老公爵夫人在吃完午餐後，把起司餅乾偷偷滑進手提包裡。他坐過威尼斯的貢多拉[30]，他在帕拉丁諾廣場打過壘球。他看過聞名的西耶那賽馬，他聽過羅馬、佛羅倫斯、威尼斯、拉溫納和維洛納[31]的教堂鐘聲。三月中旬，他給克拉斯比他母親的叔叔喬治的信裡寫的卻不是這些。他寫的是，請求老人家帶他回家鄉，讓他成為一個真正的美國男孩。時間點很完美。喬治叔叔剛從肥料場退休，他一直希望把凱蒂和她兒子接回家鄉。兩個星期不到，他登上了開往拿坡里的輪船。

史崔特，當然啦，他對這件事一無所知。但是他總覺得查理和他母親之間存在著某種緊張。男孩全身美國式的裝扮，那副木工、投手、牛仔的架式，與他母親十足的義大利風，都再再暗示出了極大的不協調，一個星期天的下午史崔特果然遇上了一場爭執。女傭阿珊塔開門讓他進去，他卻在會客室的門口停住了，他聽見凱蒂和他兒子在互相叫罵。史崔特進退兩難。因為阿珊塔已經進去通報了，他只能站在門廳候著。凱蒂走過來，她哭著，用義大利語，說，她今天下午沒法上課。她很抱歉。事發突然，她沒有時間打電話給他。他覺得自己像個傻瓜，看著她的眼淚，手裡拿著文法書，練習簿，腋下夾著那本《約婚夫婦》。他說，上不上課沒關係，一點關係也沒有，那他星期二

30 Gondola，一種平底的小船。

31 Ravenna 和 Verona，此兩地已列為世界遺產，後者更是莎翁名作中茱麗葉的家鄉。

可以過來嗎？她說，可以，可以，如果他星期二來，如果星期二他來的話，可不可以不上課，可不可以來幫她一個忙？「我父親的弟弟，喬治叔叔，要過來，他要來接查理回家鄉。我不知道該怎麼辦。我真不知道我該怎麼辦。要是有個男人在這裡，我會覺得好得多；不是單獨一個人，我會覺得好很多。你不必說什麼不必做什麼，你只要坐在椅子上喝點酒，我只要不是單獨一個人，就會覺得好很多。」

史崔特一口答應，當天依約去了，他心裡想著，這是怎樣的一個人生啊，在緊急的時候她居然得依靠一個像他這樣的陌生人。既然課程取消，他無事可做，便沿著河走到海軍部，再往回穿過附近一個半新不舊又沒什麼特色的地區。因為是星期天的下午，附近人家大都關著門。街道很冷清。就算在路上碰到人，多半是去動物園玩了回來的一家大小。也會有幾個帶著飯盒孤單一人的男女，這在星期天的黃昏世界各地都看得見，單身的叔叔阿姨跟著他們的親戚出來喝茶，順便帶一點令大家開心地伴手禮。而他，通常都是一個人，通常除了自己的腳步聲外再沒有其他的聲響。遠方，電車的鐵輪子在鐵軌上摩蹭著，對許多美國人來說，這是每個星期天下午的寂寞聲響；至少對他是如此，讓他想起了年輕歲月裡沒有朋友、沒有愛，無聊又煩人的星期天。他走近市區了，燈光和人多了起來，鮮花和嘈雜的人聲，在人民聖母教堂的大門底下。一個妓女跟他搭訕。很漂亮的一個年輕女子，他用蹩腳的義大利語對她說，他有朋友，就走開了。

過了廣場，他看見一個男的被車撞了。聲響極大，想不到我們的骨頭碰上致命的重擊時竟會發出這麼大的聲音。駕駛從座位上溜下來狂奔上平丘[32]。死者屈著身子倒在石頭地上。是個衣衫襤褸的男人，有一頭抹足了油的，波浪捲的黑髮，想必這是他最感驕傲的地方。一群人聚了過來，一點也不肅穆，雖然有幾個女人在自己身上畫著十字，但大家都在說話，興奮激動。這一大群人七嘴八舌地對著死者表現自己的看法和淡漠。人群太擁擠，警察來的時候費了好大力氣才能接近死者。方才那名妓女的聲音還在他耳朵裡，史崔特不明白為什麼人們對一個同樣的生命有著這樣矛盾曖昧的價值觀。

他轉身離開廣場，走向河畔，經過奧古斯都陵墓的時候，瞧見一個年輕人在喚一隻貓，給牠東西吃。羅馬的廢墟裡有成千上萬隻這樣的貓，靠著吃人家的剩飯存活，這年輕人拿出一片麵包。那貓靠近他，年輕人從口袋掏出一枚鞭炮，塞進麵包裡，點燃引信。他把麵包放在人行道上，那貓剛要吃的時候，鞭炮炸了開來。那貓慘叫一聲，跳到半空中，整個身子扭曲著，慌亂地翻過了圍牆消失在奧古斯都陵墓的幽暗裡。年輕人得意地大笑，邊上幾個觀眾也哈哈大笑。

史崔特第一個反應就是過去海扁他一頓，教訓他不可以給流浪貓吃點燃的鞭炮。但是，邊上有這麼一群讚賞的觀眾，肯定會引起一場國際糾紛，他很清楚，這件事他沒辦法插手。看戲的這群人都不是壞人，他們很好很和氣，甚至大多是充滿愛心的父母。說不定稍早你還看到他們在帕拉丁諾山上摘紫羅蘭呢。

史崔特走上黑暗的街道，聽見背後踢踢躂躂的馬蹄聲，聽起來很像騎兵隊，他趕緊靠邊，讓一輛靈車和送喪的馬車走過。靈車由兩對毛色烏黑油亮的馬匹拉著。車夫穿著喪禮服，戴一頂海軍軍官帽，一張紅通通滿臉橫肉的臉，像極了喝醉酒的偷馬賊。靈車砰砰通通地在石子路上顛簸，車子

32 Pincian Hill，義大利文 Pincio，可以俯瞰戰神廣場（Campus Martius）的一座山丘。

裡那個可憐的靈魂八成已經昏頭轉向了，跟隨著的送喪車上空無一人。死者的朋友可能因為時間太晚，也可能記錯日子，再不就是根本忘記了，這在羅馬也是司空見慣的事。靈車喪車就如此這般地邁向塞維安城門。

史崔特忽然明白了一件事：他不要死在羅馬。他非常健康，他沒有理由想到死亡；然而，他真的害怕。回到自己的住所，他倒了一杯加水威士忌，走上陽臺。他看著夜色降臨，街燈亮起，想不通自己為什麼有這樣的惶惑。他不要死在羅馬。這個想法純粹是無知愚蠢下的產物，他告訴自己，只有在無能因應生活的壓力之下，才會出現這樣子的恐懼。他斥責自己，再用威士忌安慰自己。可是那天半夜他忽然被一輛喪車和踢躂的馬蹄聲驚醒，再次嚇出一身汗。那靈車，那馬賊，那空無一人的喪車，他覺得，就在他的陽臺底下砰砰通通的回來了。他下床，走到窗口看，原來只是兩輛駛回馬廄的空車而已。

星期二，喬治叔叔搭機抵達拿坡里，很興奮，心情極好。他出這趟遠門的目的有兩個，接查理和凱蒂回家鄉；和度假，四十三年來的頭一次。克拉斯比一個到過義大利的朋友幫他列了一張行程表：「住在拿坡里皇家飯店。參觀國家博物館。上翁貝托購物廊逛街喝酒。在加州飯店晚餐。道地的美國菜。在龍卡里站搭早班車去羅馬。尼祿金宮附近會經過兩個很有趣的村子。到了羅馬要住精品酒店。必須先訂房……」

星期三早上，喬治叔叔起了個大早，到飯店樓下的餐廳用餐。「橘子汁加火腿蛋。」他對服務生說。服務生給他送來橘子汁，咖啡和餐包。「我的火腿蛋呢？」喬治叔叔問，服務生鞠躬微笑，他這才恍然大悟，那人聽不懂英文。他拿出會話手冊，手冊裡沒有火腿蛋的字樣。「你們沒有火腿啊？」他大聲問。「你們沒有雞蛋啊？」服務生繼續微笑鞠躬，喬治叔叔只好放棄。他吃了不是他點的早餐，給了服務生一張二十里拉[33]的小費，在櫃檯兌換了合美金四百元的旅行支票，退房走人。一大包里拉鼓在他的西裝外套裡，他只好像肚子痛似的用左手按著皮夾的位置。拿坡里，他知道，到處是小偷。他搭計程車到巴士站，就在翁貝托購物街附近的廣場上。大清早，天色清亮，他享受著咖啡和麵包的香氣，觀賞著街上趕著上工的人群。海灣區的街道上漫著很好聞的海水味。他來早了，一個滿臉通紅，帶著英國腔的男士帶他上車入座。這是標準的導遊。無論你選哪種交通工具無論你去什麼地方，他們總是在這些古蹟裡穿梭。他們的語言能力超強，他們對於古蹟的知識令人稱嘆，他們對於美的愛好充滿熱情，但是只要一得空，就會掏出隨身帶的扁酒瓶去喝一口，或是去逗逗年輕的遊客。他們可以用四種不同的語言介紹古文明世界，他們穿著卻十分地寒酸，亞麻襯衫髒兮兮的，兩隻手也因為貪杯和女色抖個不停。這個導遊跟喬治叔叔寒暄的時候，連呼吸都已經有威士忌的味道。旅行團其他的遊客這會兒也來到了廣場，導遊離開喬治叔叔過去打招呼。

一共三十個人左右，成群結隊的走過來，顯然對於周圍陌生的環境有些膽怯——大部分都是上了年紀的女人。一坐上巴士，這些上了年紀的遊客就開始大聲說笑（我們老的時候大概也會這樣），東拉西扯地忙個不停。隨後，在導遊高唱著美麗古城拿坡里的歌聲中，上路了。

他們先沿著海岸走。海水的顏色讓喬治叔叔想起去檀香山度假的一個朋友寄來的明信片。藍綠

33 一里拉約合美金二角。二〇〇二年起已改使用歐元。

色。他真是從來沒見識過。他們經過一些還在半夢半醒中的觀光區，有不少年輕人穿著泳褲坐在岩石上，耐心地等候著太陽把他們的肌膚曬黑。這些人在想什麼？喬治叔叔好奇地想著。這些人在石頭上一坐幾個鐘頭，究竟在想些什麼？他們經過一堆搖搖欲墜的公共浴室，小得就跟廁所一樣，喬治叔叔想起，多少年前的事了，當時他還是小男生，大人把他帶到海邊，他就在類似這樣的小隔間裡脫衣服，緊張得不得了。車子轉向內陸，他伸長脖子向大海再看最後一眼，不知道為什麼，這片耀眼的藍總讓他有一種刻骨銘心的感覺。車子駛進了隧道，出了隧道就是農田。喬治叔叔對農耕很有興趣，他非常欣賞把葡萄藤培植成樹。他欣賞梯田，也為土壤的流失感到憂心。他發現僅僅一片車窗的玻璃就把他和另外一種完全不同的，有如在月球上的生活隔了開來。

有著玻璃車頂和玻璃車窗的大巴士，就像一個魚缸，陽光和雲影灑落在遊客的身上。忽然路被一群羊堵住了。羊群圍繞著巴士，把一車子的美國老人隔成了一座小小的孤島，空氣裡盡是悶悶啞啞的羊叫聲。離羊群不遠有個女孩頭上頂著一隻水罐。路邊草叢裡有個男人在呼呼大睡。門階上有個女人在餵奶。玻璃孤島裡面，幾個老太太在談論空運行李的價錢太貴。「葛麗絲在巴勒摩得了體癬，」其中一個說。「我看是好不了了。」

導遊在講述羅馬古道，高塔和橋梁的遺跡。小山丘上矗著一座城堡的景觀令喬治叔叔大感驚喜，這也難怪，因為小時候他的餐盤上畫的就是這樣的城堡，還有故事書，不管是他自己看的或人家講的故事書上也都畫著這樣的城堡。它們就是興奮、陌生和神奇的代表，現在，一抬眼，他竟然真的看到了一座城堡襯著藍天，那天空藍得就跟圖畫書裡的一模一樣。

遊歷了一兩個小時之後，他們停在有著咖啡座和洗手間的小村莊。咖啡一杯要價一百里拉，相信這件事又給女士們一個日後可以發揮的話題了。飯店裡一杯咖啡是六十里拉。街口小店只要四十。他們吃著藥丸看著旅遊指南，喬治叔叔望著窗外這陌生的鄉下地方，春天的花和秋天的花並肩並排的開在草叢裡。這個時節克拉斯比的天氣很壞，這裡卻一片榮景，果子樹、合歡花，牧場上全是白色的小花，菜園裡已經準備收成。

他們開進了一個小鎮或是小城，很老舊的一個地方，街道很窄，歪歪扭扭的。他沒聽懂這個小城的名字。導遊說這兒有遊行。巴士司機必須猛按喇叭才能往前開，有兩三次甚至動彈不得，群眾太過密集了。街上的人全都抬起頭看著這個怪東西——載滿一堆老美的大魚缸。他們那副難以置信的眼光令喬治叔叔的自尊倍感受傷。他看見一個小女孩把麵包皮從嘴巴裡拉出來拚命地盯著他看。女人把自己的孩子舉得高高的，讓他們看這一車子的陌生人。窗戶都打開了，酒吧也全空了，所有的人都在對著這批古怪的觀光客指指點點，哈哈大笑。喬治叔叔很想對他們開講，就像他經常在扶輪社開講那樣。「別盯著我們看，」他很想對他們說。「我們沒那麼古怪沒那麼有錢。別盯著我們看。」

巴士轉上一條小路，到了另一個有咖啡有廁所可以歇腳的地方。遊客們大多分頭去買明信片了。喬治叔叔看見對街一間教堂，他決定走進去看看。一推開門就聞到一股香氣。教堂的石壁光禿禿的，沒有任何裝飾，很像一個軍械庫，只在兩側的小禮拜堂裡點著幾根蠟燭。忽然喬治叔叔聽見很大的說話聲，他看到有個男的跪在一間小禮拜堂前面做禱告。喬治叔叔從來沒見過像他這樣的禱告方式。他的聲音非常雄壯，時而懇求，時而動怒。他的臉上全是淚水。他似乎在向主祈求什麼，也許是一個解釋，也許是一個寬恕，也或許是一個人生。他揮舞著雙手，哭泣，他的聲音他的啜泣不斷在這個空曠的地方迴盪著。喬治叔叔走了出來，重新回到巴士的座位上。

他們離開了市區再往鄉村走，近中午的時候，車子停在尼祿金宮的大門口，買好門票，大家走了進去。這是一個很大的廢墟，非常特別，偌大的空間只剩下一些支撐的石柱子。整個地方既高且大，如今那些斷垣殘壁，沒有屋頂的房間拱道，就這樣矗立在綠草地上，看不到前景，也到不了哪裡；所有的樓梯，爬高也好，轉彎也好，最後都停頓在半空中。喬治叔叔離開團體，快活地獨自在這座皇宮的遺跡裡四處遊走。周遭的氛圍愉快又寧靜，有點像在森林裡的感覺。他聽見鳥叫，聽見水流。整個廢墟雖然長滿了植物，喳喳呼呼地就像老男人耳朵裡的長毛，卻是令人心神舒暢的熟悉，彷彿記憶中的一些夢境忽然被這個景色喚醒了一般。他發現自己來到一個比別處更黑暗的地方。空氣很潮溼，一個個磚造的房間，毫無格局卻彼此互通，每個房間都長滿樹叢。這裡很有可能是用來做牢房，或是警衛室，也或者是進行一些淫穢儀式的廟宇，因為他突然被這份潮溼感挑逗了起來。他轉身，找尋陽光、水流、鳥叫，竟發現有一個導遊擋在路中間。

「你想看特別的地方嗎？」

「什麼意思？」

「非常特別，」導遊說。「男人的專利。只適合健壯的男人。那種圖畫。非常古老的。」

「值多少？」

「兩百里拉。」

「好。」喬治叔叔從皮夾裡抽出兩百里拉。

「跟我來，」導遊說，「這邊。」他輕快地走著，輕快到喬治叔叔幾乎得要小跑步才跟得上他。

他看著導遊穿過牆上一道窄窄的口子，這一處的磚塊全都粉碎了，喬治叔叔跟著他，那導遊卻忽然就不見了。這是個陷阱啊。他覺得有一條胳膊勾住了他的喉嚨，他的腦袋猛地往後仰，他根本沒辦法呼救。他覺得有一隻手把他的皮夾從口袋裡抽了出來，動作輕得就像魚兒咬著釣鉤，緊接著他就被狠狠地推倒在地上。他足足昏了一兩分鐘。坐起來的時候，他看見被丟在地上的空皮夾和他的護照。

他氣得大罵這些盜賊，連帶那些手風琴師和水泥匠在內，他恨義大利。只是他的怒氣仍舊敵不過身體上的虛弱和羞恥感。他覺得自己太丟臉了，撿起空空的皮夾，收進口袋裡，他的心彷彿被整個扯了出來，碎了。他能怪誰呢？當然不是這些潮溼的廢墟。他誰也不能怪，只能怪自己。偷竊的事每天都會發生，相信像他這種禁不起誘惑的老笨蛋每到一站就會被洗劫一次。他站了起來，虛弱、氣惱。他拍掉衣服上的泥土，這才驚覺時間晚了。他很可能已經趕不上遊覽巴士，很可能要身無分文的困在這些廢墟中了。他開始走，開始跑，穿過一間又一間的房間，一直跑到空曠的地方，遠遠的，他看見那一大群互相扶持的老太太。

他們的導遊從一堵牆後面走出來，大夥一起上車，繼續旅程。

羅馬真醜陋；最起碼，羅馬的郊外真醜陋：電車、廉價家具店、四分五裂的街道，一堆沒人想要入住的公寓房子。老太太們收起導覽手冊，穿上大衣，戴起帽子手套。旅程的終點不管在哪裡都一樣。整理好行裝，大家又恢復了兩手交疊在腿上的坐姿，車子裡安靜無聲。「噢，真希望沒來這一趟，」一位老太太對另一位說。「我真希望待在家裡。」她不是唯一的一個。

「到了，羅馬到了。」導遊說，果然如此。

星期二史崔特七點到凱蒂的住處。阿珊塔開門迎他進去，這是第一次，他沒帶著課本，那本《約婚夫婦》，他在壁爐邊上坐下來。查理也進來了。他一身平常的裝束——緊身牛仔褲，褲腳邊往上翻，粉紅襯衫。走起路來，便鞋的皮後跟在大理石地板上又拖又蹭。他談棒球，不斷演練他貓頭鷹似的笑聲，但就是不提喬治叔叔。凱蒂進來了，她也不提喬治叔叔，也不給史崔特喝點什麼。她似乎用全部的意志力在情緒的暴風圈裡掙扎。他們聊著天氣。聊著聊著，查理走過來站到他母親身旁，她伸出一隻手握著他的雙手。忽然門鈴響了，凱蒂走出房間迎接她的叔叔。兩人輕輕擁抱——家人式的，歡迎儀式結束之後，他說：「我被搶劫了，凱蒂。昨天我被搶了四百元。從拿坡里坐巴士過來的路上。」

「啊，太遺憾了！」她說。「你想過什麼辦法嗎，喬治？你都沒跟誰說過這件事嗎？」

「跟誰說，凱蒂？我從下船到現在沒有跟任何人說過話。沒人會說英文。你就算砍了他們的手，他們也沒辦法說話。損失四百塊錢事小——我並不是窮光蛋，可是這錢要給的值得啊。」

「我真不知道該說什麼，真是太遺憾了。」

「你這地方很不錯，凱蒂。」

「哦，查理，這是喬治叔叔。」

如果她指望他們合不來，那這個可能性幾乎是零。查理忘記了他的招牌笑聲，站得筆直，因為他的美國熱，使得這個男人和這個男孩之間立刻產生了好感，凱蒂不得不錯開他們才能介紹史崔特。喬治叔叔和她的學生握了握手，做出一個想當然耳的錯誤結論。

「會說英文嗎？」他問。

「我是美國人。」史崔特說。

「你待了多久了？」

「第二年了，」史崔特說。「我在市場經紀公司（F.R.U.P.C.）工作。」

「這個國家很沒道德。」喬治叔叔說，他在一把金色的椅子上坐了下來。「首先，他們搶了我四百塊錢，再來，我來這兒的路上，看到那些男人的雕像全都沒穿衣服。一絲不掛。」

凱蒂按鈴叫阿珊塔，女傭出現，她吩咐要威士忌和冰塊，用非常流利的義大利語。「這只是看事情的觀點不同，喬治叔叔。」她說。

「不，不對，」喬治叔叔說。「這叫不像樣。即使在公共更衣室也不像樣啊。只要手邊有一條毛巾，沒有哪個男人會赤身露體，大咧咧地在公共更衣室裡晃盪。太不像樣了。到處都能看見。屋頂上。大街上十字路口。我來這兒的時候，經過一個小花園，小操場吧，照你們的說法。就在場地的正中間，就在所有的小孩子中間，就是這麼一個一絲不掛的男人。」

「喝點威士忌吧？」

「呃，好的……船星期六啟程，凱蒂，我希望你和孩子跟我一起回家。」

「我不希望查理離開。」凱蒂說。

「他希望啊，對吧，查理？他給我寫了一封很棒的信。字句優美，他寫得一手好字。信寫得真好，查理。我拿給高中部的督學看，他說你想進克拉斯比任何一所高中都行。我也希望你一起回去，凱蒂。那是你的家鄉，你只有一個家鄉。你的問題是，凱蒂，因為小時候在克拉斯比大家常常取笑你，你就落跑了，一路的跑，沒停下來過。」

「如果真是這樣，或許就是這樣，」她說得飛快，「那我為什麼要回去一個讓我覺得自己很可笑的地方呢。」

「我想回去，媽媽。」查理說。他坐在壁爐邊一張凳子上，他的背脊已經不像剛才那麼挺了。「我一直好想念家鄉。」

「你怎麼可能想念美國的家鄉呢？」她的聲音尖了起來。「你從來沒看過那邊。這裡就是你的家鄉。」

「這話什麼意思？」

「跟你的母親在一起，這裡就是你的家鄉。」

「這不夠，媽媽。我在這裡始終都覺得很怪。街上人人都說外國話。」

「你從來不想好好地學義大利文。」

「就算我學了，也沒什麼差別。仍舊是怪。我的意思是，仍舊會讓我想起這不是我的語言。我不了解這些人，媽媽。我喜歡他們沒錯，可是我不了解他們。我永遠不知道他們下一步要幹什麼。」

「你為什麼不試著去了解他們呢？」

「噢，我試了，可我又不是天才，你也不了解他們啊。我常聽你說，有些時候你也會想念家鄉，我知道。我從你的表情看得出來。」

「思鄉病沒什麼了不得的，」她氣憤地說。「根本沒什麼了不得。世界上有百分之五十的人都在害思鄉病。我看你還太年輕，不懂事。人在一個地方卻想著另外一個地方，這不是坐船那麼簡單。你根本不是渴望去另外一個國家。你根本只是渴望著你沒有的，或者是你沒辦法找到的一樣東西。」

「噢，我不是這個意思，媽媽。我的意思是如果我跟一些說同樣語言的人，了解我的人生活在一起，我會自在舒服得多。」

「如果你的人生求的只是自在舒服，上帝保佑你吧。」

門鈴響了，阿珊塔去應門。凱蒂看了看手錶，八點五分。今天剛好也是這個月份的第一個星期四。她還來不及做解釋，一群人已經走進了會客室，羅馬大公帶頭，他左手握著一些鮮花。跟在他後面的是公爵夫人，他的妻子，一個高高瘦瘦的灰髮女人，全身上下戴滿了法王法蘭索瓦一世賜給這個家族的珠寶首飾。一大票貴族跟在後面，看著就像鄉下地方的馬戲團，衣著華麗，風塵僕僕。大公把鮮花遞給凱蒂。所有的人對她的來客略微一鞠躬，隨即穿過飄著瓦斯味的廚房，走向那扇公務專用門。

「啊，理髮師奇薩比[34]有錢啦，」喬治叔叔大聲唱著，「他留起了一大把的黑鬍子。」他等著聽見笑聲，沒有人笑，他問：「怎麼回事？」

凱蒂一五一十的說給他聽。她說的時候眼睛發亮，他注意到了。

「你喜歡這類的東西，對吧？」他說。

「可能。」她說。

「這真是瘋了，凱蒂，」他說。「瘋了，真是瘋了。你快跟我和查理一起回去。我的屋子可以

34 Girsepe The Barber 是詩人 ThomAs Augustine Daly 寫的幽默詩 Mia Carlotta 中的人物。

分一半給你和查理住，我會幫你蓋一間很棒的美國廚房。」

史崔特知道這句話戳到了她的痛處，他覺得她要哭了。她飛快地說，「你以為美國怎麼會被人發現的，如果人人都待在像克拉斯比那樣的地方不走出來？」

「你不是要去發現任何東西，凱蒂。」

「我是。我是。」

「我們大家都會比較開心的，媽媽。」查理說。「如果我們有一個乾淨的家，有好多很棒的朋友，很棒的花園和廚房和洗澡間，我們大家會更開心啊。」

她站起來背對著他們，站在壁爐臺旁邊，昂聲說道：「什麼很棒的朋友，什麼廚房，什麼花園，什麼洗澡間，任何東西都不能阻止我要看這個世界，看世界上不同的人。」她忽然轉身對著兒子柔聲地說：「你會想念義大利的，查理。」

男孩發出了他的招牌笑聲。「我會想念夾在我飯菜中的黑頭髮。」他說。她一聲不吭。連嘆息也沒有。男孩走到她跟前，哭了起來。「對不起，媽咪。」他說。「真的對不起。我不該說這種渾話。這只是一個老掉牙的笑話。」他親吻她的雙手，她臉頰上有淚水，史崔特起身離去。

「tal er cio che di meno deforme e di men compassionevole si faceva vedere intorno, I sani, gli agiati,」星期天史崔特去上課，繼續朗讀《約婚夫婦》。「Che, tante immagini di miseria, e pensando a quella anco piu grave, per mezzo alla quale doverem condurre il lettore, no ci fermeremo ora a dir qual fosse lo spettacolo degli appestati che si strascicavano o giacevano per le strade, de' poveri, de' fanciulli, delle donne.

dopo」[35]

男孩走了，他看得出來，不是因為她說的，而是因為這個地方似乎變得更大了。上課到一半，羅馬大公穿著浴袍拖鞋走進來，端著一碗湯去給他妹妹喝，她在生病。凱蒂看起來很疲倦，後來她總是這樣，課程結束，史崔特站起來，心裡狐疑著不知道她會不會提起查理或喬治叔叔，她誇獎他有進步，催促他把《約婚夫婦》讀完之後去買《神曲》，下週開始。

35「這裡不像到處呈現出的那種悲慘可憐的景象；觸目所及，就是富裕：因為看過那麼多悲慘的畫面，記憶中仍有著揮不去的，難以形容的苦痛，教我們怎麼能不想到那些步履蹣跚的病人，或是倒在街頭的乞丐，小孩子和女人呢。」——《婚約夫婦》第三十六章。

賴森夫婦

賴森夫婦希望席地嶺這個郊區所有的一切都能保持原來的風貌。他們畏懼改變，畏懼任何形式任何種類的改變，已經到了非常嚴重的程度，當拉金的那塊土地出售做為老人安養院的時候，賴森夫婦跑去村議會，質詢進住老人院裡的老人究竟是些什麼人。賴森夫婦參與的公共事務只限於土地重劃方面，在這一塊領域他們確實非常積極活躍，如果他們邀請你參加雞尾酒會，很可能在你離開之前，會要求你簽署一份土地重劃請願書。這已經超越了保護社區的本質。他們彷彿看見社區的大門口出現了陌生人，外地來的，帶著一群壞小孩的父親，不修邊幅，不斷密謀；他們要來踐踏這兒的玫瑰園，殺低這兒的房地產價格，就由一個留著鬍子、滿嘴大蒜味、拿著一本書的男人。賴森夫婦對於社區的知性生活完全沒興趣。他們家裡幾乎看不到書。這個社區裡連廚子都會在洗臉架上掛一幅畢卡索的複製畫，然而賴森夫婦的藝術品味卻仍停留在海上落日和花朵靜物。唐納・賴森的塊頭很大，頭髮很少，有一股直來直往的悍勁，不過他的悍勁只用在捍衛公平正義、階級的差別待遇與紀律上面。艾琳・賴森長得並不難看，可是她害羞又好辯，尤其是土地重劃的問題。他們只有一個小孩，小女孩，名叫桃莉，全家三口住在艾爾瓦巷一棟舒適宜人的房子裡。夫婦倆都喜歡園藝。這是保存原貌的另一種方式。唐納・賴森對於隔壁鄰居家裡零落的紫丁香花叢和光禿禿的前院草坪非常看不慣。他們沒什麼社交生活；他們也沒這方面的野心和需求，雖然每年聖誕節他們都會寄出六百張左右的聖誕卡。光是準備作業和寒暄致詞至少就得耗掉兩個星期的晚上。唐納的笑聲像驢叫，不喜歡他的人總是小心翼翼地避免跟他坐同一節車廂。賴森夫婦很固執；沒有一點彈性。只要看到草坪上長出雜草，或是聽到附近有哪一家要離婚，他們不是心生厭惡，而是全神戒備。他們很怪，這是當然。不過他們怪的程度還比不上糊塗蛋弗洛西・多麥克，他不但被逮到製造偽藥，還被查到吸食嗎啡三年。他們也比不上卡魯瑟斯・梅森，此人收藏了兩千多張的色情照片，他們甚至怪不過隔壁跟她兩個可愛的孩子住在一起的提蒙太太，何苦說這些？反正就是怪。

艾琳・賴森的怪，怪在做夢。她每個月總會夢見一兩次，夢到有人，也許是敵人，也許是某個要命的美國飛行員，爆了一枚氫彈。在白天，她的夢就完全不成立了，因為她沒辦法把這個夢跟她的花園，她對土地重劃的興趣，她舒適自在的生活方式連成一氣。她沒辦法在早餐的時候跟她丈夫說她夢到氫彈爆炸。面對愉悅的餐桌和花園的美景，甚至就算面對雨和雪也好，她實在找不出理由把干擾她睡覺的原因講清楚說明白。這夢耗損掉她太多的精神和平靜，往往讓她情緒非常低落。夢境裡的情節順序或許有變化，但內容大致上都差不多。

夢境的地點就在席地嶺，她夢見她在自己的床上醒來。唐納總是不在場。她立刻知道炸彈已經開花。床墊的填充物和黃褐色的一道水線穿過天花板上的大坑洞落下來。天空一片灰，暗無天日，西邊倒是有幾縷紅光，就像日落時分常見到，凝結起來的霧氣，挺好看的。她不知道這些霧化的尾跡或是爆炸的成分，到底會不會破壞她的骨髓。灰色似乎就是終結。天空從此不再明亮。她從窗口看得見河，就在她看著的時候，有幾艘船出現在河上。起初只有兩三艘，接著十幾艘，到後來百來艘都不只。有汽艇、渡輪、遊艇、機動帆船，甚至還有舢舨。船多到把河面都遮住了，馬達的聲音吵得不得了。大家爭先恐後的搶位子避難，強橫野蠻。她看見那些男人互相開槍掃射，一艘載著大人小孩的舢舨被大遊艇撞得稀巴爛，然後沉掉。看著像世界末日般的暴行，她在夢裡大哭。她哭著，繼續看著，彷彿從那裡面她看出了真理，彷彿她早知道人類的生存條件就這麼回事，彷彿她早知道世界是危險的，她在席地嶺的安逸生活只不過是一帖安慰劑而已。

在夢裡，這時候的她離開了窗口，穿過他們和桃莉臥房相連的浴室。她的女兒睡得很香，她叫醒她。在這一刻，她的情緒漲到了最高點。她對這個香甜可人的孩子所有的，最純粹的愛其實是一種悲苦。她幫孩子穿好衣服，再套上睡衣，帶她進入浴室。她打開藥櫃，這是講究樣樣整齊，一絲不苟的萊森家裡唯一不整理的位置。藥櫃裡堆滿了桃莉生病時候吃剩的藥物，咳嗽糖漿、治過敏性皮膚炎的克樂敏洗劑、阿斯匹靈、瀉藥。這些藥品清淡的香味和女兒生病時候她的溫柔照拂，藥櫃的門彷彿是一扇開啟炙熱情緒的窗。她又再次痛哭。一堆藥瓶中間有一瓶上面寫著「毒」，她取出來，旋開瓶蓋，把藥丸倒在左手上，一顆給自己，一顆給女兒。她對這個信賴她的孩子撒了個溫柔的謊言，就在她把藥丸塞進孩子的嘴裡的時候，浴室的天花板崩塌了，她們倆就站在及膝的灰泥和污水之中。她在水裡四處摸索那瓶毒藥，不見了，夢境通常到此結束。這叫她怎麼能靠著早餐桌，白著一張臉，把那個世界末日的景象鉅細靡遺地說給她壯碩的丈夫聽呢？他肯定會用他的驢叫似的笑聲哈哈大笑。

唐納・賴森的怪，從他小時候就有跡可循。他生長在中西部一個平凡無奇的小城。他的父親，一個鈕釦洞裡別著乾燥的玫瑰花，腳上套著米色襪套的老式推銷員，在唐納還很小的時候就拋妻棄子離他們而去。賴森太太沒有朋友沒有家人。丈夫離開之後，她到一家保險公司去做辦事員，從此帶著兒子，過著黯淡愁苦的日子。她永遠忘不了被拋棄的恐懼，她把全部的希望都放在兒子的身上，甚至影響到他旺盛的活力。她的生活像個苦行僧，她常常說，她最多只能做到讓自己維持溫飽而已。

她曾經年輕貌美，也曾經幸福快樂過，唯一能讓她重拾美好時光的方法就是給她兒子上烘焙課。每當寒冷的長夜，寒風呼呼地吹著這棟四戶人家合住的房子，她會在廚房點起火，放一塊蘋果皮在火爐蓋上讓它泛出香氣。這時，唐納就會套上圍裙，勤快地拿出鍋碗瓢盆，量麵粉、量糖、打蛋。每一個櫃子裡的東西他都清清楚楚。他知道辛香料和白糖放在哪，他知道堅果仁和檸檬乾放在哪，等到工作完畢，他最喜歡洗碗洗鍋子，再把它們歸回原位。唐納超愛這段時間，因為在這個時候，經年累月蓄積在母親生活上的壓力似乎都甩開了。有什麼理由叫一個寂寞孤單的孩子，在暴風雨的夜晚，在廚房裡，排拒這樣一份安全感呢？她教他做餅乾、做鬆餅、做香蕉麵包，最後的壓軸，夾果餡的巴爾的摩貴婦蛋糕。等到全部忙完，有時候都過了十一點。「我們很開心，對不對，兒子？」賴森太太會這麼問他。「我們在一起真的好開心，對吧，你跟我，我們兩個人，對吧？啊，你聽那風聲多可怕呀！想想海上那些水手多麼可憐哪。」這時她會摟著他，她會以手指梳理著他淡金色的頭髮，有些時候，即使他已經很高大，她還是會把他拽過來坐在她的腿上。

這些都是很久很久以前的事了。賴森太太早已過世，唐納站在她的墳前並沒有十分悲傷的感覺。她在過世前幾年就已經在適應死亡，她日常的話語當中總是離不開死和墳墓。多年後，唐納一個人住在紐約，春天裡的某個晚上，突如其來一陣強烈的憂鬱感衝擊著他，強烈的程度一如他青少年的時期。他不喝酒、不看書、不看電影、不上劇院；像他母親一樣，沒有朋友。他拚命想辦法把自己拉出這片愁雲慘霧。他想到了一個主意，烘焙巴爾的摩貴婦蛋糕。他出去買材料，抱著羞愧的心情，在這棟沒電梯的老公寓的廚房裡篩麵粉、敲堅果、切檸檬乾。等到調麵糊的時候，他覺得心裡的鬱卒蒸發了。等到把蛋糕放進烤箱，兩手在圍裙上擦乾，他才發現自己又成功地把當年在暴風雨的夜晚，在母親的廚房裡，所體認到的那份安全感找回來了。蛋糕烤好，他撒上糖霜，吃下一片，剩下的全部扔進垃圾桶裡。

往後再出現同樣的困擾時，他堅決抵擋做蛋糕的誘惑，但不見得每回都做得到，就在他跟艾琳結婚以後的八、九年時間裡，他至少做過八、九個蛋糕。每一次他都小心謹慎，她完全不知情。她完全相信他是廚房裡的陌生人。你叫他，一個兩百六十磅重的大漢，怎麼能在早餐桌上解釋說，他那一臉倦容是因為做巴爾的摩貴婦蛋糕到凌晨三點，而那個蛋糕早已經塞進了車庫？

但看這些事，這樣無趣的兩個人，你說除了桃莉還有誰會惦記著他們呢？唐納．賴森，他對土地重劃的議題狂熱到了極點，無論天氣好壞，他都在為這件事奔走，我們打個比方吧，若有那麼一個夜晚，他開完表決會議冒著冰雪風暴開車回家，車子在希爾街打滑，撞上路口的大榆樹，人車全毀，就這麼死了。那可憐的寡婦，在無依無靠的情形下，傷心至極。有天早上，在喪夫一個多月之後，在下床的時候，兩腳勾到床襬的摺邊，跌一跤把髖骨給摔裂了。漫長的恢復期削弱了她的體力，又感染到肺炎，就此一命嗚呼。現在只剩下桃莉一個人的事了，這個小姑娘的故事要是寫起來該是多麼地悲慘哪。她父母的遺囑在認證的那幾個月裡，她先是靠慈善救濟，後來再靠鄰居的接濟。最後，她被送去跟她唯一的親戚，他母親在洛杉磯當老師的堂哥同住。想想看會有多少個夜晚，她在困惑和孤單寂寞中哭著入睡。這世界未免也太陌生太冷漠了。她簡直找不出什麼事能叫她回想起過世的父母，除了聖誕節，過聖誕的時候她會收到從席地嶺轉來的一些賀卡，其中有莎樂絲特・崔佛太太的問候卡，崔佛太太一直住在巴黎，根本不清楚他們的狀況；還有帕克夫婦的賀卡，他們住在墨西哥，也是完全狀況外；還有梅耶爾藥妝店的佳節問候；派瑞・布朗夫婦的快樂聖誕；橡樹園義大利餐館的聖地西馬教堂的圖卡；杜迪・史密斯的法國聖誕卡。年復一年，把這些賀節的卡片丟進垃圾桶逐漸變成她的一份責任。這些卡片跟隨著她的父母，生前死後……好在這一切只是假想，事實上什麼都沒有發生。就算有，這內情外人也不得而知。

有一件事倒是真的：一天夜裡，艾琳・賴森又已經進入夢鄉，她醒來時，發見丈夫不在床上，空氣裡盡是甜甜的香味。她嚇出一身汗，心臟狂跳。她明白末日真的來臨了，這股甜香不是原子塵還會是什麼？她奔向窗口，河流上空空如也。半睡半醒，懷著極度失落感的她，堅定地勉強自己不去叫醒桃莉。走道上有煙，但不是一般火燒的煙氣。那甜味無疑就是毒氣。她順著香味，走下樓，穿過餐廳進入亮著燈光的廚房。唐納趴在桌上睡得很熟，一屋子煙霧瀰漫。「啊，親愛的，」她大喊，他驚醒了。

「我把它烤焦了，」他看著烤爐不斷冒出的煙氣說。「我把這該死的東西烤焦了。」

「我還以為是氫彈爆炸呢，」她說。

「是蛋糕，」他說。「烤焦了。你怎麼會想到氫彈爆炸？」

「你要是想吃什麼，應該叫醒我呀。」她說。

她關了烤爐，打開窗戶讓煙氣散去，讓七里香之類的晚香味送進來。她也許猶豫過片刻，站在大門口的陌生人，那個留著鬍子手裡拿著書的侵入者，到底做了什麼，他到底用什麼辦法讓這對夫婦，在凌晨四點半的時候，穿著睡衣，站在煙霧瀰漫的廚房裡？這個時候，或許只是在一瞬間，他們對人生的複雜性似乎有了一些理解。但終究只是瞬間而已。再沒有做深入的追究。他把烤成炭渣似的蛋糕扔進垃圾桶，他們關燈、上樓，在平靜地外表下，他們突然前所未有地，對人生感到更迷惑，更好奇。

鄉下丈夫

事情是這樣的，法蘭西斯・韋德搭乘自明尼阿波里斯飛往美東的班機碰上了惡劣的天氣。天空一片朦朧的藍，機身下方的雲層厚到完全看不見地面。霧氣在機窗外漫了起來，他們飛進了一朵濃得幾乎像廢氣似的白雲。雲朵的顏色由白轉灰，飛機開始搖晃。法蘭西斯以前也碰過壞天氣，但從來沒有晃得這麼厲害過。坐他旁邊的男人忍不住從口袋掏出酒瓶灌了一大口。法蘭西斯對他笑笑，那人卻別開視線；他不願意跟別人分享他的止痛藥。飛機猛地往下掉，狂亂地顛簸著。有個小孩大哭。機艙裡的空氣很悶，熱而且臭，法蘭西斯的左腳已經麻了。他在看機場買的一本小說，可是劇烈的暴風雨分散了他的注意力。舷窗外面一片漆黑，排氣管排出的廢氣，時不時在黑暗中閃著星火。機艙裡，黯淡的燈光，悶熱，加上窗簾，使得整個座艙呈現出一種類似住家的混亂氛圍。忽然燈光閃了一下，接著全部熄滅。「你知道我一直想做什麼嗎？」坐在法蘭西斯旁邊的男人突然開口。「我一直想在新罕普夏買一個農場，養一群肉牛。」女空服員廣播飛機準備緊急降落。這一刻，大概只有小孩子的心中才看得見張開翅膀的死神吧。隱隱約約地，聽得見駕駛員在唱：「我有六個便士，好棒，好棒的六個便士。我有六個便士保我長命百歲……[36]」除此以外，再沒有別的聲音。

液壓閥巨大的噪音吞沒了駕駛員的歌聲，高空中一陣尖銳的聲響，就像剎車的聲音，機腹整個貼到玉米田裡，震盪太過強烈，有個老人高聲地哀號：「我的腎臟完啦！我的腎臟完啦！」空服員拉開機艙門，有人打開後面的緊急逃生門，死亡的喧嘩衝了進來，那是大雨的聲音和氣味。大家逃命要緊，一踏出機門立刻四面八方地分散開來，一面不斷祈禱著千萬別出大事。果然，一切平安無事。確定飛機沒有著火也不會爆炸之後，機員和空服員集合起所有的乘客，先把他們安頓在一座倉庫裡。這裡離費城不遠，大批的計程車很快就會趕到，再把乘客們載往市區。「這簡直就像馬恩河之役[37]啊。」有人說，但奇怪的是，對很多美國人來說，並沒有因為這個事件而減少對於同行旅客的猜疑。

法蘭西斯．韋德在費城搭上一班開往紐約的火車。到了紐約，又剛好趕上平常通勤的列車，一個星期有五個晚上他就是搭這班車回到席地嶺的家。

他跟崔斯．貝爾登坐在一起。「你知道嗎，我坐的就是剛剛墜毀在費城外面的那架飛機。」他說。「我們降落在田裡……」他出事的經過比報紙快，比大雨早，紐約此時風和日麗。九月下旬的天氣，芬芳美麗，就像蘋果。崔斯靜靜地聽著，他怎麼可能感到激動興奮？法蘭西斯當然沒有能力再造與死亡擦身而過的場景——尤其是在通勤列車的氛圍裡，火車穿過陽光明媚的鄉間，那些簡陋的菜園已經有了收成的跡象。崔斯拿起報紙，法蘭西斯獨自想著心事。在席地嶺的月臺上他向崔斯道別，開著他的二手福斯回布蘭賀盧，他住的地方。

韋德夫婦那棟荷蘭式的房子其實很大，從車道上看不出來而已。客廳十分寬敞，類於法式風格，區隔成三個部分。從門廳進來靠左邊的廂房擺著一張長桌，六人座，桌子中間有蠟燭和一大碗水果。從敞開的廚房門不斷飄出令人胃口大開的氣味與料理的聲響。茱莉亞．韋德是烹飪高手。占據客廳最大的一部分集中在壁爐的位置。右手邊有書架和鋼琴。整個房間光潔明亮而寧靜，向西的窗戶望出去是一片夏末的陽光，燦爛清澄。這裡沒有一樣東西是不合宜的；沒有一樣東西是晦暗的。不像有些人家，橇開卡住的菸盒，你會發現裡面藏著一顆舊襯衫鈕釦或是一枚生鏽的銅板。爐床打掃得乾乾淨淨，鋼琴亮得可以映出擺設玫瑰花的倒影，唱片架上擱著舒伯特的華爾滋合集。露易莎．韋德，一個漂亮的九歲小女生，這會兒正看著窗外。她的弟弟亨利就站在她身邊。另外一個弟弟托比，在研究木箱上幾個僧人喝啤酒的銅雕。法蘭西斯，摘下帽子，放下報紙，對於眼前的景象他並沒有什麼太得意的感覺；他不會想那麼多。這是他的根本，他的世界，他懷著跟其他動物回到自己家裡一般的暢快心情。「嘿，各位，」他說。「從明尼阿波里斯起飛的那架飛機……」

十次有九次，法蘭西斯都會受到親切熱烈的歡迎，但是今晚孩子們專注的是彼此的對峙。法蘭西斯還來不及把飛機墜毀的這句話說完，亨利就朝路易莎的屁股踢了一腳。露易莎轉過身，說：「去你的！」法蘭西斯錯就錯在沒有懲罰亨利，反而先罵露易莎不該說髒話。露易莎立刻把目標轉移到她父親身上，怪他偏心。亨利永遠是對的；她總是被冤枉被虐待；她好可憐。法蘭西斯轉向兒子，小男孩為自己辯護，是她先動手；她打他耳光，這是很危險的事。露易莎激動地承認，她確實打了他耳光，她就是要打他，因為他把她收藏的小瓷器弄得亂七八糟。亨利說她撒謊。小托比也不研究木箱了，過來幫露易莎說話。亨利一把摀住小托比的嘴巴。法蘭西斯拉開兩個孩子，不小心把

36　I've got sixpence，英國傳統歌謠，大意指貧窮卻幸福。

37　First Battle of the Marne，第一次大戰西部戰線的一次戰役，英法聯軍擊潰了德國軍隊。

托比推到木箱上。托比大哭起來。露易莎也在哭。就在這時候，茱莉亞．韋德走進客廳裡放餐桌的位置。她是個漂亮又聰慧的女人，有著些許少年白的華髮。對於孩子們的哭鬧她似乎根本不在意。「哈囉，親愛的。」她平靜地對法蘭西斯說。「去洗手吧，大家。準備吃晚餐了。」她劃亮火柴，在紛紛擾擾中點燃了六根蠟燭。

這簡單的一句話，就像蘇格蘭高地人族長的軍令，反而振奮了作戰的士氣。露易莎朝亨利的肩膀狠狠一擊。平常很少哭的亨利，在投完九局之後真的累了。他哭了起來。小托比發現手上扎了一根刺，也跟著嚎啕大哭。法蘭西斯大聲說自己經歷過一場空難，全身無力。茱莉亞再度走出廚房，仍舊不理會這團混亂，她要法蘭西斯上樓去叫海倫下來吃飯。法蘭西斯求之不得；這就像是在叫他回總部報到。他打算把空難的經過詳詳細細地講給他大女兒聽，海倫躺在床上，在看一本叫做《真實羅曼史》的雜誌，法蘭西斯做的第一件事就是把她手上的雜誌抽走，他告誡過不許她買這種書。她沒有買，海倫說。那是她最要好的朋友貝西．布萊克給她的。人人都在看《真實羅曼史》，連貝西．布萊克的爸爸也看《真實羅曼史》。法蘭西斯表示他就是討厭這本雜誌，然後說可以下樓吃飯了，雖然樓下的聲音聽起來似乎還不像要吃飯的樣子。海倫跟隨他下樓。茱莉亞獨自坐在燭光下，餐巾鋪在腿上。露易莎和亨利兩個人都沒上桌。小托比趴在地板上，還在哭嚎。法蘭西斯溫柔地對他說：「托比，今天下午爸爸搭的飛機出事了。你想不想聽？」托比繼續哭。「你要是再不來吃飯，托比，」法蘭西斯說，「我就得送你上床睡覺，不給你吃飯了。」小男孩爬起來，白了他一眼，飛奔上樓進自己的臥室，砰地把門關上。「啊親愛的。」茱莉亞邊說邊跟了上去。法蘭西斯說她把孩子慣壞了。茱莉亞說托比體重太輕，離標準差了十磅，他不可以不吃飯。冬天快來了，天冷的時候他都窩在床上，不吃飯怎麼行。茱莉亞上樓去了。法蘭西斯和海倫坐在餐桌上。海倫在這麼好的天氣，一直拚命看書，心情很悶，她不耐煩地看著自己的父親和這個房間。她不明白怎麼會墜機，因為席地嶺連一滴雨也沒下過。

茱莉亞帶著托比來了，大家坐下來吃飯。「我非得看著這個又大又肥的蠢蛋嗎？」亨利說，他指的當然是露易莎。除了托比，所有的人都加入了這場衝突，餐桌上大小聲地吵了足足五分鐘。最後，亨利拿餐巾蓋住頭吃飯，結果把菠菜全撒到襯衫上。法蘭西斯問茱莉亞，以後可不可以叫孩子們先吃。這話惹惱了茱莉亞，炮火全開。她沒辦法煮兩頓晚餐，整理兩張餐桌。她開始翻舊帳，數落著她的青春、美貌、聰明智慧全毀在這些繁瑣的家事上。法蘭西斯說他才需要人了解；他差一點就死於空難，他不想每天晚上回家又是一個戰場。這下茱莉亞真的在意了。她的聲音發抖。他並沒有每天晚上回家的時候都是一個戰場。這個指控既愚蠢又卑鄙。在他回家之前一切都很安詳。她住了嘴，放下刀叉，盯著餐盤，彷彿那是一個深淵。她哭了。「可憐的媽咪！」托比說。茱莉亞站起來，用餐巾擦乾眼淚，托比走到她身邊。「可憐的媽咪。」他說。「可憐的媽咪！」母子倆一起上樓了。其餘的孩子也離開了戰場，法蘭西斯走進後院，抽支菸，透透氣。

賞心悅目的一個花園，有步道，有花圃，有歇息的地方。夕陽只剩餘暉，光線仍然足夠。想著飛機失事和剛才起的爭執，法蘭西斯聆聽著屬於席地嶺入夜時分的各種聲音。「流氓！無賴！」老尼克森先生對著餵鳥臺上那幾隻松鼠大吼。「滾開！」有人關上門。有人在除草。住在拐角的唐納・葛斯林開始彈奏〈月光奏鳴曲〉。他幾乎每晚都要彈一遍。他把節奏旋律送出窗外，從頭彈到尾，就像在宣洩悲愴的怒氣，寂寞和自憐，這些感受甚至連貝多芬都不得而知。樂聲在街道上與樹蔭底下迴盪，像是在訴求愛，訴求溫柔，對著嬌美可愛的女傭，而這個從蓋威來的，稚氣未脫的女孩，窩在她三樓的小房間裡看著老照片，想家。「來，邱比特，過來，邱比特。」法蘭西斯喊著莫瑟家的獵犬。邱比特從番茄藤中衝過來，嘴裡還咬著一頂殘缺不全的氈帽。

邱比特是個異類。牠的狩獵本能和旺盛的精力在席地嶺無從發揮。牠黑得像炭，一張聰明、警戒、霸氣十足的長臉。牠的眼睛閃著調皮搗蛋的光，牠的頭總是抬得很高。就是一般家徽和壁毯上出現的標準狗頭模樣，凶猛，脖子粗壯厚實，傘柄和手杖上也經常看得到。邱比特很隨興，東跑西跑，翻倒字紙簍、曬衣繩、垃圾桶、鞋套。牠破壞園遊會，網球賽，星期天到做禮拜的教堂搗亂，對著穿紅衣服的人狂吠。牠一天總有兩三次在老尼克森先生的玫瑰園裡撒野，把金背大紅玫瑰的花圃刮出一大道裂痕。每個星期二晚上，只要唐納・高斯林的烤肉架一點上火，邱比特立刻聞香而來，高斯林夫婦不管用什麼方法都趕不走，不管是用棍子、石頭或者喝斥，頂多只能把牠趕到陽臺邊邊。牠就待在那兒，端著牠雄壯威武的鼻頭和大嘴，等著唐納・高斯林背過身子去拿鹽罐。這時牠會立刻跳上陽臺，把肉排輕巧地從火上移開，揣著高斯林家的晚餐逃之夭夭。邱比特的好日子不多了。賴森家的德國園丁，法克森家的廚子很快就會毒死牠。甚至連老尼克森先生都準備在邱比特最愛的垃圾桶裡放一些砒霜。「來，邱比特，邱比特！」法蘭西斯叫著，狗卻跳著跑開，那頂破帽子在牠的大白牙中間晃著。法蘭西斯朝窗子看，看見茱莉亞下樓來吹滅蠟燭。

茱莉亞和法蘭西斯・韋德常常外出。茱莉亞人緣好，愛熱鬧，她喜歡派對主要是因為害怕生活中的混亂和寂寞。她每天期待的就是早上的郵件，目的是在找邀請函，多半也不會落空。但她並不會因此滿足，即便一個星期有七個晚上都在外出應酬，也還是治不好她那副深思的表情。那是當你聽到遠方有美妙的樂聲時會出現的一種表情。她總以為在別處肯定還有一個更熱鬧、更精采的派對。法蘭西斯限定她一個星期只能參加兩次派對，週六日除外，星期五彈性處理。於是週末就像在狂風中的一葉小舟，根本無法擋。墜機事件的第二天，韋德夫婦正準備要去法克森夫婦家用晚餐。

法蘭西斯從城裡回來晚了，茱莉亞趁他換裝的時候請臨時保母來看孩子，再催促他得趕緊點。那場聚會簡單愉快，法蘭西斯很享受。新來的女傭奉上飲料。她一頭黑髮，圓圓的臉，很白，法蘭西斯覺得眼熟。但他不是敏感心細的人，所以沒多想。煙燻味，丁香花的氣息，他對這一類的味道也都沒什麼感覺，他的記憶就像他的盲腸，一個退化了的貯藏室。不能說他有逃避過去的法力；應該說他逃避的方法很成功。也許他在別的派對上見過這個女傭，也許在星期天下午看見過她在散步，不管怎樣，他現在都不想去想。她的臉，很奇妙，標準的月亮臉，大概是諾爾曼或是愛爾蘭人的，不過她還不至於美到讓他有過目不忘的感覺，如果真是那樣他應該會記得才對。他問妮莉・法克森她是誰。妮莉說這女傭是仲介介紹來的，她家鄉在諾曼第的特雷儂，只有一座教堂一間餐館的小地方，妮莉去過一次。妮莉繼續說著她四處旅行的事，法蘭西斯忽然明白他以前確實見過她。是在大戰結束的時候。他跟其他幾個人離開補給站，到特雷儂度三天假。假期第二天，他們走到大街十字路口去看公審大會，公審一名在德軍占領期間跟德國司令官同居的年輕女性。

那是秋天，一個陰涼的早晨。陰暗的天光照在十字路口的泥地上顯得十分慘淡。他們在高地上，看得見雲朵和山丘相偎相依地向著大海延伸。犯人到了，坐在一臺拖板車裡的三腳凳子上。村長讀訴狀和判決書的時候，她就在拖板車旁邊。垂著頭，臉上帶著一抹空洞的笑容，這笑容的背後是飽受韃伐的靈魂。一個留著灰鬍子的矮個兒拿大剪刀把她的頭髮全部剪掉扔在地上。再拿肥皂水和剃刀，把她的頭皮刮乾淨。一個婦人上前來解開她的衣服，犯人一把把她推開，自己動手脫衣服。她把衣裙從頭上掀掉，全身赤裸著。在場的女人都在訕笑；男人全部噤聲。女犯人的笑容沒有半點變化，看不出虛假也看不出哀怨。冷風令她雪白的肌膚起了疙瘩，也刺激到她的乳頭。訕笑聲逐漸停止，是因為受到人性根本的壓制吧。有一個女人朝她吐口水，她的赤裸似有某種不可侵犯的莊嚴，支撐著她完成試煉。當群眾整個安靜下來，她轉過身，她在哭，然後，一絲不掛的，除了腳上的黑色鞋襪，她順著泥路孤單地走出了村子。白皙的圓臉有了一些年紀，但毫無疑問地，這個給他倒雞尾酒和伺候他進餐的女傭就是當年在廣場上受懲罰的女子。

如今戰爭似乎已經很遙遠，當時因為政治派系而生的死亡或折磨也是很久很久以前的事了。當年在韋塞的那些人法蘭西斯早已失去聯絡。他不能跟茱莉亞講這件事。他不能跟任何人講。如果現在，在餐桌上，他說出這個故事，那就是一個人為的，社交上的大錯誤。在法克森家的客廳裡似乎有一個不成文的默契，就是不談過去，不談戰爭——世上從來沒有危險或是麻煩事。可考的歷史是依序記載的，但是在席地嶺，這樣的記憶就是不恰當又失禮。這女犯人在上完咖啡之後就退了下去，但這個不期而遇卻讓法蘭西斯覺得心神俱疲；邂逅打開了他的記憶和感受，讓它們無限制地擴張起來。茱莉亞進屋裡去了。法蘭西斯留在車上，等著送臨時保母回家。

原本以為還是那位平常過來照顧孩子們的老婦，漢林太太，令他吃驚的是，開門出來竟是個年輕女孩，她站在開著燈的門廊上，就著燈光在清點著她的課本。她皺著眉，很漂亮。世上漂亮的年輕女孩何其多，可是漂亮和完美是有區別的，法蘭西斯分辨得出。所有的那些不算瑕疵的瑕疵、黑斑、胎記、疤痕全都不見了，他的感受就像聽見音樂震碎玻璃的那一瞬間，他感受到了一陣生命中從未領略過的奇異、深沉和美妙。這份美妙來自她的蹙眉，她臉上難以辨識的一絲黯然，直覺地讓他以為那是對愛的訴求。她數完了課本，走下臺階，拉開車門。在燈光下，他看見她的臉頰有淚痕。她鑽進車子關上車門。

「你是新來的，」法蘭西斯說。

「是。漢林太太生病了。我叫安妮・莫契森。」

「孩子們有沒有給你添麻煩？」

「啊，沒有，沒有。」她轉頭，襯著儀表板上昏暗的光線，她的微笑不太快樂。淡金色的頭髮卡在夾克的衣領上，她甩甩頭把卡住的頭髮甩開。

「你在哭。」

「是。」

「我希望不是因為我們家的關係。」

「不是，不是，跟你們家毫無關係。」她的口氣很淒涼。「這也不是祕密了。村子裡大家都知道。我爸是個酒鬼，他剛才從酒吧打電話給我，罵了我一頓。他覺得我下賤。就是剛才，就在韋德太太回來之前。」

「這真是。」

「噢，天哪天哪！」她抽噎著哭了起來。她轉向法蘭西斯，他摟住她讓她在他肩膀上哭泣。她在他的懷裡顫抖著，這個動作使他更清楚地感覺到她美好的體態。那層層的衣物感覺很薄很薄，顫抖漸漸停止了，法蘭西斯像是被一股突如其來的愛意沖昏了頭，他粗魯地把她拉過來。她抽身避開。「我住在貝勒維街，」她說。「你從蘭辛街轉上鐵路大橋。」

「好的。」他發動車子。

「號誌燈左轉……再往右，然後往鐵道的方向直走。」

法蘭西斯走的這條路遠離了他住的那一帶，過了鐵道，沿著河，來到一條屬於半貧民戶的街道，從屋宇上的三角墻和木頭的雕飾還存留著往昔驕傲和浪漫，這些房子小到幾乎沒有隱私或舒適可言。街道很黑，又因為被這個傷心女孩的氣質和美貌所惑，一轉進這條街，他似乎轉進了自己最深層的，淹沒已久的回憶裡。遠處，他看見有一個門廊亮著燈。整條街上的唯一，她說亮燈的地方就是她的家。他停下車，他望見門廊的燈光照進光線昏暗，豎著一支老式衣帽架的玄關。「好，我們到了。」說著他忽然覺得，現在的少年應該會說不一樣的話吧。

她的手沒有離開書本，交疊著，她轉身面對他。他的眼裡泛著欲念的淚光。毅然決然地，但不是哀傷，他打開自己這邊的車門繞過去為她開門。他握住她騰出來的手，十指交叉著，和她並肩走上兩層水泥臺階，走上窄窄的步道，穿過開著大理花、金盞花和玫瑰的前院，都是些經得起寒霜的東西，花朵依舊開得很盛，在夜晚的空氣中散著微微的香氣。在臺階上，她鬆開手，轉身迅速地親了他一下。然後穿過門廊關上門。門廊上的燈滅了，玄關的燈也跟著熄滅。一會兒之後，樓上邊間的燈亮起來，照見葉子仍然茂密的一棵大樹。她寬衣上床要不了幾分鐘的時間，於是整間屋子一片黑暗。

法蘭西斯回到家，茱莉亞已經熟睡了。他開了氣窗，上床閉上眼，就在他閉上眼睛，就在他將沉沉睡去的那一刻，那女孩進入了他的腦海，無拘無束的穿過重重門扉，每一間每一室都是她的光，她的香，她如音符般的美聲。他跟她一起搭乘茅利塔尼亞號[38]橫渡大西洋，在巴黎同居。他醒過來，他下床，走到窗口抽菸。再回到床上，他決定想一些別的，不會傷害到任何人的事情，他想到滑雪。在朦朧之中，他的腦海中升起了冰雪覆蓋的山峰。天色向晚。隨處望去都是令人精神大振的景象。一側是積雪的山谷，襯著白雪的樹林有如茸茸的毛髮。寒冷寂靜了所有聲音，除了升降機，仍然框啷框啷地碰撞，發出鐵器的巨大聲響。山道上光線是藍色的，現在要比一兩分鐘前更難分辨方向，更難拿捏轉彎的角度。這一刻冰雪變成了深深地藍，路面、冰、標記、雪堆，全部。他從山上滑下來，飛快地滑過一個冰河時期就形成的斜坡，追求最簡單的快感。夜色降臨了，他和幾個老友在骯髒的鄉村酒吧裡喝著馬丁尼。

早晨，法蘭西斯夢中冰雪覆蓋的山丘消失了，只剩下巴黎和茅利塔尼亞號的影像清晰可見。他是真的神魂顛倒。他洗澡、刮鬍子、喝咖啡，錯過了七點三十一分的火車。火車就在他趕到車站的時候開走，他拚命地追，火車卻揚長而去，這不禁又使他想到了愛情裡你追我跑的那種情趣。他站在空蕩蕩的月臺上，等候著八點零二分的列車。很晴朗的早晨；這早晨彷彿為他的迷情搭起一座日光大橋。他情緒激動亢奮。那女孩的影像似乎令他和世界產生了一種神祕而蠱惑的關係。停車場的車多了起來，他注意到凡是從席地嶺高地開下來的車都蒙著一層霜白。初秋來臨的徵兆使他又驚又喜。一列快車，應該是從水牛城或阿爾巴尼開過來的夜車，停在兩個月臺之間的軌道上，他看見前

38 Mauretania，一九〇六年英國製造，世界最大最快的一艘郵輪。

面幾節車廂頂上都覆蓋著一層薄冰。這神奇的一切令他感動不已，他對著餐車裡的乘客們微笑，他們在吃蛋，在用餐巾擦著嘴。一節節被罩凌亂的臥鋪車廂，在清新的早晨中就像一連串公寓的窗戶。忽然他看見了非常特別的一件事；在一間臥房的窗口坐著一個沒穿衣服的美女，她正梳著她的一頭金髮。她就像經過席地嶺的一個幽魂，在那裡不斷不斷地梳著她的秀髮，法蘭西斯的兩隻眼睛緊緊追隨著她，直到看不見為止。萊森太太走了過來，開始談話。

「嗨，你一定很驚訝吧，一連三天在這兒碰到我，」她說，「都是因為我家的窗簾，我幾乎成了固定的通勤族了。我在星期一買的窗簾我星期二拿去退，我星期二買的窗簾，我今天拿去退。星期一，我買的就是我要的，上面有玫瑰和小鳥的毛料，等我帶回家，才發現長度不對。所以，我昨天就去換了，等我回到家，我發現長度還是不對。現在我向老天祈禱，希望設計師這次能把長度弄對了，因為你知道我那屋子，你知道我客廳的窗子，你可以想像這問題有多嚴重。我真不知道該怎麼辦才好了。」

「我知道該怎麼辦，」法蘭西斯說。

「怎麼說？」

「把朝向裡面的部分漆成黑色，然後關起來。」

萊特森太太喘了一聲，法蘭西斯垂眼看著她，看她知不知道他是故意要表現得這麼粗魯無禮。萊特森太太轉身走開，她的心靈太受傷，連路都走不穩了。他忽然像全身發光似的起了一種奇妙的感覺，他又想起了那個不斷梳著秀髮，輕輕飄過布隆克斯的維納斯。多年以來，他一直希望能夠大膽地表現出他粗魯無禮的念頭，那像是醍醐灌頂似的令他頭腦清醒過來。他的朋友和鄰居當中，不乏才智一流的人物，他看得出來。但也有很多討厭的蠢貨。他犯的錯誤就是不該對他們一視同仁。他始終對基督那種無私無類的愛感到疑惑，這層疑惑是全面性的，是有殺傷力的。他感謝那個獨立自主無所懼的女人。鳥兒在歌唱，紅雀和其他的幾隻知更鳥。天空亮得像搪瓷。甚至連早報上的油墨味也合了他的胃口，他周圍的世界無疑就是一個天堂。

如果法蘭西斯相信愛是有等級的，如果他相信配戴弓箭的神靈，善變的維納斯和厄洛斯，甚至靈丹、春藥、美食、肩胛骨、殘月，那麼，他的敏感和激情就有解了。有人說，中年人的愛情是帶著秋意的，他猜想他確實遇到了，只不過，他卻不覺得有絲毫的像秋天的感覺。他要倘佯在青蔥的林裡，他要盡情歡愛。

他的祕書，雷尼小姐，那天上午遲到。她一星期有三個早上要去看心理醫生。看她走進辦公室，法蘭西斯心裡想著如果換做是他去看心理醫生，不知道醫生會給他什麼樣的忠告。那個女孩確實使他的生命有了一種飄飄然的快樂的感覺。但是這種飄飄然的感覺顯然會使他背上一個妨礙性自主[39]的罪名，他的幸福快樂也將就此蕩然無存。孩子們在快樂角海灘對著鏡頭大笑的照片，現在明顯著在斥責他。公司專用的信紙上有著特洛伊祭司拉奧孔的圖像，祭司和他的幾個兒子與大蛇糾纏的樣貌，此刻對他的意義也似乎特別深。

中午他和平克．特拉伯共進午餐。平常聊天的時候，朋友們的道德觀有寬有緊，但他知道這個道德的紙牌屋，隨時都會砸到他們身上，茱莉亞和兒女們也跑不掉，只要他被逮到染指一名年輕的

39 Statutory Rape，直譯為「法定強姦」，指成年人與未成年者發生性行為。

保母。他試著從席地嶺的紀錄裡尋找先例，竟一個也沒有。沒有任何背德的行為；從他定居這裡之後，沒有離婚的案例；甚至連一點點醜聞的風聲都沒有。就算天國也不過如此吧。離開平克・特拉伯之後，法蘭西斯上珠寶店給女孩買了一條手鍊。這祕密的交易令他太開心了，珠寶店的店員太古板好笑了，那些走過他背後的女人太可愛了！走在第五大道上，經過彎著肩膀扛起全世界的亞特力士雕像，法蘭西斯想著他選擇忍辱負重後面所具備的涵意。

他不知道何時再能見到女孩。他把手鍊塞在內袋裡就回到了家。一打開門，卻發現她就在門廳。背對著他，聽見關門聲，她轉身。她的笑容燦爛，多情。她的完美令他震撼有如雷雨後的晴天。他一把抓住他，用他的唇封住了她的，她掙扎，但沒必要掙扎太久，就在這一刻，小葛露蒂・弗蘭諾突然不知從哪裡冒了出來，說：「啊呀，韋德先生……」

葛露蒂像個流浪兒。她天生愛探索，她的心思從來不放在她慈愛的父母身上。葛露蒂的行為舉止，在不熟悉他們家人的眼裡看來，肯定會以為她來自一個問題家庭，而酗酒吵架是會這類家庭的常態。但事實不是這樣。小葛露蒂身上的衣服破爛單薄，那是因為她堅決不肯讓母親給她穿戴整齊。她聒噪、瘦小、不愛乾淨，在布蘭賀盧附近挨家挨戶地四處遊走。她靠著跟別人家的嬰兒、寵物、與她同年齡的孩子、青少年，甚至大人的關係伸縮自如。你早上打開大門，說不定就會發現葛露蒂坐在門前的臺階上。進浴室刮鬍子，會發現葛露蒂正在用你家的廁所。去嬰兒床瞧瞧寶貝兒子，床是空的，再仔細找，會發現葛露蒂已經推著嬰兒車，把你的小寶貝帶去隔壁村子了。她肯做事，很勤快、很誠實、很愛吃、很忠心。她從來不會想要回家。到了該回家的時候，不管人家再三催促，她都只當沒聽見。「快回家吧，葛露蒂，」每天晚上，都會聽見這家那家的人在說。「回家吧，葛露蒂。該回家啦，葛露蒂。」「你該回家去吃晚飯啦，葛露蒂。」「二十分鐘前我就叫你回家啦，葛露蒂。」「你媽媽會擔心的，葛露蒂。」「快回家，葛露蒂，快回家。」

有時候眼睛周圍的紋路會變得好像一層層被水侵蝕過的石頭，有時候我們瞪著眼睛卻像動物似的茫然不知所措。法蘭西斯望著這個小女孩的眼神古怪難看得令她害怕。他把手探進口袋，兩手都在抖，他從口袋掏出一枚兩毛五分錢銀幣。「回去，葛露蒂，快回去，不准告訴任何人，葛露蒂。不准……」他忽然噎住，直奔客廳，茱莉亞在樓上叫他快點換衣服。

法蘭西斯只要一想到晚宴結束後就可以開車送安妮．莫契森回家，就異常興奮起來，這個想法就像一條金線，連動著他在晚宴中的種種表現：聽到無聊的笑話他會爆笑，聽到梅寶．摩瑟說她的小貓死了，他會擠出淚水，他伸懶腰、打哈欠、嘆息、沉吟，完全就像一個男人心裡有鬼的樣子。手鍊就揣在他的口袋裡。他聊著天，聞著大麻味，心裡想的是待會兒該把車子停在哪兒。帕克老屋沒人住，那條車道已經成了情侶巷。湯聖街是一條死路，他可以把車停在最後一棟房子那邊。還有那條連接榆樹街和河岸野草叢生的老巷子，他跟孩子們曾經走過，不過他可以把車開進樹叢深處，隱密得很。

韋德夫婦是最後離開的一對，他們和男女主人站在門口道別，兩位主人開心地說著自己幸福美滿的婚姻。「她是我的小寶貝，」男主人緊摟著太太。「她是我的藍天。十六年了，我還是喜歡咬她的肩膀。她讓我覺得我就像跨越阿爾卑斯山的漢尼拔[40]。」

40 Hannibal Barca，古代迦太基名將，第二次布匿戰爭漢尼拔率大軍翻越阿爾卑斯，之後擊潰羅馬人。

夫婦倆一路沉默地開車回到家。法蘭西斯把車開上車道，他坐著不動，引擎還在跑。「你把車開去車庫吧，」茱莉亞下車的時候說。「我跟莫契森家的女孩說過她十一點可以先走。有人開車來接她。」她關上車門，法蘭西斯坐在黑暗中。他是廢物，他什麼都不是，一個傻瓜能有什麼：好色、忌妒，這不但傷害他的感情，還甚至覺得不堪，因為他清楚地看見自己扮演的角色，他的手臂把在駕駛盤上，他的腦袋無奈地埋在臂彎裡。

法蘭西斯小時候是一名認真的男童軍。想起這件事是在第二天下午，他早早離開辦公室，打了幾回合牆板球，身體因為運動和淋浴有了精神，他覺得應該回辦公室待著。他回到家已經晚上，霜寒露重。空氣的味道有了非常強烈的改變。他一踏進屋子，立刻感受到不尋常的動靜。孩子們都穿了最好的衣服，茱莉亞走下樓，她穿著淺紫的裙裝，戴著美鑽。她對這個不尋常做了說明：哈伯先生七點來幫他們照相，聖誕卡上用的。她把法蘭西斯的藍色西裝拿了出來配上一條彩色領帶，今年要拍彩色照。茱莉亞顯然為了拍攝應節的照片很開心。這是她喜歡的一種儀式。

法蘭西斯上樓換西裝。他很累，因為工作了一整天，也因為心中的渴念，坐在床沿更加重了他的愁緒。他想念安妮．莫契森，茱莉亞梳妝檯上的粉紅檯燈更加重了他的欲念，他走到茱莉亞的桌前，拿了紙，在上面寫著：「親愛的安妮，我愛你、我愛你、我愛你……」沒有人會看見這封信，他無須壓抑。他用了好多類似「天界喜樂」、「愛巢」之類的詞句。他吞著口水，不停嘆息，止不住顫抖。茱莉亞在高聲喊他下樓，現實與遐想之間的深淵太寬闊了，寬闊到令他心悸。

茱莉亞和孩子們都站在門廊上，攝影師和助手已經架好雙管鎂光燈準備拍攝他們全家，和精心設計的大門口。晚歸的人們特地放慢了車速，欣賞韋德他們為聖誕節拍的全家福。有幾個人還揮手打招呼。半個多鐘頭的時間，他們不斷出擺笑容，舔嘴唇，直到哈伯先生拍到滿意為止。大燈的熱力使凍結的空氣透出一股不新鮮的氣味，鎂光燈關掉了，強光仍舊停留在法蘭西斯的視網膜上。

拍完照的那天晚上，法蘭西斯和茱莉亞在客廳喝咖啡，門鈴響了。茱莉亞起身應門，進來的是克雷登·湯瑪斯。他來還前些日茱莉亞幫他母親買戲票的錢，雖然茱莉亞跟她說過不必在意，不過海倫·湯瑪斯堅持一定要還。茱莉亞請他進來喝咖啡。「咖啡不喝了，」克雷登說，「我進來坐一下就好。」他跟隨她走進客廳，向法蘭西斯說了聲晚上好，笨拙地坐到椅子上。

克雷登的父親在大戰中陣亡，年紀輕輕失去父親這件事，像標籤似的始終纏繞著他。這在席地嶺確實引人側目，因為湯瑪斯家是這裡唯一有缺角的家庭；其他人的婚姻都是完整無缺，且也快樂地生了好幾個孩子。克雷登還在讀大學，大概二、三年級吧，他和母親兩個人住在一棟大房子裡，她很希望能把房子賣掉。克雷登曾經惹過一些麻煩。好幾年前，他偷了些錢離家出走；跑去了加州，後來被追了回來。他很高，長相普通，戴一副角框眼鏡，聲音低沉。

「你什麼時候回學校上課，克雷登？」法蘭西斯問他。

「我不打算回學校了，」克雷登說。「母親沒錢，這些擺面子的事毫無意義。我打算找份工作，要是能把房子賣了，我們就去紐約找一間公寓。」

「你不想念席地嶺嗎？」茱莉亞問。

「不會，」克雷登說。「我不喜歡這裡。」

「為什麼？」法蘭西斯問。

「這裡有很多事我看不慣，」克雷登嚴肅地說。「就像社團舞會。上個星期六晚上，舞會快結束的時候，格蘭納先生硬要把麥諾太太塞進摸獎箱裡。兩個人都喝醉了。我很不贊成喝那麼多的酒。」

「那是星期六的晚上嘛。」法蘭西斯說。

「表裡不一，」克雷登說。「亂七八糟的生活方式。我認真思考過，依我看席地嶺真正的問題在於它沒有未來。太多的精力都耗在維持現狀，拒絕改變這類的事情上。這裡的人對於未來的想法只有一個，就是希望有更多的通勤列車班次和更多更多的派對。我覺得這太不健康了。我認為人應該對未來抱有更大的夢想。我認為人應該對未來抱有更偉大的夢想。」

「你不能繼續唸完大學太可惜了。」茱莉亞說。

「我本來想去唸神學院。」克雷登說。

「你是哪個教會？」法蘭西斯問。

「一神教，神通派，驗證派，人本主義。」克雷登說。

「愛默生不就是驗證論者嗎？」茱莉亞問。

「我說的是英國的驗證教派。」克雷登說。「美國的驗證派根本不入流。」

「你希望找什麼樣的工作？」法蘭西斯問。

「哦，我希望在出版社工作。」克雷登說，「大家都告訴我那沒什麼出路。可是我有興趣。我正在寫一個關於善與惡的長篇。查理叔叔可能會想辦法在銀行裡給我找一份差事，那對我大有好處。我需要規範。我得花好大一番功夫導正我的習性。我有一些很要不得的壞習慣。我的話太多了。真的應該閉嘴。我應該想辦法做到一個星期不說話，管束自己。我一直想去聖公會的修道院靜修，可是我不喜歡三位一體論。」

「你有女朋友嗎？」法蘭西斯問。

「我訂婚了。」克雷登說。「當然，我的年紀不夠大，錢也不夠多，沒辦法太過鋪張，不過我給安妮．莫契森買了一只仿造的祖母綠戒指，我是用今年除草的工錢買的。我們準備等她一畢業就結婚。」

一提到那女孩的名字法蘭西斯整個人往後縮。一道黯光從他靈魂深處放射出來，照見一切，茱莉亞、男孩、椅子，全都現出了他們的原色。就像說變就變的天氣。

「我們打算要組一個大家庭，」克雷登說。「她父親是個可怕的酒鬼，我也一直都很衰，我們希望生很多孩子。啊，她太棒了，韋德先生，韋德太太，我們倆有太多共同的地方。我們的喜好全部都一樣。去年我們竟然不約而同地寄了相同的聖誕卡片，我們都對蕃茄過敏，我們連眉毛都長一個樣，都是中間連起來的一字眉。好了，晚安。」

茱莉亞陪他走到門口。她回到客廳，法蘭西斯說克雷登懶惰、不負責任、裝模作樣、臭氣沖天。茱莉亞說法蘭西斯度量太小，不能容人；這孩子到底還年輕，應該給他機會。茱莉亞知道法蘭西斯最近亂發脾氣的事還不只這一樁。「萊特森太太邀請大家參加她的結婚週年紀念，席地嶺每一個人都邀請了，除了我們，」她說。

「真是遺憾，茱莉亞。」

「你知道他們為什麼不邀我們嗎？」

「為什麼？」

「因為你羞辱了萊特森太太。」

「你知道這事？」

「瓊恩．麥斯特生告訴我的。她就站在你後面。」

茱莉亞踩著小碎步走到沙發前面，法蘭西斯知道這是她生氣的表現。

「我是羞辱了萊特森太太，茱莉亞，我故意的。我從來不喜歡她開的派對，她沒有邀我們，我很高興。」

「那海倫呢？」

「海倫跟這有什麼關係？」

「決定誰可以去參加聚會的人是萊特森太太。」

「你是說她可以不讓海倫去參加舞會？」

「是的。」

「我倒是沒想到這個。」

「哼，我就知道你不會想到這個，」茱莉亞立刻見縫插針，大聲地說。「這實在太讓我生氣了，因為你的愚蠢你的不顧別人，毀了所有人的幸福快樂。」

「我不認為我毀了所有人的幸福快樂。」

「席地嶺都是萊特森太太在打理，她已經管了四十年。我真不知道你是怎麼想的，在這樣一個社區裡，你竟敢這麼任性地羞辱別人，不講道理、尖酸刻薄。」

「我是很有禮貌的，」法蘭西斯努力想要把這個晚上的氣氛改變一下。

「去死吧你，法蘭西斯．韋德！」茱莉亞口沫橫飛地吼著。「我拚了命地努力在這個地方建立好我們的社會地位，我絕對不會眼睜睜看著你把這一切給毀了。你要搞清楚，你既然住在這兒，就別想做一隻躲在洞裡的熊。」

「我總可以表現我的喜歡和不喜歡吧。」

「你可以把你的不喜歡隱藏起來。用不著事事都強出頭，像小孩子一樣。除非你就是想當社交毒藥。我們經常受人邀約可不是天上掉下來的！海倫有那麼多的朋友也不是天上掉下來的。你覺得每個星期六晚上都是去看電影怎麼樣？在開舞會的晚上就只有你女兒坐在窗口，聽著俱樂部那邊傳過來的音樂聲，你覺得怎麼樣？你覺得……」他莫名其妙的做了一件事，不過，也不能說莫名其妙，因為她的話好像在他們之間豎起了一堵炮聲隆隆的牆，他受不了。他一巴掌摑在她的臉上。她一個踉蹌，然後，只一會兒工夫，她似乎沒事了。她上樓走去他們的臥房。她沒有用力甩上門。過了幾分鐘，法蘭西斯跟上去，發現她在收拾行李箱。

「茱莉亞，真的對不起。」

「沒關係。」她說。她在哭。

「你要去哪裡？」

「我不知道。我剛剛看了火車時刻表。十一點十六分有一班去紐約的。我就搭這班車。」

「你不可以去，茱莉亞。」

「我沒辦法待在這裡了。我知道。」

「對萊特森太太的事情，我道歉，茱莉亞，我……」

「這跟萊特森太太沒有關係。問題不是這個。」

「那問題是什麼呢？」

「你不愛我了。」

「我當然愛你，茱莉亞。」

「不，你不愛了。」

「茱莉亞，我真的愛你，我真的希望我們像過去那樣，甜甜蜜蜜，不管別人，愛怎樣就怎樣。只是現在周圍的人太多了。」

「你討厭我。」

「我沒有討厭你，茱莉亞。」

「你自已並不知道你有多討厭我。我覺得這是下意識的。你沒有體會到你對我做了多少殘酷的事。」

「哪些殘酷的事，茱莉亞？」

「那都是受你的下意識驅使做出來的，就為了表現你對我的討厭和嫌棄。」

「我不明白。」

「我指的是你那些髒襪子、髒睡衣、髒內衣、髒襯衫哪！」她離開手提箱，直起身子，面對他，她兩眼冒火，聲音激動。「我說的是你從來不會把東西掛好。你總是把衣服丟得一地，脫在哪裡就留在哪裡，你這都是在羞辱我。你都是故意的呀！」她倒在床上，不停啜泣。

「茱莉亞，親愛的！」他說，他的手才搭上她的肩膀，她就站了起來。

「走開，」她說。「我非走不可。」她迅速擦過他身邊，到衣櫥拿了件洋裝過來。「你給我的東西我一樣都不拿，」她說。「珍珠首飾還有皮草外套。」

「噢，茱莉亞！」她對著手提箱，彎著腰，一副無助可憐的模樣，令他疼惜不已。她不了解沒有了他，她的人生會多麼淒涼。她不了解，職業婦女有多麼辛苦。她不了解她這許多朋友是因為他們的婚姻而存在，沒了婚姻，她就會發現自己是多麼孤單。她對旅行、旅館、金錢完全不了解。「茱莉亞，我不能讓你走！你不了解，茱莉亞，你已經依賴我慣了。」

她甩過頭，兩手遮著臉。「你是說我都要靠你？」她問。「你是這個意思嗎？是誰每天早上跟你說該起床了，晚上告訴你該睡了？是誰為你準備三餐，撿你的髒衣服、邀請你的朋友來家裡吃飯？要不是有我，你的領帶上全是油漬，你的衣物會全是蛀洞。我認識你的時候，你是孤孤單單一個人哪，法蘭西斯．韋德，現在我要離開你，你又是孤孤單單一個人了。當年我媽跟你要我們結婚請帖的名單，你給了她幾個人？十四個！」

「克里夫蘭不是我的家鄉，茱莉亞。」

「後來你的朋友到教堂來了幾個人？兩個！」

「克里夫蘭不是我的家鄉，茱莉亞。」

「那件皮草外套我沒拿，」她平靜地說，「你最好還是把它放回保管庫裡。珠寶首飾的保險一月份到期。洗衣店和女傭的電話號碼，那些東西都在我桌上。我希望你酒別喝得太多，法蘭西斯。我希望你一切平安無事。要是真的出了大麻煩，你可以打電話給我。」

「噢，親愛的，我不能讓你走啊！」法蘭西斯說。「我真的不能讓你走，茱莉亞！」他一把將她摟在懷裡。

「我看我還是留下來再照顧你一陣子吧，」她說。

第二天早上法蘭西斯搭車上班，他看見那女孩走在車廂的通道上。他很驚訝；他沒想到她是在市區上學，她帶著書本，顯然是去上學。他的驚訝耽擱了他的反應，不過他還是本能地，呆呆地起身，踏進了通道。雖然有幾個人夾在他們中間，他仍然看得到她走在前面，等著人打開車門，這時車身忽然偏斜，她伸出手撐住自己，然後跨過踏板走到下一節車廂。他跟著她走過去，半路上他出聲叫喚她的名字：「安妮！安妮！」她沒有回頭。他再跟隨她往下一節車廂走，她在靠走道的一個位子坐了下來。他跟上去，他的心，他的熱情一面倒地倒向她的方向，他一手搭在她的椅背上，即便這樣的碰觸也令他興奮無比。不過當他彎下腰準備跟她說話時，竟發現那不是安妮。是一個戴著眼鏡有點年紀的女人。他只好當作沒事似的繼續往另一節車廂走，他滿臉通紅，因為尷尬，更因為自己的誤判，他的判斷力受到了嚴重的挑戰；假如他連人都會認錯，那麼憑什麼證明他跟茱莉亞和孩子們在一起的生活是真，他在巴黎的那些胡作非為的夢境，或是那些雜亂，那些大麻的煙味，那些情人巷裡像山洞似的樹林是假呢。

那天下午，茱莉亞來電話提醒法蘭西斯晚上有飯局。幾分鐘後，崔斯・貝爾登來電話。「嗨，老弟，」崔斯說。「我是為湯瑪斯太太來的。你知道吧？克雷登，她的兒子，好像找不到工作，不知道你能不能幫個忙。要是你肯打個電話給查理・培爾，我知道他欠你一份人情，幫那孩子說兩句好話，我想查理一定會……」

「崔斯，我實在不該說，」法蘭西斯說，「對那孩子我大概幫不上什麼忙。那孩子不值得。我知道不該這麼說，可這是事實。誰幫他最後都會弄得很難堪。他真的一無是處，崔斯，幫不了啊。就算我們給他找了份差事，他連一個星期都保不住。這是事實。真的很糟糕，崔斯，我清楚得很，依我看不該向別人推薦他，而是應該提醒，那些認識他父親，理所當然想出手幫忙的人。我覺得有責任提醒他們。他是個小賊……」

談話結束，雷尼小姐走進來站在他辦公桌邊上。「我不能再為你效勞了，韋德先生，」她說。「如果需要，我可以待到十七日，不過新工作急著要我過去，我想盡快離職。」

她走出了辦公室，留下他一個人獨自面對剛才數落湯瑪斯男孩的一大堆壞話。照片上他的四個孩子在開懷大笑，好一個色彩亮麗的夏天，他還記得那天在沙灘上他們遇見一個風笛手，他出一塊錢叫那吹風笛的人吹蘇格蘭高地警衛隊的軍歌。他回家的時候那女孩又會在屋裡。他又會跟那些好鄰居們共度一個晚上，又會開車經過那些小街死巷，拖車軌道，和那些沒人住的破房子。沒有任何東西可以舒緩他的情緒，笑聲也好，跟孩子們打壘球也好，都沒法改變。加上，回想起墜機事件，回想起法克森家新來的女傭，回想起安妮．莫契森跟她那個酒鬼父親之間的問題，他真不知道自己該如何自處。他被困住了。他曾經有過一次迷路的經驗，那是從北邊森林一條溪流釣鱒魚回來的時候，現在他又有了相同的體認，不管有多少快樂、希望、勇氣、堅持，都幫不了他，都沒有辦法教他找回迷失的路徑。在這一片越來越濃重的黑暗裡，他聞著森林的氣味，淒涼的感覺居然如此的難以承受。他清楚地看見自己處在一個必須做出選擇的關鍵點上。

他可以去看心理醫生，像雷尼小姐那樣；他可以上教堂作告解，告解自己的欲念；他可以到西七十街區去找一間丹麥式的按摩館，有個推銷員曾經向他推薦過；他可以強姦那女孩，他也相信他可能做不到；再或者他可以去買醉。這是他的人生，他的船，就像其他所有的男人一樣，他是萬千父親中的一個，一次忘我的幽會對兩個人到底會有多少傷害？這條思路是錯誤的，他回到最初的想法，去找心理醫生。他有雷尼小姐看診的醫生電話，他打電話要求當日掛號。他和醫生的祕書爭持了很久，這是他一貫處理公事的方式，祕書說往後幾個星期的預約已經額滿，在法蘭西斯的強勢要求下，終於他約到了當天的下午五點。

醫生的辦公室在一棟有著很多大夫和牙醫的大樓裡，走道上充滿了漱口水的糖味和病痛的記憶。法蘭西斯的個性是因著一連串私下的堅持所形成的——堅持乾淨，堅持完成高臺跳水，或是重複其他高難度的挑戰，堅持守時、守信、守德。放棄這份在全然的孤單中努力了大半生的堅持，使他陷入一種極度震驚的狀態。他迷惘困惑。他前來朝聖的這塊寶地，其實就跟一般的診所沒什麼兩樣，簡單居家型的陳設：有骨董、咖啡桌、有盆栽，有白雪覆蓋的橋梁和大雁飛翔的版畫，只是這裡沒有孩子，沒有雙人大床，沒有爐火，甚至沒有人會在這棟虛假的屋子裡過夜，垂著窗簾的窗子望出去只是一個黑暗的通風井。法蘭西斯把姓名地址遞給祕書，忽然看見有一名警察從房間一側朝著他走過來。「站住，站住，」警察說。「別動。手不許動。」

「我看沒事啦，警官，」祕書說話了。「我覺得沒……」

「還是要確認一下，」警察說，他動手拍打法蘭西斯的衣服，是要搜查手槍、刀子、冰錐？結果什麼也沒有，他走開了，祕書緊張得不斷道歉：「你下午來電話的時候，韋德先生，你好像非常激動，因為有一個病人一直在威脅我們醫生，我們不得不謹慎。您現在進去好嗎？」法蘭西斯推開一扇連著音樂電鈴的門，進入醫生的診間，他重重地坐下來，拿手帕擤了擤鼻子，再把手伸進口袋裡，不知是掏香菸還是火柴，或是其他什麼東西，他啞著嗓子含著眼淚說：「我戀愛了，賀佐格醫生。」

大概一個星期或者十天以後，在席地嶺。七點十七分的火車來了又開走了，這時候晚餐大都吃過了，碗盤也都進了洗碗機裡。整個村子，無論在道德、在經濟，都像是懸在一根線上；只是現在這根線是在向晚的暮色裡。唐納．葛斯林又開始為〈月光奏鳴曲〉掛心了：「每一個音符都要強音，但是要輕要柔！」就好像在擰乾一條溼漉漉的浴巾，而女傭根本不理他。她在寫信給廣播電視名人亞瑟．戈弗雷。地下室裡，法蘭西斯．韋德正在打造一張咖啡桌，賀佐格醫生認為做木工也是一種療法，法蘭西斯確實從這個跟簡單的算術沾上邊的活兒裡，從新鮮木頭的香氣裡得到了真實的慰藉。法蘭西斯很快樂。樓上，小托比在哭，因為他太累了。他摘下牛仔帽、手套、有流蘇的夾克，解開釘著金片和紅寶石裝飾的皮帶，銀色的子彈和槍套，他退下褲子吊帶、格子襯衫和牛仔褲，再坐上床沿脫掉他的高筒馬靴。他把所有的裝備疊成一堆，再走去衣櫃，把掛勾上的太空裝取下來。穿上那條緊身長褲花掉他不少力氣。他披上魔術師的斗篷，爬上床腳的踏板，張開雙臂，飛了下來，踏板離地板太近，他著地的時候發出好大的砰地一聲，除了他自己，家裡的人全聽見了。

「快回家，葛露蒂，快回家去，」麥斯特森太太說。「一個小時前我就叫你回家了，葛露蒂。早都過了你吃晚飯的時間啦，你媽會擔心的。快回家去！」白考克家陽臺的門突然飛開，白考克太太一絲不掛地衝了出來，赤身露體的丈夫在後頭追著（他們的孩子都是住校生，他們的陽臺用樹籬擋著）。過了陽臺，就是廚房的門，他們的熱情奔放如同威尼斯牆上隨處可見的寧芙和薩提爾。在花園裡剪完最後幾朵玫瑰的茱莉亞，聽見老尼克森先生在罵那幾隻霸占他餵鳥臺的松鼠。「流氓！無賴！走開，別再讓我看到！」一隻狼狽的貓晃進了園子，一副全身上下都不自在的樣子。牠頭上綁著小草帽，洋娃娃的帽子，身上扣著一件洋娃娃的衣裳，牠長長的毛尾巴露在裙子外面。牠一路走，一路甩著腳，就像剛剛掉進了水裡似的。

「來，咪咪，咪咪，咪咪啊！」茱莉亞叫著。

「來，咪咪，來啊，可憐的咪咪！」貓不信任的地瞥她一眼，搖擺著裙子蹣跚地走開了。最後出現的是邱比特。牠蹦過番茄藤，大嘴裡咬著半截拖鞋。忽然天就黑了。這是穿著金色服飾的王者們騎著大象翻山越嶺的夜晚。

女公爵

假如你碰巧是煤礦工的兒子，或者（像我一樣）在麻塞諸塞州的一個小城裡長大，跟一位有身分有地位的女公爵交往，就有可能引起一些不好的想法，但是她十分美麗，美麗這件事與身分地位毫無關係。她苗條，但不瘦。她高挑。一頭灰金色的秀髮，精巧細緻的額頭和這座以灰石與大理石為基調的羅馬宮殿特別契合。她住在這裡，這是她的皇宮，即便她出了宮殿，沿著河畔漫步去做彌撒的時候，也無損於她的光采。就算把她和聖安德烈教堂屋頂上那些聖者與天使的石像並列，也只會令人感到驚喜而不是驚恐。這裡說的不是導覽手冊上的古城，而是今日的羅馬，它的魅力不在於月光下的古羅馬競技場，或是被驟雨打溼的西班牙階梯[41]，而是一座偉大古老的城市在承受劇遷下的淒楚。我們現今是活在一個只要溪裡有鱒魚，就算再遠的河岸也會被漁夫的鞋底踏平的世界，從中古世紀的高牆內飄進當下花園裡的樂曲，是薇妮·席格爾唱的一首老歌，〈神魂顛倒〉。堂娜·卡拉，就和你和我一樣，一隻腳仍然踩著過去。

41 指的是西元一七二三—一七二五年完成的，全歐洲最長最寬的戶外階梯，共一百三十五階，位於羅馬，與西班牙廣場連接。

她是堂娜·卡拉·馬弗利歐龐莫多里，也是韋瓦瓜·帕第爾·朱斯提女公爵，等等……諸如此類。不過不管在哪裡，她都是個美女，很正常，但是若是在羅馬，她的藍眼睛、白皮膚、燦爛的金髮就太特別了。她說起英文、法文，和義大利文的好壞程度都差不多，唯獨義大利文寫得最為正確。她如果用英文寫社交信函會變成這樣：「堂娜·卡拉多卸你送的發」、「堂娜·卡拉有幸清你光鈴」……等等。她位在臺伯河畔的宮殿已經改成了商店，她住在主樓層。上面兩層樓當作公寓出租。但整體來說她還是擁有四十個房間。

大多數的旅遊指南都有宗族史的介紹，多用小號的字體印刷，在義大利不管你走到哪裡，從威尼斯到卡拉布莉亞，都有可能碰上馬弗利歐－龐莫多里四散在各處的石堆。宗族裡出過總督，三個教皇，三十六個紅衣主教，也有不少貪婪、兇惡和陰險的貴族。卡密洛大君娶了普勒維公主，她為他生了三個兒子之後，他就給她冠上一個通姦的罪名，把她給踢了出去，還把她的土地全部占為己有。卡密洛大君和他的兒子在用晚餐時遭殺手行刑式地處死，這些殺手受雇於卡密洛大君的叔叔馬康東尼歐。馬康東尼歐被柯西默的手下勒死，柯西默又被他的姪子安東尼歐關進了監獄。羅馬的皇宮原本就有地牢，它位在一間密室底下，密室的地板是活動的，利用蹺蹺板的原理。要是不小心走過或是被人推到機關上，就會墜入坑洞，永世不得翻身。這一切都是十九世紀以前的事了，那時候上面的樓層還沒有改造成公寓。堂娜·卡拉的祖父母是典型的羅馬貴族。他們過分矜持拘謹，甚至把舞廳裡情色壁畫全部撤換。吸菸室裡有一座他們兩個人的大理石雕像。雕像跟真人一樣大小，看上去彷彿隨時都會走到臺伯河畔的小路上散步似的。大理石帽子、大理石手套、大理石手杖，甚至他的大理石外套上還附著大理石的毛皮領呢。就連最沒品的管理員也不敢收賄把它撤掉。

堂娜·卡拉出生在托斯卡尼，韋瓦瓜的宗姓村，她的雙親像放逐似的在那裡住了許多年。她父親是個清心寡欲的人，果敢、虔誠、公正，也是一大筆遺產的繼承人。年輕時候在英國打獵，嚴重摔傷。手臂和腿全斷了，頭蓋骨也碎裂，還壓垮了好幾節椎骨。他的父母專程從羅馬趕到英國，在當時這是不得了的長途旅行，他們足足待了三天，等他們的寶貝兒子恢復知覺清醒過來。當時他們以為他沒辦法再走路。但他的復原能力著實驚人，不過也花了兩年的時間才踏出第一步。之後，在兩根拐杖，和一個大胸脯護士名叫溫妮芙雷-梅·波登的攙扶下，他跨過療養院的門檻走進了花園。他把頭抬得高高的，帶著笑容，一步一停，彷彿在說他不是走不穩，是因為花園和空氣令他太愉快而放慢了腳步。六個月之後他終於回到羅馬，同時也帶回了他和溫妮芙雷-梅·波登結婚的消息。她給予的，無疑地，是他的人生。身為高尚的貴族，除了向她交出自己，還能用什麼作為回報呢？無論在羅馬、米蘭還是巴黎，這一驚非同小可。他的父母傷心不已，可是他們知道他從小就是這副牛脾氣。愛他如同自己性命般的父親說了重話，只要他活著，溫妮芙雷-梅休想踏進羅馬的大門一步，她確實沒有進去過。

堂娜·卡拉的母親是一個高大開朗的女人，一頭鳥窩式的亮橙色頭髮，一副大姊大的架式。她學會的義大利語只有「Prego」與「Grazie」[42]她還把這兩個字的發音變成了「Prygo」和「Gryzia」。在放逐韋瓦瓜的那幾年，她喜歡種花種草。她對園藝的品味深受英格蘭火車站周邊花園的影響，她把丈夫的名字，柯西莫，拼寫在三色堇和一小塊心型的朝鮮薊菜圃上。她喜歡炸魚和薯

42 「請」與「謝謝」。

條，連當地的農夫都覺得她很可笑。要說公爵對於他的婚姻有所不滿，那唯一的證據就是，在他英俊的臉上偶爾會出現一副迷人的、拿她沒轍的表情。對他這位妻子，他永遠疼愛、敬重、維護。堂娜・卡拉十二歲時，祖父母過世。哀悼一段時日之後，溫妮芙雷－梅和公爵便由人民聖母殿的大門正大光明的進入了羅馬城。

溫妮芙雷－梅大概看多了以大為尊的公爵式風格，對臺伯河畔的宮殿也不以為奇。他們在羅馬的第一晚就定下往後的生活模式。「既然我們又回到都市生活了，」她說，「而且這裡什麼商店都有，我去買些新鮮的魚，寶貝，像你住院時候那樣，炸魚給你吃？」公爵贊同的笑容裡盡是滿滿的愛。她在魚市場對著烏賊鰻魚大呼小叫，最後選了一條很好的比目魚，一回到家她就進廚房炸魚，再配上一些馬鈴薯，一旁的僕人含淚看著，眼看著這樣一棟偉大的房子就此垮臺。晚餐後，按照在韋瓦瓜的習慣，她唱歌。照她那些死對頭的說法，她曾經在英國的一些音樂廳踢著裙襬唱小曲是假的。他在當護士之前是在音樂廳裡唱過歌，不過她唱的是《泰伊斯歌劇》中的〈冥想曲〉，和〈曼德拉之路〉。她在毫無才華的表現上非常徹底；很驚人。她似乎有心把沒有才華的這一面攤在陽光下接受檢驗，完全沒在怕。她在鋼琴上忽高忽低，亂彈一通，但是怡然自得，超有自信。對於妻子的表現，公爵總是眉開眼笑，從來不拿他年輕時的消遣娛樂互作比較，那時候的他和保母站在舞廳的看臺上，看著一位帝，兩位王，三位后，還有一百三十六位大公和公爵夫人跳著方塊舞。溫妮芙雷－梅唱足了一個小時，然後兩人關燈上床睡覺。在那些年裡，有一隻貓頭鷹在宮殿的高塔上築了巢，貓頭鷹洪亮的叫聲比甚至蓋過噴泉的聲音。這讓溫妮芙雷－梅想起了英格蘭。

羅馬從來不想接受溫妮芙雷－梅的存在，但是一個可愛的女公爵，同時又是一個億萬富婆，這事就不能等閒視之了，堂娜．卡拉正是歐洲最有錢的一個女人。如果有上門求婚的人，溫妮芙雷梅都得仔細考慮，求見的都是名門貴族。她繼續烹飪、縫紉、歌唱、編織，我行我素。她也惹人反感。她會在烤腰花派餅的時候叫那些上門的貴族進廚房。她把客廳裡的家具全部罩上她縫製的大花布罩。她直截了當的抱怨宮裡老式的衛生設備。她安裝了一臺收音機。又在她的堅持之下，公爵聘了一個名叫塞西．史密斯的英國男孩當他的祕書。這個史密斯就連英國人都不喜歡他。當他在早晨的陽光中走下西班牙階梯時，教人想起米德蘭茲工業區[43]。他有史度城[44]的味道。他是個高個子，褐色捲髮像窗簾似的蓋在額頭上。他總是穿著英格蘭寄來的衣服，顏色很暗，又不合身。加上他那副小心翼翼，擔心害怕的樣子，更給人一種埋在衣服堆裡的感覺。他戴睡帽，手套，穿汗衫，膠鞋，每次和溫妮芙雷梅喝茶，接茶的時候，他內衣的袖口就會露出來。他文質彬彬。他在公爵辦公室裡總是戴著袖套和眼罩，他在公寓裡用煤氣爐煎香腸和馬鈴薯。

但是這些縫紉、歌唱、炸魚炸薯條的氣味和那位塞西．史密斯，對於有所求的貴族們來說也只好不予理會。因為一想到堂娜．卡拉的美麗優雅和她的億萬家財就令貴族們暈頭轉向，不動心也難了。她才十三、四歲的年紀，有潛力的追求者們便開始勤跑皇宮。她倒是一視同仁，對大家都很好。小小年紀已經有了小女人的氣質和風度。她不是一個嚴肅的女孩，但也絕不會放縱失態，某位

43 Midlands，英國中部地區。

44 Stroke-On-Trent，特倫特河畔的斯托克，又稱史度城，隸屬西米德蘭茲區，以瓷器聞名於世，有英國瓷都之稱。

伯爵夫人提到她兒子對她的評語，說她就像童話故事中的公主，一個從來不放肆大笑的公主。這番觀察確有幾分道理，因為這個評語就此生了根；人們不斷重複著這個評語，他們真正的想法是，儘管她的外表光鮮亮麗，內在卻總是有著一股哀傷，或者，束縛的氛圍。

這是三〇年代的義大利，一個在街上遊行、抓人、暗殺，不見天日的十年。塞西．史密斯在戰爭爆發時回到英格蘭。在那段時間上們求婚的人幾乎是零。跛腳的公爵是標準的反法西斯主義，他告訴大家墨索里尼是惡人，是毒害，但是他並沒有像其他那些口不擇言的人被關進監獄；可能是因為他的官階，或者是他病弱的身子，也可能是因為他在羅馬的聲望。不過戰爭開打以後，這個家族被迫閉門思過。人們誤以為他們同情同盟國，一天只准出宮一次，去聖喬凡尼做早或晚的彌撒。一九四三年九月十日的夜晚，他們在床上熟睡。貓頭鷹嗚嗚地叫著。老管家路易基把他們叫醒，說大廳來了一個信差。他們趕緊穿好衣服下樓。信差裝扮成農夫模樣，公爵一眼就認出他是老友的兒子。他告訴公爵德國人即將沿著高槐路進入羅馬市區。總司令出一百萬里拉取公爵的人頭；絕不妥協。他們必須即刻動身，徒步走到賈尼庫洛山上指定的地點。溫妮芙雷－梅聽見貓頭鷹在塔樓裡呼叫，她從未像現在這麼思念英格蘭的家鄉。「我不想走，親愛的，」她說。「如果他們要來殺我們，就讓我們在自己的床上受死吧。」公爵憐愛地微笑著，為她開了門，迎向一個動盪不安的羅馬夜晚。

街道上已經出現德國的巡邏隊。河岸的路很長，他們又太顯眼——一個不斷哭泣的英國女人、一個柱著拐杖的公爵，和一個美麗優雅的女兒。在這一刻人生的感覺何其玄妙！公爵行動緩慢，不時得停下來歇息，但即使再痛，他也不肯顯露出來。他抬起值一百萬里拉的頭，機警地四處張望，彷彿在觀察或是欣賞這個舊城市的變化。他們分開走不同的橋過河，然後在一家理髮店會合，理髮店的人帶他們進入地下室喬裝改扮。把皮膚抹黑，還染了頭髮。在黎明前他們窩在一大堆家具裡面離開羅馬城，當天晚上到達山上的小村莊，躲在一戶農家的地窖裡。

小村莊連著被砲轟兩次，幸好只炸毀外圍幾棟建築和倉庫。農家也被德國人和法西斯黨羽搜查過十幾次，好在公爵總是提前收到密報。村子裡，大家稱他們是朱斯提先生和朱斯提太太，溫妮芙雷－梅很介意這事。她明明是馬弗利歐－龐莫多里公爵夫人，大家應該知道她是誰。堂娜・卡拉倒是很喜歡做卡拉・朱斯提。一日，她走去洗衣槽跟別的婦女一起洗衣服聊天，開心過了一上午。回到農家，溫妮芙雷－梅大怒。她是堂娜・卡拉；千萬要記住。幾天後，溫妮芙雷－梅看見堂娜・卡拉在噴泉邊上，一個婦人在教她怎麼把銅罐頂在頭上，她把女兒叫回家，再次嚴厲地叫她記住自己的身分。堂娜・卡拉總是乖乖聽話，她的開朗絲毫沒受影響，只是往後她再也不頂水罐了。

羅馬重獲自由之後，公爵一家回到城市，發現德國人把皇宮洗劫一空；於是他們退避到南方的一棟宅子裡，等候戰爭結束。有一個政府部門希望公爵去處理情報方面的消息，他拒絕了這項邀請，理由是年歲大了；而事實是，他心裡只有國王，君臣的觀念根深柢固。宮裡許多遺失的名畫和珍寶後來都在一座鹽田裡找到了，終於物歸原主。塞西・史密斯也回來了，他戴起袖套繼續總管那些未受戰火損傷的財物。追求者們又開始上門求見堂娜・卡拉。

戰後第二年，進宮求婚的共計有一百十七人。有老實的，有不老實的，有得血友病[45]的，甚至

45 多為遺傳，為一種無法凝固血液的疾病。

還有許多表兄弟。堂娜．卡拉有婚姻自主的特權，她不假辭色的把他們全部送出門。這些人都是些虛有其表的空心大少。他們躺在精品大飯店的床上，一個個都在夢想著如何利用她的億萬財富。城堡的屋頂可以修繕。排水系統可以安裝。庭園可以整頓。馬匹也可以養得又肥又壯。當她二話不說地把他們送出門的時候，她不僅得罪了他們的人，更得罪了他們的夢想。她把他們逼回破落的城堡，衰敗的庭園；把他們打回一籌莫展的窮酸身分。生氣的人很多，但他們仍舊不死心地繼續上門。就因為她回絕太多的求婚者，驚動了梵蒂岡，教宗召見她，提點她必須記住自己的責任，要以家族和世代的名聲為重。

原以為溫妮芙雷-梅的貴族計畫已經落空作罷，想不到她對堂娜．卡拉那些追求者的世襲血統竟有極大的興趣，而且強力擁護她屬意的人選。這件事使得母女之間產生了一些芥蒂，甚至造成了溫妮芙雷-梅單方面的惡言相向。求婚者一批一批地來，一批一批地走，結婚這個主題卻仍然沒有提起。這時，堂娜．卡拉的告解神父建議她去看一位心理醫生，她很願意。她從來沒有不願意配合的事。他為她預約了一位誠信天主教的老醫生。老醫生和哲學家克魯齊大師是朋友，診所的牆上就掛著這位哲學家一張裱了框的大照片，不過堂娜．卡拉根本不在意這些。他先請女公爵坐在椅子上，問了幾個問題之後，就請她躺到長榻上。那是件很大的家具，榻上鋪著磨損不堪的皮面，少說也是弗洛伊德那時候的東西了。她優雅地走向長榻，然後轉身說：「要我在一位紳士面前躺下來，不太可能吧。」醫生明白她的意思；這真的是個難關。她似乎對長榻非常好奇，但是她沒有辦法擺脫從小的教養，最後只能說再見。

公爵漸漸老了。他走路也越來越痛苦困難，但疼痛並沒有改變他英俊的面貌，仍舊神采奕奕。

看到的人心裡想的都是：吃肉、游泳，爬山真好；這樣的生活真快活。他把他的清廉正直傳承給了堂娜·卡拉，還有他簡單低調的生活理念。他吃平價美食，穿戴整齊坐三等車廂，在去韋瓦瓜的路上，他的午餐就是簡單的餐盒。他對收藏的畫作維護得非常好非常乾淨，在這方面他很肯花錢，但是對於會客室裡佈滿灰塵的椅子和蠟燭臺，多少年都不去清理。堂娜·卡拉開始對自已繼承的東西有了興趣，她會去塞西·史密斯的辦公室查閱帳本。一位美麗的羅馬貴婦跑去查帳的舉動引起不少閒言閒語，這或許就是她名聲上的一個轉折點吧。

確實是一個轉折點。她的生活並不見得孤單寂寞，只是她的矜持給人這種錯覺，加上她和之前那些求婚者樹敵的緣故，更是落人口實。有人說公爵的美德就是吝嗇，有人說這一家人的品味幾近愚蠢。有人說這一家人只吃麵包屑和沙丁魚罐頭，整座豪宅裡只有一盞電燈泡。有人說他們已經瘋了，三個人全瘋了，他們準備把上億的財產統統留給幾隻小狗。還有人說堂娜·卡拉在民族街的店舖裡偷竊被捕。有人親眼看見她在高索街偷了十里拉的東西塞進包包裡。有一天，他們的老管家路易基倒在大街上，救護車把他送進醫院，有人說診所的醫生發現他快要餓死了。

共產黨掌權之後開始攻擊堂娜·卡拉，說他是標準的封建主義餘孽。下議院一名共產黨議員在演說中指名女公爵不死，義大利就翻不了身。韋瓦瓜村子裡共產黨贏了地方選舉。在農地收成之後她去那兒查帳。因為她父親身子太弱，史密斯又太忙。她還是遵照父親的訓示，坐三等車廂。穿著寒酸的車伕駕著老舊的篷車在車站等候她。她坐上去時，皮墊揚起一陣灰塵。馬車進入村子圍牆下方的橄欖林，有人朝她扔石頭。石頭擊中堂娜·卡拉的肩膀，另一塊擊中她的大腿，再一塊擊中她的胸部。馬車伕的帽子也被擊落了，他用力抽馬鞭，可是這匹馬習慣平常犁田的速度，一時改不過來。忽然一塊石頭打中車伕的額頭，鮮血噴出來，流到眼睛裡，他只好放下韁繩。那馬便自己走到路邊去吃草。堂娜．卡拉下了篷車。躲在橄欖林裡的幾個人逃跑了。她拿圍巾包紮好車伕的頭，拎起韁繩，駕著馬車進入村子，村子裡到處都寫著「堂娜．卡拉去死！女公爵去死吧！」街上一個人也沒有。城堡裡的僕人很忠心，他們幫她處理傷口和瘀青，再奉上茶水，大家都哭了。第二天早上她開始查帳，佃戶們一個個進來，她對昨日的事隻字不提。她認出其中幾個就是攻擊她的人，她仍然優雅又耐心的跟他們一起查帳。三天後她再度經過橄欖林到達車站，坐三等車廂回羅馬。

她在羅馬的名聲並沒有因為這個事件有所改善。有人說她狠心地把門口一個挨餓的孩子趕走，有人說她貪財到喪心病狂。她把家裡的名畫走私到英格蘭發了一筆橫財。她變賣珠寶首飾。羅馬貴族精明能幹是好事，但圍繞著堂娜．卡拉的都是狡詐陰險的傳聞。甚至還人說她的美貌大不如前。她老了。人們胡亂揣測她的年紀。有的說她二十八歲。有的說三十二。有的說三十六。還有的說三十八。她依舊是臺伯河畔一個熟悉的身影，端莊可人，秀髮亮麗，笑容輕淺。只是，事實真相到底如何呢？如果真有一位落魄的德國王子，上門來喝茶求婚的時侯，會發現什麼呢？

一個星期天下午，五點，伯恩斯特拉瑟－法爾肯堡王子來到宏偉的拱門下，走進有橘林和噴泉的庭園。他四十五歲，有三個私生子女，還有一位在大酒店裡等著他的快樂情婦。仰望宮牆，他禁不住想著，要是有了堂娜．卡拉的財富該有多好。他可以清償債務。他可以給年老的母親買浴缸。他可以修屋頂。一個穿著黃制服的老管事出來帶路，路易基推開雙開門，進入了有著大理石樓梯的門廳。堂娜．卡拉就站在昏暗的暮色中等候著。「勞您大駕光臨，」她用英文說。「很暗，對不對？」她纖弱有如音樂般的聲音在石頭上輕輕迴盪。門廳很暗，他看得出來，不過這只是一半的原因，王子很快感受到這昏暗是為了不想讓他看到這裡的空曠。這年輕女子似乎對他頗有好感，也許是因為對方了解她的尷尬，了解她在這樣的環境下見客的窘境，了解她其實很希望這裡只是平常人家的玄關，兩個好朋友約了在星期天的下午見面。她向他伸出手，也為父母不能在場感到抱歉，她說他們身體不太舒服（這不能算完全正確；溫妮芙雷－梅確實感冒了，但老公爵是在看電影長片）。

王子見她美麗動人十分欣喜，她穿著絲絨衣裳，還擦了些香水。他看不出她的年紀，距離很近，他只看見她的面孔相當蒼白憔悴。

「前面還有一段路，」她說。「我們走吧？客廳，唯一有地方坐的房間在皇宮的另一頭，沒辦法從後門走，那邊的觀感不太好……」他們從門廳走入空蕩的藝廊。房間光線暗淡，幾百張座椅都用麂皮罩著。王子心想著不知該不該提起那些名畫，他試圖從這位女公爵身上得到一點暗示。她似乎是在等他，但不知她是在等他跟上去，還是在等他抒發感覺？他逮到了機會，停在一幅布朗齊諾[46]的作品前面讚美著。「他處理得乾淨點了，顯得好看些。」她說。王子從布朗齊諾轉到另一位畫家丁托里托[47]。「我們繼續走吧，」她說，「去比較舒服的地方好嗎？」

下一個展示室裡是壁毯，她有些無奈地嘟囔著，「西班牙的。照顧起來很麻煩。全是蛀蟲之類

46　一五〇三—一五七二，出生於義大利弗羅倫薩，一位風格主義畫家。原名 Agnolo Di Cosimo。Bronzino 是他的綽號，可能與他黝黑的膚色和喜用肖像回主題有關。

47　Jacopo Comin（Tintoretto），一五一八—一五九四，文藝復興後期大畫家，威尼斯畫派的三傑之一，他父親是染匠，因此有 Tintoretto 小染匠的綽號。

的。」王子停步欣賞櫃子裡的東西，她也跟著靠過來為他解釋那些物件，他第一次覺察到她複雜矛盾的心理，她的表現顯然很希望人家把她當成一個住在普通公寓裡的平常女人。「青金石的雕刻，」她說。「正中央的這個花瓶大概是世界上最大的一塊青金石了。」忽然，她彷彿意識到，並且後悔自己的失態，他們走進了下一個房間，她問，「你可曾看過這許多沒用的垃圾嗎？」

這間房裡有歷任教宗的搖椅，紅衣主教的深紅色轎子，皇帝、君主、大臣們的小禮物，一路往上堆高到天花板，她的尷尬使得王子亂了頭緒。他到底應該採取什麼方式應對？她的行為舉止不像一個繼承人該有的樣子，究竟為什麼，怎麼會這麼怪，這麼不合情理？擁有那麼多的名畫作品，承載了連續四個世紀的財富權勢，怎麼會是這種奇怪的態度呢？或許，自小在這些冷冰冰的房間裡玩耍的她，早就發現自己非常厭惡住在這樣一座墓碑裡。但無論如何，她必須做出抉擇，如果她看重這些珍寶，那麼，她就得時時刻刻與過去為伍，就像時時刻刻處在欲求不滿中的我們，誰願意這樣呢？

他們的目的地是黑暗的客廳。王子看著她彎下腰，把檯燈的插頭插在踢腳板的插座上，檯燈的光線很暗。

「我把燈座的插頭全部拔掉了，因為有時候僕人會忘記關，羅馬的電費貴得嚇人。啊，我們到了！」她說著，直起身子，很親切地朝著沙發比個手勢，沙發上的絲絨已經破得一條條掛了下來。沙發上頭是一張提香[48]畫的馬弗利歐・龐莫多利第一任教宗的肖像。「我都用酒精燈煮茶，因為等他們從廚房端過來的時間，茶水都冷了……」

他們倆坐著等壺裡的水煮開。她把茶遞給他，臉上帶著淺笑，他很感動，他也不知道為什麼。

感覺上眼前這位迷人的女性，就像他心儀的羅馬，似乎有一種過時的急迫感。她的客廳太舊了一點。她的鼻子太尖了一點。她的優雅，她的口音太做作了一點。她還不至於是那種左手飄在半空中，小指頭往外翹的女人，就像一般人喝茶握茶杯的時候的德行；她的神態她的優雅都沒有什麼瑕疵，王子可以從中感受到那一顆跳動著的，健康真誠的心。但同時，他也感受到她的歲月在陰冷孤寂的床上無情地消蝕，他感受到她的改變多半是因著這樣的人生，白白糟蹋了一個以美妙的聲音就得以撩動男人的處女青春。

「家母對於她此次不能來羅馬感到很遺憾，」王子說，「她要我代為轉達，希望日後您願意光臨我們的家鄉。」

「太好了，」堂娜・卡拉說。「代我謝謝令堂。我相信我們從沒見過面，可是我真的記得你的兩位堂兄弟，奧圖和弗烈德，他們在這兒上過學，你回去的時候也替我向他們問好。」

「您應該去我們家鄉看看，堂娜・卡拉。」

「啊，我真的很希望，可是，以目前的狀況，我沒辦法離開羅馬。太多事情了。樓下有二十間店鋪，上頭還有好多公寓住房。排水管老是迸裂，屋瓦上都是鴿子窩。我還得去托斯卡尼忙收成的事。一分鐘都不得空。」

「我們有很多共同之處，堂娜・卡拉。」

---

48 一四八八—一五七六，Tiziano Vecelli，英語系的國家習慣稱呼他「提香」（Titian），文藝復興後期，威尼斯畫派三傑之一。

「是嗎？」

「畫畫。我愛畫畫。那是我生命中的最愛。」

「是嗎？」

「我好喜歡過您這樣的生活，住在一棟這樣的大宅子裡有著，該怎麼說呢？這麼多光輝燦爛的藝術真跡。」

「你說的是真的？我其實沒那麼喜歡這些東西。啊，我可以從一幅美麗的瓶花畫裡看到美德，但是在現實裡沒有啊。這裡我看到的全是磨難，裸露和殘暴。」她把披肩攏得更緊。「我真的不喜歡。」

「您知道我來的目的嗎，堂娜．卡拉？」

「非常清楚。」

「我出生名門。我不年輕了，不過身強體壯。我……」

「非常清楚，」她說。「你喝點茶吧。」

「謝謝。」

她把茶杯遞給他，她臉上的微笑分明是希望繼續這樣的閒話家常，他忽然想起了在水桶裡洗澡的母親。但是她的微笑似乎還有一種說服力，一種耀眼的智慧，使他覺得自己羞愧，愚蠢和放肆。她有什麼義務該為他的母親買浴缸？她有什麼義務該為他整修屋頂？為什麼他聽到的關於女公爵的一切和事實完全不一樣，她竟是如此的明智？他明白她的意思。他明白的還不止這個。他明白那些閒話是多麼地無聊。這個「騙子」，這個「守財奴」，這個「在店裡偷東西的扒手」竟是一個很有腦子的好女人。他知道那些在他之前上門的求婚者，多半也都會有個情婦在旅館裡等著。為什麼他們不該引起她的疑慮呢？她置之不理的這個社會他最清楚不過了；花招百出的牌局、別有用心的飯局，再多的管家和燈火輝煌的庭園也解不掉的沉悶。她待在家裡是多麼地聰明。她是個聰明的女人——太聰明了，她不可能對他有興趣的。所有的奧祕都存在她的腦子裡。誰也沒法指望這一朵羅馬古城中的智慧花朵會有盛開的一日。

他跟她聊了二十分鐘。然後她按鈴叫路易基，請他帶路送王子出門。

老公爵死得很突然。一天晚上，坐在客廳裡看約瑟夫．康拉德[49]，他起身要拿煙灰缸，就這麼倒下來，死了。他的心臟停止跳動之後，他的菸還在地毯上燒著。發現他的是路易基。溫妮芙雷－梅整個陷入了歇斯底里。紅衣主教帶著助祭趕到皇宮，已經來不及。公爵埋在亞壁古道上的文藝復興墓地，周圍都是荒廢的庭園，歐洲一半的貴族都來表示哀悼。溫妮芙雷－梅傷心崩潰。她打算回英格蘭，在收拾行李的時候，她才發覺她已經病得沒法出門。她拿琴酒當藥喝。她罵僕人，罵堂娜．卡拉，罵她為什麼不結婚，當了三個月的寡婦之後，她往生了。

母親過世後的三十天裡，堂娜．卡拉天天早上走出皇宮做彌撒，然後再去家族墓園。有時候自己開車。有時候搭巴士。她的黑色面紗非常厚，幾乎完全看不見她的容貌。不管下雨天晴，她都去禱告，大雷雨的時候也會看到她在墓園裡徘徊。看著她走在臺伯河畔的樣子真是令人難過；似乎那

---

49 Joseph Conrad，生於俄羅斯，波蘭裔的英國小說家，代表作為《黑暗之心》。

一身黑衣就是她最終的定局。所有的人，就連乞丐和賣栗子的婦人，都為她感到難過。也許她愛父母愛得太超過是種錯誤吧。往後的日子，可想而知，她注定要在皇宮和墓園之間度過餘生了。但是過完三十天之後，堂娜・卡拉去找她的告解神父，請求晉見教宗。幾天後，她到了梵蒂岡。她並沒有租豪華轎車大咧咧地穿過聖伯多祿廣場，一面還在用面紙擦掉口紅。她只把她那輛灰頭土臉的小車停在噴泉池附近，徒步走過大門。她親吻教宗的戒指，優雅地行過屈膝禮，說：「我希望和塞西・史密斯結婚。」

他們結婚的那天，在韋瓦瓜，天氣陰晴不定。木頭的煙氣、彩紙、混著肥料味的雪花，迴旋在風中。她以堂娜・卡拉・馬弗利歐－龐莫多里，韋瓦瓜－帕第爾－朱斯提，等等等等的頭銜，走進教堂，以塞西・史密斯太太的身分走出教堂。她容光煥發。夫婦倆回到羅馬，她選了一間與他毗鄰的辦公室，共同處理房地產，和捐助修道院，醫院和窮人的工作。他們倆的第一個兒子小塞西・史密斯，在婚後第二年出世，過一年他們又得了一個女兒，喬思林。堂娜・卡拉在歐洲所有屋頂漏水的破城堡裡都被罵得很慘，但天堂唱詩班的天使們卻歡喜地在為塞西・史密斯太太大合唱。

猩紅色的搬運卡車

向山城道別，離開了這個悶死人的地方，一家七口只能配給到一隻骨瘦如柴的雞，還有另外許多雜七雜八規定的山城。我這裡指的不是真正的山城，不是像義大利的阿西西、佩魯加或是撒拉奇內斯科，坐落在三千英尺高的懸崖上，有著像襯衫內襯紙板似的灰牆和長滿芥末黃苔蘚的屋頂。事實上，這裡地勢很平坦，房子也是木造的。這裡是在美國東部，是我們大多數人居住的地方的樣子。這個B開頭的非合併建制區，居民裡大約有兩百對夫妻，且家裡都有小孩子和狗，不少家庭還有傭人。所謂很像山城只是就某種意義上來說，這裡像是一座道德天險，貧病愁苦的人上不去，居民們一旦感受到不快樂、不滿足，當他們覺得生存在這樣道德高標的地方看不到任何希望願景的時候，自然就往平地跑了。這裡的生活舒適寧靜得出奇。這個B開頭的小城是專門為幸福的人打造的。這裡的太太都是早上輕吻晚上熱吻地對待自己的丈夫。幾乎家家戶戶都相親相愛，充滿希望。學校很棒、馬路很平，排水溝和其他設施都很理想，某個春日的黃昏，大街上有一輛超大的猩紅色，兩邊漆著金字的搬運卡車開了過來，停在馬波的房子前面，這棟房子已經空了三個月沒人住。

猩紅加上鍍金的車身，在暮色中格外顯眼，很像是刻意在掩飾它真實的哀傷和徬徨。「搬卸裝運，無遠弗屆」，車身兩邊的金字寫著，這幾個字確實有火車鳴笛的效果。住隔壁的瑪莎・福克史東在窗戶看著她的新鄰居把一箱箱的行李搬上門廊。「很像是奇彭代爾[50]的牌子喔，」她說，「不過這種光線看不太準。他們有兩個孩子。看上去人很不錯。啊，要是現在能拿點什麼過去表示一下歡迎的意思就好了。你想他們會喜歡花嗎？要不我們請他們過來喝一杯。你看他們會喜歡嗎？你要不要去請他們過來喝一杯？」

稍後，所有的家具都搬進了屋裡，搬運車也開走了。查理・福克史東穿過兩家中間的草坪去向桃子和帥帥做自我介紹。這真是眼見為憑。桃子就是桃子，金黃，溫暖，一身低胸洋裝，胸前十分地亮眼。帥帥以前肯定是個帥哥，現在也不差，儘管他的黃色捲髮稀薄了些。他的臉是天使和凶神惡煞的組合。他不是拳擊手（查理後來才知道），但是他的眼睛有一點輕微的斜視，方正的額頭像是疤痕組織的結構體。他的長相乍看心機很重，但稍後你會發現那不是心機重，而是一種認真，誠摯，常見於有些耳背或者有點笨的人臉上的表情。

桃子和帥帥非常高興地接受了邀請。他們一會兒就過去。等桃子擦完口紅，跟孩子們道晚安之後。啊，眼看一個愉快的晚上就要開始了。福克史東夫婦本來一直擔心著不知道新鄰居會是怎樣的人，在發現帥帥和桃子是這麼好的一對夫妻時，他們開心到了極點。像其他人一樣，他們也喜歡對街坊鄰居發表一些看法，對他人的生活十分感興趣，自然而然地，帥帥和桃子也不例外。這是友誼的開始，福克史東忽略了平常最在意的時間與節制。時間很晚了，已經過了午夜，查理完全沒注意究竟倒了多少杯威士忌，也沒注意帥帥已經要醉了。帥帥變得非常安靜，他不再聊天，突然間，他以慢吞吞地、很難聽的聲調打斷瑪莎說的話。

「天哪，你們這些假正經的傢伙。」他說。

「噢，別這樣，帥帥！」桃子說。「這才第一個晚上，別這樣！」

「你喝多了，帥帥。」查理說。

「喝多個頭。」帥帥說。他彎下腰動手解鞋帶。「我連一半都沒喝到呢。」

「拜託，帥帥，求你了。」桃子說。

「我非教他們不可，寶貝。」帥帥說。「他們必須受教。」

他呼地站起來，一副老練的酒鬼樣子，大家還來不及出手阻止，他已經把身上的衣服剝掉了一大半。

「滾出去。」查理說。

「榮幸之至，鄰居大人。」帥帥說。臨出門他把擋著路的黃銅傘桶一腳踢翻。

「啊呀，真的太抱歉了！」桃子說，「我真的真的太抱歉了！」

「沒事，親愛的。」瑪莎說。「他大概累了，我們大家都喝多了。」

「啊，不是的，」桃子說。「經常這樣。不管哪裡。過去八年我們搬家搬了八次，沒有一個地方的人會跟我們說聲再見。一個也沒有。啊，我剛認識他的時候他真是好得不得了！你從沒見過那樣一個又好又壯又慷慨的人。在大學裡大家都叫他希臘男神。所以他才會有帥帥的名號。他曾經兩度登上全美明星隊，不過他從來不是職業球員。一直抱著熱情的初心。當時人人愛他。現在這一切全沒了，可是我告訴自己，我曾經擁有過一個好男人的愛。我想沒有多少女人能夠真正了解這種

50　Chippendale，英國名牌家具。

愛。噢，我真希望過去的他能夠回來。我真希望他還是原來的他。前一晚，我們在舊家收拾碗盤，他喝醉了，我搧他一個耳光，我拚命地喊他，『回來！回來！快回到我身邊來，帥帥！』可是他不聽。他聽不見。任何人的聲音他都聽不見了，甚至連孩子們的聲音也是。我每天問自己，我到底做了什麼要受這麼殘酷的懲罰！」

「真教人難過，親愛的！」瑪莎說。

「我們這次走的時候你們也一定不會跟我們說再見，」桃子說。「我們會待上一年。你等著看吧。有些人還會開溫馨的歡送會，可是我們離開前一個地方的時候，就連收垃圾的人都高興死了。」好好一個晚上鬧到不歡而散，她把丈夫四散在地毯上的衣物收拾起來。「每搬一次家，我都想著這次改變會對他有好處。」她說。「今晚我們到了這兒，這裡的一切都那麼地美好安靜，我以為他或許會改變了。呃，你們不必再邀請我們。你們都看見了。」

過了幾天，或許是幾個星期，查理早上在車站看見帥帥，看到這位鄰居清醒時候的樣子一如常人。這個B開頭的社區不是一個容易征服的地方，但帥帥似乎已經贏得了街坊鄰居的心。查理看著他站在陽光下，站在其他通勤上班的人群中，顯而易見，他是受歡迎的，任何場合大家都會邀他參與的。帥帥親切地跟查理打招呼，沒有一絲一毫那天晚上的醜陋痕跡。老實說，還真不能相信這個魅力無比的帥哥竟然會那麼地魯莽不可理喻。在晨光中，被這麼多新朋友簇擁著，他似乎開始在挑戰那晚的記憶。他似乎已經能夠把所有的罪過都推給查理了。

迎新會的安排超乎尋常地快速又認真，先是大型餐會，在瓦特曼家舉行。帥帥和桃子進來的時候，查理已經在場。一對壁人，手挽著手，亮眼又登對，他們到來的那瞬間似乎連這個夜晚也變得有趣了。很大的一個宴會，在用餐之前查理幾乎沒再看見他們。他跟桃子坐得很近，帥帥反而坐在餐桌的另外一頭。甜點吃到一半，帥帥拉得很長又很難聽的聲音出現了，就像遊行隊伍的指揮官，他的聲音蓋過了所有的談話聲。

「搞什麼東西，一票自以為了不起的傢伙！」他說。「大家來點樂子如何？」他跳到餐桌中央，一面唱著下流的歌一面跳著快步舞。女士們尖叫。桌上的杯盤倒的倒，碎的碎。賓客的衣服全部遭了殃。桃子哀求她失控暴走的丈夫。這脫序演出的結果是趕跑了餐廳裡所有的人，只剩下帥帥和查理。

「下來，帥帥，」查理說。

「我要教他們，」帥帥說。「我非教他們不可。」

「你什麼人也教不了，你根本是醉了。」

「他們非得受教才行，」帥帥說。「我必須教他們。」他跳下餐桌，又弄碎了好幾個盤子，然後晃到廚房，跟廚子擁抱一下，走入夜色中。

或許你會以為這在一個社區而言絕對是個警訊，但是大家對帥帥的寬容度超級大。就是有人喜歡他，就是願意給他改過自新的機會。在晨光中他帥氣迷人的模樣也總是所向無敵，但是他到人家屋裡摔盤子砸碗的舉動似乎越來越上癮。而他根本不想要什麼寬容，如果他發現沒辦法激怒女主人的時候，他的招數就變本加厲。這真是誰也沒見過的情況。他在畢克家脫光衣服。在拉維家把一整碗的軟乳酪飛踢到天花板上。他穿著內褲大跳蘇格蘭高地舞，在垃圾桶裡點火，在湯森家赫赫有名的吊燈上盪鞦韆。六個星期不到，這個B開頭的小城再沒有哪一家歡迎他。

當然，福克史東夫婦仍舊跟他見面。黃昏時候在院子裡，隔著樹籬跟他聊天。查理實在想不透一個人的善惡怎麼會變化如此之快，他真心想幫忙。他和瑪莎找桃子談，桃子不抱任何希望。她不明白她的阿多尼斯[51]究竟怎麼了，她想不通。偶爾鄰鎮來的陌生人，或是剛搬來的住戶還是會很喜歡帥帥，還是會請他到家裡吃飯。但結果表演總是一個樣，碗盤總是砸得粉碎。福克史東跟他是鄰居，這是不能改變的宿命，查理也總以為他能夠拯救這個男人。帥帥和桃子吵架的時候，她偶爾會打電話給查理，求他保護。一個夏天的傍晚，他接到她的電話之後過去看她。吵架已經結束；桃子在客廳看漫畫書，帥帥坐在餐廳的餐桌邊，手裡握著杯酒。查理站到他面前。

「帥帥。」

「是。」

「你願不願意戒酒？」

「不願意。」

「如果我戒了你願不願意戒？」

「不願意。」

「你願不願意看精神科醫生？」

「幹嘛？我知道自己。我只是不吐不快。」

「如果我陪你 你願不願意去？」

「不願意。」

「你願不願意想出一個開導自己的方法？」

「我必須教他們。」忽然他仰起頭啜泣，「噢，天哪……」

查理走開了。在那瞬間，帥帥似乎聽見遠方響起了預警他死亡的時刻和方式的號角聲。這個醉漢是有想法的，是有絕對正當性的。福克史東有一股衝動。他覺得自己懂得這個醉漢傳達的訊息；他一直都感受得到。那是他們友誼的根柢。帥帥是貧病殘疾者的發言人，他在為那些錯不在己，卻鬱卒一生的人發聲。對那些幸福的，好出身的，有錢的人他有話要說——他們擁有再多的愛情、安逸、特權，也逃不過酒色財氣和死亡的痛苦。他只是在提醒他們要未雨綢繆，預先做好接受打擊的準備。只是，難道非要在人家客廳大跳快步舞才能夠接受這個真理嗎？他要為生活中的苦難發聲，可是，有必要為了接收他的訊息而折磨自己嗎？似乎是的。

「帥帥？」查理問。

「是。」

「你想教他們什麼？」

「你永遠不會知道。你他媽的太假了。」

他們甚至連一年都沒住滿。十一月，有人出高價，他們就把房子賣了。那輛猩紅色的搬運卡車

---

51 希臘神話中俊美的男神。

又來了，他們越過州界，來到Y開頭的小城，在這兒買了棟房子。福克史東夫婦很高興他們走了。新搬來的是一對循規蹈矩的年輕夫婦，一切回歸到原來的樣子。大家幾乎都已經忘了他們。只是從朋友的朋友那兒，查理聽到一些消息，就在第二年的冬天，帥帥在聖誕節前一兩天因為踢足球摔傷了屁股。這件事不知道為什麼一直揮之不去，一個星期天下午，他閒來無事，在電話簿上找到帥帥的電話，撥了通電話給這位老鄰居說他要過去他家喝一杯。帥帥熱誠得跟什麼似的，把路線方向仔仔細細地告訴他。

距離很遠，得開很長一段路，半路上查理覺得自己幹嘛要多這事。Y鎮的位置比B鎮低得多。建商蓋的房子不只難看；配上那些格子窗，簡直像是專門給流放犯人住的窩。街道都是以一些著名的大學命名，普林斯頓街、耶魯街、羅格斯街，等等。房子多半賣不出去，帥帥的房子四周圍全是空屋。查理按門鈴，他聽見帥帥在屋裡大喊請進。屋子一團亂，他寬下大衣，帥帥坐著一臺娃娃車，一手柱著拐杖，慢慢地半推半蹭的來到玄關。他右邊的屁股和腿都裹著石膏。

「桃子呢？」查理問。

「她去拿索[52]了。她和孩子們去拿索過聖誕節。」

「留你一個人在家？」

「是我要他們去的。是我催他們去的。他們在這裡什麼也幫不上。我坐這臺車好得很。餓了，就做個三明治。是我要他們去的。是我催他們去的。桃子需要假期，我喜歡一個人清靜。來，去客廳幫我調杯酒吧。我沒辦法把製冰盒拿下來。這大概是唯一我做不到的事了。刮鬍子，上床睡覺之類的我都行，就是沒辦法把製冰盒拿下來。」

查理拿了些冰塊。他很高興有事可做。帥帥坐在娃娃車裡的樣子令他驚嚇，對於這個地方更令他驚嚇到無話可說。廚房的窗戶外面他看見層層疊疊，醜陋無比的空房子。他感覺彷彿某種可怕的劇情上演到了最高潮。然而客廳裡的帥帥卻是帥到無極，他的微笑他的聲音為這個午後帶來了短暫的平靜。查理問帥帥要不要找個看護陪伴。或是就近找個人過來陪他？或者至少租一張輪椅？帥帥對所有的建議都哈哈一笑。他很滿足。桃子從拿索寫信來說他們玩得好開心。

查理相信是帥帥叫他們離開的。情況可怕到了這般田地，不得不如此。桃子當然想去拿索，不過她絕不會堅持。她天真單純，對旅行的事不會存有任何非分之想。是帥帥堅持要她去的；他的慫恿讓單純的她無法抗拒。是不是他根本就希望一個人？一個人酗酒、跛腳，在這樣一棟與世孤離的房子裡？是不是他就需要這種受虐的感覺？好像是的。這棟房子裡的失序凌亂，和他老婆孩子在某個珊瑚灘上不斷地奔跑、奔跑、奔跑似乎像是一套攻略——一種勝利。

帥帥點起一支菸，點著之後又忘了，再點一支，他摸摸索索，連火柴都拿不穩，查理真覺得他可能會把自己燒死。他用力撐起自已，從娃娃車換到椅子上，幾乎摔倒，要是他現在一個人摔倒了，很可能就此餓死渴死在自家的地毯上。但是在他笨手笨腳的動作裡似乎有著屬於酒鬼的機靈，他在玩火。他看見查理臉上的表情，使壞地笑了笑。「別擔心，」他說。「我沒事。我有守護天使。」

「大家都以為如此，」查理說。

「啊，我是真的有。」

---

52 Nassau，巴哈馬首都。

屋外，下起雪來。冬日的天空一片陰暗，很快就會天黑。查理說他得走了。「坐下，」帥帥說。「坐下來再喝一杯。」查理的良心拉扯了好幾分鐘。他怎麼能明目張膽地遺棄一個朋友置人於死地呢？若不說是朋友，起碼也是鄰居。可是他沒得選擇；他家裡的人在等待，他必須走。「別擔心我。」查理穿起大衣的時候，帥帥說。「我有守護天使。」

查理明白真相已是後事。此時雪下得很大，迂迴的山路他得開上兩個小時。出了Y鎮是一段上坡路，新雪很滑，上坡有點麻煩。前面坡度更陡。他的雨刷只有一邊管用，雪花很快遮住了擋風玻璃，他只剩一個小孔看世界。大雪以令人目眩的速度竄進大燈，車子在一處很窄的路面滑向路肩，他用力催馬達，費了十分鐘的時間才把車子導正。這段路程極荒涼，連著好幾哩路都看不見任何房子，要是下車步行，他的便鞋肯定會溼透。車子在坡地滑不溜丟地駛著，好不容易爬上了小山頂。

開了兩個小時，離家仍舊遠得很。雪又厚又深，開車就像最棘手的導航。整整花了三小時才回到家，他疲累不堪地把車子開進安詳黑暗的自家車庫，疲累但是開心。瑪莎和孩子們已吃過晚餐，她正準備去里桑家討論校董會的事情。他告訴她外面很難開車，她說反正很近，她乾脆走路過去。他升起火，調了杯酒，吃晚飯，幾個孩子坐在餐桌邊陪著他。每個星期天吃過晚飯之後，福克史東一家人就會演練三重奏。查理吹單簧管，女兒彈鋼琴，大兒子負責次中音豎笛。小寶寶就在他們腳邊轉來轉去。這個星期天晚上，在輕鬆愉快的氣氛中，他們演奏十八世紀一些簡單的樂曲，用音樂犒賞自己，享受親密的時光。電話鈴響的時候他們正在演奏韋瓦第的奏鳴曲。查理立刻知道是誰打來的。

「查理，查理，」帥帥說。「天哪。我麻煩大了。你剛走我就從這該死的娃娃車摔下來。我花了兩小時才搆到電話。你得趕快過來。這裡沒半個人。你是我唯一的朋友。你非來不可。查理?你聽得見嗎?」

肯定是查理臉上的表情太古怪，嚇得小寶寶拚命尖叫。小女孩趕緊把他抱在懷裡，她和另一個男孩一樣，盯著他們的父親。他們似乎很了解狀況，平靜地看著他，彷彿在等他做出決定，這個決定和大雪天在家裡度過一個溫馨愉快的夜晚毫無關係，反倒是會對他和他們往後的幸福大有影響。孩子們的眼神，他覺得，清楚懇切，他的決定就是定局。

「你聽見我說話嗎，查理?你聽見了嗎?」帥帥問。「我花了將近兩個小時才爬到電話這邊。你必須過來幫忙我。沒有人會來啊。」

查理掛斷電話。帥帥肯定聽見他的呼吸聲和小寶寶的哭聲，查理不說話。他沒有對孩子們做任何解釋，他們也不問。他們懂。他女兒回到鋼琴前面，電話鈴又響，他不接，沒有一個人問是誰打來的。鈴聲停了，大家似乎很高興，鬆了一口氣，他們繼續演奏韋瓦第直到九點，他把孩子們送上床睡覺。

他調了酒和緩一下剛才爆炸激動的情緒。他不知道自己做了什麼，也不知道該怎麼對付自己的良心。瑪莎回來他一定要把這事告訴她，他想著。這也算是沒有辦法中的一個辦法。但是她回來的時候他什麼也沒說。他害怕萬一她說出了什麼道理只有更加深他的罪惡感。「那你為什麼早不打電話給我呢?」她可能會反問他。「我會趕回來，你就可以去啦。」她是個同情心超強的女人，她看不得，甚至無法想像，他這樣任一個朋友，一個鄰居在痛苦中掙扎。她上樓去了。他倒了些威士忌在杯子裡。如果他當時打電話到里桑家，如果她真的趕回來照顧孩子，讓他過去幫忙帥帥，下這麼大的雪，他能夠平安回家嗎？他得裝上雪鏈，雪鍊呢，在哪兒？在車子裡，還是在地下室？他不知道。這一年沒用過。說不定路面已經處理好了。說不定風雪已經停了。這最後一個可能令他懊惱到想吐。是老天在陷害他嗎？他開亮外面的燈，遲疑著，不情不願地，走到窗口。

乾淨的白雪發出閃爍迷人的光彩，亮光照耀著空曠安詳的夜空。這雪可能是在他進屋子之後就停了。可是他怎麼知道呢？他怎麼能測知變化無常的天氣？還有，孩子們的表情，那麼地嚴肅，那麼地清楚，那麼地像在宣示在那個時間點他的位置是應該陪伴他們，而不是去救那些已經無可救藥的醉鬼，不是嗎？

緊接著，帥帥的影像出現了，奇慘無比，他還記得桃子站在瓦特曼家的玄關喊著，「回來啊！回來啊！」她是在召喚查理自己從不知道的青春，帥帥當年的模樣確實不難想像，好看，有衝勁，慷慨，健壯。為什麼，怎麼會毀得這麼徹底呢？回來啊！回來啊！她似乎在召喚某一個美好的夏日，玫瑰盛開，所有的門，所有的窗都朝花園敞開著。這一切全都在她聲聲的呼喚中；就像一棟荒廢的屋子，在最後幾道陽光下呈現出來的幻影。偌大一個地方，分崩離析，孩子們感到害怕，警察和消防隊感到頭痛，但是，看到那些窗戶在落日餘暉中閃亮時，你會以為過去的一切又回來了。廚子在廚房裡揉著麵糰。雞肉的香味一路飄上後面的樓梯。前面的房間已經為孩子們和朋友們準備就緒。壁爐裡也點起了炭火。忽然間，窗戶上的光線沒了，真實的醜陋以加倍的力道侵入了暮色中，就像是，桃子口氣中的夏日美景遠走了，在她天真的臉上只看到無盡的絕望和困惑。回來啊！回來啊！他再給自己倒了一些威士忌，才把杯子舉到嘴邊，聽見風聲變了，他看見屋外的燈仍舊亮著，大雪紛飛，還挾著肆意報復的狂風。路肯定是不通了；他不可能再開車過去。天氣的變化給了他除罪的感覺，他帶著舒泰的微笑看著大雪，只是他一直抱著酒瓶到凌晨三點都沒睡。

第二天早上他紅著眼睛全身發抖，十一點就溜出辦公室，喝了兩杯馬丁尼。午餐前他喝過兩杯，四點又喝一杯，上了火車再兩杯，一路東倒西歪地回到家吃晚飯。酗酒戒酒的情形大家都很熟悉；這裡在乎的是人的因素，終於瑪莎不得不開口說話了，用最溫和溫柔的語氣。

「你喝得太多了，親愛的，」她說。「這三個星期你真的喝得太多了。」

「我喝酒，」他說，「是他媽我自己的事。你管你的事，我管我的事。」

情況越來越糟，她必須想個對策。她去求教他們的教區長，一位長相不錯的年輕光棍，擅長心理學和禮拜儀式。他深表同情地聽著。「今天下午我順便去了趟教會，」那天晚上她回到家之後說，「我跟海明神父聊天。他奇怪你為什最近都沒去教會，他想跟你談談。他長得很好看。」她補上這一句，儘量表現出這並不是事先計畫好的說法，「不知道為什麼都不想結婚。」查理，一如常態，酗酒。他走過去拿起電話打到教會。「聽著，神父，」他說，「我老婆告訴我說下午你都在娛樂她。這事我不喜歡。你休想碰我的老婆。聽見了嗎？你那身臭黑袍對我起不了任何作用。不許碰我老婆，否則我就敲爛你那漂亮的小鼻子。」

最後，他丟了差事，不得不搬家，開始四處流浪，像帥帥和桃子一樣，坐上那輛猩紅色的搬運車。

那帥帥呢，他後來怎麼了？他躺在地上，那個醉酒的守護天使，她的頭髮亂了，豎琴的弦也斷了，卻還是在半空中盤旋守護著他。那晚他給查理打完電話，就打給消防局。他們八分鐘就趕到，又是警鈴又是警報器的。他們把他抬上床，給他喝了杯酒，其中一名消防員，反正沒事，就一直陪著他等候桃子從拿索回來。他們兩個人開心得很，吃光了冷凍庫裡的牛排，每天還喝一夸特的波本威士忌。桃子和孩子們回來的時候，帥帥已經能走路，這種脫序的生活他處理得要比他的鄰居好太多，不過，那年年底他們還是得搬家，就像福克史東一家子，從山城消失。

告訴我他是誰

威爾．皮姆是個白手起家的人；也就是說，成年以後他身無分文，六親無靠，只有一般義氣相挺的朋友關係，就這樣爬升到了一家人造纖維毛毯公司副總經理的位子。他為巴爾的摩社教中心做過一次大型的年度募捐活動，這件事讓他站穩了腳步。另外，他也提起過很久以前在農場打工時候的一些趣事，但是他的外表和舉止標準一副中上階級的派頭，看不出一絲焦慮，完全不像是經過非常的奮鬥才能有一些銀行存款的人。事實上，只要看到乞丐、衣衫襤褸的老人，穿著單薄、在燈光慘淡的快餐店吃著殘羹剩飯的男女；那些貧民窟、沒落的工業小城、隔著窗戶張望的臉孔，甚至他女兒襪子上的一個小破洞，都能使他想起青春年少，都會使他惴惴不安。他不喜歡看到任何貧窮的記號。他喜歡他住的這棟荷蘭殖民地風格的房子，喜歡它又多又亮的窗子，結實牢靠的屋頂，完善的暖氣設備。他喜歡孩子們有暖和的衣服可以穿，他喜歡自己有能力反敗為勝，不管開始是多麼不順。他始終放不開，甚至有些憤慨的一個事實是，他大部分事業上的夥伴、朋友、鄰居，上的都是格羅頓或迪費爾德之類的名校，他們在校園裡大玩特玩的時候，他只能在圖書館借文法和單字的書出來讀。他承認這種妒忌別人一路比他順遂的心態，是他人格上的黑暗面。以他的體積來看，想要維持一種在下雨天站在亮著燈的窗戶外，又餓得要死的年輕人的形象真是太不可思議了。他是個樂天的大塊頭，圓呼呼的一張臉像極了布丁。人人都喜歡看到他，就像喜歡在餐後，端上來一道香氣美味，用雞蛋、小荳蔻和鮮奶油做成的甜點。

威爾年過四十才結婚，搬到紐約。他沒有錢，沒有時間，貧乏的青春期也沒什麼愛情的滋潤。他的繼母，穿著睡袍，為了求舒適；她戴堆著花朵的帽子，為了求好看。她白天坐在巴爾的摩老家客廳的窗口，就著咖啡杯喝雪莉酒。她貪杯又無趣，只要開口就是埋怨。她的形象讓威爾對人與人的關係產生了懷疑。這或許是他遲遲不婚的原因。但他到底還是結了婚，選了一個比他年輕許多的女人。紅髮碧眼，脾氣很好的一個女孩。她有時候會喊他老爸，他會回喊她媽咪。威爾非常以她為榮，總是誇她多美多聰明，但初次見到她的人都會感到很失望。不過威爾窮過苦過孤單過，當他辛苦了一整天，回到這樣一個可愛又可親的女人身邊，當他進了家門摘下大衣帽子的時候，他真的感到幸福無比。瑪麗亞買來的每一件家具都因為是她的品味而大受他的青睞。隨便一隻腳凳或是一套鍋子都令他歡喜到在她臉上脖子上印滿了熱吻。她很浪費，但他似乎就想要一個任性又孩子氣的老婆，她為了買一樣又貴又不實用的東西胡亂編的那些理由竟喚醒了他心底最深處的溫柔。瑪麗亞實在稱不上是個好廚子，可是每逢女傭晚上告假，她把一盤罐頭湯擺在他面前的時候，他都會從位子上站起來充滿感激地擁抱她。

最初，他們住在東七十街區的大公寓裡。他們倆常常外出。威爾不喜歡派對，但是為了年輕的老婆他硬是把自己的不喜歡隱藏了起來。在宴席上，他會隔著桌子望著燭光下的她，看她笑，看她說話，看她晃著閃著他買給她的戒指，然後深深嘆息。他總是恨不得宴會快點結束，他們就可以單獨在一起，在計程車裡，在空蕩的大街上，他就可以親吻她。瑪麗亞剛懷孕的時候，他的快樂簡直無法形容。她懷孕期的每一個進展都令他驚奇。她為小寶寶做的一切準備都令他著迷。當他們第一個孩子呱呱落地，當奶水從她的乳房流出來，當他們的女兒在她最溫柔的懷抱中手舞足蹈，更是令他驚歎不已。

威爾．皮姆夫婦一共有三個女兒。第三個孩子出世後，他們搬到了郊區。當時威爾已經五十出頭，他抱著瑪麗亞跨過門檻，在壁爐裡生火，遵循著所有進新屋的浪漫儀式。說實話，他真是三句話不離瑪麗亞，太把她掛在嘴上了。他處心積慮地要她發光發亮。在宴會裡，他會中斷大家的談話，大聲宣布：「瑪麗亞要跟我們講今天下午婦女俱樂部裡一件非常好玩的事。」搭通勤列車進城的時候，他會大談她對棒球季或是消費稅收的看法。他常常去外地出差。若他一個人在羅徹斯特或是托雷多的飯店用餐的時候，他會把瑪麗亞的照片拿給女服務生看。在大陪審團的席上，庭訊還沒結束，所有的團員就都已經認識瑪麗亞了。甚至去紐芬蘭釣鮭魚的時候，他心裡還時時擔心著瑪麗亞是否安好。

早春的一個週六，他們倆為慶祝十週年結婚紀念，在席地嶺的家中開派對。有二十五到三十個人前來喝香檳祝賀。賓客大部分和瑪麗亞的年紀相仿。但威爾不喜歡她被一群年輕男子圍繞著，他幾乎像嚴父似地監視著跑進跑出、滿場飛的她。她走上陽臺，他就跟在後面不遠。不過，他確實是個好主人，他待客的熱誠和他期待他們離去的熱誠無分軒輊。他看著瑪麗亞在房間另一頭跟亨利．巴斯楚說話。他以為十年的婚姻肯定會在她臉上留下歲月的痕跡，敗壞了她的身材，可是他只看到她越發地美麗。一個年輕漂亮的女人在跟他說話，他心不在焉，只顧著讚嘆他的瑪麗亞。「你一定要叫瑪麗亞把今天早上在花店的事講給你聽。」他說。

星期天下午，皮姆夫婦帶著孩子們出來散步，天氣好的時候他們經常如此。這個時節樹林仍舊蕭瑟，空氣裡混合著季節交替的新鮮和腐敗，產生了一種說不出來的甜味，濃郁得像玫瑰，但其實什麼花也沒有。孩子們走在前頭。威爾和瑪麗亞手挽著手。將近黃昏。鴉群在高高的松樹上你來我往地聒噪著。這是春天，或者說春天的黃昏，很特別的一個時刻，對於周圍陰暗的樹林，附近池塘或溪邊升起的寒意，突然之間都有了感覺，只不過一分鐘前，這世界還很明亮，有著太陽的熱度，這會兒卻嫌身上的衣服太單薄。

威爾從口袋掏出一把小刀，在樹皮上刻著他們名字的縮寫。他頭髮稀疏何必在意呢？他在意的是表達愛。是瑪麗亞的美貌年輕喚起了他的意識，讓他心胸開闊，大地就像一張寬廣的理性與感性的地圖在他眼前展開。因為有她的陪伴，烏鴉的叫聲才會那麼地悅耳。還有孩子們，小徑上都是他們的聲音，更是他最實際最豐足的希望。所有曾經被剝奪的一切現在都是他的了。

瑪麗亞又冷又累又餓。他們到凌晨兩點才睡覺，在樹林中散步的時候她是硬撐著。回到家她還得準備晚餐。什錦冷盤或是羊排，她一面想著，一面看著威爾把他們倆名字的縮寫首字母框在一顆心裡，再刻一支箭射在那顆心上。「啊，你真是太美太美了！」她聽見他喃喃地說著。「那麼地年輕那麼地美麗啊！」他呻吟著；把她摟在懷裡，狂熱地吻著。她繼續擔心著晚餐的事。

隔不久，一個星期一的夜晚，瑪麗亞坐在客廳裡紮紙花。她是蘋果花會日負責會場布置的委員，每年鄉村俱樂部都會在這一日舉辦慈善化妝舞會。威爾在看雜誌，等著她把工作做完。他穿著居家的拖鞋和一件紅色織錦緞的便服，這是瑪麗亞送的禮物。這件上裝，在肚子的位置打了許多厚摺，使他看起來特別的胖。瑪麗亞動作很快。只要紮滿一根花枝，她就會舉起來說：「漂亮吧？」然後把它豎在角落，牆角邊已經豎起了一座花枝林。樓上，三個孩子都睡了。

會場布置委員的差事瑪麗亞做得很起勁。她不喜歡參加什麼選務改革的早晨會報，或是插手去管髒兮兮的醫院廚房，或是每天下午跟一票女人討論現代小說的趨勢。她曾經當過婦女俱樂部的祕書，可惜她做的會議紀錄含混不清被撤換了。這件事確實令她很難受。被撤職的那天晚上，威爾發現她在掉眼淚，他費了好幾個小時安慰她。對這類事情他都甘之如飴。她年輕又漂亮，她的求助只有讓他覺得自己的地位更加穩固。後來，瑪麗亞負責舉辦貂皮披肩的抽獎活動為醫院募款，她的成績差到威爾不得不請假一天替她把事情擺平。她拚命哭，他拚命安慰，要是換成一個年輕的老公大概早就沒耐性了。對於她在工作上的不自量力他也不以為然，但就是無法直視她美麗的眼睛和楚楚可憐的模樣。

她一面紮著紙花一面聊著舞會的事。當天有十二人組的管弦樂團。會場的布置美輪美奐。他們希望能夠募到一萬塊錢。她穿的舞會裝，裁縫師傅已經送來了。威爾問她服裝的樣式，她說她馬上上樓去穿。之前的蘋果花會她都是裝扮成法國歷史上的人物，所以威爾的興趣也不太濃厚。

半小時後，她下樓直接走到鋼琴旁邊的鏡子前面。她穿著金色的拖鞋，粉紅色的緊身褲，絲絨的小馬甲，胸口低到露出了乳溝。「當然，我會換一個完全不同的髮型，」她說。「戴哪些首飾還沒決定。」

一陣強烈的傷感傳遍威爾全身。這套緊身的服裝不僅僅把他心儀的美麗展露無遺，同時也展露了她對這個邪惡世界的無知與天真。他非得擦亮眼鏡看個仔細不可。眼前的景象令可憐的威爾驚愕又煎熬。他既不忍教她失望，又不能讓她肆無忌憚地去招惹些街坊鄰居。這一刻，在他浮動不安的心中只想到一大群年輕、貪婪、下流，好色的傢伙。看著她在鏡子前面快活的擺著姿勢，他覺得她就像走向一個淫穢墮落的小孩，一個未婚的少女。從她甜美的臉蛋和半裸的酥胸，他看到了人生的哀愁。

「你不能穿這個，媽咪。」他說。

「什麼？」她離開鏡子。

「媽咪，你會被人家輕薄的。」

「別人也都會穿緊身褲的，阿威[53]。海倫．班森和葛麗絲．海瑟史東都會穿。」

「她們不同，媽咪，」他難過地說。「她們非常不同。她們是很強悍，很精明，尖酸又世故的女人。」

「那我呢？」

「你很可愛，很天真，」他說。「你不明白那些臭男人。」

「我才不要老是那麼天真可愛。」

「啊呀，媽咪，你不會說真的吧！你不會是說真的吧！你是有口無心，並不知道自己在說什麼。」

「我只是想開心地玩一下。」

「你跟我在一起不開心嗎？」

她開始大哭。她倒在沙發上，摀著臉。他俯身湊近她纖弱受創的嬌軀，她的淚水像酸液似地腐蝕著威爾的決心。很久很久以前他曾經想過，一個年輕的妻子會不會給他帶來麻煩。現在，他的眼鏡起霧，他的織錦緞上衣捲到他的肚子上，他果然面對這樣的問題了。他怎麼能——即便他們處境非常危險——他怎麼能拒絕這樣的天真和美麗呢？「好啦，媽咪，好啦，」他說。自己都快要哭了。「你穿吧。」

第二天早上威爾出差到克里夫蘭，芝加哥和堪薩斯州的托貝卡。星期二、星期三他連著兩天打電話給瑪麗亞，女傭都說她出去了。她大概在忙俱樂部會場布置的事吧，他想。星期四早餐吃完烙餅他立刻就感到不舒服，胃痛到把帶去的藥全吃了也沒效。星期五堪薩斯州大霧，他的班機到深夜才降落。他在機場吃了一點雞肉派；情況更糟。星期六早上抵達紐約，他必須直接去辦公室，要忙到星期六下午才能回到席地嶺。這天就是花會日，瑪麗亞仍舊待在俱樂部。他花了一個小時把屋子一側花圃裡的枯葉清理乾淨。瑪麗亞回家了，他覺得她看起來美到了極點。兩眼發光氣色絕佳。

她把為威爾租的服飾秀給他看。一套附帶頭盔的鎖子甲。威爾很喜歡，反正就是扮裝的戲服。他又累心情又差，覺得還真需要扮裝掩飾一下。他洗澡刮鬍子，瑪麗亞幫忙他套上盔甲。她從一頂舊帽子上剪了幾根鴕鳥毛插在頭盔上，挺喜氣的。威爾走過去照鏡子，剛走到鏡子前，頭盔的面罩啪的掉下合攏了，打開又合攏，他沒辦法，只好一路扶著欄杆。盔甲太重，走下樓，他拿一張摺起來的行車時刻表把面罩撐開，坐下來喝酒。瑪麗亞穿著粉紅緊身褲和金拖鞋來了，威爾起身讚美

53　威爾的小名。

她。她說她不能太早離開會場，因為她是委員會的成員；如果威爾要先回家，她就搭別人的便車。他從來沒有過不跟她一起回家的情形，他不喜歡這個主意。瑪麗亞穿上外套，吻過孩子們，夫妻倆就趕去貝爾登家的晚宴。

貝爾登家的派對很盛大，時間很長。大家喝雞尾酒喝到九點多才開始用餐，威爾坐在艾莎．沃登旁邊。艾莎年輕貌美，但是連著喝了兩小時的馬丁尼，她的臉都喝歪了，兩眼通紅。她說她愛威爾，她說她一直愛著他，但是威爾始終盯著桌子另一頭的瑪麗亞。即便這麼遠的距離，他似乎都從她臉上的陰晴變化看出一些端倪。他真想靠近她，聽她在說些什麼。

艾莎．沃登仍舊不肯罷休。「我們很窮，威爾，」她傷感地說。「你知道我們很窮嗎？沒人相信在這樣一個社區裡會有像我們這種人。我們連早餐吃的雞蛋都買不起。我們請不起打掃的阿姨。我們買不起洗衣機。我們買不起……」

甜點還沒吃完，已經有好幾對夫婦趕著去俱樂部了。威爾看見崔斯．貝爾登拿了外套遞給瑪麗亞，他猛地站起來。他得趕緊去俱樂部跟她跳第一支舞。他走到外面，崔斯和瑪麗亞已經不見蹤影。他邀艾莎．沃登坐他的車一起過去。她非常高興。就在他把車停在鄉村俱樂部停車場的時候，艾莎哭了起來。她窮她寂寞她渴望愛情。她把威爾拉近身，靠在他鎖子盔甲的肩膀上啜泣，他從後照鏡張望著看是否能認出崔斯．貝爾登的車。他不知道瑪麗亞是不是已經到了俱樂部，或者她停車會不會出問題。他擦乾艾莎的淚水，好言安慰她幾句之後，兩個人就走了進去。

時間已經很晚，過了午夜，舞會永遠都是一個樣，喧嘩熱鬧。舞池擠滿了人、羽毛、皇冠、動物頭套、纏頭巾，在昏黃的燈光下搖晃著。這時樂隊加快了節奏，鼓聲更重，上了年紀的舞者縱情地喊著叫著，抓著舞伴的腰帶，使出各式各樣年輕人的花招——狐步舞、查爾斯頓舞、捷舞、肚皮舞。威爾穿著盔甲笨手笨腳地跳著。時不時地，他遠遠瞥見瑪麗亞，卻始終沒辦法跟上她。他到吧檯喝酒，看見她就在房間的另一端，可是人群實在太密集，他無法靠近她。她被好多男人圍繞著。中場休息時間他去休息室找她，找不到人。音樂又再響起，他給樂隊十塊錢請他們演奏〈我可以寫一本書〉。這是他們倆的歌曲。場子再瘋再吵她也能聽得見。這首曲子一定會讓她想起他們倆的好姻緣，她一定會離開舞伴過來找尋他。整首歌的時間他都一個人站在舞池邊緣等著。

因為沮喪，因為長途旅行的疲累，因為鎖子盔甲的重量，他走進休息室，摘下頭盔，睡著了。半小時候醒來，他看見賴瑞・荷姆斯福特帶著艾莎・沃登穿過陽臺門走向停車場。她腳步不穩，東倒西歪。威爾慢慢晃回舞廳，立刻被激動的叫聲喊聲淹沒。有人點燃一頂羽毛頭飾。火勢很快用香檳澆熄了。過了凌晨三點。威爾戴上頭盔，拿紙火柴盒撐開面罩，然後回家。

瑪麗亞跳完最後一支舞，喝完最後一瓶酒，已經是早上。樂隊早已離去，但鋼琴師還在彈奏，幾對男女在晨光中起舞，早餐派對已儼然成形。但為了搭貝爾登夫婦的便車回家，她拒絕了邀約。威爾可能會擔心。她跟貝爾登夫婦道別，站在前門臺階上呼吸新鮮空氣。她的手提包弄丟了。她的緊身褲也被一條龍的鱗片刮破了。衣服上全是酒味。甜美的空氣和清亮的光線撫慰著她。派對似乎像是一場胡鬧。她想找的舞伴都跟她跳過，但真正跳得好的卻一個也沒有。她紮的那幾百朵蘋果花，從遠處看真是栩栩如生，但也很快就會被掃進垃圾桶了。

席地嶺的樹林裡處處都是鳥兒，雲雀、畫眉、知更、烏鴉。此時此刻，牠們的歌聲就在風中飄送。晨曦和鳥叫讓她記起了一些久違了的、追求簡單過生活的想法——在圍裙上擦著手，等著威爾出海歸來的簡單生活。她不知道自己的錯在哪裡，溫柔的晨光卻無情的照亮了她的疏失。她哭了。

威爾在睡覺，她打開前門的時候他醒了。「媽咪？」聽見她爬上樓梯，他問。「媽咪？……哈囉，媽咪。早啊！」她沒有答話。

他看見了她的淚水，緊身褲的裂縫，前胸的污漬。她坐在梳妝檯前，臉湊在玻璃上，繼續哭著。「啊，別哭，媽咪！」他說。「別哭！我不在意的，媽咪。我本來是會的，可是現在我覺得真的沒關係。我不會再提，我一句都不會再提，媽咪。上床吧，來睡一會兒。」

她哭得更激烈。他下床走到梳妝檯前摟住她。「我不是早就說過，你穿這身衣服的後果？不過現在沒關係了。我絕口不過問這件事。我會忘記的。現在快上床來睡會兒吧。」

她的腦袋像在游泳，他的說話聲不斷地嗡來嗡去，把屬於早晨的聲音都隔開了。忽然他的關愛，他絮絮叨叨的熱情，都超過了她能夠承受的極限。「我不會在意的。我可以忘掉的。」他說。

她掙脫了他的擁抱，穿過房間跑到走廊，當著他的面把客房的門砰地關上。

樓下，威爾對著咖啡思索，他對瑪麗亞生活上的監護顯然不夠徹底。如果她真要想騙他，以她日常生活的方式真是易如反掌，再方便不過。夏天，絕大部分時間她都是單獨一人，除了週末。他每個月都要出差一個星期。只要她高興隨時都能去紐約。有時，甚至是晚上，就在舞會前的一個星期，她還進城裡去和幾個老朋友晚餐。她計畫好了搭晚上十一點開往席地嶺的火車回家。威爾開車到車站接她。那是個雨夜，他記得自己站在月臺上等候，當時心情很鬱卒。一看到遠方火車的燈光，他的心情立刻隨著迎接她回家的渴望而改變。火車停下來，下車的只有查理．寇丁，而且已經喝得半醉，威爾失望又擔心。他到家不久，電話響了。是瑪麗亞，她說她誤了火車，要到半夜兩點才會回來。半夜兩點，威爾再去車站。雨還在下。全車只有瑪麗亞和亨利．巴斯楚兩個乘客。她在雨中輕快地走上月臺親吻威爾。她記得當時她眼裡含著淚水，在那一刻他並沒想到其他。此刻他對她當時的淚水起了質疑。

在前些天的一個晚上，吃過晚飯，她說要去村子裡看電影。威爾願意陪她，她卻說她知道他不喜歡看電影。當時他就覺得很怪，她看九點的電影幹嘛還要先洗澡，她下樓的時候，他聽得很清楚，在她那件貂皮大衣底下悉悉娑娑的是一件新衣裳。後來他睡著了，他只知道她好像是天亮的時候才進來。每次她不要他陪著去參加社區改善協會的會議似乎是一片好意，可是現在想想她究竟是去討論淨化水質還是去會情人？

他想起二月發生的那件事。當時婦女俱樂部慈善演出諷刺時事的歌舞劇。他早就知道瑪麗亞在劇中要以一支舞蹈表現時政委員會對當前稅制的看法。她在〈美麗的姑娘像一首歌〉的音樂聲中走上舞臺。她穿著長長的晚禮服，戴著手套，披著皮草，標準一副脫衣舞孃的裝扮。更令他難過的是，她獲得全場熱烈支持。瑪麗亞繞著舞臺走一圈，面對著掌聲、喊聲、口哨聲摘下了她的披肩。到了第二段歌詞，她摘下了手套。威爾表面上假裝很欣賞很開心，其實全身冒汗。唱到第三段時，她解開了腰帶。全部經過就這樣，但是那鼓譟的掌聲現在又響了起來，震得他耳朵發熱。

幾個星期前，威爾去上城吃午餐，這在他是很少有的事。走在麥迪遜大道上，他好像看見前面走著的是瑪麗亞，跟一個男人。暗紅色的套裝、皮草披肩、帽子，就是她的裝扮。他不認識那個男人。憑著一股衝動，他喊她的名字：「瑪麗亞！瑪麗亞！瑪麗亞！」大街上很擁擠，他跟他們隔了有半條街的距離。他來不及追上去，那女人已經消失不見。也許坐上了計程車，也許走進了哪家店。那天晚上，他故作輕鬆地對瑪麗亞說，他今天好像在麥迪遜大道上看見她，她悻悻地回答：「不可能。」晚飯後，她說頭痛。她叫他去客房睡。

舞會過後的那天下午，威爾一個人帶著孩子們去散步。像平常一樣，他跟他們講解著樹木的名字。「這是銀杏，那是垂枝山毛櫸……那刺鼻的氣味是從黃楊木發出來的。」或許因為自己沒受過教育，他就喜歡在這種親子時間擺出一副做學問的派頭。在吃午餐的時候他們背誦美國的各個州名，散步的時候討論地質學，黃昏後如果還待在外面，他們就叫起星星的名字。那天下午威爾很想表現得開朗愉快，可是看著孩子們走在前面的身影，不禁悲從中來，他們活生生就是他的煩惱所在。他並沒有真的想到要離開瑪麗亞，他也不許這個想法成形，可是他似乎嗅到了分離的氣息。他走過刻著他們名字縮寫的那棵大樹，更令他想到這個世界的邪惡離譜。

他們散完步回到家，在車道上看見屋子黑漆漆的，又黑又冷。威爾開了燈把早餐時喝的咖啡重新熱過。電話鈴響，他沒去接。他端著咖啡走進瑪麗亞待著的客房。他起初以為她還在睡。開了燈，才發現她靠著枕頭坐著。她面帶微笑地看著他，他卻步步為營，對她的魅力不做回應。

「喝咖啡，媽咪。」

「謝謝你。散步開心嗎？」

「開心。」

「我舒服多了，」她說。「幾點了？」

「五點半。」

「我好像沒力氣去湯森家。」

「那我也不去了。」

「啊，我希望你去，威爾。去啦，拜託，回來把派對的情形講給我聽。去吧。」

既然她這麼鼓勵，參加派對倒也是個不錯的主意。

「你一定要去，威爾，」瑪麗亞說。「今天肯定對那個舞會有很多閒話，你去了就可以聽到，然後回來講給我聽。拜託去啦，親愛的。你要是為了我待在家裡，我會有罪惡感的呀。」

到了湯森家，街道兩邊停滿了車，大房子裡燈火輝煌。威爾走入燈光，火光，沸騰的人聲，他誠心希望藉此鬆懈他沉重的思緒。他上樓去放外套。碧姬，一個愛爾蘭老婦人，接過他的外套。她是兼職的鐘點傭，凡是席地嶺的大型宴會她都會來幫忙。她的丈夫在鄉村俱樂部擔任管理員。「您太太沒來啊，」她操著甜甜的鄉音說。「唉呀，我不敢說她的不是啦。」她忽然哈哈大笑起來，兩隻手按著膝蓋，身子不斷地前後搖晃。「我不該說的，我知道，可是老天在上，不說假話，今天早上麥可打掃停車場的時候發現一雙金色拖鞋和一條藍色的蕾絲束腰帶。」

威爾到樓下和女主人說話，她說瑪麗亞沒有來真是可惜。走過客廳，彼得·帕森叫住他，把他拉到壁爐邊上跟他講了一個笑話。這就是威爾來的目的，他開始有精神了。他離開彼得·帕森走向酒吧，半路上被畢夫·沃登給叫住了。艾莎·沃登對他哭窮，她的眼淚，她最後跟賴瑞·荷姆斯福特一起走到停車場的情形仍然歷歷在目。他不想看到畢夫·沃登。他不喜歡在他太太勾勾搭搭地上了荷姆斯福特的車子之後，還看到畢夫若無其事地涎著笑臉。

「你知道今天早上麥可·雷利在停車場發現了什麼？」畢夫問。「一雙拖鞋，一件束腰。」威爾說他想喝一杯，他撇下畢夫，不料在客廳和酒吧之間的通道上又被契斯尼夫婦擋住了他的去路。

幾乎每個郊區都會出現一對才貌出眾，交際手腕高明的年輕夫婦。在火車上碰見約翰·梅森·布朗[54]，開車送他去禮堂演講的是他們，籌畫網球大賽是他們，處理基金會最棘手的案子是他們，只要有他們在女主人就大可以放心，他們會招呼客人，幫忙傳遞沙拉，想出新鮮話題，擺平醉酒鬧事的人。他們的人脈廣，家族聯繫熱絡，在外表上，更是時尚魅力的典範，爽朗、溫暖、得體，他們的眼神閃現著信賴和友善。契斯尼就是這樣的一對年輕夫婦。

「好高興見到你。」馬克·契斯尼說，他把菸斗從嘴邊移開，一手搭著威爾的肩膀。「昨晚舞會沒看到你，我倒是看見瑪麗亞玩得很盡興。不過我要跟你說的是更高階的東西。可以叨擾一分鐘嗎？你也許知道也許還不知道，今年在高中舉辦的成人教育課程由我負責。出席率令人失望，星期二我們請了一位演講人，我很希望觀眾踴躍參加。演講人的名字叫做瑪莉·別克華德，她講的是婚姻問題，婚外情之類的題目。如果星期二你和瑪麗亞有空，我覺得不妨來聽聽，很值得的。」契斯尼夫婦隨後便往客廳走去，威爾繼續往酒吧走。

酒吧裡人聲嘈雜，氣氛愉快，威爾開心地加入其中，點了一杯酒。他正覺得自在的時候，基督教會的牧師衝著他過來，跟他握手，把他拽到一邊。

牧師是個大個子，行事作風不像郊區其他的同僚，絲毫不受一身黑袍的拘束。他每回和威爾在派對上碰面都會聊毯子的事。威爾送給教會許多毯子。他給傳教團毯子，給庇護所毯子。聖誕節的戲劇演出，牧羊人跪在聖母瑪利亞身邊，他們身上裹著的也是威爾給的毯子。他以為這次又會問起毯子的事，意外的是他居然聽到牧師說：「你隨時可以來書房找我，威爾，有任何麻煩事儘管來找我。」就在威爾對牧師的好意表示感謝的時候，賀伯．麥克葛拉茲過來了。

賀伯．麥克葛拉茲是個銀行家，有錢，暴躁。在他心底總是存在著一種疑懼，也可以說是噩夢。他老覺得要是沒有他所代表的紀律和秩序，這世界就會四分五裂。他瞧不起那些趕著搭早班列車的人。明明是禁菸車廂，只要火車一靠近中央車站，大家就習慣在裡面抽菸。這個行為最讓賀伯惱火，這時候他會過去拍拍那些街坊鄰居的肩膀，告訴他們吸菸區在後面的車廂。他雖然堅持著規矩秩序，卻又難免有一些迷信。譬如早上走在月臺上，他會四處張望。如果看到一枚硬幣，他就會擠過其他搭車的人，彎腰把硬幣撿起來。「代表好運，你知道吧，」他會一面解釋一面把硬幣揣在口袋裡。「這兩樣你都需要，運氣和腦子。」這會兒他要來談道德敗壞的問題，威爾決定回家。

他把酒杯擱在吧檯上，若有所思地穿過通道走向客廳。他一路低著頭，筆直撞上了華普太太，非常平庸的一個女人。「我相信你太太還沒完全恢復過來，今天沒辦法跟大家碰面啦。」她輕快地說。

相貌平庸的女人在宴會結束的時候，或者，旅行快結束的時候也一樣，似乎都逃不過某種特別的宿命。她們頭髮亂了，絲帶散了，牙齒上黏著菜屑，眼鏡起霧，還有那笑容，原本想要魅惑全世界的燦爛笑容又回復成習慣性的、一副怨憤不滿的苦相。華普太太精心裝扮前來參加湯森家的派對，可惜時間毀了她刻意想要給人的印象。她一直不斷地在喝雪莉酒。她的帽子好像被誰坐在上面壓過，她的聲音刺耳，那朵別在肩頭的山茶花早已枯死。

54 John Mason Brown，美國作家，演說家。

「我看瑪麗亞是派你來聽聽大家在說她什麼吧。」她說。

威爾沒搭理華普太太，逕自上樓取了外套。碧姬已經走了，海倫．巴斯楚穿著一身紅衣裳獨自坐在過道上。海倫是個酒鬼。席地嶺對她很寬容。她的丈夫很開朗、很有錢、很大度。海倫已經爛醉，她根本不記得那天是哪時候開始喝的酒。威爾穿外套的時候，她在椅子上挪了挪身子，忽然她對著他說了一大堆法文。威爾聽不懂。她越來越大聲，越來越生氣，他下樓，她衝到樓梯口衝著他怒聲喊叫。他走了，沒跟任何人說再見。

威爾進屋的時候，瑪麗亞在客廳看雜誌。「我說，媽咪，」他說，「你可不可以告訴我？昨晚你是不是弄丟了鞋子？」

「我把包包弄丟了，」瑪麗亞說，「好像沒弄丟鞋子。」

「再想想，」他說。「那不是一件雨衣或是一把雨傘。一般人丟了鞋子都會記得的。」

「你是怎麼了，威爾？」

「你有沒有弄丟鞋子？」

「我不知道。」

「你有沒有穿束腰？」

「你究竟在說什麼啊，威爾？」

「天哪，我一定要查個清楚！」

他上樓進他們的房間，房間很暗。他開亮她衣櫥裡的燈，拉開她放鞋子的匣子。鞋子真多，有金色的，銀色的，古銅色的，他在這一大堆鞋子裡翻、找，忽然看見瑪麗亞站在門口。「噢，天哪，媽咪，原諒我！」他說。「原諒我！」

「啊呀，阿威！」她喊著。「你看看你把我的鞋子弄成什麼樣了。」

早上威爾覺得舒坦多了，在市區一整天很順利。五點鐘，他搭地鐵到上城走老路到車站搭火車。火車上，他坐在靠走道的位子，翻開晚報隨便看著無聊的社會新聞。一個老頭跟年輕妻子鬧離婚，理由是通姦；威爾對這篇報導毫無感覺，談不上有趣也談不上高興。火車向北行駛，在仍然明亮的天空下。

威爾踏上席地嶺的月臺時，下起了小雨。「哈囉，崔斯，」他說。「哈囉，彼得，哈囉，賀伯。」他四周圍，都是在招呼老婆孩子的鄰居。他從艾爾瓦巷轉上沙達路，經過一排排亮著燈光的屋子。他把車停進車庫，再轉到前面看看他種的鬱金香，在雨水和門廊的燈光中花朵顯得晶瑩剔透。他讓那隻在雨地裡搖尾乞憐的貓咪進屋裡，他最小的女兒芙洛拉跑出來親他。面對乖巧的孩子和一室的燈光，他感受到了無比的恬靜。他覺得他的人生再沒有比此刻更知足。再過不久，他就會在六月的陽光下，坐在摺疊椅上，看著芙洛拉從史密斯女子學院畢業了。

瑪麗亞走進門廳，身上穿著一件灰色的絲質洋裝。那料子，那顏色跟她太合了，真是漂亮。她的眼睛明亮有神，她溫柔地吻著他。電話響了，在郊區裡，這個時候正是用電話通知開會、閒話家常、募款、邀約的熱門時間。瑪麗亞接起電話，他聽見她說：「嗨，伊蒂絲。」

威爾走去客廳調雞尾酒，幾分鐘後門鈴響起來。伊蒂絲．海斯汀，一個好鄰居好女人，親切和善，她搶在瑪麗亞前面進了客廳，一路念叨著：「我真不該這樣闖進來打擾的。」她一面說著一面坐下來接過威爾遞給她的酒杯。他從未見過她臉色這麼好，眼睛這麼亮。「查理去了俄勒岡，」她說。「這一趟行程要三個星期。他叫我來跟你談談蘋果樹的事，威爾。本來他想在出門前跟你談的，可惜沒時間。他可以從紐澤西一家托兒所買到蘋果樹，按打計價，他想知道你願不願意一次買六棵。」

像伊蒂絲．海斯汀這樣的女人席地嶺多得是，她們的丈夫每個月總有一到三個星期得去外地出差。在婚姻上，她們很像過著紐芬蘭淺灘漁場漁夫老婆們的生活，只差沒有祖傳的船隻和水手罷了。這些「漁場寡婦」們個個都極為能幹。她們為癌症、心臟病、聾啞、殘障和心智健康勸募基金。她們想方設法地在惡劣的氣候裡栽種熱帶植物。她們織布、製陶、照顧小孩，做各式各樣的事情來彌補男人沒法當家的這個事實。這些獨守空房的女人自然養成了愛說閒話的習慣。

「當然你們不必馬上做決定，」見他沒答腔，伊蒂絲接著往下說。「其實你們等到查理從俄勒剛回來再做決定也不遲。我的意思是，種蘋果樹也不必非要訂在什麼時候，對吧？對了，說起蘋果樹，那天的花會如何？」

威爾背轉身打開窗子。窗外，雨穩穩地下著，他忽然懷疑會不會因為這雨才讓伊蒂絲看起來神采奕奕，兩眼發光。他聽見瑪麗亞在回話，又聽見伊蒂絲在問：「你們什麼時候離開的？」她的口氣有掩不住的興奮。「我知道拖鞋和束腰的事……」

威爾猛地回轉身。「你是為了說這個來的嗎？」他厲聲發問。

「什麼？」

「你就是為了說這個來的嗎？」

「我是為了蘋果樹的事來的。」

「那些蘋果樹我在六個月前就開了支票給查理。」

「查理沒告訴我。」

「怎麼會？事情都已經搞定了。」

「呃，我看我該走了。」

「請便，」威爾說。「請便。要是有任何人問起我們怎麼樣，就跟他們說我們好得很。」

「噢，威爾，威爾，威爾！」瑪麗亞說。

「看樣子我來錯時間了，」伊蒂絲說。

「你打電話給川契爾、法克森、艾伯特和貝爾登的時候，告訴他們那天派對上發生什麼事我都當它是個屁。告訴他們要講就去講別人的事。叫他們去想想福樂先生[55]的糗事，想想星期五運送雞蛋的呆子或者史雷特家的園丁，隨便誰，就是別來惹我們。」

她走了。瑪麗亞哭著，勾魂的眼神望著他，望得他幾乎窒息。她上樓了，穿著這一身灰色的絲質洋裝上樓關起了房門。他跟著上樓，看見她摸黑躺在床上。「那人是誰，媽咪？」他問。「只要告訴我那人是誰，我就把這事一筆勾銷。」

「誰也不是，」她說。「根本沒有人。」

---

55 *The Fuller Brush Man*，一九四八年美國喜劇片。

「我說媽咪，」他沉痛地說。「我不相信。我不想責備你。這不是我問你的理由。我只是想弄清楚才好把它徹底忘掉。」

「拜託別煩我了！」她喊起來。「拜託你讓我清靜一會兒吧。」

天亮了，威爾在客房醒來，他看明白了這整件事。想不到感情阻礙視野的力量竟然如此之大。真正的惡人是亨利・巴斯楚。在那個雨夜兩點和她一起搭火車回來的是亨利。她在婦女俱樂部跳舞時猛吹口哨的是亨利。在麥迪遜大道上瞧見瑪麗亞的那天，他看到的就是亨利的腦袋和肩膀。現在他想起那日在湯森家的派對上，海倫・巴斯楚憔悴可憐的面孔，那是嫁了一個花心男的女人的面容。她努力想要忘掉的就是她老公不知羞恥的惡行。那天她仗著酒意對他爆出滿口法文，肯定是在說瑪麗亞和亨利兩個人的事。亨利・巴斯楚那張色瞇瞇、不懷好意的笑臉在客房的正中央出現了。現在就只有一件事情要做。

威爾洗澡，穿衣，吃早餐。瑪麗亞還在睡。他喝完咖啡時間還很早，他決定走路到車站。他走上沙達路，走得很快，是上了年紀的人特有的敏捷步伐。他走到車站的時候，只有幾個人在月臺上等候八點十九分的列車。崔斯・貝爾登過來了，接著畢夫・沃登也來了。然後，亨利・巴斯楚從候車室走了出來，他齜著一口白牙笑了笑，便皺起眉頭看報紙。毫無預警地，威爾上前一拳把他撂倒。女人全部尖叫，接下來就是一陣混戰。賀伯・麥克葛拉茲，錯失了動手的機會，他斷定開戰的是亨利，於是站到他面前，居高臨下地說：「夠了，年輕人！別鬧了！」崔斯和畢夫按住威爾的手膀，迅速把他帶到月臺最遠的一頭，問他：「你瘋啦，威爾？你是不是瘋啦？」這時八點十九分的列車轉過彎道緩緩進站，騷亂因為尋找座位而暫時擱置，等到站長衝上月臺了解狀況時，火車已經離站，人都走了。

神奇的是，威爾上了火車之後覺得從未有過的舒暢。這下他和瑪麗亞又可以恢復美滿的生活。他們又可以在星期天的下午一起散步，又可以在爐火邊玩字謎遊戲，又可以在玫瑰花圃裡除草，又可以在雨聲中卿卿我我，又可以一起聆聽烏鴉歌唱；今天下午他要買一分禮物送她，當作愛情和原諒的象徵。他要買珍珠或者黃金或者藍寶石，一定要很貴重的；或許祖母綠也行；反正就是年輕人絕對買不起的一樣東西。

布里莫

誰也不會對布里莫這樣個性的人有興趣，下流不正經，從博物館、花園、廢墟這些場所傳出來的淫穢情事多到就像南塔克特島上的小雛菊，數都數不清。在雕像密集的地中海岸，羊男薩堤爾[56]要比諸神和英雄更多。在井然有序的社會中不受歡迎似乎更助長了他們的氣焰，肆無忌憚，無處不在；帕斯圖姆神廟，西西里島的古城錫拉庫薩，佛羅倫斯北邊多雨的遊廊巷道。甚至連美國大使館的庭園都有他們的蹤跡。我指的並不是那些有著長耳朵的美少年，但也或許，布里莫起初確實也在他們其中。我這裡指的是那些皺紋滿臉、尾巴醒目的老羊男。他們總是帶著葡萄或是笛子，腦袋瓜總是斜斜地往後仰，一副幸災樂禍的姿態。除了那對長耳朵，他們的臉絕不是獸，而是正常男人的臉，有時候還挺年輕清秀的呢，只是即使年紀再大也改不了那副歪著腦袋看好戲的樣子。

我這裡說的是一個朋友，應該算是相熟——從紐約到那不勒斯的航程中，在甲板上認識的一個人。前面提到的那些姿態就是他在酒吧裡的樣子，我多半都在這裡見到他。他的瞳孔顏色特別淺，橫向細長的形狀就像羊的眼睛。老是像在笑的眼睛，你可能會說，儘管有時候顯得非常呆滯。至於笛子，就我所知，他根本什麼樂器也不會玩；葡萄倒還真有其事，因為他總是酒杯不離手。很多羊男站立的時候，都喜歡一腿前，一腿後的交叉著——腳趾往下，腳跟朝上——他就是這樣子站在吧臺邊上，兩腿交叉，仰著腦袋一副幸災樂禍的姿態，而所謂的葡萄，就在他的右手上。他精力充沛，詼諧、殷勤、精明，如果不是這樣，萬不得已我是不會去跟他喝酒聊天的。因為除了特洛陽夫人之外，船上再沒有一個我想要攀談的人。

旅途實在太無趣了！中午，汽笛聲響，樂隊開始奏樂，花紙飛舞，我們就像一批被騙上鉤的人，登上了寂寞與迷失，一批與情感上的二流角色為伍的賊船。汽笛再度響起。舷梯和繩索都移走了，大船開動。岸上至親好友的面孔逐漸遠去，我們走上甲板情深意切地向紐約的天空道別，發現林立的高樓早已隱沒在雨中。這時用餐的鐘聲響起，大家走到下層去吃分量驚人的午餐。風雅的休息室和無邊無際的大海。為什麼我們會感覺心寒、陳舊、過時？無趣，或許這就是理由了。到喝下午茶之前的這段時間我們要做些什麼？喝完下午茶到吃晚餐的這段時間我們又要做什麼？在吃過晚餐和看賽馬之間呢？從這裡到著陸上岸，這一大段時間裡我們又能做什麼？

這是航線上最老的一艘船，四月是她最後一趟橫越大西洋的航程。許多資深的遊客都來了，一方面向她馳名的內部陳設告別，順便也摸走一兩只菸灰缸作為紀念，這些人不過是抱著懷舊的情緒，看夠了就走了。拋下，可以這麼說，就把我們拋下不管了。很悶的正中午，下著雨，海峽波濤洶湧。海峽之外，風狂浪急。她的老舊不只是因為那些大理石的壁爐和碩大的鋼琴，還由於她的行動緩慢。當然，第一晚我睡不好，早晨走上甲板我看到一艘救生艇被狂風颳毀了。腳底下，第二層船艙，幾個不死心的旅客在雨中打乒乓球。真是一副淒涼的景象，打球的人越打越沒勁，終於收手

---

56 Satyr，希臘羅馬神話中半人半羊的森林之神，淫蕩好色。

不打了。過不久，大概是舵手的一個誤判，整排的海水衝上了船側，船尾的甲板上立刻灌滿了奔騰的海水。乒乓桌浮了起來，我眼看著它滑入水中，逐流而去，對落水的人來說世界不也是高深莫測嗎。

艙面下，所有輕便的家具全都綑綁在一起，一副準備要賣房子的樣子。所有的走道都拉起繩索，所有的盆栽棕櫚都塞進了像禁閉室似的小房間。很熱，熱得可怕，溼氣又重。還有那些雅致的休息室，完全被遺棄了，連氣氛都是。尤其船上的管弦樂更是助長了被遺棄的淒楚感。他們從早上開始演奏，全程不間斷，不為誰也不為啥地演奏著。日日夜夜對著這些空蕩蕩的房間，對著釘在地板上的這些椅子。他們演奏歌劇，演奏老舞曲，演奏畫《舫璇宮》[57]裡的舞曲，響徹在洶湧的海浪之上的就是這永無休止，討厭至極的樂聲。再就是無事可做，真正的無事可做。沒辦法寫信，因為每樣東西都傾斜得厲害；沒辦法閱讀，如果坐在椅子上看書，那書會自動從你手裡撤走，再回過頭來，像蘋果樹下的鞦韆架似的衝撞你。你不能打牌，不能下棋，甚至連拼字遊戲也不行。那灰暗，那不停又無趣的音樂，那綁在一起的家具，加總起來就像一場不快樂的夢境，我像夢遊的人，晃來晃去一直晃到十二點半，一直到晃進酒吧。酒吧間裡的常客是美國南方來的一家人，母親、父親，姊姊和弟弟。他們準備旅遊海外一年。父親退休了，這是他們全家第一次出遊。還有兩個女人，根據酒保的認證，一個是「羅馬來的女實業家」，一個是她的祕書。再就是布里莫，我，和特洛揚夫人了。我在出海第二天跟布里莫一起喝酒。他跟我年齡相仿，應該是，細瘦的身材，一雙手保養得很好，很顯眼，說話的聲音很輕可是不討厭，性子有點急，很討喜，很帶勁，這跟緊張扯不上任何關係。我們午餐晚餐都在一起吃，晚餐後就在酒吧喝酒。我們去過很多相同的地方，並沒有認識哪個相同的熟人，他似乎是一個相當不錯的同伴。他的艙房在我的隔壁。當我們各自回房的時候，我很高興終於能在往後十天的航程之中找到聊天的對象。

第二天中午布里莫在酒吧，就我們兩個人，特洛陽夫人走了進來。布里莫邀她加入我們，她願意。到了我這種熟齡，特洛陽夫人的年紀已經無關緊要。一個年輕小夥子可能會把她定位在三十五、六歲左右，可能會注意到她眼睛周圍的細紋太深。對我來說，這些細紋卻是智慧和熱情的證明。她是個很有魅力卻不刻意張揚的女人。她的黑髮，她的蒼白，她纖細的手臂，她的活潑；當酒保跟我們說起她在熱那亞生病的兒子時她的憂傷，還有她模仿船長的樣子，都在告訴著我們這個女人不同於一般美女，真是別具魅力。

我們三人午餐晚餐都在一起，晚餐後再一起去舞廳跳舞。舞池裡總共只有我們三個人。音樂停了，布里莫和特洛陽夫人要回酒吧，我就先行告退回房睡覺。我今晚很開心，關上了艙房的門，我想著能有特洛陽夫人相伴是多麼快活的一件事。當然，這是不可能的，只是在我關燈上床的時候，記憶中她的黑髮，她白皙的手臂依舊強烈又教人歡喜。就在我耐心等著入夢時，我清楚地知道特洛陽夫人在布里莫的房間裡。

我憤怒。她明明告訴我她在巴黎有丈夫有三個孩子，他們，我想著，要置他們於何地？她和布里莫只不過在那天早上偶然相遇，如果說這樣的偶遇就能達到如此境地，那麼這無法無天的肉欲會把世界糟蹋成怎樣啊！如果他們等過一兩天，至少等到有一點浪漫或是感情作為基礎，我想我還比

57 *Show Boat*，一九三六年的一部黑白歌舞喜劇片。

較能夠接受。如此急切的作為令我覺得既可疑又墮落。聽著馬達的噪音和隔壁隱隱約約溫存的聲音，我發覺我的生活方式還留在原地，離現在有一千海里之遙，完全談不上什麼國際觀。他們兩個，在某種意義上來說，是歐洲人。

隔壁的聲音像是地雷管線：我絆住了，仆倒了，跌得鼻青眼腫遍體麟傷，感情心神潰不成軍。假裝沒事是不可能的，也沒必要，因為我們如果倒在泥地上，一定會先站起來把衣服上的污泥拍掉。這時的我就是這樣，重新審視我過去對婚姻，忠貞，男人的本性和愛情的意義，各方各面的看法。在重整和修復之中，我沉沉的睡去。

早上天很黑，下著雨，這會兒風也變得很冷。我在上層甲板上兜圈子，兜了差不多一哩路，半個人影也不見。隔壁傷風敗俗的行為改變了我對布里莫和特洛陽夫人的關係，但是沒得選擇，中午肯定會在酒吧跟他們照面。我沒有辦法讓一艘荒廢的船和一片洶湧的海起死回生。十二點半我踏進酒吧，那兩個傷風敗俗的相熟都在。但我還是挺高興，我以為或許他們會對自己的行為有所悔意。我們一起午餐，很親近，但是當我提議再找個人湊數一起打橋牌的時候，布里莫推說他得去發幾封電報，特洛揚夫人推說想要休息。午餐後，不管休息室還是甲板上都沒人，管弦樂團又開始他們沉悶單調的午後演奏會，我走回自己的艙房，發現布里莫的電報，特洛揚夫人的休息全是捏造的謊言，我想他們是存心欺騙我。她又在他的房間。我走到上層，跟一個聖公會的牧師在甲板上散步。我發現這人非常有趣，只是他的話題一成不變，因為他剛從一個以花天酒地為常態的教區解放出來度假。稍後我又跟這位牧師一起在酒吧飲酒，布里莫和特洛陽夫人到晚餐時候都沒出現。

第二天他們倆在午餐前到酒吧喝了兩杯雞尾酒。我覺得兩個人看起來都很疲憊。後來他們八成是在酒吧裡繼續吃三明治，或是有其他安排，因為我沒在餐廳裡見著他們。那晚天氣短暫放晴，這還是這趟航程中的第一次。我和我那位牧師朋友在甲板上望著清朗的天空。想不到在一艘老舊的大船上看到的天空居然比在高山頂上看到的還要明亮！暗夜的天空裡充滿著一道道的彩光，這高闊的廣袤不禁使我想起了我親愛的妻子，我的孩子們，還有我們在新罕布夏的農莊，和那兒的落日餘暉。晚餐前我在酒吧看到了特洛揚夫人和布里莫，只是他們當然不知道天空放晴了。

他們沒看見亞速群島，兩天後葡萄牙近在眼前，他們也沒看見。時間大約是下午四、五點。首先，船身晃動的情況減弱了。它仍然會晃，只是走在上面不會東撞西撞。服務生也開始拆除繩索，把家具重新歸位。從左側的船舷看得見一些山丘和斷崖，山頭上有一座殘缺的，不知是碉堡還是要塞。那裡地勢不高，但很美。碉堡後方的雲層太過濃密，直到靠近岸邊，才分得清哪是雲，哪是山。有幾隻海鷗飛過來帶路，接著連住家宅院也看得到了，近海岸的海水味始終不變，聞起來就像我祖父那雙浴室拖鞋的味道。這裡的海別有一番風景——獨桅小艇、宅院別墅、漁網、飄著旗幟的沙堡，及沙灘上吆喝孩子們回家吃晚飯的人們。靠岸了，我走向船頭的時候聽見舞廳裡響起三聖頌的鈴聲，牧師在唸著感恩節的禱告，這片海想必看過聽過無數次的彌撒燭光和鈴聲。所有的人都聚在船頭，葡萄牙近在眼前，大夥樂得像小孩子一樣。每一個人都在船頭待著，看著岸上越發清楚的宅院、燈光，聞著淺灘的海味。每一個人，除了布里莫和特洛揚夫人，我回到艙下，他們仍舊待在布里莫的房間裡，當然他們什麼也沒看見。

第二天早上特洛揚夫人要在直布羅陀下船，她丈夫來接她。我們於黎明時分抵達。就四月來說，很冷。非洲山脈白雪皚皚，空氣中盡是下雪的味道。我沒看見布里莫，但也有可能他在別的甲板上。我看著一名雜役把一堆行李包裹扛上小汽艇，然後特洛揚夫人，披著大衣圍著圍巾，輕巧地登上了小艇。她走到船尾，揮舞著圍巾，也許是向布里莫，也許向我，也許向船上的樂手們，因為航程中她只有跟我們這些人說過話。小船的速度快過我的思緒，只不過幾分鐘，我原本零零散散的愁思便積累了起來，汽艇駛離了大船，她的身形，她的面貌於是消失。

我們離開直布羅陀，盆栽的棕櫚再度隱退，繩索再度拉上，船上的管弦樂又再度開始演奏。淒慘刺耳。十二點半布里莫來到酒吧，一副魂不守舍的樣子，我想應該是在想念特洛揚夫人。晚餐前我沒再見到他，吃過晚餐之後他才在酒吧跟我碰面。他有心事，我想或許是悲傷吧，等我開始聊南塔克特島（我們倆都曾經在那兒度過幾個夏天）的時候，他的禮數似乎已經用盡。他先行告退；半小時候我看見他在休息室喝酒，跟那個神祕的女企業家和她的祕書。

最先見證她們是「羅馬女企業家」和祕書的人是酒保。聽她說了一堆西班牙和義大利文混雜的英語之後，酒保又斷定她是巴西人。雖然事務長告訴我她帶的是希臘護照。那祕書是個臭臉的金髮美女，那女企業家更是一臉跩樣，甚至可以說是面目可憎。沒有人跟她說話，甚至連服務生也不。她的頭髮染成黑色，她的眼睛畫得就像毒蛇的眼睛，她的聲音難聽，不管她做的是什麼大事業，似乎把她的人性都給做掉了。這兩個人每天晚上都在酒吧，喝著琴酒，說著七拼八湊的語言。她們從來不與其他人做伴，直到那晚布里莫的加入。

這個新發展激起了我本能的高度不滿。當時我正在跟南方來的那一家人聊天，大概一個小時之後吧，她的祕書獨自一人待在酒吧喝威士忌。她看起來憂心忡忡，不像是對布里莫心存遐想，我看在眼裡不動聲色，專注地跟那家南方人大談房地產的事。等我回到房艙，我馬上知道那女企業家就在布里莫的房裡。他們製造的噪音超大，甚至一度兩個人似乎從床上摔了下來。發出很大砰地一聲。我大可以去敲門，就像嫉惡如仇的嘉莉・奈松[58]那樣，叫他們停止，但這樣一來，到底誰才可笑呢？

我沒辦法入睡。就我的經驗，我的觀察，這種淫亂的作風根本是泯滅人性。我之所以說到經驗和觀察，在於我不願意接受其他引經據典的說法，任何先入為主的偏見都會減損對於人生的體會，對於道德風險的感受。男人難當，我覺得；但是這些難處並非不能克服。只要我們稍微鬆懈了警覺性，就會付出慘痛的代價。我從沒見過像布里莫與女企業家之間這般的親密關係。諷刺、隨便、怯懦，完全與愛情背道而馳。一旦我的世界裡出現這樣的濫情，我相信，我會一夜白頭，兩眼發花，瘋癲癡傻，囁囁嚅嚅有如喪家之犬。我知道沒人會有心過這樣的人生，除非有某方面的不足，除非極致的反叛，完全不願面對人生的正能量。布里莫是我的朋友，他絕對是一個有羞恥心，懂得自省的人。帶著這份慰藉的想法，我進入夢鄉。

第二天他十二點半進入酒吧，我沒跟她說話。我和一個在里斯本上船的德國商人作伴喝琴酒。也許因為這個德國朋友太無趣，我不斷觀察布里莫，找他的碴，看它的他的聲音不對或者事不是是口氣太差。但就算使足了我的偏見之力，也不能，我多麼希望我能，看出他些微的敗跡。他還是老樣子。晚餐後女企業家和她的祕書又歸隊了，布里莫加入了南方來的一家人，也不知道是這一家人

58 Carrie Nation，一八四六—一九一一，是禁酒運動的激進分子，曾經帶著斧頭攻擊酒肆而聲名大噪。

太天真還是太愚鈍，他們毫無異議地讓布里莫跟那位小妹跳舞，在雨中散步。

之後的整段旅程我不再跟他交談。一個雨天的早晨七點鐘，我們停靠在拿坡里，我辦完通關手續，帶著行李包準備離開碼頭，布里莫叫住了我。他帶著一位很標緻的金髮長腿妹，肯定比他年輕二十歲，他問我是否願意搭他們的便車去羅馬。我為什麼接受，我為什麼懷著那麼大的不滿居然會一口答應，現在回想起來，大概是因為不喜歡孤單吧。我不想一個人搭火車去羅馬。我接受了他們的好意，搭上了他們的便車，我們停在特拉西納進午餐。第二天早上他們要上佛羅倫斯，這也是我的目的地，我就跟著去了。

布里莫對動物對小孩都很有一套，真是大小通吃無往不利。再加上他特別偏好方濟各式的禱告（這是我稍後才發現的），所以跟下去看看以後會發生的情況或許很值得。我們拐個彎，一路開到聖地阿西西去吃午餐。預兆本來沒什麼意義，然而我們在義大利的旅程一開始就碰上晴天霹靂，天空黑壓壓地像是來了一大群燕子似的，這個景觀給我們的震撼要比在家鄉強烈得多。整個上午都是大晴天，可是當我們一轉向阿西西，開始颳起陣風，甚至還沒到市區大門，天就暗了。我們在大教堂附近一家飯館吃午餐，這兒看得見山谷，也能清楚地看見長驅直入的暴風雨。天昏地暗，風狂雨驟。我們坐著的窗口有遮雨蓬，下方院子裡有一株棕櫚樹，在用餐的時候，我們親眼瞧見雨蓬和棕櫚樹全被狂風颳成了碎片。吃完午餐，街道上儼然就是黑夜。一位年輕的修士引我們進入大教堂，可惜光線太暗根本看不見契馬布埃的畫作。修士把我們帶到放置聖器的房間，開了門。就在布里莫踏進聖室的瞬間，窗戶在一陣強風下整個爆裂，好在大家沒被飛迸到文物櫃上的玻璃碎片割傷。就這一兩秒的瞬間，教堂的大門開了，狂風穿過教堂，所有的蠟燭全部熄滅，我和布里莫還有那位修士合力使勁把門關上。修士急著去找幫手，我們往教堂高處爬。等我們開車離開阿西西的時候，風勢已減弱，我回頭看，只見烏雲掠過了市區，陽光普照，一片燦爛。

我們在佛羅倫斯分手道別，就此沒再見過布里莫。在七、八月的時候金髮長腿妹寫了封信給我，當時我已經回到美國新罕普夏的農莊了。這信是在蘇黎士一家醫院寫的，而且是從我住在佛羅倫斯時候的地址轉過來的。「可憐的布里莫快死了，」她寫道。「如果你能夠過來看他的話我知道他一定會很高興。他常常提到你，我知道你是他最要好的朋友之一。隨信附上一些稿件，你是作家，可能會感興趣。醫生都認為他活不過一個星期了。……」把我說成朋友，可見得他孤單寂寞到了什麼程度；其實我好像早就知道他活不久，他的淫亂不是在求生而是在求死。當時是下午，大約四、五點，天光還亮，祥和安適的氣氛隨著初升的暮色降臨在僻靜的鄉野間。我沒有把這事告訴我太太。何必說呢？她根本不認識布里莫，何必把死亡的訊息帶進這樣靜好的氛圍裡呢？我記得當時的感覺是快樂的。這信寄出已有六個星期的時間。他恐怕都死了。

我猜想她應該沒看過她寄來的這些稿件。這些東西八成是記錄他病痛時期的生活。第一篇是打趣式的散文，抨擊現代的馬桶座，闡述蹲伏的坐姿對於必要用到的肌肉和器官非常不利。緊跟在文章後面的是一段動人肺腑的禱告詞。這篇禱告不了了之，因為接下來的是一篇不堪入目的有關性交控制的文章，再下去是一首長長的歌謠，名叫〈傑若米．芬尼古勒的大起大落〉。這是一篇關於傑若米性愛獵奇的報導，其中不但描述許多已婚和未婚的女士，同時還有加油站的技工、摔角手，和燈塔管理員。這篇歌謠很長。每一節的結尾都一段悲嘆，嘆息傑若米從不知悔過——除了在對孩子們不好的時候，亂花錢的時候，或是暴飲暴食吃壞身體的時候。最後一篇稿子是日誌，不夠完整，也或許是還沒寫完。「感恩先生（Gratissimo Signore），」他寫著，「為了吱嘎作響的百葉窗，為了海裡的魚，更為了香噴噴的麵包和咖啡，因為它們意味著清晨和新生。」後面還寫了很多，都是一些矯飾淫穢的文字，我不想看下去了。

我的太太很可愛，我的孩子很可愛，這兒的景致很可愛，他的人和他那些齷齪的文字在這夏夜裡是多麼地殺風景。我很高興得知這個消息，他的死總算替他把所有的難堪解除了。我對他還懷有些許哀傷，因為他曾經傳遞過一種情感，無論生命中的榮景或痛苦就像把他的鼻子壓扁的一塊玻璃：他似乎都能戲劇性的化解這一塊壓扁他鼻子的玻璃所帶來的急迫和嚴重性。我記得他那雙秀氣的手，輕柔的聲音，那看起來像羊眼睛似的，有些輕微斜視的瞳孔；不過我不明白他失敗的原因，我直覺他敗得很慘。在淫亂縱欲上頭我們有誰不是險象環生，區區一線之隔而已？生與死之間的不同，其實跟在甲板上看著大船靠近里斯本和待在床上跟特洛揚夫人膩在一起的差別是一樣的。我還記得靠岸時的心情，海岸邊那愉快的，鹹鹹的海水味，就像我祖父那雙浴室拖鞋的味道。遠處沙灘傳來的聲音，那些別墅、海鈴、聖鐘，牧師的歌聲和陸地在望時乘客們驚喜的笑臉，感覺就像從來沒見過陸地似的。

我錯了，只要翻開一本舊的《歐羅巴雜誌》或《時代雜誌》，你立刻就會發現我的錯誤。那天是星期一，我和我兒子在聖史提芬諾港附近的岩礁叉魚。我和我兒子處得並不好，我們兩個最拿手的就是彼此唱反調。我們在陽光下爭持不下，在海底卻是超級好友。我很喜歡看到他在水裡的樣子，就像拍電影那樣，頭下，腳上，拿著魚叉，通氣管不斷地冒出氣泡。還有那像煙霧似的，被他攪動起來的海沙。在礁石中間的深水裡，平常時候令我們生氣困惑的緊張關係似乎全都不見了。這裡真可愛。透過海面，太陽像一張巨大的光網般的照著海底。繽紛有如口紅顏色的海星，開滿了白色花朵的礁石。一個節日過後，星期天，海灘擠滿人群，海底也多了許多別的東西——三明治的包裝紙、《消息報》上的字謎遊戲、沉到水底的《時代報》。就在這些報紙的社會版面上，布里莫從海底仰頭看著我。他沒死。他和一位義大利的電影明星結婚了。他的左手臂環著她的纖腰，兩腳交叉，右腳前左腳地的站著，他的右手拿著酒杯。他看上去還是老樣子，我不知道他是不是把他的身心靈都賣給了惡魔，抑或是他終於找到了自己。我游出海面，甩掉頭髮上的水珠，我想我真是想太多了。

黃金年代

對於城堡的觀念，我們自小養成，改不了的，為什麼要改？為什麼要唱反調說城堡的院子裡紫薊叢生，破敗的寶殿門口有一窩綠色小蛇在看守呢？這裡的堡壘、護城橋、城垛和塔樓，早在我們長水痘的年紀，有駐軍在的時候就有了。最早一座城堡是英國人的，這一座是西班牙國王在占領托斯卡尼時期建造的，不管由誰建造，那種尊榮的感受，貴族們至高無上的神秘性，依舊不變。這裡樣樣有趣樣樣都好。在城垛上喝馬丁尼有趣，在噴泉中洗澡有趣，甚至在晚餐後爬下樓梯溜進村子買一盒火柴也很有趣。護城橋降下來了，兩扇大門也敞開著，那天清晨，我們看見一家人帶著全副野餐的裝備，越過了護城河。

他們是美國人。不管怎麼小心，還是掩不住外地遊客的那種可笑和笨拙。父親是一位個子很高的年輕人，有點駝背，一頭捲髮，一口白牙。他的太太很漂亮，還有兩個兒子。兩個孩子都佩著塑膠的機槍，那是他們的祖父母最近才郵寄過來的。這天是星期日，鈴聲在響，究竟是誰把這些鈴噹帶進了義大利？不是佛羅倫斯的牛鈴聲，而是刺耳的鄉下鈴聲，鏗鏗鏘鏘地響徹整片橄欖林和種滿扁柏的巷子，就像阿提拉[59]大軍入侵時戰車發出來的聲音，簡直太不協調了。急促的鈴聲傳遍這幾個僅存的，如假包換的古老漁村。順著城堡的階梯盤旋而下，就會進入一個遠離塵囂的可愛地方。

這裡沒有通聯的巴士也沒有火車。沒有公寓也沒有旅社，沒有藝術學校，沒有觀光客也沒有紀念品；甚至連一張明信片都沒得買。在地人穿著多彩的服飾，一面打工一面唱歌，用漁網也能撈到希臘花瓶。這是世上唯一還能聽見牧羊人吹笛子的地方，穿著寬鬆衣裳的漂亮小姑娘頭頂著魚簍像從畫裡走出來似的，天黑之後小夜曲的歌聲四處傳唱。這幾個美國人走下階梯，走進了村子。

穿著黑衣上教堂的女人跟他們點頭打招呼。「詩人。」她們互相說著。詩人早，詩人的太太早，詩人的孩子們早。她們的禮數似乎令這個陌生人十分尷尬。「他們為什麼叫你詩人？」他的大兒子問，父親沒回答。到了廣場，終於看到了這個村子不盡完美的事證。原先被粗糙的道路擋著視線的，又顯現出來了。村子裡那些男孩待在噴泉周邊，草帽歪在額頭上，牙齒咬著火柴棒，走起路來大搖大擺，就像一出生就騎著馬似的，雖然這兒連一匹馬也沒有。快餐店裡電視發出來的藍綠光線把他們脫胎換骨般的從水手變身成牛仔，從漁夫變身成歹徒，從牧羊人變身成了問題青少年或是大會司儀，膀胱裡裝的全是可口可樂，這一切看在這些美國人眼裡非常難過。都是我的錯，希頓想著，這位大家口中的詩人正帶領著全家穿過廣場走向他們的小船停泊的碼頭。

港灣圓得像湯盤，開口位在兩座斷崖之間，有著圓形塔樓的城堡矗立在外面靠海的斷崖上，希頓一家租下這裡避暑。看到這近乎完美無敵的景色，希頓不禁展開雙臂高呼：「天哪，太棒了！」他在船尾幫妻子撐著傘，一面為了誰應該坐哪個位子的事跟兩個孩子爭持不下。「我叫你坐哪你就坐哪，湯米！」他吼著。「我不想再聽你說那些廢話。」兩個孩子不斷回嘴，火藥味很濃。船終於

59　Attila the Hun，四〇六—四五三，古代歐亞大陸最有名的匈人皇帝，有「上帝之鞭」的稱號。

在大呼小叫中出海了。這時鈴聲已經安靜下來，他們聽得見教堂裡那臺老風琴氣喘咻咻的聲音，顯然海霧把它的肺全都腐蝕掉了。沿岸的海水有些溫熱，而且特別的髒，但出了防波堤，水質立刻變得清澈無比，顏色漂亮得就像一種發光的元素。希頓瞥見了小船的影子，沉浸在十噚深[60]的砂堆與岩石上，他感覺，那就彷彿是漂浮在蔚藍的空中一般。

小船的槳架上有環扣，希頓站在船中間，用全身的重量抵著船槳。他自認為在這方面是高手，甚至維妙維肖。但即使距離再遠，人家也絕對不會把他看成是義大利人。事實上，這個可憐人帶著一種歉疚甚至是羞愧的神情。這漂浮的幻覺，這白日裡的寧靜，這城垛圍繞的塔樓襯著有如我們內心天良般的這片蔚藍天空，也不足以消弭他的罪惡感，頂多只是懸在那裡不動而已。他覺得自己是冒牌貨，是騙子，是附庸風雅的罪犯，他的妻子感受到了他的情緒，在一旁溫柔地說：「別擔心，親愛的，沒有誰會知道，就算知道了，他們也不會在意的。」他擔心，因為他不是詩人，因為他覺得，這美好的日子就該是他攤牌認罪的時刻。他根本不是什麼詩人，之所以這麼說只是希望在義大利博取一份好感。這算是無害的欺騙，一種嚮往罷了。他來義大利只是為了想要過一段光鮮亮麗的日子，至少能夠讓他充分地做回自己。他甚至真的想要寫詩，寫一些關於善與惡的詩。

斷崖周邊的海面上有非常多的小船。無所事事的閒人和海灘男孩們全都出籠了，晃動著船舷，逗著小妞，大聲唱著歌謠。所有的人都對這位詩人表示歡迎。崖壁四周的海岸很陡，陡坡上有梯形的葡萄園，密密麻麻的迷迭香，湧入的海水在這兒形成一連串的海沙灣。希頓把船划向最大的一處海灣，船一靠近海灘，兩個兒子便直接跳進海裡。他把船靠了岸，把陽傘和其他一些雜物都一起帶下船來。

每個人都來跟他們寒暄，每個人都向他們揮手，村子裡的人都在沙灘上，除了幾個經常去教堂做禮拜的。希頓他們是這裡唯一的外來客。這裡的沙子是暗金色，這裡的海耀眼得像彩虹，祖母綠、孔雀綠、寶藍、靛青。這樣無私無瑕的景致令希頓感動到了極點，此時此刻他的胸中滿是感恩的激流。這才是真，他想著，這才是美，這才是人性最根本的善！他在清淺的水中游完泳，四仰八叉地攤在陽光下。但是他似乎又開始心神不寧了，彷佛又在為自己不是詩人的這個問題苦惱著。如果他不是詩人，那麼，他究竟是什麼呢？

他是寫電視腳本的編劇。在這座城堡底下，躺在海灣的沙灘上的，就是一個寫劇本的人。他的罪行就是，他是荒謬情境喜劇《妙家庭》的作者。在編寫劇本的過程裡他發現他寫的不是一群血肉之軀的正常人，而是一整個有悖常理的王國，所以他拋下工作，飛到了義大利。現在這齣「妙家庭」已經在義大利的電視臺播出了。在這裡叫做《酷家庭》。他編寫的那些見不得人的東西會攀上西恩納的塔樓，會流傳到佛羅倫斯的老街，還會從格瑞提皇宮酒店傳揚到威尼斯的大運河上。這個星期天是他的初登場，他的兒子，一直以他為榮的這兩個孩子，早已把這事在村子裡宣揚開了。詩人啊！

他兩個兒子帶著他們的機槍去作戰了。這又是一個令他椎心的提示。電視的污染就扛在他們天真爛漫的肩膀上。村子裡的孩子們唱歌、跳舞、摘野花，他的兒子們卻在岩石堆裡，從這塊石頭攻

60　Fathom，英美長度單位，不屬於國際單位制。一噚為六英尺，此單位多用於測量水深。由於水質澄澈，希頓能看見影子透進水底下的砂石。

到那塊石頭的打打殺殺。這只是個小過錯，稀鬆平常，卻令他驚慌失措，他實在不願意把他們叫過來，大費周章地向他們解釋，這樣逼真的佯裝哭喊和死亡的樣子，只會加深國與國之間的誤解。他們果然被誤解了，他看見那些女人不斷地搖著頭，想著一個國家竟野蠻到會拿槍砲給小孩子當玩具。媽媽咪呀！這些都是從電影裡看到的啊。你不敢走在紐約街頭，因為有幫派火拚，一旦闖進紐約，就等於闖進了荒野，處處都是赤身露體的野蠻人。

打完仗，他們再下水游泳，希頓帶了叉魚的工具，在海灣頂端一處岩礁上探索了一個小時。他潛入水中，游過一大片透明的魚群，再往深處去，海水變得又冷又黑暗，他看見一隻章魚不懷好意地盯著他，然後收起牠的手腳，溜進了佈滿白花的岩洞裡。就在岩洞的邊緣他看到了一隻希臘雙耳花瓶。他探出手，感覺到粗糙的陶土刮擦著他的手指，再浮出海面吸氣。他一次又一次地潛下去，終於成功地讓這隻瓶子重見天日。瓶身圓胖，瓶頸很細，附著兩隻小小的把手。瓶頸圍著一圈顏色較深的陶土。瓶子幾乎已經裂成兩半。這類花瓶，或者手工比這更細緻的，沿岸隨處可見，沒什麼價值，隨便擺在快餐店，麵包店，理髮店的櫥架上，可是這隻瓶子對希頓來說價值非凡。一個電視編劇能夠深入地中海，撈起希臘花瓶這件事彷彿是藝術文化上的一個好兆頭，是自我價值的一個明證。他喝了一點酒以示慶祝，這時也到了該吃飯的時候。他用這瓶酒配午餐，吃飽喝足，就像沙灘上其他人一樣，躺在陰涼裡進入夢鄉。

希頓睡醒之後下水游了一會提振精神，就在這時候他看見有幾個陌生人乘著小船過來。羅馬來的吧，希頓猜想，這一家人應該是來塔隆尼亞度週末的。船上有父親、母親和一個兒子。父親笨手笨腳地划著槳。這三人蒼白的膚色，還有他們的態度，跟村子裡的人完全不同。感覺上好像是來自另一塊大陸。距離慢慢地接近，那女的在叫她丈夫把船泊在沙灘上。

父親的回應很大聲很火爆。他完全沒有耐性了。划船不是容易的事，他說。絕對不像看起來那麼簡單。要停靠在一個陌生的港灣更不簡單，要是起了風，小船就會撞得粉碎，他就得賠船主一艘新船。船很貴的。這番長篇大論使得那母親尷尬，孩子也覺得厭煩。母子倆都穿著泳衣，父親沒有，他穿著白襯衫，他似乎跟周圍的寧靜很不搭調。紫色的海水，優游的泳者只有更加深他的怒意，惱怒和不安更使得他脹得滿臉通紅，他激動的對著那些游泳的人不斷呼喝，對岸上的人像連珠炮似的不斷提問（這水有多深？這海灣究竟安不安全？），最後小船總算平安入港。在這段呼來喝去的表演過程裡，那男孩對母親會心地偷笑著，那母親也報以同樣的笑容。母子兩人對於這樣的演出容忍太多年了！難不成還要一直忍下去嗎？那父親怒氣衝天地把錨下在兩呎深的海水裡，母親和兒子從船舷的邊緣滑進水裡游開了。

希頓看著那父親，只見他從口袋裡抽出一份《時報》（Il Tempo）來看，可是光線太強了。他忽然緊張兮兮地摸口袋，檢查屋子的鑰匙和車鑰匙，好像擔心它們會長了翅膀飛走似的。接著，他用罐頭把船底的一點疙瘩刮掉。然後檢查磨損的槳架，看手錶，試探一下船錨，再看手錶，再觀察只有一朵雲的天空，看是否有雷雨的徵兆。最後，他坐了下來，點起一支菸，於是來自四面八方的焦慮，全部上了他的眉頭。羅馬家裡的熱水器忘了關！他的公寓，他所有值錢的東西，就在此刻，大概全都炸光啦。他那部車子的左輪胎扁了，很有可能沒氣了，八成是被那些偏僻小漁村裡的土匪偷走過。西邊的那朵雲很小，可是這種雲就是壞天氣的預告，他們回去的時候肯定會遇上滔天巨浪，等到他們趕回客棧（已預付了晚餐的費用），最好的酒肉肯定早就被人家吃個精光。就他所知，他不在國內的這段時間義大利總統很可能已遭到謀殺，里拉大貶值。這個政府就要垮臺了。他猛地站起來，對著妻子兒子狂吼大叫。該走啦，該走啦。天要黑啦。暴風雨要來啦。吃晚飯要來不及啦。到弗里奇的路上要大塞車啦。他們要錯過好看的電視節目啦……

他的妻子兒子掉過頭慢慢地游向小船，他們一點也不急。他們知道，時間還早。天還沒黑，更沒有暴風雨的徵兆。他們也不會錯過客棧的晚餐。經驗告訴他們現在趕回去，很可能客棧裡連餐桌都還沒佈置好，但是他們沒得選擇。他們爬上了小船，那父親收起船錨，又開始對游泳的人大聲呼喝，又開始向岸上的人不斷地發問。終於他把小船划進海灣，繞過了岬角。

他們剛離開不久，有個海灘小伙子攀上最高的岩石，揮動著一件紅襯衫，大喊：「鯊魚！鯊魚！」游泳的人全部轉向，激動地吼著，在浪裡翻騰著，手腳並用地拚命游回岸邊。在他們原先戲水的地方清楚地看見鯊魚的鰭。幸虧及時發出警報，那鯊魚氣呼呼地在孔雀石綠的海水中巡遊。游泳的人排排站在岸邊對著鯊魚指手畫腳，一個小孩站在淺灘上嚷著：「壞蛋！壞蛋！壞蛋！」這時大家忽然歡呼起來，村子裡最棒的游泳好手馬利歐拿著一支長長的魚槍在小徑上出現了。馬利歐是個石匠，或許是他過於勤奮，所以跟這裡的風景顯得格格不入。他的腿太長，又隔得太開，他的肩膀太過渾圓，又好像太過方正。他的頭髮稀薄，但他的肉體豐盈肥滿，使得那些雄壯的男孩不得不紛紛繞過。他率真的裸裎令人疼惜，有一種陌生又親密的感覺。他在歡呼聲中穿過人群，臉上沒有一絲笑容，他抿緊嘴唇，踏入水中，快速游向沙洲。鯊魚已不見蹤影，連陽光也不見了。黑暗無趣的沙灘催促著戲水的人該收拾東西準備回家了。沒有一個人在等候馬利歐上岸；根本沒有人把他放在心上。他握著魚叉站在黑暗的水中，他做足準備，要為社區的安全福祉把關，但是所有的人卻已掉頭離去，大家唱著歌，攀上了崖壁。

去他的《酷家庭》，希頓想著。管它的。在一天裡這麼美好的一個時刻。各式各樣的歡樂、佳餚、美酒、愛情，都擺在眼前，在這越來越暗的陰影中，他似乎也擺脫了對電視節目的責任，對人生的執念。現在所有的一切都沒入了黑暗，沒入了黑夜寬闊的懷抱中，所有的爭議都暫時擱置。

他們走的這道扶梯四通八達，不但經過他們租下來的綴滿花飾的城樓，更直通護城的吊橋和城門，這梯子是由國王、建築師，和石匠們聯手的成果，集軍事、氣派與美麗於一身。沒有轉折，沒有分岔，沒有塔臺城垛，一氣呵成。在城樓上，在每一個敵人可能入侵的地方，都有精心打造的徽紋，那偉大的，八噸重的西班牙國王徽章代表著鮮血、信心和守城者高雅的品味。正門入口處，王室的徽章從握著三叉戟的海神手裡落到護城河中，但徽紋向上，十字架，和大理石雕的綴飾在水中清晰可見。

牆上，在各種銘文鏤刻當中，希頓看見了這幾個字「美國人，滾回去，滾回去。」字跡模糊；有可能二戰留下來的，也可能是因為塗寫的時候太倉促。他太太和兒子們都沒看到，他站在一旁等他們從吊橋過來走進院子，然後再回去用手指把那些字跡抹掉。這究竟是誰寫的？他感到困惑又悲涼。他是應邀來到這個陌生的國家。邀請的陣仗超級強大。旅行社、輪船公司、航空公司，甚至義大利政府都在求他，求他放下舒適安逸的生活出來旅行。他接受了這個邀請，他接納他們的款待，而現在，從這面古老的牆上，他發現這裡的人並不需要他。

在這之前他從來沒有不被需要的感覺。這幾個字從來沒人說過。在襁褓中他被需要，在青春年少時他被需要，在當情人、丈夫和父親時他被需要，在編劇、談話場合、作伙搭檔時他被需要。一直以來他都太被需要了，他唯一擔心的是自己不要太過張揚，要適可而止，讓魅力發揮得恰到好處。高爾夫球、網球、橋牌、字謎、雞尾酒會、理事會，處處都需要他。而今，這一面粗陋的、老掉牙的牆壁竟把他說得像是一個賤民，一個沒名沒姓的乞丐，一個流浪漢。他太受傷了。

冰塊貯存在城堡的地窖裡，希頓取了攪拌雞尾酒的搖杯，加滿冰塊調了一些馬丁尼，帶到最高的塔樓上，他太太跟他一起在城垛上觀看變換的天光。黑暗逐漸填滿了塔洛尼亞斷崖上的每個縫隙，沿岸的山丘就像女人的酥胸，這牽強附會的想像平靜了希頓的情緒，也激起了他內心深處的溫柔。

「吃過晚飯我可能會去咖啡廳，」他太太說，「去看看他們的音響弄得怎麼樣了。」

她不了解他為電視臺寫劇本的情緒壓力有多重；她從來就不知道。他沒吭聲。站在城垛上，望著遠方。詩人，資深的旅人，艾莎．麥斯威爾[61]的朋友，王儲，公爵——這些都是別人對他的看法，實際上他什麼也不是，在他周遭的世界已然失去了鼓舞和改變他的力量。他靠的是自己，《妙家庭》的作者本人，排除萬難，花費不貲地漂洋過海而來。再美好再華麗的排場也改變不了這些事實，他還是會被太陽曬傷，還是有欲望，還是會餓，還是彎腰駝背，他坐著的這塊石頭，當年是由偉大的西班牙國王放置的，照樣會把他的屁股戳痛。

晚餐時，廚娘克萊門提娜問說可不可以也去村子裡看《酷家庭》。他兩個兒子當然是跟著他們的母親。晚餐後，希頓回到塔樓。捕漁的船隊開始出海，魚船的燈火全亮了。月亮照在海面上，閃爍生輝，海水似乎隨著月光在迴旋蕩漾。他聽見村子裡母親呼喚女兒的高八度美聲，不時地，還夾著電視機裡刺耳的聒噪聲。再過二十分鐘這一切就會結束，但是罪惡感卻無可自拔。啊，要如何才能停止暴行，粗俗和批判呢？他瞧見妻兒們提著燈火走上樓梯，他走到塔樓門口迎接他們。另外還有別人。跟他們一起的是誰？這些跟著上來的人是誰？醫生？市長？有個小女孩拿著幾支劍蘭。這是獻禮——友善的獻禮，從他們輕快地聲音聽得出來。他們是來向他致敬。

「太美了，太有趣了，太真實了！」醫生說。

小女孩把花獻給他，市長愉快地擁抱他。「啊，我們認為，先生，」他說，「您是位不折不扣的詩人。」

61　Elsa Maxwell，一八八三—一九六三，美國知名電影編劇和演員。

矮櫃

我討厭小個子，對他們我頂多一筆帶過，多說無益，我弟弟理查就是這樣的一個人：小。他手小、腳小、腰身小、兒女小、老婆小，他來參加我們的雞尾酒會，坐的那張椅子也小。隨手拿起一本他寫的書，在扉頁上就有他的簽名，「理查．諾登」，字跡非常小。就我的看法，他整個人散發出一種很噁心的，小不拉嘰的味道。而且他被寵壞了，很霸道，到他家去，你吃的是他的東西，用的是他的瓷器，拿的是他的銀器，你要是摸熟了他家裡那些古怪又無聊的規矩，說不定他會賞賜你一杯他的白蘭地，就像三十年前，你要是進他的房間，照他的意思玩他的玩具，他就會賞賜你一杯他的薑汁汽水。有些人說一套做一套，行動遠不及表面的熱情。他們不是真正的在談戀愛在交朋友，而是與生俱來的會演，跟男人、女人、小孩、狗，演出一場激勵人心的大戲。尤其在卡司本錢不足的情況下他們的表演尤其搶眼。拙劣的演出會吸引我們繼續看下去。劇中的天真可愛的少女太老了。女主角也是。狗的品種不對，家具不搭調，戲服破破爛爛，咖啡壺裡也倒不出咖啡。但是這齣戲的劇情還是像豪華大製作似的有血有淚地繼續著。看著我那弟弟，我覺得他的卡司都是二流角色，而他所表演的，或許也是恆久不變的，就是一個被寵壞了的小孩。

在我們家，家產的繼承總免不了一股強烈、極端的情緒，這幾乎已經成了一種傳統。碗盤餐具給誰都必須經由遺囑認證，還會為了幾條毯子開打，甚至一張東倒西歪的椅子也能撕裂血緣關係。起初他們為了物品爭執，如一隻大湯鍋或是一個矮櫃。到最後他們更狹隘地，去爭執材質、瓷器的釉色，或是木料拋光的程度。我本身就有深切的體會。舉個例子，就像聽見大鍵琴的琴音，就會牽動起我的愁緒。因為我們的母親死得突然，她的遺囑裡有一句話語意不清，家傳的寶物全部由堂姊瑪蒂妲一把抓。當時也沒有任何人強烈質疑她的自作主張。她現在九十幾歲了，高齡似乎把她貪心的毛病也治好了。她寫信給我和理查，他說她的東西只要我們想要的她都樂意給。我回信說我想要那隻矮櫃。我記得那是一件很精緻，有著弓形櫃腳的家具，黃銅鑲邊，櫃面漆著哥多瓦皮革的顏色，光潔透亮。其實我只是隨口一提，並沒有真的往心裡去。可是我弟弟卻認了真。瑪蒂妲堂姊寫信告訴他說她打算把矮櫃給我，他打電話來說那櫃子他要定了，他說他想要的程度絕對超過我，沒得商量。他問可不可以星期天過來看我。我們兩個住的地方隔了大約五十哩。當然，我表示歡迎。

那天，不是在他的家，不是在喝他的威士忌，但是他發散出來的魅力，能不免令我感到如沐春風，在花園裡他注意到多年前送給我太太的玫瑰還在，他說：「看起來我的玫瑰花還是好得很啊。」我們在園子裡喝酒。是一個春日，一個令人忘懷的黛綠星期天。所有的一切都在盛開綻放，充滿了生機。還有那些炫麗的彩光，繽紛的香氣，那份舒暢直教人愛到連牙齒都酥了。然而最神祕、最刺激的還是暗處的陰影，光明對它束手無策。我們坐在一棵大楓樹底下，樹上的葉子還沒完全成形，但已足夠抵擋亮光，它美得太神奇，它不像是一棵普通的樹，而是百裡挑一的極品，是屬於從童年時期來的一整條枝葉茂盛的樹鏈。

「矮櫃怎麼樣？」理查問。

「什麼怎麼樣？瑪蒂妲堂姊寫信來問我想要什麼，我就只想要這個。」

「你從來不在乎這些東西。」

「那可不見得。」

「那是我的矮櫃！」

「有哪一樣不是你的了，理查。」

「別吵架啊，」我太太說，她說的真對。我是說了蠢話。

「我很樂意出錢買下你的矮櫃，」理查說。

「我不要你的錢。」

「你要什麼？」

「我想知道你為什麼那麼想要那個矮櫃。」

「很難解釋，不過我真心想要，我想得要死！」他的語氣是從未有過的直白和衝動。這似乎已經超越了他出了名的占有欲。「我不知道為什麼。我覺得那個矮櫃就是我們家裡的重心，是媽媽過世前我們生活的重心。如果說有哪一樣家具，哪一樣東西，可以讓我想起當年我們有多麼快樂，我們生活的多麼……」

我了解（有誰不呢？），可是我十分懷疑他的動機。那矮櫃是一件非常雅致的家具，我懷疑他是不是要拿它來表示身分，當作一種家世的證章，一種顯示他過去的富有；他確實是十七世紀貴族移民的後裔。我甚至可以看見他驕傲又得意地站在矮櫃旁邊，手裡端著一杯酒的樣子。這是我的矮櫃。甚至會把它當作他們家聖誕卡片的背景，因為這是一件手工極品，身家高尚顯赫。這無疑是他人生解惑拼圖中的最後一小片。我們曾經共有一個多波折的、煩擾的，甚至還有些悲傷的過去，理查從這些混亂中晉升到一個燦爛耀眼的境界，或許他的形象還得靠矮櫃來加強；或許沒了矮櫃這個形象就不夠完整。

我說他可以拿去，他的感謝激動強烈。我寫信給瑪蒂妲，瑪蒂妲也回了信。她要給我一個安慰獎，狄蘭奇奶奶的針線盒，盒子裡有很多有趣的東西，中國的扇子、威尼斯的海馬、白金漢宮的請帖。問題是運送。大好人奧斯本先生願意送貨，不過最遠送到我家，再遠就不行。星期四他會把貨送到，之後就要等方便的時候再用我的廂型車載去理查家。我打電話給理查，向他說明情況，他，就像剛開始那樣，又緊張又激動。我的廂型車夠不夠大？車況好不好？那星期四到星期天中間的那幾天矮櫃要放在哪裡？我絕不可以把它扔在車庫裡不管。

我星期四回到家，矮櫃已經在了，就在車庫裡。晚飯吃到一半理查來電話問矮櫃到了沒，他說話的口氣毫無遮掩，完全發乎內心。

「你不會不給我吧？」他問。

「我不懂你的意思。」

「你不會扣住它吧？」

這究竟在搞什麼名堂？我糊塗了。為了這麼一件家具有必要這麼又愛又妒的嗎？我說我星期天會送過去給他，他不信任我。他決定星期天早上和薇瑪，他的小個子老婆一起開車上來，護送我去他家。

星期六我大兒子幫忙我把櫃子從車庫挪到門廳，我把它仔細地看了一遍。堂姊瑪蒂妲照顧得很細心，矮櫃通體紅潤油亮，可是櫃子最頂上的臺面上有一圈黑色的印子，透過油亮的表層閃著微光，感覺很像是看到了什麼沉在水底的東西。這塊黑印的位置，就我的記憶，上面本來放著一隻老舊的大銀壺，壺裡總是插滿蘋果花、牡丹、玫瑰，等到夏天過完，就會換上菊花和彩色繽紛的葉子。我還記得矮櫃抽屜裡的東西，很像是我們生活中各種沉積物的總匯：拴狗的皮鍊、聖誕花環上的絲帶、高爾夫球、撲克牌、德國小天使、提摩西堂弟用來刺傷自己的裁紙刀、水晶墨水瓶，還有很多不知是哪扇門上的鑰匙。這真是一件了不得的紀念品啊。

星期天理查和薇瑪來了，帶了一堆柔軟的毯子，為了保護矮櫃，怕被我粗糙的廂型車給刮傷。理查和矮櫃黏得真像一對情人，只是這場戀愛可悲可嘆的地方，就在於他錯愛了一隻五斗櫃。在看到櫃面上那黑得發光的印子，和沾了墨漬的抽屜時，他肯定也興起了與我相同的回憶。我見過園丁愛戀他的草坪，提琴家愛戀他的樂器，賭徒依戀他的幸運物，老太太依戀她的蕾絲花紗，就是在這樣一種充滿愛意的情懷裡，理查找到了自己。他關切地看著我和我兒子把矮櫃抬上廂型車，用毯子裹好。矮櫃稍嫌大了些。雕花的爪形腳架略微凸出後面的車門。理查絞著兩隻手，但也無計可施。好不容易把矮櫃整個塞進去之後，我們啟程了。他並沒有強制我小心開車，可我知道他心裡是這麼想的。

意外發生的時候，就算要怪也怪不到我頭上。我真的看不出我有什麼辦法可以避開它。當時我們停在收費站，我等著找零，一輛敞篷車，載著一車子的青少年，撞上我的車尾，把矮櫃的一隻腳撞裂了。

「啊呀，你們這些瘋子蠢貨！」理查怒吼。「你們這些沒腦子的瘋子癟三！」他下車，揮舞著兩隻手大聲叫罵。這點損傷在我看來也還好，可是理查痛心到了一個極點。他含著淚水，訓斥那一車子不知所以的青少年。這矮櫃是無價之寶。已經超過兩百歲。不管多少錢，不管多少保險，都無法彌補這個損壞。這是世上已經失落的，最稀罕最美麗的一樣東西。在他叫嚣的這段期間，我們後面車子擠得越來越多，大家開始按喇叭，收費員要我們快點開車。「這件事太嚴重了。」理查對他說。在他取得了駕駛座上那名罪犯的姓名和行車登記證之後，我們才把車開走，可是他心情壞透了。到了他家，我們小心翼翼地把受傷的古董抬進餐廳，連同包裹一起擺放在地板上。這會兒他的驚嚇似乎被一線希望所取代。他用手指摸著被撞裂的位置，看得出他對這件家具似乎有了整修的想法。他給我一杯潤喉的酒，閒聊著他的花園，就像一位謙謙君子在面對悲痛時候的表現，不過你感覺得到他的心仍繫在隔壁房裡那個受難者的身上。

我和理查並不常見面，我們有一個多月沒見面了。後來再度相會時，是那天我們在波士頓機場，兩個人正巧都在等班機。那是夏天，正值仲夏，應該是，因為我要去南塔克特。天氣很熱。天色漸漸暗了。我們一起用了晚餐。那晚的特餐叫做火焰劍。把煮好的食材，也許是烤羊肉，也許是牛肝或是半隻春雞，擺在邊桌上，插上一支小小的劍。然後服務生把一塊類似脫脂棉花的東西放在劍尖上，再點上火，就在氣勢豪邁的火焰中上菜。我提及這件事跟好笑或者低俗無關，而是因為它吸睛。在夏日的黃昏，看著這些優雅的波士頓人和這場餐飲秀是多麼地喜氣。就在火焰劍來回穿梭的時間裡，理查談起了矮櫃。

不得了的奇遇！不得了的故事！首先他查遍附近所有的桌椅匠，在西港找到了一個會修桌腿的人，不料那匠人一看到矮櫃，立刻愛上它。他想把它買下來，理查拒絕，他退而求其次，想要知道矮櫃的歷史。東西修好了，他們替它拍了照，把照片寄去給一位專攻十八世紀家具的權威。原來矮櫃赫赫有名，它是巴斯托的矮櫃，一七八〇年的時候由大名鼎鼎的斯特布里奇家具匠打造，原本以為早已遭了祝融。它本來屬於普爾家族（我的曾祖奶奶是普爾人），一八四〇年之前都在他們的家產目錄上，直到房子焚毀為止，只是矮櫃流落何方不得而知。想不到它竟然毫髮無傷地傳到了我們手裡。現在好多德高望重的骨董商都希望把它收回來，就好像浪子回頭。大都會的館長要求理查以租借的方式讓它留在博物館內。有一個收藏家願意出價一萬美金。對於這些美好的經驗他相當得意，他喜愛和擁有的東西居然也被那麼多的人所喜愛所崇拜。

他提到一萬美金的時候我愣了一下。畢竟，我當時可以留住它的，可是我不要，我從來沒想要過，我在機場的餐廳裡意識到理查好像有點危險。之後我們互道再見，各自飛往不同的目的地。秋天他來電話談一些公事，又提起了那只矮櫃。問我記不記得家裡用來墊矮櫃的那張毯子？我記得。那是一條老舊的土耳其毯，五顏六色的，上頭有許多神秘的符號。哈，他在紐約一間店鋪裡發現一條幾乎一模一樣的毯子，現在矮櫃的四隻腳就歇息在跟過去相同的，幾何圖形的黃土地上。這下你看出來了吧，他把所有的東西都收集齊了，拼圖完整了。再以後的事他沒再告訴我，不必說我也猜得到。他買了一隻大銀壺，大壺裡插滿了花花草草，在秋天的夜晚獨自坐在那兒喝著威士忌讚賞著自己的創意。

那天晚上我想八成因為在下雨的關係；除此以外再沒有其的他聲音能夠讓理查這麼快速地回想

起從前。終於一切都完美無缺了：大銀壺、亮黃銅、地毯。這只櫃子似乎不是被他帶進了現在，而是將過去的種種帶進了他的房間。這不就是他想要的嗎？他欣賞檯面上的黑印，空抽屜裡的香味，承受雨水和威士忌的洗禮，那些曾經摸過矮櫃，替它打光上漆，把酒水擱在上面，把花草插到大壺裡，把零零碎碎的東西塞進抽屜裡的手，似乎都從黑暗中探了出來。他看著留在亮光漆上那些暗沉的手指印，彷彿這就是他們抓住生命的手段。藉著他的回想，更進一步，藉著他的召喚，他們急切地衝了進來——應該說，飛了進來。彷彿多少年來他們就在等候這次的邀請，他們等得太久太苦太不耐煩了。

第一個死而復生的是狄蘭奇奶奶，穿著一身黑，一身薑汁味。帥氣、有智慧、強勢，她突破傳統，這個驚天之舉不但為她的人生帶來滔天巨浪，顯而易見，也把她送進了天國之門。她的教育，她不屑地說，包括學習縫手帕摺邊，和說一點法文，但她卻背離了一個女子不能適當表達意見的世界，進入一個她能站在臺上暢所欲言，用拳頭猛敲講臺，獨自一人在暗處行走，看見消防車呼嘯而過的時候為打火兄弟歡呼的，她樂此不疲的世界。她的態度堅定認真，為了呼籲女權，她不惜長途跋涉到西部，到克里夫蘭這麼遠的地方。一位無所不能的女性！醫生！律師！工程師！一位能夠像露易莎姨媽一樣，抽雪茄的女士！

露易莎姨媽抽雪茄，每次趕來參加聚會的時候，一條帶流蘇的西班牙披肩在她身子後面隨風招展，圓圈耳環晃來晃去，這是她一貫誇張的進場方式，然後摸摸矮櫃，一屁股坐上藍色的椅子。她是個藝術家。她在羅馬進修。直性子、招搖、熱情、莽撞。只要有話題性的東西她都不放過——強擄薩賓婦女、羅馬大劫。裸露的男女都聚在她的大畫布上，不過這些人物畫得不清不楚，色彩都很黯淡，甚至連戰場上的雲都軟趴趴的。她知道自己不行的時候已經為時太晚。她把野心全部灌注到她的長子提摩西身上，他從墳墓裡幽幽地走了出來，抱著一卷貝多芬的奏鳴曲，一臉的怨憤。

提摩西一定會成為偉大的鋼琴家。這是她的決定。作為一個神童所承受的痛苦，剝奪、羞辱，每一項都他經歷過了。那是一段孤獨痛苦的生活。他第一次的獨奏會是在七歲。跟管弦樂團一起演奏是在十二歲。第二年巡迴演出。他穿著奇怪的衣服，蓄著一頭抹了油的長捲髮，十五歲自殺。他母親冷酷無情地逼迫他。這樣一個有熱情，肯犧牲奉獻的女人為什麼會犯下這樣大的錯誤？也許她為了療癒，為了報復自己的生不逢時，始終被那些志得意滿的男人女人排擠在外的感覺。也許她深切地以為名望可以終結這一切，如果她是有名的畫家，或者，有名的鋼琴家，他們就永遠不會再嘗到孤寂，和嘲弄。

理查拿湯姆叔叔沒轍，他沒辦法不讓湯姆叔叔加入。他無能為力。等到他清楚矮櫃的魔力其實是一場痛苦的時候已經太遲。湯姆叔叔以一個老運動員的身段進場了。他是個多情種子。沒有人搞得清楚他的風流韻事。他週週換情人，有時甚至三天兩頭地換。也許十幾個，也許百來個，也許上千個。他懷裡抱著的是他最小的兒子，兩條腿都上了支架的彼得。彼得還沒出生腿就先跛了，那次他爹娘吵架，湯姆叔叔把露易莎姨媽從樓上推了下來。

米爾瑞姑姑僵硬地空降下來，像平常那樣，把她的藍裙子拽到遮住膝蓋，侷促不安地看著奶奶。老太太把她的自由奔放全數傳給了米爾瑞，彷彿那就等同於保護一個國家的條約和協議，國旗和國歌。米爾瑞知道順從，針線，家務都不屬於她。傾向於做一個滿足的家庭主婦就意味著把她母親一輩子辛苦打拼來的天下拱手讓給了暴君。她非常清楚這是絕對不可以做的一件事，只是她也不知道她該做的究竟是什麼。她寫劇。寫詩。她花六年的時間編寫哥倫布的劇本。她的丈夫薛尼叔叔，推嬰兒車，推吸塵器。她生氣地看著他做這些家務事。他篡奪了她的權利，她的功能。她有了情夫，前面三、四次都在他們相遇的旅館裡見面，她覺得終於又找到了自己。這當然不是她母親造就的機會，但絕對好過編寫哥倫布的劇本。她明知這是偷情，她心甘情願。外遇本來就敗德，結局自然不會好，曝光、匿名信、淚水。她的情夫跑了，薛尼叔叔開始喝酒。

薛尼叔叔從墳墓裡蹣跚地走出來，坐上沙發，坐在理查旁邊，一身酒氣。自從發現老婆出軌他就開始酗酒。他臉頰凹陷。肚子大到連襯衫釦子都迸開了。他的腦子和他的眼神一樣，呆滯。他醉醺醺地把一根點著的香菸掉到沙發上，絨布面在冒煙。理查現在似乎只能侷限在觀察的位置。他不能說話也不能動。薛尼叔叔看見煙火，就把杯子裡的酒倒在沙發上。威士忌和沙發噴出烈焰。坐在溫莎椅上的奶奶立刻跳起來，可是椅子的木條勾住了他的衣服，把下擺扯破了。幾隻狗吠了起來，跛腳的年輕彼得以細細的聲音唱起了相當諷刺的歌：「普世歡騰！救主降臨！宇宙萬物歌唱」，這是理查想像中再次重現的聖誕晚餐。

在某種程度上，或許在買大銀壺的時候，理查就決定要讓自己回到過往的恐懼，他的人生實際上就是一個圓弧形。他對薇瑪，幸福和確定的感覺肯定是有的，不過，矮櫃一旦在他的屋子裡取得了至高點，他似乎立刻回到了不開心的童年。感恩節時，我們去他家吃晚餐。矮櫃站在餐廳裡，站在有著許多神祕符號的地毯上，大銀壺裡滿是菊花。理查對他老婆孩子說話的口氣很暴躁，這種情形我已經很久沒聽過，幾乎都忘了。他跟每個人吵架；甚至對我的孩子也不例外。啊，為什麼有些人就可以有高高在上的特權，其他人就得莫名其妙地忍受這種怒氣、汙染，和噩夢呢？我們儘快離開。

回到家，我從餐具櫃裡拿出綠色的玻璃樽，這原本是米爾瑞姑姑的，我拿榔頭把它砸得粉碎。接著我把奶奶的針線盒扔進垃圾桶，把她的蕾絲桌布燒出一個大洞，再把她的錫器埋到花園裡。把所有的古董送走——羅馬的錢幣、威尼斯的海馬、中國的扇子。我們應該珍惜的是對於死亡的一知半解，和驚天動地的愛情才對。把樓梯間的填充貓頭鷹和樓梯柱子上的愛瑪仕雕像統統拿掉！把紅寶石項鍊當掉，把白金漢宮的請帖扔了，把慕拉諾的香水瓶和廣州來的魚盤踩爛。凡是干擾我們，對我們的意志、睡眠，甚至走路都有意見的東西全部滾蛋。乾淨和勇氣是我們的口號。只有它們才可以讓我們通過武裝的崗哨，越過大山也似的屏障。

音樂老師

一切似乎是編排好的。那晚希頓打開大門從玄關走進客廳的時候就意識到了。一切似乎都經過精心設計，就像他年輕的時候，知道女孩子就是喜歡鮮花、蠟燭和唱片。眼前的這個安排好的場面不是為了讓他高興，也不是要他生氣罵人那麼簡單。「哈囉。」他放鬆心情大聲地說。屋裡一片啜泣聲。小客廳的中央豎著燙衣架，上面攤著他的襯衫，他的妻子潔西卡邊燙衣服邊擦眼淚。小女兒喬絲琳站在鋼琴邊號啕大哭。坐在喬絲琳附近一張椅子上的是大女兒蜜莉森，她兩手捧著破掉的洋娃娃，也在哭。菲麗絲，二女兒，趴在地上，拿著開罐器在摳小沙發上的填充物。一陣陣羊腿的焦味不斷從開著的廚房門飄進客廳。

他不能相信他們一整天都這麼失序。這一切肯定是早有計畫，編排好的，包括烤爐裡的熊熊大火，就等著他回家的這一刻。他甚至覺得他看見妻子焦慮疲憊的臉上有一種內心十分平靜地表情，她是帶著讚賞的眼光在看著周圍所呈現出來的效果。他崩潰但還不至於絕望，他在門口站定一會，鼓足勇氣走上前準備獻上開場的一吻；就在他走近燙衣架的時候，他妻子手一揮，說：「別靠近我。你會被我傳染到感冒。我感冒得非常嚴重。」於是他轉向，先把菲麗絲抱離沙發椅，答應幫蜜莉森把洋娃娃修補好，再把最小的女兒抱進浴室，替她換過尿布。廚房裡傳來潔西卡的咒罵聲，她在煙霧騰騰之中把羊肉從烤爐裡端出來。

羊肉燒焦了。其他的東西也幾乎都是焦的。麵包捲、洋芋、冰凍的蘋果塔。希頓嘴裡是焦黑的食物，心裡更是難以承受的沉重，他就著一盤難以下嚥的飯菜望著潔西卡的臉，這張曾經充滿智慧和熱情的臉，此刻在他眼裡變得暗沉又迷惘。晚餐後，他幫忙清理碗盤，給孩子們讀故事，孩子們真誠地喜歡他所做的一切，他們對他的愛裡面充滿著強大的信賴感，這使得剛才吃的那些燒焦的肉味除了難受還多了一份辛酸。煙焦味久久不散，全家都已入睡，除了希頓。他獨自坐在客廳裡，思考著自己的問題。他結婚十年了，潔西卡在他眼裡依然是一個氣質獨特的可人兒，但是這一兩年他們之間似乎出現了一些嚴肅又神祕的問題。把肉燒焦這件事很不尋常，但這已經變成了常態。她燒焦了排骨，燒焦了漢堡，甚至連感恩節的火雞都燒焦了，她似乎都是故意的，彷彿這是她向他洩憤的一種手段。這並不是過勞的抗議。清潔工和各種機器幫手，都可以減輕她的工作負擔，結果還是一樣。甚至，他認為，也不是怨憤。這像是地下洋流的改變，那是一種兩性之間的競爭，一種革命——這或許連她自己都不知道——在日常最普通的一些事物上不斷地翻攪。

他不想離開潔西卡，但是他能忍耐多久呢，應付這些哭泣的孩子，陰沉的臉色，煙霧瀰漫亂成一團的屋子？他抗拒的不是這份亂，而是威脅，威脅到了他自尊裡最健康最珍貴的一部分。長期處在這樣的環境底下對他是戕害，是不適當。他能怎麼辦？他和潔西卡需要的應該是改變，改變、轉念和空間大概是他和潔西卡目前最需要的。或許，在他有限的思考裡，設法使婚姻延長是唯一可行的辦法，而他唯一想到的就是帶潔西卡到十年前常去的那家餐館，當時他們還是戀人的時候，常去那裡吃一頓大餐。但即便這麼簡單的事情，也不簡單。直截了當的邀約很可能只會得到直截了當又難堪的拒絕。他必須小心謹慎。他要讓她感到驚喜，讓她解除武裝。

時序初秋，天氣爽朗，黃葉滿地。從窗戶，從大門上的玻璃格子，都可以瞧見紛紛的落葉。希頓等了兩三天。他在等一個特別晴朗的好日子，那天上午，他從公司打電話給潔西卡。這時候打掃的阿姨會在，他知道。蜜莉森和菲麗絲去上學了，喬絲琳在睡覺。潔西卡也正閒著，甚至懶懶地在發呆。他在電話裡跟她說要她進城跟他一起吃晚飯，但不是以邀請的口吻。她猶豫著，她說臨時怕找不到陪孩子的人；最後她答應了。他甚至在她的語氣裡聽到了一絲他喜愛的嬌柔。

他們有一年多都不曾兩個人一起上餐廳吃過飯了，那天晚上離開公司，他不再走往車站方向的老路，就是這方向，就是這大而無當死氣沉沉的習慣，他知道，拖累了他們的親密關係。他的人生畫了太多的圈圈，他想著：可是跨出去竟是那麼地容易。他約她的這家餐館既美而廉，窗明几淨，充滿了新鮮麵包和醬汁的香氣，那天晚上他到達的時候，餐館裡已經準備就緒，氣氛格外迷人。衣帽間的服務小姐記得他，而他也記得自己年輕時候神氣活現走下樓梯進入酒吧的模樣。每一樣東西都那麼地香那麼地好聞。酒保來當班了，穿著白外套，鬍子也刮得乾乾淨淨。一切都那麼地親切，隆重。每一樣東西都閃閃發亮，落在他肩膀上的燈光依舊是十年前的燈光。領班過來招呼問好，希頓點了一瓶酒，他們倆的酒，冰鎮過的。面對夜色的那扇店門，也還是當年他望著潔西卡走進來的同一扇門。突然，他好像可以看著潔西卡頂著一頭雪花走進來。他看著她穿著新衣新鞋走進來，他看著她有時得意，有時憂心，有時因為遲到而抱歉著走進來。他還記得她的眼光掃過酒吧尋找他的樣子，她停下來跟衣帽間的服務小姐說話的樣子，然後輕巧地走過來，把手放在他的手裡，開心又優雅的跟他度過整個晚上。

但他忽然聽見小孩子的哭聲。他轉身，剛好看到潔西卡從店門口走進來。那個哭泣的小娃兒貼在她的肩膀上。菲麗絲和蜜莉森跟在後面，穿著破舊的雪衣。時間還早，餐館裡客人還不多。這個進場式，這個情況，好在不是發生在一個小時以後，不至於太過驚動。可是，對希頓來說，已經夠震驚了。潔西卡站在店門口，懷裡抱著一個哭的，另外兩個孩子跟在她身旁，一邊一個，這給人的感覺不像是因為情況不得已才帶著孩子一起來跟丈夫見面；這給人的感覺是，她有心當眾指控這個虐待她的男人。她並沒有當面指責他，但這一個組合的意義根本就是誇張，就是控訴。

希頓一個箭步迎上前去。這不是一家適合帶孩子來的餐館，不過衣帽間的服務小姐還是很客氣地幫蜜莉森和菲麗絲脫下雪衣。希頓接手抱起喬絲琳，她立刻不哭。

「保母沒辦法過來。」潔西卡說，她似乎不敢對上他的目光，他親吻她的時候她把頭別開。他們被帶到靠裡面的一個桌位。喬絲琳弄翻了一整碗的橄欖，這頓飯吃得既混亂又氣悶，就像平常在家裡吃燒焦的飯菜那樣。回程的路上孩子們都睡著了，希頓當然知道他沒有成功，他被打敗了，或者說，被整慘了。這可是頭一次。他懷疑他面對的不是潔西卡神秘又性感的影子，而是明顯到了極點的不可理喻。

他不肯放棄，再次嘗試；他邀請湯普森夫婦星期六下午來家裡喝雞尾酒。他看得出他們不想來。他們要去卡米諾家，人人都想去卡米諾家裡。希頓他們已經有一年多沒請客了，他們的屋子好像得了社交障礙症似的。湯普森夫婦肯來純粹是為了交情，他們過來喝一杯就要走。湯普森夫婦倆很得人緣，傑克．湯普森，稍許的大男人作風令希頓十分羨慕。他告訴潔西卡，湯普森夫婦會來作客。她沒說話。他們來的時候她不在客廳，過了幾分鐘才出現，提著滿滿一籃子待洗的衣物，希頓問她要不要喝一杯，她說她沒時間。湯普森夫婦看得出他很困擾，但沒辦法留下來幫他，他們得趕去卡米諾家。露西．湯普森上了車，傑克又走回來很強烈很認真地對希頓說了幾句話，顯然是出於友情和同情，希頓仔細地聽著。他說他看出了問題，他說希頓應該要有一種愛好。一種特別的，專門的嗜好：他應該去學鋼琴。有一位叫做戴明小姐的女士，他可以跟她見個面。她幫得上忙。說完他便揮手道別，開車走了。這番忠告對希頓來說並沒什麼特別的感覺。他累，他絕望，他的人生意義在哪裡？回到客廳，菲麗絲又在拿開罐器摳椅子。理由是她的兩毛五分硬幣卡在裡面了。喬絲琳和蜜莉森在哭。潔西卡又開始在做燒焦的晚餐。

星期天他們吃焦掉的小牛腱，星期一吃焦掉的肉餅，星期二希頓吃了焦掉的不知道是什麼的肉。他想起了戴明小姐，他斷定她八成是以教音樂為名勾搭附近一帶男人的騷貨。他打了電話，想不到是一個老太太的聲音。他說她的名字是傑克．湯普森告訴他的，她叫他明天晚上七點過去。星期三吃過晚飯他離開家，他想這也算是一種療法吧，至少換個地方，讓自己可以接觸家事公事以外的一些東西。戴明小姐住在貝勒維道，在市區的另外一邊。那兒的門牌號碼很難分辨，希頓在路邊停好了車下來走路，一家一家地找她的門牌。

秋天的黃昏。貝勒維道是一條後街，整排都是木造的房屋，風格，外觀無可挑剔，只是多了一點稀奇古怪的創意，添加了一些小小的尖塔和木頭的珠簾，很像是不小心弄錯，又好像是在偷偷地向遙遠的清真寺廟，和穆斯林的妻妾們致意。這個矛盾為這個地方增添了一種特殊的魅力。整條街是傾斜的，但是傾斜得很優雅；連腐朽都顯得很華美，後花園裡玫瑰怒放，紅雀在冷杉樹上歌唱。

有幾個住戶仍在自家草坪上除草。希頓也是在類似這樣的一條街道上長大，無意中拾起了過去的片斷，令他高興又著迷。夕陽西下，街道盡頭紅霞滿天，這情景竟使得他的胃餓得發痛，其實不是餓，而是渴望。此情此景，那一段輝煌的日子啊！

戴明小姐的屋子沒有門廊，看上去要比其他的屋子更需要油漆粉刷，雖然他還不太能確定，不過原先的光彩已經開始在褪色。門上有塊牌子：敲門入內。他走進小小的門廳，有樓梯間和衣帽架。稍遠的那個房間裡，他瞧見一個跟他年紀相仿的男人俯身在琴鍵上。「你來早了，」戴明小姐大聲說。「請坐下來等。」

她的口氣十分公式化，十分地疲憊，從她說話的腔調似乎就在暗示希頓，他等到的很可能只是懊惱和痛苦。他坐在衣帽架底下的一張長凳上，渾身不自在。他兩手冒汗，他覺得這屋子，這板凳，這局面都令他難受極了。這是什麼樣的人生啊，他想著，他的妻子硬是要把她的魅力隱藏起來，而他竟打算要來學彈鋼琴。他的不舒服緊繃到了一個想要落跑的程度。他大可以踏出這扇門，走上貝勒維道，從此不再來。不過想起在家裡那種惶惶不知所以的感覺他還是決定留下來。而等候對於他，就是一種恆久不變的，攻擊他的模式。一個人要花多少時間等候牙醫，等候看診，等候火車，等候飛機，等候打公共電話，等候進餐館。他這一生最好的時光好像都浪費在等候上面，現在如約等候著上鋼琴課這件事更是把他所剩無幾的歲月都給浪費掉了。他再次想到落跑，就在這一刻，那個房間裡的課程結束了。「你練習得不夠，」他聽見戴明小姐生氣地說。「你一天必須練上一個小時，沒有例外，否則你根本是在浪費我的時間。」她的學生走過門廳，大衣領豎得高高的，希頓看不見他的臉。「下一個。」她說。

豎著一架直立式鋼琴的小房間顯得比門廳更擁塞。他進去的時候戴明小姐連眼睛都沒抬一下。她個頭很小。混著灰白的褐髮編著辮子，盤成一個稀疏的髮髻頂在頭上。她坐在蓬鬆的椅墊上，兩手在腿上交疊著，嘴唇不時地撇來撇去，就好像有什麼東西惹到她似的。希頓慌張地跌坐在的小小的琴凳子上。「我從來沒上過鋼琴課，」他說。「我學過短號。高中時候我租過一支……」

「把那個忘掉。」她說。她指著中央C叫他彈一個音階。他的手指，在樂譜架的反射下，顯得巨大赤裸。他努力地彈。有一兩次，她用鉛筆敲他的指節，有一兩次，她直接用手指操控他的手指，他想像她的生活大概就是一場噩夢，夢裡全都是乾淨的手、骯髒的手、多毛的手、軟弱無力的手和肌肉發達的手，他斷定她那副嫌惡的表情八成就是這麼來的。課程上到一半，希頓的兩隻手落到了自己的腿上。他的游移不定只會令她感到不耐，她把他的手按回到琴鍵上。他想抽菸，可是鋼琴上方的牆壁上有好大一塊禁止吸菸的牌子。課程結束的時候他的襯衫全部溼透。

「下次來的時候請你把錢帶過來，投在桌上的花瓶裡，」她說。「下一個。」希頓在門口和下一個學生擦身而過，那個陌生人把臉別開了。

痛苦的考驗結束，希頓得意非凡，當他踏出門外走上黑暗的貝勒維道時，竟有一種愉悅的，自以為是鋼琴家的想法。他不知道這是否就是傑克．湯普森所謂簡單的樂趣。他回到家孩子已經睡熟，他坐下來練習。戴明小姐交給他一首兩手聯彈的小曲，他反覆練習了一個小時。他每天練，包括星期天，他真心希望下次上課她會稱讚他，再給他一些難度較高的東西，想不到整整一個小時她都在批評他的段落和指法，叫他回去再練一星期。他以為上完第三堂課總該會有所改變，不料帶回家的還是同樣的作業。

潔西卡既不鼓勵也不抱怨。她似乎被這個轉變攪糊塗了。音樂的旋律令她有些招架不住，他看得出來。這簡單的曲調甚至也深深地印入幾個孩子的記憶裡，成了她們生活中的一個部分，像傳染病，像瘟疫般的不受歡迎。連上班的時候都一直縈繞在希頓的腦海裡，遇到任何情緒上的轉變，不管是痛苦還是驚奇，這個旋律都會放大，搶在他的意識前面。希頓怎樣也料不到這個單調的苦役，這個心靈上的磨折居然會是主宰鋼琴課的一部分。現在每天吃過晚飯之後，他一坐下來練彈，潔西卡就急忙地離開客廳奔上樓去。她似乎被這個樂曲聲唬住了，或者就是害怕。他自己跟這首練習曲的關係很難說，很曖昧。一天晚上他搭晚班車回來，走回家的路上經過湯姆森家，他聽見相同的，像瘟疫似的鋼琴練習曲穿牆透壁的傳了出來。傑克一定在練彈。這沒什麼奇怪，可是當他走過卡米諾家，又聽見了這首練習曲，他甚至懷疑是不是自己的記憶不斷在耳朵裡回響。夜很黑，他站在自家門口的臺階上，有一種天搖地動的感覺，這世界改變得超乎想像的快——死又不斷地再生——他想著自己人生中經歷過的林林總總，哪有什麼道裡可說，不過就像一個裸泳的人罷了。

潔西卡那天晚上沒把肉烤焦。她為他做了一頓可口的晚餐，小心周到地伺候著他，令到他開始懷疑她是否回到了做妻子的本分。晚餐後，他給孩子們讀完故事，捲起袖子坐下來彈琴。潔西卡正準備要離開房間，忽又回轉身跟他說話。她一副懇求的態度，她的眼睛似乎變大變黑，更加重了她原本蒼白的臉色。「我不想打擾，」她柔聲地說，「我知道我對音樂一竅不通，可是我想你可不可以問問她，你的老師，可不可以給你一些別的東西練習。這個練習曲一直在我腦海裡。我整天都聽見它。看可不可以給你一些新的……」

「我明白你的意思，」他說。「我會去問她。」

到了第五堂課，白天越來越短，貝勒維道盡頭不再有火紅的落日，不再使他想起曾經有過的期盼和渴望。他敲敲門，踏進小屋，立刻聞到了菸味。他摘下帽子脫去大衣，走入客廳，戴明小姐沒坐在她的橡膠蒲團上。他大聲叫她，她從廚房裡答應著打開門，眼前的景象令他大感錯愕。廚房的餐桌邊坐了兩個年輕人，抽著菸喝著啤酒。他們的黑髮抹足了油，兩邊全部往後梳。兩個人都穿著機車馬靴和紅色的獵裝短打，他們的態度，直白地說，就是一副不知天高地厚的德行。「我們會等著你的，寶貝。」她關上門的時候其中一個大聲地說，她走向希頓，他瞧見她臉上的愉悅，那股輕鬆加上得意的神情，突然退掉了，又恢復到了她習慣性的難看臉色。

「我這兩個孩子。」她嘆了口氣說。

「他們是鄰居嗎？」希頓問。

「喔不是。他們從紐約過來。有時候會來過夜。我方便的時候就儘量幫他們一下，可憐的孩子。我把他們當成兒子一樣。」

「他們一定很開心。」希頓說。

「請開始。」她說。她的口氣不再有一絲一毫的感情。

「內人希望知道我是否可以彈點別的。彈一點新的東西。」

「他們都一個樣。」她沒好氣地說。

「稍微彈一點不那麼重複的東西，」希頓說。

「來這裡的先生們從來沒抱怨過我教課的方法。你要是不滿意，就不必來了。當然，普維斯先生是太超過了點。普維斯先生現在還待在療養院裡，不過我不認為那是我的錯。你不是要她跪下來，向你低頭嗎？你來的目的不就為這個嗎？請開始。」

希頓開始彈，只是彈得比平常更笨拙。這個可怕的老女人說的話把他驚呆了。他在做什麼？他有罪嗎？當初一進到這棟屋子他就想落跑，他是不是應該跟著那個直覺走才對？接受這個齷齪的地方，他是不是自甘墮入某種醜陋，某種巫術裡面？他是不是同意要把一個可愛的女人逼瘋？這個老太婆現在說話的口氣十分柔和，他想著，十分邪惡。「這個旋律要輕輕地彈，輕輕的，輕輕的。」她說。「這樣才能發揮功效。」

他繼續彈著，不加思索地全力以赴，因為如果他抗議，他心裡是這麼想著，那只會落實了那場噩夢。他的頭和他的手指跟他的感覺完全背道而馳，他身上的一部分充滿了憤慨、驚恐、自責，他的手指卻繼續不斷地演繹著心口不一的旋律。他聽得見廚房傳出來乾笑的聲音、倒啤酒的聲音、機車馬靴在地上磨蹭的聲音。或許是因為她想跟這幾個朋友團聚——她的孩子，她縮短了上課的時間，希頓爽快到了一個極點。

他一遍遍地問自己，她是否真的說過他剛才聽見她說的那番話，那似乎太不近情理了，他真想去找傑克．湯普森好好談談，轉念之間又覺得不妥，他不可以把剛才的發生的事說出去；他說不出口啊。這些在黑暗中只想要取得制高權的男男女女和修練巫術的臭老太婆絕不是他生存的世界。那老女人似乎住在一個意識障礙的沙洲，即便在甦醒後還會殘留一些灰色地帶，唯有靠白晝的光才能把它消除殆盡。

他回到家，潔西卡在客廳裡，他把樂譜往琴架上一放，就看到她臉上露出害怕的神情。「她給了嗎？」她問。「她給你一些別的練習曲了嗎？」

「這次還沒有，」他說。「大概是我還沒準備好吧。或許等下一次。」

「你現在就要練嗎？」

「是啊。」

「啊，今晚不要吧，親愛的！拜託今晚不要吧！拜託，拜託，拜託今晚不要練吧，親愛的！」

她跪了下來。

希頓的幸福快樂回來了，忽然之間就回到了他們倆的身邊，連他自己都搞不清是怎麼一回事，他想起戴明小姐的時候還是嫌惡不已。陷在可口的晚餐和床第溫存的漩渦裡，他不再走近鋼琴。他不再理會她的方法。他選擇把那整件事情徹底忘掉。可是又到了星期三的晚上，他還是決定照常去上課。其實他大可以不去，他只要打個電話給她。潔西卡對他還是要上課的事顯得很不安，他解釋只是去結束一個約定，他親她一下就出門去了。

漆黑的一個夜晚。土耳其式的貝勒維道燈光昏暗。有人在焚燒落葉。他敲敲戴明小姐的門，踏進小小的門廳。屋子很暗。唯一的光線來自窗外的街上。「戴明小姐，」他喊著。「戴明小姐？」他喊了三次。琴凳邊上的椅子空著，但是他可以感覺得到那老女人的存在。也就是說，她沒有應聲。她不在這裡，可是她的人似乎就站在廚房門口，站在樓梯上，站在門廳盡頭的黑暗中；樓上有一點輕微的聲音似乎就是她的腳步聲。

他回家了，到家不出半小時，警察上門請他跟他們走一趟。他走到外面，因為他不想讓孩子們聽見，他出自本能的抗議。因為，說到底，他不就是一個奉公守法的人嗎？他總是付錢買早報，他向來遵守交通號誌，他白天洗澡，週週祈禱，按規矩繳稅，每個月十號繳交帳單，不是嗎？翻遍他過去的歷史版圖，沒有一絲一毫，一丁點的違法勾當。警察來找他作啥？他們不說，他們只是堅持要他跟他們走一趟，最後他跟他們上了巡邏車，一路開往小城的另一邊，穿過鐵道，來到一處死巷，那兒也有幾個警察。這是施暴的地點——空蕩、醜陋，前後都沒有任何住家，誰也聽不到她哭喊求救。她的脖子斷了，她的衣服仍舊凌亂，因為死前的用力掙扎。他們問他認不認識她，他說認識。他可曾在她家附近看見過任何年輕人，他們問，他說沒有。她桌上的一本筆記簿子裡發現他的名字和地址，他解釋她是他的鋼琴老師。他們對這個解釋很滿意，他們放他走了。

沒有家國的女人

那年春天我在坎比諾第三次和第四次的賽事中間看到她，當時我跟卡普勒伯爵在一起，就是有小鬍子的那個。我們在悠閒自在的跑道邊喝著金巴利，遠方有山，山外有厚厚的堆積雲，這在家鄉意味著晚餐時候大概會有一場驚天動地的大雷雨，可是在這裡啥事也不會有。第二次見到她是在基茲比爾[62]的田奈霍夫飯店。一個法國人在對著觀眾唱美國西部牛仔的歌，荷蘭王后也在座，不過之前我沒在山上見過她，我想她不會滑雪，她去那兒大概就像許多人一樣，只為人多興奮刺激。後來我在麗都看見她，有天早上我在威尼斯乘坐貢多拉[63]去車站的時候，也看見她，當時她就坐在格瑞提酒店的露臺上喝咖啡。在厄爾的耶穌受難劇場裡，我又看見她——其實並不是在劇場，而是中場休息時間用餐的酒店裡。另外，我在西耶那廣場的馬術表演會上也看見她，還有那年秋天在義大利的特雷維索，搭飛機前往倫敦的時候。真是絕了。

但事實如此。她就是那種夜夜夢見培根萵苣番茄三明治，腳步卻永遠停不下來的漂泊者。其實

62 Kitzbuhel，奧地利的城市，滑雪勝地。

63 Gondola，小船。

她來自美國北方一個木勺加工廠的小鎮，很寂寞地一個地方，大家都想向外發展，不過這跟她浪跡天涯毫無關係。她父親是工廠經紀，廠主是湯金家。他們家大業大，整個縣份都是他們的，他們的離婚事件在很多小報上都有報導。年輕的馬爾尚・湯金，為了學做生意，在小鎮待了一個月，愛上了安妮。她是個很純樸的女孩，生就一副甜美嫻雅的氣質，他們在那年年底結婚。湯金家很有錢，卻十分地低調，小倆口住在紐約附近的小鎮上，馬爾尚在家庭理財公司任職。他們有一個孩子，生活過得安逸平靜，直到婚後第七年，那個溼度很重的早上。

馬爾尚在紐約有個會議，必須趕搭早班火車。他打算到市區吃早餐。七點鐘他跟安妮吻別。他在發動車子的時候，她還沒起床，也沒更衣。她聽見前門開了，他對著樓上喊。他習慣開去車站的這輛車子發不動了，問她可不可以開另外那臺別克載他過去？沒時間換衣服，她直接披了件夾克就去開車。從表面看起來她穿戴得還算整齊，可是夾克底下的睡衣卻是透明的。馬爾尚跟她親吻道別，並催促她趕緊回去把衣服穿好，她開車離去，不料開到艾爾瓦巷和希爾街的路口，車子沒油了。

她停在貝爾登的門口，她知道他們會給她汽油，或者，至少可以借她一件厚外套。她按喇叭，一按再按，一直按到她忽然想起貝爾登他們不在家，他們去了拿索。這下她只能坐在車子裡等，而且幾乎是光著身子，她等著，希望有哪個路過的主婦肯好心過來幫忙。最先走過的是瑪莉・皮姆，安妮向她招手，她好像根本沒看到。接著跑過去的是茱莉亞・韋德，她急匆匆地帶著法蘭西斯去趕火車，她只顧著跑，別的什麼也看不見。再下來是傑克・波登，村子裡的色鬼，這人既沒收到訊號也沒受到懇求，居然像磁鐵似地吸了過來。他停下來問她需不需要幫忙。她只好上了他的車。有什麼辦法呢？她只好心裡默想著當年騎馬裸行的戈黛娃夫人和烈女聖・阿格妮絲[64]。最糟糕的是，她好像一直清醒不過來，一直在朦朧的睡意和光天化日之間游離。偏偏天色又很陰暗，悶得教人難受，就像惱人的夢境。路邊的樹叢遮掩了他們家的車道，她下車向傑克・波登道謝，他跟著她走上臺階，就在前廳的過道上糟蹋了她，被回來拿公事包的馬爾尚撞個正著。

馬爾尚離開了家，安妮從此再也不能見到他。十天後他心臟病發，死在紐約一家飯店裡。她的公婆上法院打官司爭取獨生子的監護權，在審判期間安妮犯了一個大錯，她太天真，竟把她敗德的行為怪罪給淫度。八卦小報立刻逮住了話題：「錯不在我，錯在淫度」。這句話狂掃全國，風行一時。甚至有一首流行歌曲〈淫氣控伊莎貝拉〉，不管她走到哪裡都能聽見大家在唱：

啊，淫氣控伊莎貝，
從來沒有吻過誰，
非要空氣有淫度，
只要烏雲滿天飛
她就忘了她是誰……

64　Lady Godiva，九九〇—一〇六七，傳說她為了阻止伯爵丈夫對人民課重稅而答應裸體騎馬遊街。St. agnes，公元四世紀初，羅馬皇帝戴克里先迫害基督徒，阿格妮絲以身殉教

審訊進行到一半她放棄申訴，戴上茶色眼鏡，隱姓埋名地坐船去了熱那亞，放逐對她來說只是以一種低級的幽默感來自我解嘲而已。

當然，她有很多很多的錢，她受的苦難只在精神層面。可是她整個人已經被焚傷，她的回憶只有痛苦。生命之於她原本應該是寬恕，她卻得不到，在橫渡大西洋時她想起自己的國家，對她做出的道德批判似乎太不近情理，太野蠻。她成了替罪羔羊；她被汙衊；正因為她毫無邪念，這樣的批判令她更加氣憤難平。她的放逐不是為文化而是基於道德立場。她用歐洲人的身分來表達對家鄉的不滿。她遊遍整個歐洲，最後在塔瓦－拉卡達買了一間別墅，在那兒待了大半年。她不僅學會義大利文，連帶口音和手勢也一併學會。看牙醫的時候喊痛，她會說「啊咦」而不是「啊喲」，她會用很誇張的手勢撢掉酒杯上的大黃蜂。放逐成了她的專利。那是她的私有領地，是她用極致的哀傷成就的。因此當她聽見其他國的人在說這種語言時她會生氣。她的別墅很迷人，樹林間有夜鶯歌唱，花園裡有噴泉，她染著一頭羅馬最時興的金銅髮色，站在高高的露臺上，朝著底下的賓客熱誠招呼：「歡迎，見到各位太高興了！」只是整個場面總是不太對勁。很像是複製品，只要放大細看，就能看到枝微末節上的不完美。是質地不對。感覺上她既不是真的很義大利，也不是很美國，那個回不去的地方。

她花了許多時間，去和許多像她一樣，聲稱是受道德風氣迫害的人交朋友。他們的心都在海航的路線上，遠離家鄉。這些活動換來的代價卻是孤單寂寞。她原本打算在德國威斯巴登見面的一群朋友一聲不響地走了，連地址都不留。她跑去海德堡和慕尼黑去尋找，也沒找到人。結婚喜帖和氣象報告（大雪覆蓋美國東北部）更使她加倍思鄉。她繼續走著扮演歐洲人的路子，然而就算她表現得再好，對於批評的聲音還是極度敏感，更討厭被人家當作觀光客，她在九月裡一個炎熱的下午抵達羅馬。這個時間羅馬人大都睡死了，唯一活蹦亂跳的是那些觀光巴士，不停不休地壓著馬路就像在進行某種工程，排水道或是導管之類的。她把行李票交給服務員，用流利的義大利語向他說明那些行李和包裹，他似乎一眼就把她看穿了，在那裡嘀咕著美國人的長短。啊，真是太多了。這話惹惱了她，她不客氣地說：「我不是美國人。」

「對不起，夫人。」他說。「那，您是哪國人？」

「我是，」她說，「希臘人。」

這個悲劇性的大謊言令她心驚。我在做什麼？她狠狠的問自己。她的護照綠得像青草地，她一直是在美國國徽的保護傘下旅遊各地。她為什麼要對自己這麼重要的身分證明撒謊呢？

她搭計程車到韋尼托大道上的一家飯店，把包裹行李送上樓之後，她進酒吧喝點小酒。酒吧裡有一個美國人，白頭髮，戴著助聽器。他單獨一個人，看起來很寂寞，終於他轉到她的桌位上，很有禮貌地問她是不是美國人。

「是的。」

「你怎麼會說本地話？」

「我住這裡。」

「史德賓，」他說，「查理．史德賓。費城。」

「你好，」她說。「費城哪裡？」

「呃，我生在費城，」他說，「不過我有四十年沒回去了。加州的休休尼才是我的家鄉。他們把它叫做死亡谷的大門。我太太是倫敦人。阿肯色州的倫敦。哈哈。我女兒在六個州上過學。加州、華盛頓州、內華達州、南北達科他州，還有路易斯安那州。史德賓太太去年過世了，所以我想出來看看世界。」

星條旗似乎在他頭頂上方攤開，她發現美國的風向變了。

「你去過哪裡？」她問。

「說起來很滑稽，但我真的搞不太清楚加州這家旅行社為我安排的行程。他們說我會跟一群美國人一起旅行，可是出了境我才發現我是一個人旅行。下不為例，絕對沒有下一次了。有時候，一連好幾天我都沒聽過一句字正腔圓的美國話。哈，有時候我就坐在房間裡跟自己說話，只因為聽到美國話會感到開心。哈，我從法蘭克福搭巴士到慕尼黑，你知道嗎？車上竟連說一個英文字的人都沒有。然後我又從慕尼黑搭巴士到奧地利的因斯布魯克，同樣，車上沒有一個人說英文。我再從因斯布魯克搭巴士到威尼斯，車上還是沒有一個人說英文，一直到了科提納才上來幾個美國人。不過對於那些旅館我沒得抱怨。旅館飯店通常都說英文，有些旅館真的非常好。」

坐在羅馬地下室的吧檯凳子上，這個陌生人似乎讓安妮對自己的國家有了一些好感。他的身上似乎發出一些靦腆誠實的光。收音機轉到維諾納的美軍電臺，正在播放的歌曲叫〈星塵〉。

「〈星塵〉，」陌生人說。「我猜想你一定知道。這是我一個朋友寫的。霍基・卡爾邁克。單單這首歌他一年可以拿到六、七千美金的版稅。他是我的好朋友。我從沒見過他，只跟他通信聯絡。我想你一定覺得很滑稽，我居然有一個從沒見過面的朋友，霍基真的是我的好朋友。」

這番話對安妮來說，似乎比音樂更有旋律更有表情。沒有孰輕孰重，也沒有什麼道理，它的一字一句在她聽起來就是像音樂，像祖國的音樂，她想起了小時候，每次要去她好朋友家時，都會經過那堆滿了木屑的木勺工廠。如果是下午去，有時候她就得在平交道等待貨車經過。貨車的聲音起初很遠，就像灌了風的洞口，緊接著就是打鐵似的雷聲和鏗鏘的車輪聲。貨車盡全速地一列列通過；有如萬馬奔騰。但是最令她感動的是看著印在車廂上的那些字，她感動的不是貨車要往哪裡去，而是因為這寬廣遼闊的是她自己的國家，彷彿所有的州，產麥子的、產石油的、產煤的、產海鮮的，都在她身旁的軌道上，貨車就在她讀著南太平洋、巴爾的摩和俄亥俄、尼可普雷特、紐約中央、大西部、洛克島、聖塔菲、拉卡瓦那、賓西凡尼亞當中，吭通吭通地漸漸遠去。

「別哭，小姐，」史德賓說。「別哭。」

該是回家的時候了，當晚她搭機飛往奧利，隔天晚上再搭機前往艾德懷德[65]。飛機還沒降落她已經興奮到全身顫抖。她要回家了。她要回家了。她的心跳到喉嚨口。大西洋的海水，即使過了這許多年，看起來仍是那麼地黑亮。在晨光中，有著印地安名稱的小島在機翼下掠過，甚至長島的房屋，排列得像鬆餅架上的小方格似的，也令她興奮不已。飛機在野地上繞了一圈然後下降。她打算先在機場找個小吃攤，點一份培根萵苣番茄三明治。她抓緊陽傘（巴黎的）和手提包（義大利西恩納的）排隊等著下機，就在她走下階梯，甚至連鞋子（羅馬的）都還沒觸到祖國的土地，她就聽見一個技師在隔壁道格拉斯 DC-7 登機門口唱著：

65 Idlewild，一九六三年因美國總統甘迺迪遇刺，而後即改為甘迺迪國際機場。

啊，溼氣控伊莎貝

從來沒有吻過誰……

她再沒走出機場。她搭下一班飛機飛回奧利，夾在成百上千奔向歐洲的美國人裡面，他們或悲或喜，彷彿是真正無家可歸的一群人。看著他們轉過因斯布魯克的街角，然後消失。看著他們爬上威尼斯的一座橋，然後不見。在比雲層還要高的大山上，在那間德國的小酒店裡，聽得見他們在向店家要番茄醬，在義大利聖托斯特凡諾港的海底岩洞中，看得見他們戴著面罩和氧氣管在那裡探索。秋天她在巴黎度過。在基茲比赫也看到她。羅馬的馬術秀和西耶那的賽馬會她都在。她總是東奔西跑停不下來，她總是夢見培根萵苣番茄三明治。

賈絲汀娜之死

上帝救救我吧，事情越來越荒謬了，越來越不符合我記得的和我所期望的，彷彿生命的力量有離心的作用，把一個人最純粹的記憶和野心越拋越遠。我幾乎已記不起我從小到大的那棟老屋，冬至時候紫羅蘭在廚房門邊的花房裡盛開，沿著長長的走廊，走過羅馬七景，上兩格階梯再下三格階梯，就進入了書房。書房裡面的書排列得整整齊齊，燈光明亮，有爐火，玳瑁色的酒櫃裡鎖著十幾瓶上好的波本威士忌，酒櫃的銀鑰匙就掛在我父親的錶鏈上。虛擬的小說是藝術，藝術是混亂（少不得的）後的成就，我們可以藉由最嚴謹的選擇達到這個境界，但是在一個變化快到超乎想像的世界裡，肯定會有選擇錯誤的危險性，我們所崇奉的目標到頭來是一場空。我們喜歡體面地活著，我們不愛死亡，但即使高山也會在一夜之間移位，說不定在栗子和榆樹街口的那個暴露狂，要比拿著新鮮烏魚骨放進夜鶯籠子裡的金髮美女來得更有意思。現在就讓我來給您舉個混亂的例子，如果不相信我，你不妨回頭看看自己的過去，看能不能找到一個可以拿來做比較的經驗……

星期六醫生叫我戒菸、戒酒，我照做了。我不要陷入一般常見的勒戒症狀的談話，我要分享的是，黃昏時我站在窗前，看著燦爛的夕照和擴散的黑暗時，我覺得沒有了那些溫和的興奮劑，在這樣漸起的星夜月色中，那些最初的記憶所帶來的力量，是頗具啟發性的。我忽然想到山坡上我那三個兄弟孤零零、沒人理會的墳墓，死亡的孤寂遠遠比活著時的孤寂更加殘酷。靈魂（我以為）並不會離開軀體，只是跟隨著它經歷一次又一次的解體和被冷落，經過炎熱，經過寒冷，經過每一個漫長的冬夜，沒有獻花獻草的人，也沒有一句祝禱。隨著這份不愉快的預感而來的就是焦慮。我們要出去吃晚餐，我老是想著在我們外出的這段時間，煤油爐會爆炸，把屋子燒光。廚子會喝醉酒，拿起切肉刀殺我女兒，再或者，我和我太太會在公路上死於連環大車禍，留下幾個孩子成了無主的孤兒，前途茫茫無比淒慘。伴隨這些愚蠢的，可怕的焦慮，我能夠看出我游移的心態中有個明確的定點。我覺得彷彿有人用繩子把我垂降到了童年時光。我告訴我太太，在她走過客廳的時候，我說我戒了菸和酒，她好像並不在乎，誰會獎賞我的艱辛和痛苦呢？誰會關心我嘴裡的苦澀味，我腦袋幾乎要跟肩膀分家似的感受呢？對我來說，男人彼此之間榮耀的建立是靠獎章、形象，酒更是少不了，戒酒根本是社交上的大問題。戒除這項原罪對我來說，害怕物議的心理更甚於純淨自我心靈的堅持，然而這個克制並不是因為世俗的壓力，死亡不會構成威脅，人言可畏才是。我們該出門了，我頭暈得厲害，只好央求我太太開車。星期天，我偷了藏在各個不同地方的七根菸，喝了兩杯塞在樓下衣帽櫃裡的馬丁尼。星期一早餐時間，我的英式鬆餅在盤子裡瞪著我。我的意思是，我在鬆餅粗糙的表層看到了一張臉。影像出現的時間很短，但很深刻，我不知道那究竟是誰。是朋友、姑媽、水手、滑雪教練、酒保，還是列車長？笑臉從鬆餅上慢慢地褪去，但的確在那上面停留過一秒鐘。是一個人，活生生的，具備了喜樂和惱怒的真實感。我相信這塊鬆餅裡面確實有精靈存在。你看吧，我是真的緊張，很緊張。

星期一，我太太的老堂姊賈絲汀娜來訪。賈絲汀娜活潑開朗，雖然少說也有八十了。星期二我太太給她辦了一個午餐派對。最後一位客人離開的時候是下午三點，幾分鐘後賈絲汀娜堂姊拿著一杯上好的白蘭地坐在客廳沙發上，嚥下了最後一口氣。我太太打電話到我辦公室，我說馬上趕回去。就在我收拾辦公桌的時候，老闆麥克佛森走進來。

「給我一分鐘，」他要求。「我到處找你，總算把你找著了。皮爾斯有事早走，我要你趕緊把易樂舒的廣告文案寫出來。」

「不行啊，麥克，」我說。「我太太剛來電話。堂姊賈絲汀娜死了。」

「你非寫完不可，」他說，他的笑容難看至極。「皮爾斯不得不早走，因為他祖母從梯子上摔了下來。」

哪，我不喜歡拿辦公室的生活當作小說題材。對我來說，如果要寫小說，就該寫些上山下海的事，我要把我的困境簡單扼要地向麥克佛森說明，他這樣否決我對親愛的賈絲汀娜姑媽的死表達敬意令我非常生氣。這就是麥克佛森的為人。但看這個例子，就知道平常我受到的是什麼樣的待遇。這人，就我的看法，是個六十上下，個子高，賣相好，一天要換三次襯衫，每天下午兩點到兩點半是他跟祕書調情的時間，他有嚼口香糖的習慣，他把這個習慣視之為活力和派頭。我是他的文膽，這差事實在不怎麼開心。要是講演成功，榮耀全歸麥克佛森。我看得很清楚，他的表現，他的裁縫師傅，他的好聲音全部屬於表演的一部分，叫我生氣的是我從來落不到一點好處。反過來，要是講演不成功，要是他的表現他的聲音都不佳，他那副強橫刻薄的態度可是不好惹的，我只有盡量克制，就當自己是個廢人，雖然那一大堆賀函多半是因我而來。我必須假裝，就像演員，不斷研究改進我的演技，我必須表現出他那些成就跟我毫無關係，而當我們失敗的時候，我必須低頭認罪。我必須抱著感恩的心接受所有的傷害、說謊、假笑，扮演著一無是處的角色，就像輕歌劇裡的跑龍套。一切與我無關，假如我不作假，說真話，那太太和孩子就會因為我的失言而吃苦受難。現在他拒絕尊敬，甚至不肯承認我們家有喪事，那麼，就算我沒辦法反抗，至少也可以來點暗示吧。

他要我寫的廣告文案是叫做易樂舒的十全大補液，要由一位女演員在電視上代言，這位女演員既不年輕也不貌美，但很放得開，而且自願成為廠商叔叔的情婦。你變老了嗎？我這麼寫著。你不再愛鏡子裡的你了嗎？因為花天酒地縱欲過度，你的臉在早上變得又皺又乾嗎？看起來就像一個披頭散髮的變色大粉團嗎？走在秋天的樹林裡你會不會覺得你和草木的香味之間隔了一段距離？你已經擬好訃聞了嗎？你很容易喘不過氣來嗎？你綁束腰帶了嗎？你的味覺退化了嗎，你對本來喜歡的園藝沒興趣了嗎？你越來越怕高了嗎？你的性趣越來越力不從心了嗎？你的太太，當兩頰凹陷的她晃晃悠悠地走進臥室時，你是不是越來越覺得她像一個走錯房間的陌生人？如果這些都是，或者其中有一個是，你就需要易樂舒，真真正正的青春液。款式小巧又經濟（打瓶子的廣告），每瓶七十五元，家庭型大瓶裝每瓶兩百五十元。聽起來很貴，天曉得，可是現在是通貨膨脹的時代，有誰能夠給青春標價呢？如果你沒有現金，可以找高利貸，或者搶銀行。勝算是三比一，用十分錢的玩具水槍和一小張便條紙，你就可以輕輕鬆鬆到手一萬塊。何樂不為啊。（上背景音樂）我叫快遞員拉斐把稿子送去給麥克佛森，然後趕搭四點十六分的火車回家，一路上毫無風景可看。

哪，我的旅程是題外話，跟賈斯汀娜的死毫無關係，可是接下來發生的事情大概只有在我的國家，我這個時代才有，因為我去過的地方不多，只是一個放眼美國本土的美國人。儘管先人們是在三個世紀前從舊世界移民過來的，有些美國人卻始終沒把全部的旅程走完，我就是其中之一。打個比方吧，我一隻溼搭搭的腳踏著移民石[66]，仔細看，我看到的不是充滿挑戰性的曠野大地，而是在面對一個文明世界的半成品，擁抱著玻璃塔、油井鐵架、自成格局的郊區、廢棄的電影院。我不禁要問為什麼，在這樣一個繁華、公平、卓越的世界裡，甚至連清潔女工都會在空閒的時候彈練蕭邦前奏曲，為什麼每個人還會顯得那麼地失望呢。

我是唯一在普羅斯邁站下車的乘客，這個前不著村後不著店的小站，黯淡的燈光照在昏黃的暮色裡，就像個不良於行的門房或是雜役在做例行的巡邏。我繞到車站前面去等我太太，鬼鬼祟祟的，我喜歡這種旅人般的危機意識。我的家，我朋友們的家都在山坡上，燈光明亮、柴火飄香，感覺就像一間間隱在聖樹林中的寺廟，大家都在為一夫一妻制下的婚姻，為無憂的童年，為家庭的和樂努力奉獻，但這太像是少了內涵的一場夢，不夠深刻。這就像我們在看歐洲的風景，似乎總是少了一種內心的悸動。簡單地說，我感到很失望。這裡是我的國家，我心愛的國家，每天清晨，我都願意親吻這片覆蓋著許許多多州和省的土地。那是一種幸福；浪漫又和樂的幸福感。我似乎聽見雪橇的鈴聲在響，要載我去祖母家了，雖然我祖母在世的最後幾年都在遠洋客輪上當服務生，後來死於羅莉萊號的船難，這只是在說一段我沒有經歷過的回憶。但是這山上的光[67]就是答案，就是圓一個回家的夢。在最高處的一塊草坪上，我似乎看見殘缺的雪人仍然抽著菸斗，圍著圍巾，戴著帽

66 Plymouth Rock，又譯普利茅斯岩，據說當年新移民踏上美洲大陸的第一塊岩石。

67 The Hill of Light，出自聖經馬太福音，為「你是世上的光，城造在山上是不能隱藏的」這句話的引伸。

子，但是已經在慢慢融化，黑炭似的眼睛萬分悲痛地凝視著遠方。我也能感受到其中令人失望的青澀與不成熟，我知道，這就是當初我父親離開舊世界另創新生的感受；我想到堅持實現的力量：卡拉布里亞殘暴的小城和殘酷的王侯們，都柏林西北部的荒原惡地，遊民、土匪、妓院、排隊領救濟品的人、小孩子的墳地、飢餓、貪腐，迫害和絕望造就出這些微弱柔美的火花，這一切不就是人生變遷中的一部分嗎？

我親吻我太太的時候，她臉頰上都是淚水。她很難過，當然，很悲傷。她跟賈絲汀娜一直很親近。她開車載我回家，賈絲汀娜仍舊坐在沙發上。我不想向各位多說這些不愉快的細節，但我還是要說，她的嘴巴和眼睛都張得好大。我走進餐廳打電話給亨特醫生。他忙線中。我給自己倒了一杯酒。星期天到現在的第一杯。再點上一支菸。我再撥一次電話，醫生接了，我把情況告訴他。

「啊，這真是太令人遺憾了，摩西，」他說。「我要到六點以後才能過來，其實我也幫不上什麼忙。這事以前也碰過，我就把我知道的情形告訴你吧。是這樣的，你住在B區，占地兩英畝，非營利性質等等等等。兩三年前有個陌生人買下了老卜的大宅，後來他打算把那兒改成殯儀館。當時沒有轄區制度的保障，村議會在半夜裡隨便開個會，事情就搞定。結果殯儀館在B區開不成，甚至不能在這兒下葬任何東西，連死都不能死在這兒。當然太荒謬，可是我們都會犯錯，對不對？現在你有兩件事可以做。之前我也交涉過。你可以用自己的車把老太太送到栗子街，那裡是C區頭。界線就在那所高中旁邊的紅綠燈口子上。只要一到C區，一切就沒問題了。你可以說她死在車上。你可以這麼做，要是你覺得不妥，也可以打電話給村長，請他特准。可是我現在不能給你寫死亡證明，一定要等到你把她送出界，而且當然，在你拿到死亡證明之前，沒有一家殯葬業者敢去碰她。」

「我聽不懂，」我說，我真的不懂，可是他這番話裡的某些實情衝激著我，就像海波浪似的，令我忿忿不平。「我這輩子從來沒聽過這麼愚蠢的事情，」我說。「你的意思是我不能在這裡死，不能在那裡談戀愛，連吃東西也……」

「別激動，摩西。我不說了，我有好多病人等著。我沒時間聽你開罵。如果你願意開車載她，等過了那個紅綠燈立刻打電話給我。否則，我勸你趕緊連絡村長或是村議會裡的人。」他掛斷了。我氣到爆，但改變不了這個事實，賈絲汀娜仍舊坐在沙發上。我再倒一杯酒，再點一支菸。

賈絲汀娜似乎在等我，她似乎在改變，從不動轉變成想要有所行動了。我試著想像把她抱到休旅車上，可是怎麼想我都完成不了這件大事，我確定我真的辦不到。於是我打電話給村長，這在我們村子裡可是一個位高權重的位置，我得到的消息是，他還在紐約的法律事務所裡，七點才會到家。我先把她遮起來吧，我想著，這事可以做，我走到後面在樓上放被子毛毯的儲藏室裡找了一條被單。我回進客廳，天快黑了，這個暮色可是沒半點惻隱之心啊。黃昏的陰影似乎直接找上了她的雙手，藉著黑暗她取得了有形的力量。我拿被單罩住她，把客廳另一頭的燈開亮，想不到的是，這地方原本正規老實的樣貌，那些個家具、花草、圖畫等等，全都被她一動不動的形象給毀了。第二件擔心的事是孩子們，再過幾分鐘他們就回來了。他們對於死亡，除了一些我不知道的，屬於他們的夢想和直覺之外，根本是零，現在客廳裡這麼一具顯眼突兀的實體肯定是個驚嚇。我聽見他們走上步道，我立刻走出去跟他們說明情況，然後叫他們直接上樓回自己的房間。七點我開車去村長家。

他還沒回家，不過也快了，我跟他太太聊天。她給我倒了杯酒。到現在為止我菸不離手。村長一回來我們就走進小辦公室，或許是書房吧，他坐上辦公桌後面的位置，安排我坐在請願者專屬的椅子上。「當然我當然同情你，摩西，」他說，「發生這種事真的很糟，問題是沒經過村議會多數表決，我們沒辦法給你越區特例，現在所有的議員又剛巧都不在村子裡。彼得在加州，傑克在巴黎，賴瑞要過完這個星期才會從斯托伊回來。」

我撂狠話。「看樣子賈絲汀娜堂姊就得優雅地爛在我家客廳一直到傑克從巴黎回來為止。」

「啊不，」他說，「不不，不是。傑克要到下個月才會從巴黎回來，不過我想你可以等賴瑞從斯托伊趕回來。到時候就可以表決通過，相信他們一定會同意你的請求。」

「這在搞什麼嘛。」我咆哮。

「是是，」他說，「是很難，可是你必須了解這裡是你生活的世界，區域劃分的重要性不可以無限上綱。啊，如果議會裡隨便一個議員就能給特例，那我立刻可以同意在你家車庫開一間酒吧，裝起霓虹燈，聘請大樂團，把我們盡心竭力衛護的這個區，這裡的人還有商業價值全部毀掉。」

「我沒有要在我家車庫開什麼酒吧，」我狂吼。「我沒有要聘什麼大樂團。我只要把賈絲汀娜下葬。」

「我知道，摩西，我知道。」他說。「我完全了解。只可惜發生事故的地點錯了，區域不對，要是我對你開了特例，我就得對大家都一視同仁才行，辦喪事的例子一開，後果堪憂啊。人們不會喜歡住在一個經常出這種事情的地方。」

「你給我聽著，」我說。「你給我特准，立刻就給，否則我就回家在花園挖個洞親手把賈絲汀娜埋了。」

「你不能這麼做，摩西。你不可以在B區埋任何東西。連隻貓都不行。」

「你錯了，」我說。「我可以而且一定要。我不是醫生，我也不是殯葬業者，我就是可以在地上挖洞，你不給特准，我就這麼幹。」

「回來，摩西，回來，」他說。「拜託你回來。這樣吧，我給你特准，你得答應不跟任何人說。這是犯法的，這麼做雖然不合法，只要你肯答應保密。」

我答應保密，他給了特准的文件，我利用他的電話把一些事情安排妥當。我回家後不久就把賈絲汀娜移走了，可是那天晚上我做了一個最最奇怪的夢。我夢見我在一個擁擠的超市。八成是在夜裡，因為窗子都黑漆漆的。天花板上全是日光燈，明亮、愉快，也許基於一些早期的記憶，這一條光鍊似乎把我們的過去也鍊上了。音樂在放送，至少有上千個主顧推著小車在陳列各種商品的長廊上走動。在推車的時候，隔著車身的我們會不會有一種特殊的，看不出性別的姿勢？因而顯得特別豪邁？但也許誰都會。我提起這個是因為這一夜，推著小車的這些主顧都是一副不分性別的苦行者模樣。各種各族的人都有，這就是我親愛的國家。有芬蘭人、猶太人、黑人、英國的什羅普郡人、古巴人——只要是講求自由的人——他們穿著違反禁奢令的怪異裝扮。沒錯，老奶奶們穿著短褲，大屁股的女人穿緊身針織褲，男人穿得像大雜燴，彷彿剛從著了火的屋子裡衝出來。但誠如我所說，這裡就是我的國家，依我看，漫畫家醜化穿短褲的老太太其實就在醜化他自己。我是在地人，我穿鹿皮半筒靴，緊到連性器官都清晰可辨的卡其褲，和印著嬪妲、妮娜和聖馬利亞三艘大船[68]齊

68 The Pinta，The Nina，The Snta Maria，一四九二年哥倫布率領這三艘船名特別的大船出海。

頭並進的尼龍睡衣。這個場景十分奇怪。在奇怪的夢境裡，在不熟悉的燈光下看到許多熟悉的東西。但當我仔細地看，就看出了其中的不正常。沒有一樣東西有標籤。沒有一樣東西叫得出名字。罐頭和盒子都沒標示。冷凍食品櫃塞滿了褐色的包裹，形狀千奇百怪，看不出裡面裝的究竟是冷凍火雞還是中國餐點。蔬菜和烘焙架上所有的商品都密封在褐色的袋子裡，甚至連賣的書都沒有書名。儘管什麼也看不見，什麼也不知道，我夢裡的同伴們，那成千上萬穿著古怪的同胞們，卻在這些神秘的包裹堆裡精挑細選，彷彿這是件非同小可的大事。就像一般的夢中人，在夢裡我無所不知，我好像跟他們在一起，又好像不是，我居高臨下地站了一會，注意看著在結帳櫃檯收銀的那些男人。每一個都面目可憎。哪，這就像是有時在人群當中，在酒吧裡或是大街上，你會看見一張憤世嫉俗、粗鄙下流、討厭至極的面孔，你自然而然地會把臉別開。這些男人就站在唯一的出口處，當顧客一接近他們，他們就把包裹撕開。我還是看不見包裹裡是些什麼東西。可是當那些顧客一看到自己的選擇，臉上立刻顯露出強烈無比的罪惡感；強烈到令人無法不屈服。等到選購的東西都現形之後，這些人就被推開，甚至是被踢到門口。門外我看見黑黑的水，聽見半空中淒厲的哭喊呻吟。他們成群結隊地在門口等候，等著某種我看不見的運輸工具把他們帶走。在我的眼下，好幾萬的人推著小車在市場裡穿梭，極仔細又極神祕地做著他們的選擇，然後被喝斥，被帶走。這到底是什麼意思呢？

第二天下午在雨中我們把賈絲汀娜埋葬了。賈絲汀娜並非弱勢族群，但天知道，在普羅斯邁，他們崇高的殿堂居然是在偏遠的郊外，說白了，就像垃圾場。他們像地痞無賴般的偷偷把逝者運過來，讓他們無聲無息地躺在那裡。賈絲汀娜的一生可圈可點，可她的葬禮卻令我們失盡顏面。牧師是我們的朋友，人很好，可是躲在靈車裡的殯葬業者和他的幫手就不是了。他們不就是導致這場災禍的人嗎？然而卻口口聲聲地說著死亡是飄著紫羅蘭香的親吻。你要如何期望一群無心了解死亡的人去理解愛？但又有誰會敲響這個警鐘呢？

我從墳地回到辦公室。廣告文案在我桌上，麥克佛森用油彩筆在上頭大大地寫著：有意思，挺乏味的。重寫。我很累卻又很不服氣，這一刻我沒辦法強迫自己做出唯命是從的姿態。我另外寫了一篇文案。別失去你愛的人，我寫著，因為過多的輻射線。別在舞會上當壁花，因為骨頭裡有鍶90[69]。當三十六街上的妓女對你眉來眼去的時候，你會不會身體往一個方向，心想著另外一個方向？你會不會心思跟著她上樓品嘗著她的低級品味，你的肉身卻飛向了布克兄弟[70]或是大通曼哈頓銀行的外匯櫃檯？你有沒有注意過蕨類的大小，青草的多寡，四季豆的苦澀，初生的小蝴蝶身上亮麗的花紋？過去二十五年來你不斷在吸入那些致命的原子廢料，只有易樂舒救得了你。我把這篇文案遞給拉斐，等了大概十分鐘，稿子退了回來，上頭還是有油彩筆的註記。再寫，他寫著，否則你死定了。我實在太累。我再把紙捲到打字機上，寫道：上主是我的牧者；我必不致缺乏。他使我躺臥在青草地上，領我在可安歇的水邊。他使我的靈魂甦醒，為自己的名引導我走義路。我雖然行過死蔭的幽谷，也不怕遭害，因為你與我同在；你的杖，你的竿，都安慰我。在我敵人面前，你為我

69 Strontium 90，一種具有放射性的同位素。

70 Brooks Brothers，一八一八年麥迪遜大道創立，是美國最老字號的服飾品牌之一。

擺設筵席；你用油膏了我的頭，使我的福杯滿溢。我一生一世必有恩惠慈愛隨著我，我且要住在上主的殿中，直到永遠。我把這篇東西遞給拉斐就回家了。

克萊門汀娜

她生長在那斯科塔，兩次奇蹟出現的時間她都趕上了：一次是寶石神蹟，一次是冬季狼群。那年她十歲，小偷在聖喬凡尼彌撒之後闖進聖母殿偷了聖母身上的寶石，那是一位公主因為肝病得以痊癒特別致贈的禮物。第二天，賽拉費諾叔叔在野外走著，忽然看見一個全身發光的青年在伊特拉斯坎人[71]埋死人的洞窟口向他招手，但是他害怕跑開了。過後賽拉費諾開始發高燒，他把看到的事情告訴了神父，神父前往洞窟，就在天使站立過的枯葉中找到了聖母瑪利亞的寶石。同一年，在農場下方的道路上，她的堂姊瑪麗亞看見了魔鬼，頭上長角，尖尾巴，穿一套緊身的紅衣服，就跟圖畫裡的一模一樣。下大雪那年她十四歲，那天天黑之後她去噴水池汲水，在回他們住的塔樓途中看到了狼群。大概有六、七隻，在雪地裡以小跑步的方式奔上卡沃爾道的階梯。她扔下水瓢跑進塔樓，嚇得連舌頭都不聽使喚了，她從門縫看著，牠們比狗粗野，骯髒的毛皮包著一根根突起的肋骨，嘴巴滴著牠們咬死的羊的血。她既害怕又入迷，彷彿這群走在雪地裡的野狼就是死神，或者是她一知半解的，生命中另一個神祕的部分，當牠們經過之後，要不是雪地上留下牠們的腳印，她幾

71　Etruscans 在公元前十二世紀義大利半島及科西嘉島發展出來的文明，最終被羅馬同化。

乎不敢相信自己曾經看見過。她十七歲那年，在一個沒什麼份量的男爵家中當女傭。那是位在小山坡上的一棟別墅。那年夏天，安東尼在暗濛濛的野地裡，一聲聲的叫著她是他的玫瑰花，叫得她暈頭轉向。事後她向神父告解，做了懺悔，也獲得了寬恕，但是當同樣的情形發生六次之後，神父說他們應該訂婚了，於是安東尼就成了她的未婚夫。安東尼的母親很不諒解這事，所以三年之後，克萊門汀娜依然是他的玫瑰花，他也依然是她的未婚夫，每次只要一提起結婚，安東尼的母親就抱著頭尖叫。秋天，男爵要她跟去羅馬當女傭，她夜夜夢見自己親眼見到教宗，夢見自己走在天黑之後會亮起電燈的街道上，她怎麼會說不呢？

在羅馬，雖然她在稻草上睡覺，在水桶裡洗澡，但那些街道是那麼美妙，即使她每天的工時那麼長，根本少有機會在城裡溜達。男爵答應每月給她一萬二千里拉的工資，可是第一個月底他一毛沒給，第二個月底還是沒有，廚子說他經常從鄉下找來一些女孩子然後一毛不給。有一晚她為他開門的時候，畢恭畢敬地向他問起工資的事，他說他給她房間住，給她換環境，讓她見識羅馬，她還要不知足，太不知好歹了。她沒有外套穿，鞋子全是破洞，吃的是男爵餐桌上的殘羹剩飯。她明白她必須要找別的出路，因為她連回那斯科塔的錢都沒有。隔週，廚子的表親給她找了一個地方，她得同時做兩份工作，女傭和女紅，她在這裡工作更累更苦，做滿一個月又是一毛錢工資也拿不到。於是她拒絕為這家的小姐縫製出客的衣裳，除非先拿到她的工資。小姐生氣，扯著頭髮，不過工資倒是給了。就在那晚廚子的表親告訴她有兩個美國人在找女傭。她把沒洗過的髒碗盤統統塞進烤爐裡，就當是已經收拾乾淨，然後去聖瑪策祿教堂作了禱告，就離開羅馬直奔美國人住的地方，那天晚上她覺得街上的女孩好像都是找出路似的。那兩個美國人有兩個小孩，他們讀過書，很有教養，可是她覺得他們並不開心而且挺笨的。他們出她兩萬里拉的工資，給她住一間非常寬敞的房間，他們希望她住的舒服自在，第二天早上，她就把行李全部搬進了美國人家裡。

她聽說過許多關於美國人的事，聽說他們很慷慨很蠢，這些話有部分是真的，他們真的很慷慨，對待她就像是家裡的客人，要她做事情的時候總是先問她有沒有時間，而且每逢星期四和星期天總是鼓勵她上街走走。先生高高瘦瘦，在大使館工作。他的頭髮剪得極短就像德國人，也像囚犯，或是剛動完腦袋手術的病人。他的頭髮又黑又強韌，如果把它留長了，隨便甩兩下，街上的女孩肯定會愛死的，他偏偏每個星期都去理髮店，把自己整得這麼難看。在其他方面他非常地謙和有禮，在沙灘上穿的泳裝也非常保守，可是走在羅馬的大街上卻露出一顆光溜溜的腦袋給大家看。太太很好，她的皮膚像大理石，她的衣服很多，這裡的生活自在又舒服，克萊門汀娜向聖瑪策祿祈禱，希望這樣的生活永無休止。

他們習慣把所有的燈都開著，好像電不要錢似的，他們在壁爐裡燒木頭，只為了卻除入夜的寒氣，晚餐前他們必喝琴酒和苦艾。他們身上的味道也不同。那是一種蒼白的味道，她認為，是一種沒有力氣的味道，這八成跟北方人的血統有關係，也有可能因為他們洗太多熱水澡的緣故。他們實在洗太多熱水澡了，她奇怪他們怎麼不會神經衰弱。他們吃義大利食物也喝酒，她希望他們多吃通心粉和橄欖油，這些東西才會使他們的味道變得健壯。在伺候他們用餐的時候，她偶爾也會聞聞他們，但聞到的總是很虛弱的味道，有時候甚至什麼也聞不出來。

他們很寵孩子，有些時候小孩子說話很衝，對父母亂發脾氣，照理應該挨打，可是他們從來不打孩子。這些外國人，甚至連大聲罵兩句，或是跟孩子說明父母的重要性都沒有。有一回，最小的男孩無理取鬧地亂發脾氣，真應該痛打一頓才對，他母親非但沒打他，反而帶他去玩具店給他買小帆船。有時候他們晚上外出，先生寧可自己像個下人似的幫太太扣衣服，戴珍珠首飾，也不肯按鈴叫克萊門汀娜。有一次屋裡停水，她下樓去噴水池取水，他竟跟上來幫忙，她說由他來提水很不合理，他說讓一位年輕女性提著大水瓶上上下下地走樓梯，他卻在爐火旁邊坐著，這才叫做不合理。說著他就從她手裡接過大水瓶，逕自走去噴水池，她從廚房窗口看見他在那裡跟皇宮其他的僕人一起等著服務生取水，她看得又氣又羞，胃痛到非得喝一點酒不可，因為大家肯定會說她太懶惰，會說她幫傭的家庭既不懂規矩又沒教養。再就是，他們不相信死人。有一回，黃昏時，她走過客廳，看見一個幽靈走在她前面，起初她還以為是先生，等到看見他站在門口的時候才知不是。她尖叫，連托著玻璃杯和瓶子的托盤都從手裡掉了下來，先生問她為什麼尖叫，她說她看見一個鬼，他無動於衷，全不當一回事。後來在後廳，她又看見了一個，這次是戴著頭冠的主教，她尖叫著告訴先生，他還是不當一回事。

但是兩個孩子跟她心意相通，晚上，他們上了床，她會跟他們講那斯科塔的民間故事。他們最喜歡那斯科塔的年輕農夫跟一個名叫阿桑妲的美麗女子結婚的故事。他們結婚一年，生了一個兒子，他有黑色的捲髮，金黃色的皮膚，但是身體很弱，老是哭，他們認為他受了詛咒，他們騎著驢子，帶他去康奇里安諾看醫生，醫生說孩子快要餓死了。這怎麼可能呢，他們問，阿桑妲的奶水多到連上衣都透溼了。醫生叫他們入夜後好好看守著，夫妻倆便騎著驢子回家吃晚飯了。阿桑妲入睡之後，她丈夫仍舊清醒地守著，到了半夜，月光下他看見一條好大的毒蛇穿過農舍的門檻來到床前，吮吸女人的奶水，那丈夫不敢動，只要他一動，那大蛇的毒牙就會刺進她的胸脯把她毒死。等到毒蛇吸飽奶水，就游過地板穿過門檻回到夜色中，這時農夫立刻發出警報，附近所有的農夫都趕了來，他們發現農舍的牆邊有個蛇窩，裡面有八條大蛇，全都被奶水餵得肥肥的，這些蛇太毒了，甚至連牠們的呼吸都能使人喪命，大夥把牠們亂棒打死，這是個真實的故事，因為她走過那個農舍至少上百次。他們第二喜歡的故事講的是康奇里安諾一位愛上美國小帥哥的婦人。有一晚，婦人注意到他背上有一個像葉子的小胎記，她想起許多年前被人家抱走的兒子背上就有這樣的胎記，才知道這小情人原來是她的兒子。她立刻跑去教堂告解請求寬恕，但是那神父，一個自大傲慢的胖子，說她的罪絕不可饒恕，突然間，告解室傳出骨頭碎裂的巨響。人們連忙趕過來把告解室打開，看見原來趾高氣揚的神父竟成了一堆骨頭。另外，她也講了聖母瑪利亞的寶石神蹟，在卡沃爾道見過狼群出沒的可怕時刻，還有她堂姊瑪麗亞見到紅衣魔鬼的事。

七月她跟著這一家美國人上山，八月去威尼斯，秋天回羅馬，她明白他們說要離開義大利的意思是什麼，他們把地下室的大皮箱全部抬上來，她幫忙夫人收拾行李。現在她已經有五雙鞋，八套衣服，銀行也有存款，可是想到往後又可能要在某個頤指氣使的羅馬人家中幫傭，她就難過不已，有一天，她在為夫人縫補衣裳的時候竟難過得哭了出來。她告訴夫人在羅馬人家裡幫傭非常辛苦，夫人說如果她願意，他們可以帶她一起去新世界。他們幫她申請六個月的臨時簽證；這不但令她開心，也幫了他們的忙。所有的安排都妥當了，她回去那斯科塔，媽媽哭著求她不要走，村子裡的人都說她不該走，這些都是妒忌，因為他們根本沒有機會走出去，他們甚至連康奇里安諾都沒去過。曾經她以前住過而且覺得很快活的這個世界，如今在她眼裡成了又舊又老的一個世界，這裡的生活習慣和這裡的圍牆比這裡的人還要老，她覺得在那個圍牆嶄新的世界裡，縱使那裡的人不怎麼開化，她會過得更加快活。

該動身出發了，他們開車到拿坡里，一路上只要先生想要喝點咖啡和小酒的時候，他們就停下來，就好像百萬富翁在旅行似的，他們住在拿坡里的豪華大飯店，她有自己的一個房間。第二天早上要出航的時候，她竟哀傷到不能自已，到底還有哪裡能夠比在自己的國家過得更好呢？她告訴自己這只是一段旅程，再六個月她就可以回來的，要是沒出去看過怎麼知道上帝造的世界有多麼奇異多麼不同呢？她的護照上蓋了印戳，她千頭萬緒地上了船。

這是一艘美國船，整艘船冷得像冬天，午餐桌上擺的是冰水，那些不冷的東西又煮得很難吃，一點香味也沒有，她的想法沒有變，這些人很仁慈很大方，可是愚昧無知。女人的珍珠首飾要由男人幫她們戴上，錢那麼多，卻只知道喝像藥水似的咖啡和吃整盤子的生肉。他們既不美麗也不優雅，而且眼睛發白，不過船上最令她討厭的就是那些老女人，在她的國家，上了年紀的女人一律穿黑色，為了悼念她們生命中故世的人，她們的舉止動作也配合她們的年紀、緩慢、端莊。可是這裡的老太太們尖著嗓門說話，穿著鮮豔的衣裳，身上掛滿了像那斯科塔的聖母戴的珠寶首飾，但都是假貨，她們臉上塗得五顏六色，還染髮。可是騙得了誰呢，在五顏六色底下的臉頰又乾又瘪，脖子上一圈圈的皺皮就跟烏龜的脖子一樣，她們聞起來雖然像春天的鄉下，枯萎凋零卻像墳頭上的小花。她們一無是處，這當然是個沒有開化的國家，老年人沒智慧又沒品味，不值得後代子孫的尊敬，而他們自己對過世的人也早就遺忘。

那裡還是很美的，她想著，因為在報章雜誌上她看見紐約市的高塔，好多金色銀色的高塔襯著藍天，一個從未受戰爭蹂躪的城市。到達那羅斯海峽[72]的時候下著雨。她怎麼找怎麼看都看不見那些高塔，她問高塔到哪裡去了，他們說下雨看不見了。她好失望，她眼前的新世界看起來很醜陋，懷抱夢想的人都上當受騙啦。這裡就像戰亂時期的拿坡里，她真希望自己沒有來。檢查她行李包裹的海關人員非常沒教養。他們搭計程車和火車到華盛頓，新世界的首都，接著再搭計程車，她從車窗望見這裡的建築全都是羅馬帝國時期的翻版，在夜色中看起來挺詭異的，彷彿古羅馬的廢墟又從夜幕中升了起來。車子開進鄉下，這裡的房子都是木造的，很新，洗臉盆和浴缸很大，早上夫人教她用各種機器。

起初她對洗衣機很懷疑，這東西只加肥皂和熱水又不會洗衣服，這使她想起在那斯科塔水池邊是多麼地快活，一面跟朋友們聊天一面把衣物洗得乾淨如新。但是漸漸的，她對這個機器越來越順眼，它是機器沒錯，可是它會自己把水裝滿，又自己把水清空，然後轉啊轉的，太神奇了，一臺機器居然能記得這麼多事情，而且隨時待命，等著幹活。再一個是洗碗盤的機器，就算穿上晚宴服洗碗，你的手套上也不會沾上一滴水。夫人外出，兩個男孩去上學之後，她就把髒衣服丟進洗衣機，把骯碗盤放進另外的機器，再把火腿牛肉捲放入電動的煎鍋，然後坐在客廳的電視機前面，聽著四周圍各種機器忙著幹活，這不但令她高興也讓她覺得很有權威。再就是廚房裡的冰箱，它會製冰，會讓奶油變得像石頭一樣硬，凍到極點的牛羊肉更是新鮮得像剛剛屠宰下來似的，還有電動打蛋的機器、榨橘子的機器、會吸灰塵的機器，所有的機器都一樣銀光閃亮，她把它們全部同時發動；另外還有一個烤麵包的機器，只消把麵包放進去，一轉身，馬上，兩片烤吐司，就是烤成了你想要的

72 The Narrows，紐約市分隔史坦頓島和布魯克林區的狹窄海峽。

顏色——好像所有事，機器全都能一手包辦。

整個白天，先生都在上班，而夫人，在羅馬過得像個公主，在新世界裡好像是在做祕書，她想他們大概很窮，所以夫人必須外出工作。她總是在講電話、做計算和寫信，就像個祕書。她總是白天忙，晚上累，和祕書一樣。就因為他們兩個人晚上都很累，屋子裡就不像他們在羅馬時候那麼安詳平靜。最後她忍不住問夫人為什麼要做祕書，夫人說她不是祕書，她是在為窮人、病人，和瘋人募款。這對克萊門汀娜來說實在太奇怪了。而這裡的氣候也令她覺得奇怪又潮溼，對肺對肝都不好，不過這個季節樹木倒是多采多姿，這可是她從來沒見過的；有金有紅有黃，一片片的落葉飄下來就好像羅馬或威尼斯那些天花板上畫著圖畫的大廳，粉彩一片片的，從圖畫上飄落下來。

有個從義大利南部來的老鄉，一個送牛奶的老頭，他們叫他老喬。他已經六十好幾了。駝背，揹牛奶瓶的關係。她常跟他一起去看電影，他會一面用義大利語為她講解電影故事，一面捏她逗她，還求她嫁給他。克萊門汀娜只當是說笑，並不認真。新世界有很多奇怪的節日，有個節日只有火雞沒有聖徒，然後是聖誕節，她從沒見過對聖母和聖嬰會有如此的大不敬。首先，他們買一棵綠樹，豎在客廳裡，掛上許多閃亮的項鍊，彷彿它具有掃蕩惡魔和聆聽祈禱的神力。媽媽咪呀！就一棵樹！她沒有每個星期天都上教堂，給神父告解聽他的一些申斥，因為那位神父太嚴格了。她參加彌撒的時候，做了三次奉獻。她想著等她回去羅馬，她要在報上寫一篇關於新世界教堂的文章，她要把教堂裡沒有聖徒的腕骨可以親吻，他們對一棵綠樹獻貢，忽視聖女產子的辛苦，參加彌撒要奉獻三次的事都寫出來。另外值得一提的是下雪，這裡的雪比那斯科塔的雪好看。這裡沒有狼群。男男女女都在山上滑雪，孩子們在雪地玩耍，屋子裡始終都很暖和。

她照舊每個星期天和老喬一起去看電影，他也照舊把電影故事講給她聽，照舊求她嫁給他，照舊捏她逗她。有一回，在看電影之前，他停在一棟全部用木頭建造，粉刷得很細心的房子前面，他開了門鎖，帶她上樓到一間牆壁上貼滿紙的公寓房，塗著亮光漆的地板好亮，一共有五個房間，還有很現代化的浴室，他說如果她嫁給他，這屋子就是她的。他會給她買洗碗的機器、打蛋的機器，還有跟夫人家裡一樣，把火腿牛肉捲煎好會自動關掉的煎鍋。她問他買這些東西的錢從哪裡來，他說他已經存了一萬七千塊錢，他從口袋取出一本書，是銀行存簿，上面蓋著戳子，一萬七千兩百三十元一毛七分。只要她肯做他的老婆，這些錢全部就是她的。她說不，可是看完電影，等到上床睡覺的時候，想到這些機器她傷心起來，她真希望自己沒有來過這個新世界。一切的一切都不再像從前了。如果她回到那斯科塔，跟大家說有這麼一個男人，長得不好看，可是很誠實很溫柔，願意給她一萬七千塊美金和有著五間房的屋子，絕對沒有人會相信。大家會以為她瘋了，她怎麼可能再睡稻草墊子，住冰冷的房間，就能滿足呢？她的臨時簽證四月到期，到時候她必須回去，先生說只要她願意，他可以幫她申請延期，她求他務必要幫這個忙。有一天晚上在廚房，她聽見他們壓低了聲音在說話，她猜想是在談她的事，可是一直拖到其他人都上了樓，她走進房間向他道晚安的時候他才開口。

「很抱歉，克萊門汀娜，」他說，「他們不給我延期。」

「沒關係，」她說。「這個國家不要我，我就回家吧。」

「不是這樣的，克萊門汀娜，是因為法律。我真的很抱歉。你的簽證十二號到期。我必須趕在那之前先設法讓你上船。」

「謝謝你，先生，」她說。「晚安。」

她要回去了，她想。她先坐船到拿坡里，下船之後在梅傑里納搭火車，睡臥鋪到羅馬。然後在提布提納車站坐上晃著窗簾，車尾一路噴著紫色廢氣的巴士，爬上趣伏里的小山丘。她含著淚想著她會親吻媽媽，再送上她在沃爾沃斯超市買的禮物，框著銀框的大明星丹納・安德魯斯的一張照片。然後她會坐在廣場上，周圍圍了一大群人，就像出了什麼大事似的，她說著家鄉話，喝著自家釀的酒，聊著新世界裡的種種，那裡有長腦子的煎鍋，那裡連洗廁所的清潔粉都有玫瑰的香味。想像中的場景清晰可見，噴泉的水花隨風飛灑，她忽然發現鄉親們的臉上都是一副不相信的表情。誰會相信她編造的故事呢？誰會聽呢？如果說她看見魔鬼，像堂姊瑪麗亞那樣，他們會驚嘆，可是她看到的是一個天外天，沒有人會在乎的。離開一個世界，來到另一個世界，結果兩個世界她都失去了。

她打開包裹，再讀一次賽巴提安諾叔叔從納斯科塔寄來的信件。那晚，他所有的信讀起來似乎特別傷感。秋天來得好快，他寫著：天氣很冷，雖然是九月，橄欖和葡萄卻損失很重，原子彈把義大利的四季毀了。現在小城的陰影降臨山谷的時間更早了，她想起過去剛剛入冬的時候，突然下起的白霜會覆在葡萄和野花上，農夫們會騎著驢，在黑地裡走著，載著樹根和零碎的木片。因為鄉下地方很難找到大塊的木頭，往往為了一捆橄欖枝得騎上十公里的路，到現在她還記得那種透骨的冷，還記得驢子的身影襯著昏黃的暮色走著，聽著牠腳蹄下的石子掉落在陡坡路上孤寂的聲音。十二月，賽巴提安諾叔叔寫著，又是狼群出沒的時候。納斯科塔的可怕時刻又來臨了，狼群咬死了老闆六隻羊，沒有羊肉，也沒有和麵的雞蛋，廣場上的積雪深到噴水池的邊緣，飢餓寒冷，這兩件事她都記得。

她在自己的房間裡讀信，房間很溫暖，燈光很柔和。她像貴婦一樣有銀質的菸灰缸，而且，可以隨心所欲地在自己的浴缸裡泡一個水浸到脖子的熱水澡。難道聖母有心要她在荒野裡生活，挨餓死掉嗎？難道享受現成的舒適生活錯了嗎？家鄉那些人的臉又出現了，他們的皮膚怎麼這麼黑，還有他們的頭髮，他們的眼睛，她想著，彷彿跟這些淺色的人住久了，她的看法也偏向了淺色。他們看著她，神情中有責備，有包容，有親切又遺憾的關心，可是她為什麼非得回去，在黑幽幽的山地喝著發酸的酒呢？他們在新世界裡找到了永保青春的祕密，如果這真是上帝的旨意，那麼天上的聖徒們又何必拒絕充滿青春活力的生活呢？她記得在那斯科塔，即便最美麗的東西也會在黯淡的時間裡迅速枯萎，就像得不到呵護的花朵；即便最美麗的人也會變成缺牙又駝背，他們穿的黑衣服都臭烘烘的，就像媽媽身上穿的，盡是煙味和糞肥味。在這個國家她的牙齒永遠潔白，她的頭髮總是有漂亮的顏色。即便到她死的那天，她腳上還是會穿著有跟的鞋子，手指上會戴著戒指，還有男人的殷勤，在這個新世界，就算活上十輩子也不會覺得膩；絕對不會。她要嫁給老喬。她要在這裡住下來，活上十輩子，她要皮膚細得像大理石，牙口好到永遠可以嚼肉吃。

第二天晚上，先生告訴她開船的時間，等他講完話她說，「我不回去了。」

「我不明白。」

「我要嫁給老喬。」

「可是老喬比你老得太多了，克萊門汀娜。」

「老喬六十三歲。」

「你呢？」

「我二十四。」

「你愛老喬嗎？」

「啊不，先生。我怎麼會愛他，他的肚子大得像塞了一大袋蘋果，後腦勺脖子上的皺紋多到可以在上頭看年輪，我怎麼會愛他？不可能的。」

「克萊門汀娜，我很敬佩老喬，」先生說。「他是個老實人。如果你嫁給他，就必須照顧他。」

「啊，我會照顧他，先生。我會給他鋪床，煮飯，可是我絕不讓他碰我。」

他心事重重，看著地板，最後說，「我不許你嫁給老喬，克萊門汀娜。」

「為什麼？」

「除非你真願意當他的太太，否則我不許你嫁給他。你必須真愛他。」

「可是，先生，在納斯科塔，男人只要願意把他的地跟你的地合在一起，跟他結婚就對了，難道說這就是要把心也給他的意思嗎？」

「這裡不是納斯科塔。」

「可是所有的婚姻都是這樣的呀，先生。如果非要為了愛結婚，那這個世界就不適合給人住了，那就成了住瘋子的醫院了。難道夫人不是因為錢和你給她的這麼多的好處才嫁給你嗎？」他不回答，她看見他的臉忽然脹得發紫。「啊，先生，我的先生，」她說，「你說話就像個小男孩，眼睛裡有著星星的小男孩，在噴水池邊的瘦小孩，滿腦子都是詩句。我只是想跟你坦白，我要嫁給老喬只為了可以讓我留在這個國家，而你說出來的話卻像個小孩子。」

「我並沒有像小孩子在說話，」他說。他從椅子上站起來。「我並沒有像小孩子在說話。你以為你是誰啊？你在羅馬進我們家的時候，連雙鞋子，連一件大衣都沒有。」

「先生，你不懂得我。或許我真的會愛他，可是我只是想跟你坦白，我不是為了愛而結婚。」

「這正是我想要跟你說明白的。我無法接受。」

「我要離開你們家，先生。」

「我對你有責任。」

「不，先生。現在開始對我有責任的是老喬。」

「那就給我滾出去。」

她上樓回房間，不停不停地哭，對於這個成年的笨蛋又是生氣又是可憐。第二天早上她做了早餐，在廚房裡待到先生去上班，夫人哭著下樓來，孩子們也哭著，中午老喬過來接她上車，帶她去貝魯齊家裡，他們是朋友，她跟老喬結婚之前就先跟他們住。瑪麗亞．貝魯齊告訴她女人在新世界結婚就像公主，確實如此。整整三個星期，她跟著瑪麗亞進出各種商店。先是買她穿的婚紗，全白色，最新的式樣，附帶一條很長的，拖到地上的緞子尾巴，可是很划算，因為那尾巴可以調整，改造後就像參加晚宴的禮服。接著挑選瑪麗亞和她妹妹的服裝，他們是伴娘，他們選了黃色和淺紫色，同樣可以當成晚宴裝。再來就是鞋子、花束，旅行穿的衣服和手提箱，沒有一樣是用租的。到了婚禮當天，她累壞了，兩隻膝蓋像灌了牛奶似的發軟，全程都像在夢遊，幾乎什麼也記不得了。婚禮上好多朋友，好多美酒、美食、音樂，然後她就跟老喬一起搭火車去紐約，紐約的樓房好高，高得令她起了鄉愁，覺得自己好渺小。

當晚，他們住在飯店裡，第二天他們搭乘貴賓專用的豪華列車前往大西洋城，每位乘客都有專用的座椅和服務生。她把老喬送她的貂皮披肩搭在椅背上，大家都看見了，大家都很羨慕，都以為她是位有錢的貴夫人。老喬叫服務生過來要他拿威士忌和礦泉水，但服務生裝作聽不懂老喬說的話，把他們撂到一邊，先忙著招呼別人，她感到又氣又羞，只因為他們不能優雅流利地講新世界的語言，就被人瞧不起，就不把他們當人看待。一路上他們得到的都是這種待遇，那服務生再也沒有近他們的身，彷彿他們的錢不如別人的錢似的。火車穿過好大好黑的隧道進入了鄉下，看上去很醜陋，有許多煙囪不斷冒出熊熊的烈火，還有一些樹林，小河和划船的地方。她望著車窗外，鄉野像水流似的溫柔滑過，她希望能看到像義大利那樣的美景，但是她看到的完全不是她的家鄉，不是她的土地。接近城市的時候就會經過那些住著窮人，繩子上晾滿了衣服的地方，她想這倒是一樣的，在繩子上晾衣服肯定全世界相同。還有，窮人住的房子也都一樣，一間挨著一間，家家戶戶都有院子，院子不大，但都種了東西，而且看得出來非常用心。他們離開的時候是中午，火車駛過鄉野已經是下午了，正是放學的時間，街上好多孩子，有的拿著書，有的騎著腳踏車，有的在玩遊戲，火車經過時好多孩子都在揮手，她也向他們揮著。她不斷地揮手，向著走在野草地裡的孩子們，向著橋上的兩個男孩，向著一個老頭，他們也都向她揮著，她又向著三個女孩揮手，向著推娃娃車的女人揮手，向著穿黃外套拎提箱的小男生揮手，他也向她揮著。所有的人都向她揮手回禮。她發現火車漸漸靠近海洋，空氣中有一種赤裸裸的感覺，樹林變少了，木頭招牌上畫著好多旅館飯店，每家飯店都寫著有多少個房間，有哪些喝雞尾酒的地方，她很開心看到他們住的飯店也在招牌上，她相信那絕對是豪華級的。火車停了下來，旅程到達終點，她忽然覺得害羞又膽怯，老喬說我們走吧，那個很沒禮貌的服務生過來幫他們提行李包裹，當他伸手拿她的貂皮披肩時，她說：「不必了，謝謝。」便一把奪了過來，這隻豬玀。一輛她這輩子從沒見過的黑色大車開過來了，車子上有一塊寫著他們住的飯店名稱的牌子，他們跟另外幾個人一起坐進去，一路上他們都沒有交談，因為她不想讓人家知道她不會說這個國家的語言。

飯店確實很豪華，他們搭電梯上樓，走過鋪著厚地毯的走廊，進入一個漂亮的房間，同樣到處鋪著厚厚的地毯，有廁所間，但是沒有浴盆。服務生一走，老喬就從手提箱取出威士忌喝了一杯，然後叫她過去坐在他腿上，她說且慢，且慢，白天這樣做會遭厄運，最好等到月亮升起的時候，她想先下樓去看看餐廳和酒吧。她擔心鹹鹹的海風會傷到貂皮，老喬又喝了一杯，窗外，她可以望見海洋和一道道向前推進的白色波紋，因為窗子關著，她聽不見夢裡似曾相識的，浪花拍打的聲音。

他們再度下樓，還是不說話，她的直覺在這麼奢華的地方最好別說美麗的家鄉話，他們參觀了一些酒吧和餐廳，處處富麗堂皇，他們走上海邊寬敞的步道，空氣中有鹽味，像威尼斯，聞著也像威尼斯，空氣裡同樣有著煎炸食物的香味，令她想起羅馬聖約瑟的節慶日[73]。他們的這一邊只有冷冷的碧波，當初她就是橫過這片大海來到新世界，而另一邊就有許多好吃又好玩的東西。他們不知不覺走到了吉普賽人的地盤，只見有個窗子畫著一隻人手，這代表可以看手相算命，她問他們會不會說義大利語，他們說：「會，會，會，沒問題！」於是老喬給她一塊錢，她跟著那吉普賽人走到簾子後面，那人看著她的手，開始算命，可是她說的不是義大利語，是混雜著一點西班牙文，和一

73 San Girseppe，英文為 Saint Joseph，三月十九日是義大利著名的聖約瑟節。

點克萊門汀娜從來沒聽過的語言，她只能夠東拼西湊地聽懂一兩句，譬如像「大海」和「航程」，只是她分辨不出這個航程究竟是將要發生，還是已經發生了，她對那吉普賽人沒了耐性，說會講義大利語根本是撒謊，她要拿回她的錢，那吉普賽人說如果把這錢還她，會受詛咒的。她知道吉普賽人的咒語很厲害，她也不想節外生枝，就走了出來，老喬在木頭步道上等她，他們倆又繼續在碧綠的大海和美味的小吃之間漫步走著，小吃攤的人不斷向他們招徠，涎著笑臉要他們花錢，就像地獄天使，一副不懷好意的模樣。夕陽西下了，燈火像珍珠似的亮了起來，回頭望，她看見飯店粉紅色的窗戶，那裡有他們自己的房間，他們高興哪時候回去都可以，滔滔的海浪聲，遠山上有狂風在呼號。

他認定她是個好太太，第二天早上，他抱著感恩的心為她買了放奶油的銀碟子、燙衣板的套子，和一條鑲著金邊的紅褲子。穿上這條褲子她母親一定會把她罵個半死，在羅馬，她也會瞧不起穿褲子的女人，太沒教養了，可是這裡是新世界，這根本不算罪過，下午她披上貂皮披肩，穿上紅色長褲，跟老喬一起在大海邊的木頭步道上來來回回的走著。星期六他們回家，星期一他們買家具，星期二家具送到，星期五她穿上紅褲子跟瑪麗亞・貝魯齊去超市，瑪麗亞逐一向她解說那些盒子上的標籤，就因為她看起來太像美國人，人們才會因為她竟然不會說美國話，而大感意外。

即便不會說美國話，她還是可以學做其他的事，她甚至學會了喝威士忌，不再咳嗽也不再會吐。早上，她把所有的機器發動，然後看電視，一個字一個字地學唱歌，下午瑪麗亞・貝魯齊過來找她，兩個人一起看電視，晚上她跟老喬一起看電視。她很想寫信把所有買來的東西都告訴母親，這些東西要比主教所擁有的還要好。可是她知道這信只會讓母親更加困惑。最後她什麼也沒寫，只寄了明信片。沒有人能形容她的生活變得多麼有趣多麼方便。夏天，到了晚上，老喬帶她到巴爾的摩看賽馬，她從來沒看過那麼美妙的事——那些小馬，那些燈光，那些鮮花，那位拿著軍號穿著紅大衣的司令官。那年夏天，她們每個星期五都去看賽馬，有時候更頻繁，一星期會去上好幾次，有一天晚上就在賽馬地，她穿著紅褲子，喝著威士忌的時候，看到了她幫傭時候的那位先生，這是他們吵架以來第一次碰見。

她問他好不好，問他家人好不好，他說：「我們沒在一起了。我們離婚了。」她看著他，從他臉上，她看到他結束的不是他的婚姻，而是他的幸福。現在她是得勝的一方，因為她當時不就對他說過，說他像一個小孩，眼睛裡充滿了夢幻；但是他的失落中有一部分她似乎也能感同身受。他走了，雖然賽馬開始上場，她眼前看到的卻是那斯科塔的白雪和狼群，一大群狼踏上卡沃爾道穿過廣場。牠們彷彿在出任務，黑暗中的任務，她知道那層黑暗就是生命的根本，記憶中她皮膚上的寒意，白花花的雪地，暗夜潛行的狼群依然清晰，她不明白為什麼上帝要開放這麼多的選擇，教生命變得如此奇怪又複雜。

羅馬男孩

羅馬在下雨（男孩寫著），我們住在一座宮殿裡，有金色的天花板，有盛開的紫藤花，可是聽不見羅馬的下雨聲。最初我們都是在南塔克特過夏天，在羅馬過冬天，在南塔克特聽得見下雨的聲音，我喜歡夜裡躺在床上聽著雨水像燎原的火，在草地上奔竄，因為在這種時候你就可以由所謂心靈的眼睛看到許多生長在海邊牧場裡的東西，像石南花、三葉草和羊齒蕨。秋天我們習慣去紐約，十月揚帆出海，旅途的最佳紀錄就是那些貼在圖書室裡的照片，由船上的攝影師拍下來的，狂歡後的留影：我說狂歡的意思是指男人戴起女人的帽子，老人玩起「大風吹」，鎂光燈閃得就像森林裡的一場雷電交加的暴風雨。我經常跟一些老人家打乒乓球，在東向的航程中我可說是每打必贏。我在義大利海運輪上贏到一隻豬皮錢包，在美國出口航運輪上贏到一套對筆，在荷美客輪上贏到三條手帕，有一回我們搭乘一艘希臘輪，我在船上贏到一只打火機。我把打火機給了我爸，因為在那段時日，我不喝酒，不抽菸，不罵人，也不說義大利語。

我爸對我很好，我小時候他帶我去動物園，讓我騎在馬背上，在快餐店會給我買酥油點心和橘子汽水，我喝橘子汽水的時候他總是喝加了雙份杜松子酒的苦艾酒，或是之後來羅馬的美國人更多的時候就喝馬丁尼，不過我在這裡並不是要寫一個男孩看著他老爸偷喝酒的故事。我唯一說義大利語的時間是在我和我爸去柏格賽公園看大烏鴉，餵他吃花生的時候。那烏鴉看見我們就會說早安，我也會說一聲早安，我給他吃花生他會說謝謝，我們走開的時候他會說掰掰。我爸三年前去世了，他埋在羅馬的新教徒墓地。當時來了好多人，葬禮結束，我媽一手攬著我說：「我們不會把他一個人孤零零地留在這兒吧，是吧，皮耶楚？我們永遠，永遠，都不會把他孤零零地留在這兒吧，是吧，親愛的？」當時有些美國人住在羅馬是因為所得稅的問題，有些美國人住在羅馬是因為離婚，或是外遇，或是寫詩明志，或是其他各種他們認為在家鄉肯定會有麻煩的原因，也有些美國人住在羅馬是因為他們在這兒工作，而我們住羅馬是因為我爸的骨頭埋在新教徒墓地裡。

我祖父是個大亨，我想這就是我爸喜歡住在羅馬的原因。我祖父白手起家，發了大財，他希望大家也能效法他的作為，儘管事實不可能。我只有在我祖父到卡羅拉多的夏屋避暑的時候才看得到他，我們會經常去探望他。我最記得的就是每個星期天我祖父親自做的那頓晚飯，那天女傭廚子都休假。他每次都是烤牛排，光是看他生火，就教人緊張到食不下嚥。生火這件事真是難為他了，每一個人都坐著圍著他看，誰也不敢說一個字。沒有酒，因為他不贊成喝酒，可是我爸媽都在浴室裡大喝特喝。好啦，經過半個小時火終於生好了，他把牛排放在鐵架上，我們繼續坐著。令大夥緊張的是，現在到了打分數的時候。如果在這個星期裡面我們做過什麼爺爺不喜歡的錯事，大夥立見分曉。烤牛排的時候他的脾氣超大。只要油脂一著火，他的臉立刻氣到發紫，暴跳如雷。等到牛排烤好，我們一個個端著盤子排隊，這就是評分的時候。如果爺爺喜歡你，他就會給你一塊很好很大的肉，如果他覺得，或是懷疑你做了什麼錯事，他給你的就只是一小塊不帶肉的軟骨。哪，好大一隻盤子上只擱著一小塊軟骨，那份尷尬真是驚人。那簡直是丟人現眼。

那個星期，我拚命努力做對的事，希望別拿到那塊軟骨。我洗休旅車，在花園幫奶奶的忙，搬運生火的木頭，可是星期天我分到的還是一小塊軟骨。於是我說了，爺爺，我說，我不明白烤牛排讓你那麼不開心，為什麼你每個星期天還要為我們做呢。媽媽會做料理，至少她還會炒蛋，我也會做三明治。我可以做三明治。我的意思是如果你想要為我們做料理那是好事，可是在我看起來你好像不這麼認為，我想倒不如結束這個折磨人的刑罰，大家在廚房吃炒蛋來得好。我的意思是我真的不明白為什麼你要叫大家陪你吃晚飯，可是又一肚子的不高興。嘿呀，他放下刀和叉，我見過他因為油脂著火氣到臉色發紫，可是我從沒見過紫得像那天晚上的程度。你個混帳低能不學無術的小畜生，他對我咆哮，緊接著，他走進屋子上樓回臥房，每一扇經過的房門都被他甩得砰砰大響。我媽把我拉到花園裡對我說我犯了一個可怕的大錯，但我實在不知道我錯在哪裡。過了一會兒，我聽見我爸和我祖父在對吼對罵，隔天早上我們就離開了，從此再沒回去過，他過世的時候留給我一塊錢。

第二年我爸過世，我很懷念他。一下子好像所有我相信的事情全不對了，甚至連我最感興趣的事情，那時候我老是以為他會從死亡的國度回來拉拔我。我絕對有能力有擔當做男人該做的事，但有時我會對自己的成熟穩健感到失望，尤其在過完一天走下火車踏入一個不是家鄉的城市，這種失望的感覺最為深刻，北風呼呼地吹著，這裡不像佛羅倫斯，車站前的廣場上一個人也沒有，誰也不願意在這般無情的冷風裡多待一刻。這時候的我似乎不像我了，或者說不是我熟悉的自己了，我的情緒似乎已被這北風、這時間、這陌生的地方全部給剝得精光。我不知道何去何從，只知道要避開這冷風。此情此景很像我當時一個人搭車去佛羅倫斯的時候，一樣北風呼呼地吹，廣場上空無一人。當我心情正落寞時，突然有人碰了一下我的肩膀，我以為是我父親果然從死亡的國度回來了，我們又可以像從前一樣地歡聚，相互扶持。但結果碰我肩膀的原來是個衣衫襤褸的老頭，他想向我推銷當紀念品的鑰匙圈。我看見他臉上的風霜，我的心情忽然大壞，彷彿我的人生被劃開了一個大洞，我再也得不到我需要的愛了。我回想起羅馬的那個秋天，有一回我放學晚了，搭電車回家，已經七點多，所有的店鋪商家都已開始打烊，大家都趕著回家，那時也有人碰了一下我的肩膀，當時我也以為是我爸從死亡國度回來了。但那次我連頭都沒回，因為我想也有可能是不相干的人，也許神父，也許妓女，也許一個走路不穩的老人家。但我心裡還是有著同樣的感覺，我們又可以開心地聚在一起了，過後我知道，我明白，我永遠不會再得到我需要的愛了，永遠。

我爸往生之後，我們不再有南塔克特之行，從此一直住在歐維塔皇宮。這是一棟很漂亮又很陰森的建築，它的樓梯非常有名，儘管這道樓梯只亮著十瓦特的燈泡，一到晚上就黑影幢幢。熱水老是不足，而且前後灌風，儘管羅馬的雕像都是裸體的，但這裡的冬天可是又冷又溼。當你聽著那些男人在黑暗的街道上悠然唱起永春的玫瑰和地中海艷陽天的時候，真的會讓人生氣。我覺得不妨唱一唱冷冷的餐館冷冷的教堂，冷冷的酒鋪冷冷的酒吧；唱一唱迸裂的水管，塞爆的馬桶；唱一唱這個躺在雪堆裡的城市就像中了風的老頭，人人都在街上狂咳，連大公和紅衣主教都在咳。不過這大概不好唱，也不像一首歌吧。我在聖天使堡帕多瓦國際天主教學校上課，但我不是天主教徒，每個星期天早上在聖保祿大教堂領聖餐。到了冬天，如果不把神父或教士算在內，教堂裡通常只有兩個人，我和另外一個男的，我很不喜歡坐在那個男的旁邊，他身上有一種中國廟宇裡焚香的味道，有時因為皇宮熱水短缺三、四天沒洗澡我也會出現這種情形，他大概也不想坐在我旁邊。三月，觀光客來了，教堂的人又會多一些。

起初我媽媽的朋友都是美國人，她習慣每年聖誕節都要開一次大型的美式派對。有香檳、蛋糕，她的朋友狄比彈鋼琴，大家圍著鋼琴唱〈平安夜〉、〈我們三個東方國王〉、〈聽啊〉，〈天使高聲唱〉，和其他一些家鄉的聖誕頌歌。我從來不喜歡這些派對，因為所有離了婚的人都會哭。羅馬有上千位從美國來的離婚人士，他們全是我媽的朋友，在唱第二遍〈平安夜〉的時候，他們就放聲大哭。但有一次聖誕夜我在外面，走在皇宮前面的街道上，皇宮的窗子全部開著，或許因為天氣暖和，又或許是想要散掉屋裡的煙氣，我聽著這些人在這個到處是廢墟、噴泉的外國城市裡唱著〈平安夜〉，這確實使我起了雞皮疙瘩。在我媽認識了許多有頭銜的義大利人之後，她就不再舉辦這類派對。母親很喜歡貴族，她不在乎他們的長相。有時候塔瓦－拉卡達的老公主會來我們家喝茶。她要不是侏儒就是老得縮了水。她的衣服總是很單薄，很多補丁，她的解釋是她最好的服飾，宮廷裝之類的，全都鎖在大箱子裡，而她把鑰匙弄丟了。她下巴上有鬍子，她有一隻叫做辛巴的雜種狗，用曬衣繩圈著。她來我們家每次都吃一堆茶點，我媽不在意，因為她是真正的公主，她有凱撒大帝的血統。

母親最要好的朋友是一個美國作家名叫狄比，他住在羅馬。羅馬有好多這一類的作家，不過我不認為他們真的在寫作。狄比老是非常累。他想去拿波里看歌劇，結果太累不能成行。狄比想去鄉下住一個月，完成他的小說，可是在鄉下只能吃烤羊肉，而烤羊肉會讓狄比很累。狄比從沒看過臺伯河畔的聖天使城堡，因為只要想到涉水而過，狄比就累壞了。狄比老是想去這裡去那裡，到頭來哪也沒去，因為他太累了。剛開始或許覺得應該逼他去沖個冷水澡，或是在他椅子底下點個鞭炮什麼的，之後才發現狄比是真的累。但也有可能是他可以藉著累得到他生活中想要的東西，好比我媽媽的寵愛。他躺在我們住的宮裡是有目的，就像我在大街上四處閒晃，也是希望從中得到我想要的東西，就好像希望贏得一場職業拳擊賽，或是網球賽之類的。

那年秋天我打算和狄比開車去拿坡里，跟一些準備搭船回家的朋友道別，可是狄比那天早上來皇宮說他太累無法成行。母親沒有狄比陪著哪兒都不想去，起先她對他好言相勸，她說我們一起坐火車，不開車，可是狄比連這也嫌累。後來他們進去另一個房間，我聽見母親說話的聲音，她走出來的時候，看得出來剛哭過，我和她兩個人搭火車前往拿坡里。我們先跟一位老女侯爵住兩個晚上，送船出航之後再去聖卡羅看歌劇。我們前一天到，船第二天早上啟航，我們去送行，看著船纜下水，大船開動。

這時候拿坡里的港口裝的肯定都是淚水，只要有接駁小船載走一批出境的人，就有好多人在哭，我不知道再次離開是什麼感覺，因為聽見母親那些朋友講了那麼多義大利的美好可愛，你會覺得這個半島的形狀不像靴子，倒像是個裸體的女人。我會懷念它嗎，我想著，還是就像推倒紙牌屋，就這麼倒了，忘了？碼頭上，我身旁站著一個穿黑衣服的義大利老太太，她不斷對著海面上喊著：「你有福啦，你有福啦，你會看見新世界啦！」她高聲地朝著一個男人喊著，很老很老的一個男人，哭得像個嬰兒。

午餐後無事可做，我買了市區遊覽車票去威蘇威火山區。遊覽巴士上有幾個德國人和瑞士人，還有兩個美國女孩，其中一個染了一頭好笑的紅髮，八成是在哪家飯店的洗臉盆裡自己染的。天很熱，她還圍著貂皮圍巾，另外一個沒有染髮，我一看見她，我的心，就像大貓頭鷹，總之就是那種夜裡出現的鳥，展開翅膀飛了。她真漂亮。分開來看，她的鼻子、脖子等等，那就更漂亮。她的手指不斷撥弄著那一頭黑髮，輕輕地拍輕輕地撥，光是看著她做這個動作就令我非常開心、小鹿亂撞。我知道自己很蠢，我看著窗外，看著拿坡里南邊那些冒著煙的煙囪和高速公路，心裡想著，待會兒再看一次大概就不會覺得她那麼漂亮了，所以我等到高速公路快走完的時候，再看她一次，結果還是漂亮得沒話說。

她們兩個是一起的，排隊等升降椅的時候我完全沒辦法把她們隔開，大家搖啊晃地到了山頂，那個紅髮妹不能走了，因為她穿涼鞋，她的腳受不了發燙的火山灰，於是我主動提議做她朋友的導遊，觀賞風景，眺望遠方的蘇倫多和卡布里還有火山口等等。她的名字叫伊娃，美國來的觀光客，我問起她的朋友，她說紅髮妹並不是她的朋友，她們上車才認識的，坐在一起是因為兩個人可以用英語交談，如此而已。她說她是演員，今年二十二歲，拍過一些電視廣告，大都是宣傳女士專用剃刀的廣告，不過她只負責旁白的部分，由另一個女孩示範操作，她就是靠這筆收入來歐洲旅行。

回拿坡里的車上我和伊娃同坐，我們一路聊天。她說她喜歡義大利的美食，她說她父親不許她一個人遊歐洲，她為此跟她父親大吵一架。我也竭盡所能地把能夠想到的事全部說給她聽，甚至連我父親葬在新教徒墓地的事都說了。我想我一定會在聖塔路西亞請她吃晚飯，可是接近加里波第車站的時候，遊覽巴士撞上一輛小飛雅特，這種小擦撞在義大利稀鬆平常。司機下車理論，等旅客全部下車聽他講完再上車，伊娃已經不在車上了。天色已晚，又是在車站附近，人擠得不得了，我看過很多電影，男的在擁擠的火車站找尋心愛的女人，最後都有圓滿的結局，我就在街上找了她一個小時，但是再也沒見到她。我回到我們住宿的地方，沒人在家，感謝老天，我走進附帶有裝潢家具的房間。我忘了說，這些房間都是女侯爵先前租下來的。我躺在床上，臉埋進胳臂裡，又再一次地想著，我永遠不會得到我需要的愛了，永遠不會。

後來我媽走進來說，我這樣躺著會把衣服都弄皺。她在我窗邊的一張椅子坐下來，問說這裡的景觀是不是美絕了，其實我看到的不過是一個瀉湖，幾座山丘和碼頭上幾個漁夫而已。我很氣我媽，當然是有理由的，因為她總是教我要尊敬看不見的東西，我也一直是個悟性很高的學生，可是這天晚上我很清楚，沒有任何看不見的東西能夠改善我的感受。她總是教誨我，生命中最強的精神力量都是看不見的，我也總是附和她的想法，相信星光和雨水就是阻止世界灰飛湮滅的要素。我對她言聽計從，直到這一刻，我發現她所教的統統是錯的，既怯懦又噁心，就像教堂裡那個男人身上那股中國線香的味道。星光跟我的欲望有什麼關係？我一直很欣賞我的母親，尤其是她的嫻靜，她稱得上漂亮，可是這個晚上她在我眼裡非常假。我坐在床沿瞪著她，心裡想著她是多麼地無知。我忽然起了很可怕的衝動。我想上前給她一腳，一記飛踢，我幻想這著一幕，她臉上的表情和她整理裙子、開口說話的樣子，她會說我真是個不知感恩的兒子；我從來不為生命中的獲得感恩，好比那次在基茲比赫過的聖誕節，之類的。她還在對景觀和那幾個迷人的漁夫發表高論，我走到窗口看看她口中的美景。

那幾個漁夫有什麼迷人的？但骯髒，這絕對可以確定，不老實又笨，其中一個大概還喝醉了，因為他不斷對著酒瓶大口大口地啜飲。他們在碼頭上耗時間，老婆孩子可能正等著他們拿錢回去，哪裡來的迷人啊？天空現在呈現金黃色，但這也沒什麼，只是瓦斯和煙火的幻象而已。海水很藍，但港口都是污物，山丘上的萬家燈火都是從些破屋子的窗戶給透出來的，那些屋子裡全是帕瑪森起司皮和洗衣劑的味道。金黃色的天光變了，變得更深更紅，我一時想不起在哪裡看過這顏色。在山上，我想起來了，下過白霜之後，玫瑰最外層花瓣上的顏色。然後天光黯下來，變得慘白，白到能夠看見都市裡冉冉升空的煙氣，煙氣中一顆星星冒了出來，亮得像街燈，我數著跟在它後面出現的星星，只一會兒工夫就數不清了。這時母親忽然哭了起來，我知道她哭是因為在這世上太孤單，我為自己剛才想踹她一腳的事深感抱歉。她說我們何不去聖卡羅搭夜車回羅馬，我們說到做到，回到家，看到狄比躺在沙發上她好開心。

那晚躺在床上，想著伊娃和所有的一切，在那個聽不見雨聲的都市裡，我想要回家。義大利沒有一個人真正懂我。我向門房說早安，他不知道我在講什麼。我跑到陽臺上不管是喊救命還是救火，也沒有人聽得懂。我想我還是回南塔克特吧，在那裡人家懂我，在那兒有很多像伊娃那樣的女孩在沙灘上走來走去。而且我也覺得一個人應該住在他自己的國家；選擇住別的國家的那些人多少都有點奇怪。現在我媽已經有許多會說流利義大利語、穿義大利服裝的美國朋友——她們樣樣都是義大利貨，甚至包括她們的老公——可是我總覺得她們有點好笑，就好像看到他們的絲襪穿反了，或是內衣露出來了，這大概就是選擇住在外國的人真實的樣子。我想回家。第二天我跟母親談起這件事，她說不行，我不能單獨一個人回去，家鄉她已經沒有熟人了。我問那可不可以回去一個夏天，她說負擔不起，她打算在聖瑪利內拉租一棟別墅，我再問如果我自己能籌得到錢呢，她說當然可以。

我開始四處找零工，這類的工作很難找，我去請教狄比，他很肯幫忙。他不是很有辦法，但是很和氣。他說他會幫我留意，有一天我回到家，他問我願不願意去龍卡里旅行社工作，擔任每週六日的導遊。這太完美了，第二個星期天他們就以試用之名先行雇用我，我們搭遊覽巴士帶隊前往趣伏里的哈德良別墅[74]，美國遊客都很喜歡我，我猜是因為我讓他們想起家鄉，星期天我正式上工。工錢很合理，時數也不影響我的課業，我甚至想著，說不定這份差事可以有機會認識某個有錢的美國商人，願意帶我回美國見習鋼鐵業，只是我從來沒有碰見過。旅人很多倒是真的，許多是趁休假來的。我發現有許多生活優裕、家庭美滿的美國人，無限飢渴地在世界各地遊蕩、觀光賞景。有時，週六和週日，我看著這些人擠上巴士，感覺上我們好像天生就喜愛漂泊，就像遊牧民族。我們先在別墅下車，讓大家有半小時的時間參觀拍照，之後我點過人數，開車上山到趣伏里和艾斯特別墅。大家又再拍照，我告訴他們哪裡有賣便宜的風景明信片，然後車子開往提布提納車站，沿路經過許多新興的工廠，進入羅馬市區。冬天天黑得早，回到市區，遊覽車把遊客們直接送達住宿的飯店或鄰近地點。回程的路上遊客們總是特別安靜，我想是因為在遊覽車上有一種陌生奇特的感覺吧。羅馬的燈光、匆忙、食物料理的氣味環繞著他們，在這個沒有親戚沒有朋友，除了不斷拜訪廢墟遺址就無事可幹的城市。最後一站是在品奇阿納城門，冬季這座山丘寒冷多風，我真懷疑這兒會有什麼生活的本質，也許不全是為了這些吧，飢餓的，甚至腳痛到走不動的旅人，在一個陌生的都市裡找尋一家燈光黯淡，能夠避寒的旅店。陌生的城市或許可以避寒，但是還有太多東西是避不掉的，尤其是人人都在說著另外一種語言。

74 Hadrian’s Villa Tvoli，趣伏里的哈德良別墅，現已列為世界文化遺產。

我在聖神銀行開了一個戶頭，復活節假期我開始擔任羅馬－佛羅倫斯線的全職導遊。這個行業離不開襯衫、廁所、理髮。兩天的行程會有換洗襯衫的小站，三天的行程會有理髮站，讓女士們洗頭整髮。星期一早上我接遊客上車後就坐在司機旁邊，向大家報告沿路城堡、道路、河流、村莊的名稱。我們會在阿韋札諾和阿西西停下來休息。佩魯加是上廁所的休息站，晚上七點左右到達佛羅倫斯。早上我再去接另一隊由威尼斯過來的旅遊團。威尼斯是行程中的理髮站。

假期結束，我回學校，大約一星期後龍卡里又來電話找我，他們說有個導遊生病，問我可不可以代班，帶趣伏里的團。我做了一件很不應該的事，應該算是到目前為止最糟糕的一個決定。當時旁邊沒人在聽，我就說我可以。我一心只想著南塔克特，只想回到那個人人懂我的地方。第二天我翹課，回到家誰也沒發現。我以為我會有罪惡感，一點也沒有。我覺得的只有寂寞孤單。龍卡里又來電話，我又翹一天的課，旅行社的工作很穩定，我就此沒再回學校。我賺錢，可是始終覺得很寂寞。我失去所有的朋友和我的身分，我覺得我的人生什麼也不是，只是一個謊言。這時有一個義大利導遊向公司投訴表示不滿，因為我沒有證照。他們對這一點非常嚴格，必須開除我，這下我無路可走了。我不能回學校，我也不能成天待在皇宮。每天早上我起床帶著書本，不過我一直都帶著書，到街上或是廣場閒盪，吃著三明治，有時候下午去看場電影。到了放學和結束練足球的時間我才回家，通常狄比都陪我母親坐著。

狄比對我翹課的事一清二楚，我猜是龍卡里那些朋友告訴他的，不過他答應不告訴我母親。有一晚我們倆促膝長談，我母親盛裝打扮準備出門。他先說對於我想回家鄉的事覺得太奇怪，他不想回去。狄比不想回去是因為家庭不和睦。他跟他父親，是個生意人，處不好，他的繼母叫薇娜，他討厭薇娜。他從來沒想過要回家。接著他問我存了多少錢，我告訴他夠我回家的旅費，可是不夠生活或是再回來這裡，他說他大概可以幫我出點力，我相信他，畢竟我龍卡里的差事就是他幫的忙。

第二天是星期六，我母親叫我不要安排別的計畫，我們要去拜訪塔瓦－拉卡達的老公主。我說我不太想去，她說非去不可，就這麼決定。我們睡過午覺，下午四點左右過去。她的皇宮在羅馬的一個舊城區，這裡的街道彎來拐去，毫無章法，而且破舊，就跟其他老舊破落的地區一個樣。他們賣一些二手的床墊，舊衣服和驅除跳蚤，臭蟲，治療各種搔癢、疔瘡的藥粉。我們一眼就知道她的皇宮在哪裡，因為老公主的腦袋伸在一扇窗戶外面，正在跟一個手拿掃把掃樓梯的胖女人吵架。我們停在拐角，我母親認為老公主大概不會希望我們看見她跟人家吵架的場面。老公主要用那支掃把，胖女人說她要用掃把就自己買去。她，那個胖女人為老公主工作了四十八年，工錢少得可憐，每天晚上她和她老公只有喝涼水和空氣當晚餐。公主儘管年老力衰，卻不甘示弱，她說她一直被政府剝削，她自己肚子裡裝的也只有空氣，她現在只是要用掃把掃一下客廳。那胖女人說她除非把掃把砸爛，否則也不會讓手。老公主連諷帶刺地對那胖女人叫喊著，喔我親愛的呀，親愛的呀，她說她當寶似地帶了她四十八年，她生病的時候給她送檸檬，現在居然狠到連借一下掃把都不肯。那胖女人仰起頭看著老公主，抬起右手，用拇指和食指捏住她的嘴唇，發出咘的一聲，這可是我聽過最大的咘聲。老公主說，親愛的呀，親愛的呀，真是太謝謝你啦，親愛的，我溫柔有禮的好朋友啊，她忽然離開窗口，拎了一壺水回來，她的本意是要把水潑在那胖女人身上，可惜沒潑準，只澆溼了臺階。那胖女人說，謝謝啦，殿下，謝謝啦，公主殿下，她繼續掃地，老公主砰地關上窗子走開了。

在這段爭吵的過程裡，一直有人進進出出地在把一些舊輪胎搬上卡車，我後來才發現這座皇宮，除了公主住的部分，其餘都租給了一間倉庫。大門右邊是門房住的公寓，那門房問我們要幹嘛。母親說我們是來跟公主喝茶，他說這真是在浪費時間。公主瘋掉了，簡直是精神錯亂，如果我們以為她會給我們什麼好處那可就大錯特錯，因為她所有的一切都歸他和他老婆所有，他們為公主做了四十八年的苦勞，薪水可是一毛也沒有。接著他又說他不喜歡美國人，因為我們轟炸過弗拉斯卡提、趣伏里這些地方。最後我把他推開，我們爬上老公主住的三樓。我們按鈴，辛巴狂吠，她把門隙開一條縫，隨即讓我們入內。

以我們對古羅馬熟悉的程度，我認為她真的需要那支掃把。她一開口就先為她那身破爛的衣服道歉，她說她的華服，宮廷裝之類的，全部鎖在大箱子裡，她把鑰匙弄丟了。她說話有一種特別的腔調，你自然而然會相信她是位公主，最起碼也是貴族，儘管她穿得一身破爛。人家說她是守財奴，我認為不假，因為她雖然經常瘋瘋癲癲的樣子，可總是給人狡詐貪心的感覺。她感謝我們來看她，她說她沒辦法拿茶或咖啡或酒或糕餅請我們，因為她的生活苦不堪言。戰後土地重劃計畫把她原來田裡的好農夫全部給計畫掉了，她再找不到人來耕地。政府還課她很重的稅，害她買一撮茶的錢都沒有，現在她手邊只剩下一些名畫，這些名畫價值上百萬，但政府宣稱這是屬於國家的，不許她變賣。然後她說她要送我一樣禮物，一枚海貝殼，那是一九一二年德意志皇帝來羅馬拜訪她親愛的父親，親王殿下時送給她的。她離開客廳，去了很久，回來的時候她說啊呀，她沒法給我貝殼了。因為它和那些宮廷華服都鎖在那個丟了鑰匙的大箱子裡。我們告別了她走出來，門房在外面候著，他要確定我們沒帶走任何東西。我們穿過擁塞的交通，漆黑的街道走路回家。

回到家，狄比在，他跟我們一起晚餐，那天深夜我在看書，有人敲我臥室的門，是狄比。他好像出去過，大衣當披風似的披在肩膀上，羅馬人的穿法。他頭上還戴著毛絨帽，穿著緊身褲和有金扣帶的毛絨鞋，他看起來就像個信差。我覺得連感覺都很像，他非常興奮，說話又輕又細。他說一切都安排好了。老公主有一幅畫她想要把它賣給美國，他說服她，說我有辦法夾帶出去。很小的一幅畫，賓度里喬[75]的作品，大小和一件襯衫差不多。我只要裝成學生樣子，誰也不會搜我的行李袋。他把他所有的錢都給了那老女人當作保證金，他說有人已經出了價，我懷疑會不會是我媽，不過我認為不可能。我只要把畫帶到紐約，就可以拿到五百塊美金。星期六一早他會開車送我到拿坡里。拿坡里和馬德里之間有一條客貨兩用的小航線，我搭這條航線到馬德里再換直飛紐約的班機，星期一早上我的五百元就可以入袋。講完這些他走了。時間已經過了午夜，我下床收拾行囊。我這趟出去不過一個星期，但總歸還是出國了。

到現在我都還記得離開的那天早上，那天是星期六。我大約七點起床，喝了些咖啡，再檢查一遍行李箱。稍後我聽見女傭把早餐托盤端去給我母親。我無事可做，就等著狄比，我走上陽臺看著街上等候他。我知道他會把車子先停在廣場，再從對街走過來。羅馬的星期六跟平常沒啥兩樣，街道上熙熙攘攘，人行道又人擠人——羅馬人、新住民、宗教團體、帶著相機的觀光客。好天氣，我不見得有資格說羅馬是世界上最美麗的城市，但我的確這麼認為。那傘狀的石松，那倚偎在山丘中

75 Pinturicchio（有小畫家之意），一四五四—一五一三，原名 Bernardino Di Betto，為義大利文藝復興時期畫家。

色彩繽紛的建築，那一球球的雲層，在南塔克特這樣的雲層是晚餐前大雷雨的徵兆，但是在羅馬完全沒這麼回事，那只表示天空會慢慢轉成紫色，然後佈滿繁星。無憂無慮的人們更把這兒變得生動又活潑；我相信在我之前的旅客起碼上千，起碼這上千的旅客肯定都說過這光彩這空氣都像醇酒，就是你在秋天喝到的那些來自城堡的佳釀。忽然我在人群中發現一個穿著聖天使堡標準土黃色服裝的人，我看出來了，是我的班導師，安東尼尼[76]神父。他在找我們家的地址。門鈴響了，女傭應門，我聽見神父說要找我母親。女傭下去我母親的房間，我聽見我母親走到門廳說：「啊，安東尼尼神父，好高興見到你。」

「彼得生病了嗎？」他問。

「您怎麼會這麼問呢？」

「他已經六個星期沒來上課了。」

「對。」她說，你聽得出來她的心思根本不在有沒有撒謊這件事上面。我對於母親撒這個謊非常氣惱，我看得出來她並不在乎我，也不在乎我有沒有上課，她唯一在乎的就是我應該趕快把狄比的那幅畫偷渡出境，他才可以拿到錢。「對呀。他病得厲害。」

「我可以進去看看他嗎？」

「噢不行。我已經送他回美國了。」

我離開陽臺，從客廳走到大廳，再從大廳走到我的房間，我就在房間等她。「你最好下樓去等狄比，」她說。「親我一下走吧。快點。快點。我討厭這種場面。」她要是討厭這種場面，我不懂她為什麼老是製造這種痛苦的場面，不過自有記憶以來這就是我們離別時候的方式，我拎起手提箱，走出門外，在院子裡等候狄比。

到了九點半，或許已經過了九點半，他終於露臉，不用他開口我已經知道他要說什麼。他太累，不能開車送我去拿坡里了。他把那幅賓杜里喬用褐色牛皮紙包著，再綁上細繩，我打開手提箱，把畫跟我的襯衫放在一塊兒。我沒向他說再見，我下定決心從今以後再不跟她說話。我啟程前往車站。

我到過拿坡里許多次，可是這天覺得非常陌生。我一進火車站就覺得塔瓦拉－卡達宮的門房在跟蹤我。我來回看了兩次，可是那個怪客始終把臉埋在報紙裡，我不能確定，但是我真的覺得很怪，或許真的只是我的想像吧。我在售票口排隊買票的時候，有人碰了一下我的肩膀，我全身起了那種奇特的感覺，好像我父親活過來要拉拔我。結果是個借火柴的老頭，我替他點了菸，可仍舊感受到肩膀上的溫熱，想起當年我們兩個人互相幫襯的快樂情景，於是那感覺又上來了，我永遠也得不到我需要的愛，永遠得不到。

我上了火車，看著月臺上行色匆匆的乘客，這次我真的看到那門房了。絕不會看錯。我只看過他一次，可是他的臉我記得很清楚，我猜他在找我。他似乎沒看見我，逕自走向三等車廂。我忽然懷疑起來，這難道就是大千世界，難道真的就像這樣？女人竟然會為了像狄比這樣的蠢蛋，為了幾幅畫，為了幾個追求的人，不顧一切地豁出去？我不擔憂那門房，我擔憂的是人生原來就這麼回事的想法。

76　義大利語，Antonini。

（其實我不是什麼羅馬男孩，而是關在河邊小鎮奧辛寧老監獄裡的一個成年人，在秋日的午後捲著報紙在那裡猛打大黃蜂。從窗口我看得見哈德遜河。一隻死老鼠順流而下，兩個男人坐著快沉的小船逆流而上。其中一個拿船上的小椅子當槳拚命地在划，我不知道他們是剛剛逃獄還是釣鱸魚，我幹嘛要把這樣的景致改換成萬神殿[77]周圍黑暗的街道呢？除了寵愛和體諒，我從來沒收受過我父母親任何其他的東西，那為什麼我要杜撰那樣一個怪誕的老人、一座外國墳墓，和一個愚蠢的母親呢？到底是怎樣無藥可救的寂寞會讓我想要冒充在寒風中死了父親的孩子，難道沒有狄比和賓杜里喬就編不出更好的故事嗎？記得我和我爸在鋤地種豆子的時侯，他曾教誨我，任何事，既然開始做了，不管好壞就該把它好好做完，所以我們現在就回到他在拿坡里下火車的場景吧。）

到了拿坡里，我在梅爾傑利那下車，希望能閃開那門房。這站下車的沒幾個人，我認為那門房並不在其中，不過也不是很確定。巷子裡有一間小旅館，我進去登記了一個房間，把藏著那幅畫的手提箱塞在床底下，鎖上門。我出去找航空公司的辦事處買機票，這條路在拿坡里的另外一邊。很小的一家航空公司，很小的辦事處，我猜想賣我機票的那個男人大概就是正駕駛。飛機當晚十一點起飛，我走回旅館，一踏進大廳，櫃檯的小姐說我朋友在等我，果然，就是那門房，還帶著兩名警察。他開始又叫又吼，一樣是那些老套，說我轟炸了弗拉斯卡提和趣伏里，發明了氫彈，現在又偷了義大利人民無價之寶的一幅名畫。兩名警察真的非常好，雖然我向來不喜歡跟身上配劍的人說話，我問可不可以打電話給領事館，他們說可以，我打了電話。那時候大約四點，他們說會派一位長官過來，不到一會兒，這個不斷說著「啊對」的和氣美國大個子來了。我告訴他我幫朋友帶了一個包裹，我也不知道包裹裡是什麼東西，他說：「啊對，啊對。」他穿著雙排扣的西裝，似乎跟他的腰帶，也或者是內衣，很過不去，因為時不時地就要拽住他的腰部，使勁地往上提。大家同意，為了打開我的包裹，必須找法官，我拎著手提箱，大夥一起坐進領事官員的座車，開到了警察局也或許是法院，我們在那裡等了半小時，等法官穿戴好鑲著金流蘇的綬帶。然後我打開箱子，他把包裹遞給他的隨從，由隨從把綁著的繩結解開。法官攤開包裹，包裹裡除了一張厚紙板啥也沒有。門房一看到這個就發出一聲失望透頂的怒吼，我相信他不是同謀的共犯，我認為這整件事全是那老女人一手策畫。他們給她的錢絕對拿不回來了，不管是哪個，我眼前可以看到她，就像紅狐狸雷弟，正在舔她到手的排骨肉。我甚至為狄比感到難過。

第二天早上我想去退機票，可是那辦事處關門了，我只好走去梅爾傑利那搭早班車回羅馬。有艘大船入港。大約有二十五到三十個觀光客在平臺上等著。看得出他們很疲倦也很興奮，一個個指著那個咖啡機，問說能不能要一份加奶的大杯特濃咖啡，怪的是這天早上我一點都不覺得他們好笑，他們看起來好友善好令人佩服，現在，我認為他們四處遊蕩的心態是極為嚴肅的。我不再像以前那麼對自己失望了，以前我老是覺得自己無關緊要，現在的我甚至覺得有點得意，因為我知道有一天我一定會回南塔克特，就算不回南塔克特，也可以是別的地方，一個懂我的地方。忽然我想起拿坡里的那位老太太，好久以前的事了，她對著海面大聲喊著：「你有福啦，你有福啦，你會看見美國，你會看見新世界啦！」我知道她的意思，她指的不是那裡的大車、冷凍食品和熱水。「你有

77 Pantheon，又譯作潘提翁神殿，古羅馬時期重要建築。

福啦，你有福啦。」她不斷不斷地對著海面喊著，我知道她想著的是一個沒有配劍的警察，沒有貪婪的貴族，沒有不誠實，沒有賄賂，沒有拖延，沒有挨凍受餓，沒有戰爭的地方。如果她想像的這一切都不是真，至少，這是一個高貴的念想，這才是最主要的大事。

【附錄】

我為什麼寫短篇小說

——約翰・齊佛

一個人到了六、七十歲的年紀，出版一本完整的短篇小說集，對於身為作家的我來說，有如是某種約定俗成。即便事實上，我最近蒐羅的許多短篇，都是穿著襯褲的情況底下（不修邊幅）寫出來的作品。

這並不表示因為我是個不折不扣的波西米亞人。現在還存活的人裡面恐怕沒幾個人還能記得哈洛・羅斯是在哪時候創編《紐約客》雜誌的，而我就是碩果僅存者之一。羅斯當年編輯這本雜誌時所提出的質問當真古怪。我的短篇故事裡面有一個角色，他下班回家總是先更衣再吃飯。羅斯就在排版邊緣寫著：「呃？這是怎麼的？齊佛好像是個一套西裝走天下的人。」他還真說對了。當時他付的稿酬真的只夠我買一套西裝。每天早上，我穿上這套西裝，搭電梯到地下室裡的工作房，一間沒窗子的房間。進入房間我就把西裝掛在衣架上，開始寫作，一直寫到天黑，再穿上西裝回樓上的公寓。我的小說絕大多數都是穿著平口短褲寫就的。

短篇小說集在現代小說的名冊上只不過是一顆不起眼的檸檬[1]，小說總是離不開男歡女愛的情色戲碼和古老的家族歷史；但是只要深切體會到它強烈的張力和片段式的敘事風格，我們定當會把短篇小說入列於文學，而且若沒有文學，我們必然走向毀滅。F. R. 利維斯[2]曾說，區別文明人的首要條件就是文學。

看短篇小說的是哪些人呢？這是一個常見的問題，我覺得應該是一些在牙醫診所裡等候叫號的男女病人；或是搭乘東西兩岸的航班，不想看機上那些無聊的老電影消磨時間的乘客；還有一些見識廣博感受敏銳的男女讀者，他們一般都認為有故事性（敘事性）的小說有利於更加了解彼此，甚至進而能了解我們周遭混沌不清的世界。

一部偉大的長篇小說，至少要能通過所謂的三一律[3]，要能保持美學和道德規範之間神祕又曖昧的連接性；但是因為守成而排除了我們生活上許多新的東西其實很可惜。這些創新，有些人經由電影《星際大戰》獲得，有些人是藉由某外野手在球賽中的連續失誤所引發的懊惱愁緒而來。而這樣一味追求創新的結果，當代畫作似乎已經失去原有的風景畫、靜物畫，和最重要的裸體畫所表達出來的語言，現代流行的音樂早已和我們記憶中那些深植人心的節拍和音調分離了，但是文學仍然擁有敘事性，也就是故事性，這是我們終生都要捍衛的一個重點。

在許多可敬的同好所寫的短篇小說裡，也有部分是在我自己的作品裡，我發現故事中那些出租的夏季別墅、一夜情，和遺失的鑰匙環之類的情節把傳統的美學都打亂了。我們不是游牧民族，但是在我們國家的精神中卻不乏這一類的暗示：短篇小說就是文學的游牧族。

我總以為，想像從我家窗口望出去，郊區的街景對於流浪者或是習慣寂寞的人來說很有吸引力。這兒呈現著觸動人心的鄉愁、美景和愛情，這兒沒有什麼是超過三十年以上的，包括大部分的樹木在內。來自南方莊園的白色廊柱、英國伊麗莎白風格的橫木磚牆、過去在大航海時期常見的斜頂式鹽屋、仿法蘭克・洛伊・萊特[4]式的平頂房和他對未來的憧憬，我們都能享受太陽能的光和熱，都有舒適寬敞的居處環境和祥和寧靜的土地。

一英畝半的宅地，各家院子裡種植著花果蔬菜，還有，隨處可見的，並不是番茄，而是茂密的大麻葉。在這一塊宜室宜家的土地上，主要的作物竟是有害的毒品。可知道我看到哈特蕭家曬衣場上晾著的是什麼，是曬乾了足以嗨翻一個軍團的大麻葉。

健忘是否也是生命中神祕的一部分？如果我跟哈特蕭先生談起他的大麻作物，他會不會告訴我偉大的中國文明就是屹立在迷幻的鴉片上？但是，去和哈特蕭先生說話的人不會是我，而是查理・迪渥茲，住在他隔壁的一位循規蹈矩的先生。他在前院的草坪上豎著一塊禁菸的牌子，他對大麻的感覺已經激進到類似抵制勒索的心態。

那個星期六將近傍晚的時候，我和孩子們踢完橄欖球回家，我聽見他們兩人在唇槍舌戰。天色

---

1 比喻次等貨色，上不了檯面。
2 F. R. Leavis，一八九五—一九七八，二十世紀早期與中期的英國文學評論家，以實踐批評聞名。
3 Classical Unities，時間、地點、動作的一致性。
4 Frank Lloyd Right，一八六七—一九五九，美國著名建築師。

漸暗。那是個秋天。查理的聲音又大又清楚，只要稍微有點好奇的人都聽得見。「給我管好你的狗，別讓他跑上我的草坪，你要烤牛排就給我在你自己家裡烤，你唱機的聲音給我開小聲一點，你游泳池的濾水器晚上給我關掉，你的窗簾給我拉下來，否則我就把你種毒品的事報警處理，我太太的法官叔叔這個月剛好當班，包你至少坐六個月的牢。」

他們散了。夜幕低垂了。這裡那裡都會瞧見某個家庭主婦，因為擔心夜裡的霜寒，正忙著把盆栽搬進屋裡去，家家戶戶的煙囪裡，不管是伊麗莎白式的、南塔克特式的，或者萊特式的，都冉冉地升起了木柴的煙霧。這一幕場景在長篇小說裡是寫不下去的，不對味。

寫於 一九七八年

木馬文學 139

告訴我他是誰

約翰．齊佛短篇小說自選集 2

Just Tell Me Who It Was

作　　者：約翰．齊佛（John Cheever）
譯　　者：余國芳
社　　長：陳蕙慧
副總編輯：戴偉傑
責任編輯：鄭琬融
行銷企劃：李逸文、尹子麟
電腦排版：中原造像股份有限公司

讀書共和國集團社長：郭重興
發行人兼出版總監：曾大福
印　　務：黃禮賢、李孟儒
出　　版：木馬文化事業股份有限公司
發　　行：遠足文化事業股份有限公司
地　　址：231 新北市新店區民權路 108 之 4 號 8 樓
電　　話：02-2218-1417
傳　　真：02-8667-0727
Email：service@bookrep.com.tw
郵撥帳號：19588272 木馬文化事業股份有限公司
客服專線：0800221029
法律顧問：華洋國際專利商標事務所 蘇文生 律師
印　　刷：中原造像股份有限公司
初版一刷：2019 年 10 月
定　　價：新臺幣 380 元
ISBN：978-986-359-705-6

歡迎團體訂購，另有優惠，請洽業務部（02）2218-1417 分機 1124、1135

國家圖書館出版品預行編目（CIP）資料

告訴我他是誰：約翰．齊佛短篇小說自選集 2 / 約翰．齊佛（John Cheever）著；
余國芳 譯 ,-- 初版 , -- 新北市：
木馬文化出版：遠足文化發行 , 2019, 10
336 面；14.8×21 公分 , --(木馬文學；139)
譯自：The Season of Divorce: Stories
ISBN 978-986-359-705-6 (平裝)
874.57 108016019